EL ESPLENDOR DE LA VIL

Planeta Internacional

TABEA BACH

EL ESPLENDOR DE LA VILLA DE LA SEDA

Traducción de Albert Vitó i Godina

Título original: *Im Glanz der Seidenvilla*

Avda. Diagonal, 662-664, 08034 Barcelona (España)
www.editorial.planeta.es
www.planetadelibros.com

Primera edición: febrero de 2022
ISBN: 978-84-08-25416-4
Depósito legal: B. 665-2022
Composición: Realización Planeta
Impresión y encuadernación: Rotativas de Estella, S. L.
Printed in Spain - Impreso en España

El papel utilizado para la impresión de este libro está calificado como papel ecológico y procede de bosques gestionados de manera sostenible.

1
EL ANIVERSARIO

El sol de la tarde proyectaba sus rayos dorados sobre el patio rectangular que quedaba entre las cuatro alas de la Villa de la Seda. Su luz se enredaba en el follaje de la morera y producía un aromático patrón de luces y sombras en el mantel blanco de la mesa sobre la que saltó la gata, con su brillante pelaje de color gris plateado, paseándose con parsimonia.

Angela estaba junto a la ventana del primer piso de la tejeduría, observando cómo Emilia salía a toda prisa de la cocina abierta en el ala izquierda de la planta baja para ahuyentar, exhibiendo una gran riqueza léxica, a la felina. El animal pasó como una flecha por la puerta del trastero, que estaba abierta de par en par, llegó al lado opuesto del patio y se escabulló entre las piernas de Gianni, que en ese preciso instante cruzaba el umbral cargado con un antiguo mostrador.

—*Porca miseria* —exclamó al ver que había estado a punto de tropezar con la gata. Acto seguido, dejó el mostrador en el suelo y levantó la cabeza para lanzarle una mirada interrogante a Angela—. ¿Dónde pongo la barra? ¿Aquí, debajo de la morera?

—Sí, es buena idea —le respondió ella—. Bajo enseguída —añadió antes de recubrir a toda prisa la delicada maquinaria de los cuatro vetustos telares con sábanas viejas. Hasta hacía una hora habían estado funcionando de un modo febril para que Angela pudiera entregar urgentemente veinticuatro muestras de tejido a un mensajero. Al día siguiente tenía que presentarlas en una recepción que se celebraría en Villa Castro, una ocasión única para promocionar todavía más la manufactura de seda.

El quinto telar, uno más grande al que llamaban el *omaccio*, estaba en la sala contigua y precisaba tres sábanas para quedar cubierto del todo. Al igual que los demás, era de mediados del siglo XIX, aunque todos seguían funcionando sin problemas. El aspecto de aquellos enormes armazones de madera era tan rústico como delicadas y preciadas las telas de seda que permitían tejer de forma artesanal. Trabajar con aquellos telares era una dura tarea que requería un gran esfuerzo físico, aparte de mucha experiencia y un talento especial. Angela se sentía afortunada de tener a cuatro tejedoras y un tejedor, y esa noche se había propuesto celebrar esa suerte juntos...

Unas voces le llegaron desde el patio. Se asomó de nuevo para ver quién acababa de llegar y reconoció la melena corta y plateada de Tess bajo la morera. La anciana charlaba con Gianni mientras este extendía un mantel blanco sobre la barra improvisada y procedía a equiparla con copas. Animada, Angela bajó la escalera que llevaba hasta el patio para saludar a su amiga, a quien todo el mundo llamaba Tessa en Italia.

—¿Puedo ofrecerles un aperitivo a base de prosecco del Véneto a las señoras? —dijo Gianni con una sonrisa.

—¿Qué has metido ahí dentro? —preguntó Tess con

cautela—. ¡No quiero levantarme mañana con dolor de cabeza por tu culpa!

—Tranquila, *signora*, no tiene que sufrir por eso.

Gianni le explicó que para su receta secreta mezclaba tres partes de vino blanco espumoso de la región con dos partes de aperol y una más de agua con gas. Luego añadía siempre una aceituna verde de las que su madre, Emilia, maceraba a propósito para esas bebidas, y lo remataba con un poco de zumo de una variedad especial de naranja sanguina y un poco de ralladura de piel del mismo cítrico, procedente del huerto de un amigo. Una vez más, Angela se preguntó cómo era posible que aquel joven tan atento todavía no hubiera encontrado esposa.

—¡Delicioso! —exclamó Tess con un suspiro después de tomar un buen trago con una pajita—. Pero ¡deberías prepararlo con menos vino, Gianni! De lo contrario acabaremos todos borrachos antes incluso de empezar a comer.

Gianni se rio y levantó la mirada hacia el viejo portal de madera por el que en aquel momento Fioretta entraba en el patio seguida de Nola. El parecido físico entre ambas no dejaba lugar a dudas de que eran madre e hija. Con apenas veinticinco años, Fioretta trabajaba como ayudante de Angela y era la empleada más joven de la tejeduría. Nola llegó a la fiesta ataviada con su falda oscura de los domingos, combinada con una blusa blanca bajo la chaqueta de punto. Al fin y al cabo, era 1 de mayo y todavía refrescaba por las noches. La tejedora llevaba más de treinta años trabajando en la Villa de la Seda. Con ellas llegó también Anna, seguida de cerca por su hija, Giulia, cuyo rostro reflejaba bien a las claras que habría preferido estar en cualquier otra parte menos allí, con las compañeras de trabajo y las amigas de su madre.

Mientras Gianni iba llenando más copas, se presentaron también Orsolina y Stefano, este último con las mejillas brillantes, recién afeitado para la ocasión. Con gran habilidad, sostuvo la copa entre el dedo anular y el meñique de la mano derecha, puesto que el resto los había perdido dos años antes en un accidente de trabajo, lo que había estado a punto de robarle las ganas de vivir. Hasta que a Angela se le había ocurrido la posibilidad de enseñarle a tejer e incorporarlo a la empresa.

—Vaya, ¿a quién tenemos aquí? —preguntó Orsolina afectuosamente al ver la cara enfurruñada de Giulia—. No te veía desde hacía tiempo, es increíble lo...

—No me digas que he crecido mucho, tía Lina —la interrumpió la muchacha con una sonrisa impostada.

—¡Jamás se me ocurriría algo semejante! —se defendió Orsolina sonriendo y levantando aquellas manos reveladoras de que se ocupaba de teñir las valiosas madejas de seda de la tejeduría a pesar del empeño que ponía en lavárselas—. Lo que quería decir era que... ¡estás guapísima! —exclamó, y al ver que la treceañera se ponía colorada como un tomate, no pudo reprimir una carcajada escandalosa—. Giulia, angelito, ven aquí. Deja que te dé un abrazo —le pidió, tras lo que procedió a envolverla entre sus brazos—. ¿Por dónde te metes? Antes venías a menudo a la Villa de la Seda.

Giulia esbozó una sonrisa apocada. Era evidente que la compañera de trabajo de su madre le caía bien.

—Imaginaos, quería ir a Treviso con esos hermanos Stuzzi —se quejó Anna dirigiéndose a Angela y a Nola a media voz—. Y encima de paquete en una moto.

—Pero si son mucho mayores que ella —dijo Nola lanzando una mirada de clara preocupación a Giulia—. El más joven debe de tener al menos diecisiete años. ¿Qué haría con ellos?

Anna arqueó las cejas de un modo elocuente, se apartó los mechones rubios de la frente y se encogió de hombros. Con treinta y un años era la más joven de las tejedoras.

—He tenido que imponerme —explicó Anna—. Y para asegurarme de que la signorina me haría caso, he decidido traerla conmigo. Espero que no os moleste —añadió dirigiéndole una mirada tímida a Angela.

La situación de madre soltera de Anna no era nada sencilla. El padre de Giulia se había marchado antes incluso de que naciera y no había vuelto a aparecer jamás.

—En absoluto —respondió Angela—. Ni mucho menos.

Giulia ya había descubierto a Mimi en el banco que había bajo la morera. Se sentó a su lado y enseguida se distrajo haciéndole caricias. Era una chica bonita, con una espesa mata de pelo rubio y los ojos de un azul radiante. Había intentado cubrirse con maquillaje un grano que le había salido en la barbilla, pero no lo había conseguido del todo. A los trece años, su cuerpo todavía tenía un aire infantil y se movía de un modo algo desgarbado. Angela se acordó de lo dura que había sido para ella esa edad en la que ya no eres una niña, pero tampoco acabas de ser una mujer y te encuentras en tierra de nadie, sin encajar en ninguna parte.

—Me alegro de que haya venido, Anna.

—¿No quería venir también Nathalie? —quiso saber Tess.

Angela asintió.

—De hecho, sí. Pero ya sabes cómo son las jóvenes.

Su hija estudiaba Historia del Arte en Padua, que

quedaba a apenas una hora en coche de Asenza, la población en la que se encontraba la Villa de la Seda.

—Me dio a entender que seguramente llegaría un poco más tarde —explicó Angela—. En cualquier caso, no la esperaremos para empezar a comer.

Miró a su alrededor. Todavía faltaban dos tejedoras: Lidia y Maddalena, por no hablar de Lorenzo Rivalecca. Las otras mujeres seguramente se preguntarían por qué había invitado también a aquel anciano antipático, pero Angela tenía sus motivos. Solo Tess y Nathalie sabían la verdad: él era su verdadero padre. Por supuesto, Vittorio también lo sabía.

Emilia apareció por la puerta de la cocina cuando ya eran casi las siete y media. Angela sabía que aquella mujer tan resuelta no soportaba que la gente no llegara puntual a la mesa. Era la cocinera y ama de llaves de Tess, aunque aquel día ella y su hijo Gianni habían accedido a servir a los invitados durante la fiesta de la Villa de la Seda.

Justo cuando Angela cogió una cucharita de la mesa para dar unos golpecitos en su copa, la puerta del patio se abrió de nuevo y Lidia entró como un vendaval seguida de cerca por un anciano enjuto que no paraba de jurar a gritos y que levantaba su bastón con aire amenazador en dirección a la tejedora, que al parecer le había cerrado la puerta en las narices.

—¡Estas tejedoras no tienen modales ni tienen nada! —le oyó decir Angela a Lorenzo Rivalecca. Lidia apretó los labios indignada, sin poder ocultar lo colorada que se había puesto—. ¡Lo que hay que aguantar! Y eso que si se ganan el pan es gracias a...

—Nada de eso —objetó Lidia. La pelirroja era una tejedora excelente a pesar de su carácter seco y a menudo arisco—. Tras la muerte de la signora Lela usted no se preocupó nada por nosotras. Suerte que la *tedesca* le acabó comprando la tejeduría...

—Ya vale, ya vale —se interpuso Tess—. ¿Te parece bien hablar así de tu jefa? Tiene un nombre, Lidia, como todo el mundo. Y aunque no estés de acuerdo con ese viejo testarudo, tienes que respetar a la gente mayor de todos modos.

—¿Testarudo? —exclamó Rivalecca volviéndose hacia Tess con indignación—. ¿Acabo de oír la palabra *testarudo*?

Furioso, golpeó el suelo de adoquines con el bastón. Mimi soltó un bufido y saltó desde el regazo de Giulia hasta la rama más baja de la morera.

—Déjalo, Lorenzo —replicó la anciana en un tono más afable—. Todos sabemos que lo eres, y de hecho nadie lo sabe mejor que tú. Toma una copa y cálmate un poco. No olvides quién te ha invitado.

Todos los ojos se volvieron hacia Angela y esta se aclaró la garganta. «Pues sí que empezamos bien», pensó antes de hablar.

—Bueno —dijo cogiendo aire—, una vez aclarado esto, me gustaría daros la bienvenida esta tarde. Para mí es un día muy especial. Hace justo un año que firmé el contrato de compra de la Villa de la Seda. Ha sido un año bastante lleno de emociones...

De reojo, Angela percibió un movimiento. Maddalena, la última de las tejedoras que faltaba, entró en el patio sin hacer ruido, con la cara visiblemente colorada por la vergüenza. Angela la saludó con una sonrisa.

—En más de una ocasión parecía que no íbamos a lograrlo —prosiguió—. Sin embargo, que las cosas nos vayan tan bien hoy en día no habría sido posible sin vuestro compromiso, y por eso quería daros las gracias. Sin vosotros, la Villa de la Seda no existiría. Sin vosotros, la tejeduría no sería como es actualmente.

»Y sin vosotros, probablemente yo ya no estaría aquí. —Se hizo el silencio en el patio, e incluso Giulia levantó la cabeza para mirar a Angela como si fuera la primera vez que la veía—. Os quedasteis a mi lado cuando no me iban bien las cosas, y conseguisteis que el negocio siguiera funcionando. Tuvisteis el valor de recorrer conmigo caminos nuevos y creísteis de verdad que tendríamos éxito juntos.

»Y por eso me parece que merece la pena que levantemos nuestras copas y brindemos por el futuro de la Villa de la Seda. Por un futuro que forjaremos juntos —afirmó, y la mano le tembló de un modo casi imperceptible cuando alzó la copa, profundamente conmovida por esa breve mirada al pasado.

—¡Por la Villa de la Seda! —exclamó Tess, y todos la imitaron.

—¡Por el futuro de la Villa de la Seda! —resonaron las demás voces.

Angela tuvo que tragar saliva para evitar que la emoción la sobrepasara, consciente del gran afecto que sentía por todas aquellas personas. Sí, ese año habían crecido gracias a un propósito común, por muy distintos que fueran todos ellos.

Hizo un gesto para indicar que podían pasar a la mesa, pero las tejedoras titubearon, puesto que ninguna quería tomar la iniciativa. Lidia fue la única que decidió sentarse enseguida a un extremo de la mesa tras colgar con determinación su bolso en el respaldo de la silla. Tess reparó en lo apocadas que estaban las demás y guio con aire soberano a aquellas mujeres a las que conocía desde hacía mucho tiempo. La anciana había sido la mejor amiga de la madre de Angela, a quien había invitado a pasar unos días con ella en el Véneto tras la muerte de su marido. El hecho de que Angela no solo hubiera encontrado allí un nuevo hogar, sino también una nueva ocupación en la manufactura de seda, los había sorprendido a todos, y en el caso de Tess había supuesto asimismo una tremenda alegría. Desde entonces, la decidida anciana hacía todo lo posible para que a Angela le fueran bien las cosas en Asenza.

Gianni y Emilia sirvieron la comida: como entrantes, *vitello tonnato* y *sarde fritte in saor*, es decir, ternera con salsa de atún y sardinas en escabeche con cebolla, además de un crujiente pan de maíz recién horneado. Para Lorenzo Rivalecca, que solamente comía sopa de verduras, un gran plato de *minestrone*. La timidez quedó olvidada durante la comida; incluso Giulia se olvidó de que había llegado de mal humor. Su risa clara resonó en más de una ocasión, sobre todo cuando Orsolina estuvo contando las últimas travesuras de la gata de pelaje gris plateado.

Ante el plato principal, un estofado de conejo con verduras, todos guardaron un silencio reverencial y lo degustaron con calma. Cuando por fin sirvieron el helado de fresa casero junto con la variante personal de Emilia de la *torta fregolotta*, una especie de deliciosa tarta *crumble* a base de mantequilla, azúcar y harina, tal como la había descrito Nathalie en una ocasión, todos volvieron a charlar animadamente.

Bueno, casi todos, puesto que Angela se dio cuenta de que Maddalena apenas decía nada. Quizá habló menos que de costumbre, incluso, por lo que Angela se preguntó si la tejedora tendría algún problema. Aquellos ojos castaños, aumentados por los gruesos cristales de las gafas, parecían ausentes y preocupados. Debido a su pelo hirsuto y la voz apocada, Maddalena podía parecer ingenua como una niña a pesar de sus cuarenta y ocho años. Sin embargo, era una impresión errónea. Angela se propuso hablar en privado con la más tímida de sus tejedoras en cuanto le fuera posible.

Finalmente, y para sorpresa de todos los presentes, Lorenzo Rivalecca sacó de una bolsa una botella sin etiqueta. Contenía un denso líquido de color marrón oscuro, y le pidió a Emilia que lo sirviera en unas copas adecuadas.

—Este es el mejor licor de nueces que se puede tomar a ambos lados de los Alpes —anunció cuando todos tuvieron la copa llena delante—. Bebamos a la salud de la *tedesca*, como decís vosotras cuando no está delante. No, no os hagáis las inocentes. Fijaos en cómo ha transformado este caserón —añadió describiendo con el brazo un semicírculo en dirección al complejo de edificios que rodeaban el patio, con lo que estuvo a punto de golpearle la cara a Tess con el codo—. Solo una alemana sería capaz de lograr algo semejante —afirmó—. Y, por si fuera poco, va y encuentra un valioso fresco bajo la pintura de las paredes, lo que naturalmente significa que le vendí la finca demasiado barata. Pero, bueno, da igual —concedió al oír las protestas de Tess a su derecha—. Se lo merece. No obstante, ¿sabéis qué es lo más sorprendente de todo? ¿No? Pues que os aguante a vosotras, a las tejedoras. Eso sí que no me lo habría esperado nunca.

—Y también que lo soporte a usted, signor Rivalecca —replicó Nola armada de coraje—. Eso es lo más sorprendente de todo.

Orsolina y Anna se rieron antes de degustar con sumo cuidado el contenido de las copitas de licor. Rivalecca hizo una mueca seguida de una sonrisa.

—Por esta *tedesca* tan sorprendente —declaró con una benevolencia insólita—. Y para que lo sepáis: si alguna de vosotras hace enfadar a la signora Angela, tendrá que vérselas conmigo.

—¿Qué le ha hecho usted al viejo? —le preguntó Nola a Angela después de que Rivalecca se despidiera y saliera por la puerta—. ¿Le ha mezclado alguna pócima en el *minestrone*?

—Tiene que haberle robado el juicio de algún modo —supuso Orsolina antes de vaciar del todo su copa de licor—. ¡Tenga cuidado! A ver si ese viejo *cascamorto* le acaba pidiendo matrimonio.

Unas risas escandalosas resonaron en el patio. Ni siquiera Tess pudo contenerse.

—No contemplo esa posibilidad, os lo aseguro —respondió Angela con una sonrisa.

—Sería demasiado viejo para usted, signora Angela —intervino Maddalena con aire reprobatorio—. Podría ser su padre —añadió con seriedad.

Por unos momentos, Angela tuvo la sensación de que la tímida e introvertida tejedora conocía su secreto.

—Ahora que lo dices... ¿no estás emparentada con él? —le preguntó Lidia con las cejas arqueadas y frunciendo la pálida frente.

—¿Yo? —repuso Maddalena con los ojos como platos—. ¿Cómo se te ocurre algo semejante?

—Quiero decir si no sois parientes lejanos —insistió Lidia—. Pregúntaselo a tu madre.

—Ni hablar —respondió Maddalena horrorizada—. Se pone furiosa cuando alguien le menciona a Rivalecca.

—Ya, y no es la única —comentó Nola con un suspiro antes de hacerle una seña a Gianni para que le rellenara la copa, puesto que el joven les ofreció de nuevo la botella de Lorenzo—. El viejo se ha ganado la antipatía de mucha gente. Solo desde que llegó usted, signora Angela, se ha vuelto un poco más sociable. Antes apenas salía de la fortaleza que tiene ahí arriba. Era impensable que se reuniera con nosotras como lo ha hecho hoy.

—Cierto —convino Orsolina.

—Me gustaría decir algo —dijo Stefano aclarándose la garganta—. Mejor dicho, me gustaría darle las gracias. En nombre de todos, ¿no es cierto? —preguntó mirando al resto. Todas asintieron, y Lidia fue la única que esbozó una sonrisa indescifrable y se reclinó en su silla—. Pero sobre todo quiero darle las gracias de un modo personal. Usted me ha regalado una nueva vida, signora Angela. Creyó en mí a pesar de cómo quedé tras el accidente —explicó levantando la mano derecha, a la que le faltaban los dedos pulgar, índice y corazón—. A pesar de haber quedado lisiado de por vida. No lo olvidaré jamás.

—Sí, es cierto —asintió Orsolina—. Todas tenemos mucho que agradecerle. De no haber venido usted, seguro que nos habríamos quedado sin trabajo. Y bueno... la verdad es que al principio no le pusimos las cosas demasiado fáciles precisamente...

—Teníamos que conocernos y ganarnos la confianza mutua —agregó Angela en un tono afable para ayudarla a vencer la timidez—. Dicen que el primer año es el más duro. También desde el punto de vista económico. Y aun así lo hemos bordado. De hecho, hemos trabajado tan bien que hoy podré pagaros una pequeña gratificación —anunció, con lo que se ganó la plena atención de los asistentes. Incluso Giulia levantó la mirada del teléfono con el que había estado ocupada desde los postres—. Todos vais a recibir una paga extraordinaria de mil euros. A estas horas ya deberían estar ingresados en vuestras cuentas.

Durante unos segundos reinó un silencio sepulcral bajo la morera. Solo se oyó el canto de una cigarra, que anunciaba la llegada del anochecer.

—¿Mil euros? —preguntó Maddalena—. ¿Así de fácil?

—Os lo habéis ganado a pulso —respondió Angela.

De golpe empezaron a hablar todos al mismo tiempo. Giulia pidió el ciclomotor que tanto deseaba para su cumpleaños, mientras que Anna mencionó la posibilidad de hacer un viaje durante las vacaciones. Nola, tal como Angela supo más tarde, estaba ahorrando para reformar la cocina, mientras que Stefano se limitó a rodear con el brazo a Orsolina para abrazarla. Fioretta pegó un brinco y besó a Angela en las mejillas, puesto que había mantenido en secreto la sorpresa y ni siquiera la joven ayudante estaba al corriente. Maddalena también se puso en pie y le estrechó la mano como si se hubiera propuesto no volver a soltársela jamás.

De repente Angela tuvo la sensación de sentirse observada. Miró a su alrededor y enseguida descubrió a Vittorio de pie, sonriendo bajo la morera. Al parecer dudaba que fuera el momento más adecuado para presentarse. A Angela se le derritió el corazón, puesto que no había contado en absoluto con verlo esa noche. Al fin y al cabo, él vivía en Venecia y ella en Asenza. Respondió al apretón de manos de Maddalena y se libró de ella con mucho tacto.

Cuando se acercó a Vittorio, este la abrazó con ternura.

—¿Molesto? —le preguntó él al oído en voz baja.

—Tú no molestas nunca —contestó Angela feliz como unas castañuelas.

Puesto que su relación se limitaba a los fines de semana, siempre se echaban de menos. Entre Venecia y Asenza no había más de una hora de coche, pero de todos modos los dos vivían demasiado ocupados para verse entre semana.

—Es que ya no podía más —confesó él, tras lo que levantó la mirada para echarle un vistazo a la mesa—. ¿Crees que puedo unirme a vuestra fiesta de aniversario?

Angela tiró de él con una sonrisa para reunirlo con los demás.

—¡Cuanto más avanza la fiesta, más guapos son los invitados! —gritó Tess, y Emilia quiso saber de inmediato si el señor ya había cenado. Cuando Vittorio le respondió que no, salió corriendo a calentar un poco del estofado de conejo y le sirvió unas sardinas marinadas para que pudiera ir haciendo boca.

—¿Te han llegado las muestras de seda para Villa Castro? —preguntó Angela—. ¿Federico las ha recibido sin problemas?

El diseñador jefe del estudio de interiorismo de Vittorio había prometido ocuparse personalmente de la presentación de aquellas valiosas telas.

—Sí, todo perfecto —le aseguró él antes de felicitar a Emilia por las *sarde in saor*—. Fedo está en su elemento. Me ha despachado diciendo que solo estorbaría. Y entonces he pensado que estaría bien dejarme caer por aquí —explicó lanzándole una cariñosa mirada a Angela.

—Pues ha sido una idea fantástica —replicó ella con un brillo de felicidad en los ojos.

—Me... me gustaría preguntarle algo, si no le importa —dijo Maddalena levantando la voz con timidez.

Vittorio se la quedó mirando sorprendido.

—¿A mí?

Maddalena asintió y se sonrojó de nuevo.

—Sobre su apellido —prosiguió la tejedora armada de valor—. Fontarini. Encontré ese apellido en un libro y me preguntaba...

—¿En un libro? —la interrumpió Lidia en tono burlón—. Y ¿desde cuándo lees tú libros?

—Déjala en paz —intervino Nola—. ¿Nos tomas a todas por tontas o qué?

—¿Cómo? —replicó Lidia con ganas de brega—. No me digas que tú también lees libros...

—Dejad hablar a Maddalena de una vez —se impuso Stefano.

—¿En qué libro ha encontrado usted mi apellido? —preguntó Vittorio en tono afable fingiendo no haber oído la disputa previa.

—En un libro sobre la historia de Venecia —respondió Maddalena lanzándole una fugaz mirada a Lidia—. El apellido Fontarini aparece unas cuantas veces. Varios dux se llamaban así. ¿Es usted...? Quiero decir que... ¿Son de su familia? ¿O es casualidad que compartan el mismo apellido?

Tras la pregunta, en la mesa se impuso el silencio. Incluso Angela se quedó desconcertada. Por supuesto, ella conocía la procedencia noble de su pareja, pero no esperaba que Maddalena pensara en esa clase de cosas, y cuando fue consciente de ello se avergonzó de haberlo dado por supuesto. ¿Por qué no, de hecho?

Vittorio dejó el tenedor sobre la mesa y se quedó mirando a la tímida tejedora con atención.

—¿Le interesa la historia? —le preguntó.

Maddalena asintió con vehemencia.

—Sobre todo la de Venecia —contestó—. Ya he leído unos cuantos libros sobre el tema. Y también sobre artistas venecianos: Tintoretto, Tiziano y todos los demás. Pero lo que más me interesa de todo es la política... Es decir... la política de tiempos pasados.

Por unos momentos, fue como si hubiera aparecido una Maddalena completamente nueva. Bajo la mirada asombrada de los demás, pareció encerrarse de nuevo en sí misma, como un caracol al notar que lo tocan.

—La historia de Venecia es realmente apasionante —convino Vittorio—. Y ya que lo ha preguntado: sí, eran antepasados míos.

Maddalena abrió los ojos como platos.

—Oh, ¿de verdad? —susurró enseguida—. ¿Domenico también? ¿El que fue dux durante el siglo XI?

—Sí, él también —respondió Vittorio con timidez.

—Eso significa —prosiguió Maddalena frunciendo el ceño para concentrarse mejor— que es usted... Es decir, que, si esa es su familia, ¿es usted un príncipe de verdad?

Se hizo el silencio. Giulia se quedó mirando primero a Maddalena y luego a Vittorio con la boca abierta. Y no fue la única.

Vittorio se aclaró la garganta y asintió como si no fuera nada del otro mundo.

—Bueno, si lo considera desde el punto de vista histórico, sí. Pero desde 1948 los linajes nobles no significan nada en Italia, Maddalena. Esos tiempos quedaron atrás.

—Qué lástima —repuso Maddalena claramente decepcionada—. Después de todo, su familia se remonta a... a casi mil años atrás.

—Es bastante tiempo, sí —admitió Vittorio—. Pero ¿sabe una cosa? Su familia también se remonta a hace más de mil años. Y la de todos los que estamos sentados a esta mesa. La única diferencia es que solo es posible rastrear el pasado de unas pocas familias. Porque la mayoría no dejó nada por escrito. Si pudiera recuperar el registro de su familia, le sorprendería hasta dónde llegaría.

—Hasta Adán y Eva —dijo Orsolina, y todos se rieron.

—Exacto —convino Vittorio encajando las risas con cierto alivio. Angela sabía lo que pocos sospechaban, que en muchas ocasiones Vittorio percibía ese linaje noble más bien como una pesada carga—. Hasta Adán y Eva. A fin de cuentas, todos estamos emparentados de algún modo.

—Pero su familia hizo cosas muy importantes —insistió Maddalena con seriedad—. Por eso quedaron tantas cosas por escrito.

Pareció que el comentario hacía reflexionar a Vittorio

unos instantes, pero luego resultó evidente que este prefería no seguir por ese camino.

—¿Va usted a menudo a Venecia? —le preguntó a la tejedora.

Maddalena negó con la cabeza.

—Solo he estado en Venecia una vez —reconoció avergonzada—. Hicimos una excursión cuando hice la primera comunión.

—Pues debe de hacer bastante tiempo —conjeturó Giulia, aunque su risa quedó cortada de golpe por el codazo que le propinó su madre.

—¿Y ustedes? —inquirió Vittorio a los demás—. ¿Cuándo fue la última vez que estuvieron en Venecia?

Las respuestas llegaron con muchos titubeos. Orsolina y Stefano tuvieron que hablarlo para ponerse de acuerdo sobre la última vez que habían ido, puesto que hacía mucho tiempo. Al final resultó que ninguna de las tejedoras había estado en la ciudad de la laguna en los últimos diez años.

—¿Qué te parece? —comentó Vittorio dirigiéndose a Angela—. Quizá deberíamos organizar una excursión de empresa.

—Es una idea excelente —respondió ella—. Si os apetece, lo haremos.

Siguieron sentados un buen rato bajo la morera. Nola y Orsolina se dedicaron a contar divertidas anécdotas de cuando eran jóvenes y Lela Sartori, la difunta esposa de Lorenzo Rivalecca, era la propietaria de la Villa de la Seda.

—Sí, era una verdadera *padrona* —dijo la tejedora riendo—. Todas sentíamos bastante respeto por ella, ¿verdad? —añadió mirando a Nola y luego a Lidia. De repente se sobresaltó, consciente de que Angela podía interpretarlo mal—. No es que no sintamos respeto por usted —se apresuró a aclarar—. No me malinterprete. Pero esto de sentarnos de forma amistosa como estamos haciendo hoy... con ella habría sido impensable.

—Si veía la más mínima tara en un tejido se ponía como un basilisco —confirmó Nola.

—Nunca olvidaré una ocasión en la que tuvimos que teñir unas madejas de color rojo rosa —contó Orsolina—. Rojo rosa. Quiero decir que, después de todo, hay rosas de todos los tonos rojos posibles, *vero?* Sin embargo, ella quería un rojo muy determinado y, por supuesto, mi madre debería haber sabido de inmediato cuál era. Por aquel entonces ya estaba ingresada por una neumonía en el hospital, por lo que tampoco podía preguntárselo. —Orsolina tomó un sorbo de la infusión de verbena que Emilia había preparado—. *Un disastro* —prosiguió—. Y acabó saliendo un rojo muy bonito, pero no el que la *padrona* tenía pensado. Y cuando algo se le metía en la cabeza...

—Bueno, pero pasa algo muy parecido con la *tedes*... quiero decir con la signora Angela —comentó Nola—. ¿No te acuerdas de aquel color celeste que te pidió para los sillones de Villa Castro?

—Ay, sí —gruñó Orsolina sin poder evitar lanzarle a Vittorio una mirada tan fugaz como cargada de reproche que a él no le pasó desapercibida.

—Pero al final lo consiguió —puntualizó Angela, aunque optó por no mencionar el hecho de que la seda al final no hubiera terminado sustituyendo las tapicerías de los muebles de Villa Castro, sino vendida a los Emiratos Árabes. Esa noche prefería limitarse a festejar el aniversario y no evocar aquella fase tan dolorosa del año anterior—. Yo tampoco quedo satisfecha con cualquier cosa. Supongo que en eso me parezco a la signora Sartori.

El comentario despertó todo tipo de protestas. No, Angela no podía compararse de ningún modo con la estricta y desdeñosa Lela Sartori, que siempre se había considerado superior y había dirigido la tejeduría con mano de hierro.

—No obstante, durante esa época tejieron telas preciosas —objetó Angela—. El signor Rivalecca me dio unas cuantas piezas de Lela que me parecen verdaderamente extraordinarias. ¿Tenían más telares por aquel entonces? ¿Alguno con el que pudieran tejerse patrones de jacquard, tal vez?

Se hizo el silencio en la mesa.

—No, que yo sepa —respondió Anna—. Al menos desde que yo trabajo, no.

—Pues yo tengo la sensación de que realmente hubo otro telar en algún momento —comentó Nola con gesto de concentración—. En la sala en la que tenemos el *omaccio grande*. Aunque tampoco estoy segura de ello. Hace tanto tiempo...

—Carmela debería de saberlo —intervino Lidia—. Ella estaba desde el principio. Quiero decir, desde que Lela se hizo cargo de la tejeduría...

—Sí, exacto —exclamó Nola—. ¡Pregúntaselo, Maddalena!

La tímida tejedora abrió mucho los ojos con una expresión de terror.

—Mejor no —se apresuró a decir—. Ya sabéis cómo se pone. Sobre todo si le hablo de Lela Sartori.

—No, entonces no merece la pena —aclaró Angela enseguida—. Es mejor que no se altere, y menos por algo semejante. ¿A alguien le apetece un poco más de té?

Lejos de pedir más té, lo que hicieron fue empezar a marcharse poco a poco. Al mencionar a Carmela, su madre, Maddalena recordó que en realidad ya debería haber llegado a casa hacía rato, y las demás decidieron dar por terminada la velada.

—Ha sido una cena muy agradable —declaró Stefano con cierta torpeza mientras se despedía—. Muchas gracias. Por todo.

Los invitados salieron del patio de la Villa de la Seda de un humor excelente.

—Les caes bien —constató Vittorio cuando se quedaron solos con Tess.

—Sí, te has ganado el corazón de todos —añadió la anciana con satisfacción mientras se ponía en pie—. Y ahora os dejo solos, tortolitos.

—¿Te acompaño a casa? —preguntó Angela con preocupación.

Tess ya rondaba los setenta y cinco años, y recientemente la habían operado para colocarle una prótesis en la rodilla. La idea de que tuviera que regresar a casa a oscuras por las calles empedradas del casco antiguo de Asenza hasta Villa Serena la inquietó.

—Gianni me acompañará —decidió Tess—. ¿Verdad, joven?

—Naturalmente —respondió este desde la cocina.

Emilia decidió que recogería la mesa y la cocina al día siguiente por la mañana. Ella y su hijo flanquearon a Tess y se marcharon los tres juntos de la Villa de la Seda. Angela cerró la puerta con llave y se llevó a Vittorio al interior de la casa, donde subieron la escalera hasta la habitación del primer piso.

—Te he echado mucho de menos —le dijo Vittorio cuando por fin pudo abrazarla en el dormitorio—. ¡Hacía demasiado tiempo que no nos veíamos!

—Tres días —susurró Angela mientras él le bajaba la cremallera de la espalda y la ayudaba a quitarse el vestido.

—Pero tres días rematadamente largos —insistió él—. Pueden llegar a parecer una eternidad cuando no estás a mi lado.

A continuación dejaron que fueran sus manos las que hablaran, y también sus labios y sus cuerpos agradablemente enfrentados, con ternura, con pasión.

—Te amo —le susurró Vittorio cuando por fin él se dejó caer a un lado, exhausto y feliz, y ella se acurrucó junto a él.

—Yo también te amo —contestó ella en voz baja, acercándose todavía más y aspirando el aroma que emanaba su cuerpo a madera de sándalo y a musgo húmedo o almizcle. Cuando ya se estaba quedando dormida, su móvil sonó para anunciar que había recibido un mensaje nuevo. Vittorio murmuró algo con voz amodorrada, pero Angela se desveló de repente.

—¿En serio piensas responder ahora? —se quejó Vittorio al ver que ella alargaba el brazo hacia la mesilla de noche.

—Tengo que hacerlo —murmuró ella algo cortada—. Es el tono de mensaje de Nathalie.

Vittorio también se despertó de pronto.

—No habrá pasado nada, ¿verdad? —preguntó preocupado.

Angela cogió el móvil.

Mamá, creo que mañana no podré
ir a Villa Castro. Es que no estoy
muy bien.

2
LA *PRINCIPESSA*

Cuando Angela abrió los ojos ya era de día. Le llegó el aroma de café recién hecho, y nada más volver la cabeza descubrió una bandeja con yogur, brioches recién horneados, unas tazas y servilletas de tela sobre la mesita que normalmente tenía bajo la ventana. De repente la invadió una oleada de ternura. Como tantas otras veces, Vittorio se había levantado antes para acudir a la *pasticceria* Belmondo y comprarle su desayuno preferido.

—*Buongiorno!* ¿Cómo has dormido?

Vittorio entró en el dormitorio con una cafetera caliente en la mano y procedió a servir con cuidado el café en las tazas.

—Bien —respondió Angela mientras se sentaba en la cama, encantada con las atenciones de Vittorio.

En realidad había dormido fatal. Había intentado varias veces hablar por teléfono con Nathalie, pero no lo había conseguido. Por supuesto, Vittorio tenía razón cuando le había dicho que Nathalie era una joven sensata y que no se comportaba de forma imprudente. Pero justo eso inquietó todavía más a Angela. Si Nathalie se había excusado para no acudir a una cita aquella noche, aun sabiendo lo importante que era para su madre, es que algo no iba bien.

Angela y su hija formaban un equipo perfecto. Cuando se trataba de representar a la Villa de la Seda ante el mundo, Nathalie siempre estaba a su lado, al menos hasta ese momento. Su hija tenía un verdadero don para cubrirle las espaldas y, al mismo tiempo, transmitirle seguridad. Era la que siempre mantenía la calma cuando las cosas se complicaban, y también quien se encargaba de protegerla cuando alguien intentaba acapararla en exceso. Además, Nathalie sabía exactamente lo importante que era la tejeduría para Angela. El hecho de que hubiera renunciado al gran evento que tendría lugar en Villa Castro debía de deberse a un motivo bien fundado.

—Estás preocupada —comentó Vittorio escrutándola con sus ojos oscuros. Fue más una constatación que una pregunta. Sabía leer el estado de ánimo de Angela como si fuera un libro abierto.

—Sí —respondió ella con un suspiro mientas aceptaba la taza que él le tendía—. Debe de haberle ocurrido algo. De lo contrario, Nathalie no faltaría a la cita.

—Tal vez puedas hablar con ella por teléfono esta mañana.

—Sí, ya llamará —dijo ella respirando hondo—. Al fin y al cabo, le he dejado un mensaje en el buzón de voz —comentó, aunque en realidad le había dejado tres—. Cuando le apetezca hablar ya me llamará.

Se sobresaltó cuando oyó de nuevo el tono característico que anunciaba los mensajes de Nathalie. El dispositivo vibró sobre la mesilla de noche y se quedó en silencio de nuevo. A Angela le tembló la mano cuando la alargó para cogerlo.

Necesito tiempo para mí, mamá.

Por favor, no te enfades.

—Quizá se ha enamorado y está viviendo su luna de miel —supuso Vittorio—. Ya sabes que el amor llega de las formas más inesperadas...

Angela negó con la cabeza. Nathalie jamás la dejaría colgada por un nuevo amor. Conocía bien a su hija. Sin duda tenía que haberle ocurrido algo. Y el hecho es que le dolía que Nathalie hubiera decidido no contárselo. ¿Acaso no compartían siempre tanto lo bueno como lo malo? Aunque... Tal vez eso era lo que ella creía. ¿Qué podía ser tan malo como para que Nathalie no quisiera contárselo?

No obstante, Angela tampoco tenía demasiado tiempo para preocuparse. Ya eran las once, no dormía hasta tan tarde desde hacía una eternidad. Ciento veinticuatro invitados cuidadosamente seleccionados de la cartera de clientes de Vittorio habían devuelto firmadas las invitaciones de papel de tina para confirmar su presencia en el cóctel que celebrarían esa tarde a las cinco en el jardín de rosas de Villa Castro. Las recepciones que celebraba el estudio de Fontarini eran legendarias, y todo aquel que recibía una invitación podía considerarse parte de un selecto grupo con ciertos privilegios. A Angela se le aceleró el corazón cuando se dio cuenta de que ese día tendría que presentarse sola ante un montón de clientes potenciales.

—¿Cómo que «sola»? —objetó Vittorio cuando ella compartió su preocupación. La abrazó con fuerza para despedirse de ella antes de marcharse a comprobar que todo estuviera listo—. A fin de cuentas, yo estaré a tu lado.

—Por supuesto —admitió Angela antes de besarlo con ternura—. Pero tú eres el dueño de la casa y el anfitrión. Tendrás que ocuparte de otros asuntos.

Por suerte, Angela llevaba tiempo preparándose para la ocasión: en el armario tenía colgado un vestido de seda nuevo de color cuarzo rosa que se pondría para el evento, y también tenía listos los zapatos a juego. El día anterior había buscado asimismo las medias de seda que combinaban con el bolso, y Fioretta había pedido cita para ella a Edda, la peluquera que atendía a sus clientas tres puertas más abajo de la tejeduría. De repente a Angela le vino a la cabeza una idea capaz de salvarla.

—Le pediré a Fioretta que me acompañe —dijo—. Sí, claro. Para algo es mi ayudante.

—Iría con mucho gusto —le explicó Fioretta después de titubear un poco cuando Angela le expuso la situación por teléfono—. Pero es que... no tengo nada adecuado que ponerme.

—Si ese es el único problema, podrías probarte algo de Nathalie.

Las dos jóvenes se habían hecho muy amigas, y Angela estaba segura de que a su hija no le importaría en absoluto prestarle uno de sus vestidos a Fioretta.

—Nathalie me saca al menos una cabeza —objetó la joven—. Ya lo probamos una vez, pero por desgracia no me servían sus vestidos.

Tenía toda la razón, pero a Angela se le ocurrió otra cosa.

—Últimamente te he visto con un bonito vestido negro —comentó.

—¿El del entierro de mi tía abuela? —preguntó Fioretta, y su voz no sonó especialmente emocionada—. ¡Es un vestido de lo más aburrido!

—No, es sencillo, pero no aburrido —la contradijo Angela—. Y te queda muy bien. ¿Sabes una cosa? Ve a buscarlo y lo probamos. Con una de las estolas de seda de Lidia estarás de lo más elegante. Al fin y al cabo, tenemos la tienda repleta de pañuelos de seda, seguro que encontraremos algo adecuado.

Angela estaba en lo cierto. Además, por suerte Fioretta sí que tenía la misma talla de pie que Nathalie, por lo que, con unos buenos zapatos de tacón, aquel vestido de corte sencillo se convirtió en un elegante básico.

Poco después de las doce entraron las dos juntas en la peluquería.

—Tienes que sacarnos de un apuro —le explicó Fioretta a Edda, una antigua compañera de escuela—. La signora Angela necesita un peinado de primera clase, pero también tendrás que darle un toque a mi pelambrera.

Edda soltó una carcajada escandalosa.

—Tienes el pelo más bonito que hay, Fioretta —aseguró—. No sabes la de dinero que se dejan aquí las mujeres para salir con unos rizos como los que Dios te ha dado. Pero ven aquí, ya entiendo lo que quieres decir.

Le lavó el pelo, le cortó un poco las puntas, sobre todo en la parte de atrás, y le embadurnó la melena todavía húmeda con un fragante producto que sacó de una botella de plástico rosa chillón antes de secárselo en un periquete, con lo que consiguió un peinado de lo más fresco y moderno. A continuación le aplicó otro producto y le amasó los rizos con tanta vehemencia que Fioretta no pudo evitar gritar.

—¡Lo estás estropeando!

—Tranquila, lo que estoy haciendo es modelar el peinado —objetó Edda.

Cuando terminó, la joven parecía una modelo de pasarela, sobre todo porque Edda también se encargó de maquillarla sutilmente.

—*Finito!* —exclamó mientras le quitaba la capa de peluquería de un tirón—. Ahora le toca a la *bellezza nordica* —agregó con una sonrisa, y acto seguido le guiñó un ojo a Angela que, sonrojada, tomó asiento frente al espejo—. ¿Quiere que le recoja el cabello? —preguntó colocándose detrás de Angela y levantándole el pelo rubio y sedoso con las manos—. ¿O preferiría que le diera un poco de forma con el moldeador?

—¡Recogido!

—¡Moldeado!

Angela y Fioretta estallaron en una carcajada. Las dos habían soltado opiniones contrarias al unísono de forma espontánea.

—Quizá podría decirme para qué ocasión tengo que ponerlas tan guapas. Así podría aconsejarla mejor, signora Angela.

Fioretta intercambió una breve mirada con su jefa.

—Tenemos que impresionar a la flor y nata de la sociedad italiana para que nos encarguen tejidos de seda. Habrá incluso gente de la aristocracia.

Edda soltó un silbido poco femenino entre los dientes.

—Bueno, con eso me hago a la idea. De todos modos, creo que se parece usted bastante a Grace Kelly —comentó con una sonrisa—. ¡Sí! —añadió enseguida al ver que Angela estaba a punto de contradecirla—. Si le parece bien, la peinaré como lo llevaba siempre ella. ¡Como una verdadera reina! Déjeme a mí.

—De acuerdo —admitió Angela—. Pero ¡no podemos tardar más de media hora!

Cuarenta y cinco minutos más tarde, el coche de Angela salía por el portal medieval de Asenza que separaba la *città vecchia* de la parte nueva de la ciudad. A su lado tenía a Fioretta, completamente pálida por los nervios a pesar del maquillaje.

—Tú simplemente quédate a mi lado en todo momento —le indicó Angela—. Lo único que tienes que hacer es entregar nuestras tarjetas de visita a quienes muestren interés. Vittorio nos presentará a un montón de gente, y sería genial que pudieras retener sus caras. Lucrezia, la ayudante de Vittorio, estará a nuestro lado y nos irá diciendo cómo se llaman los invitados. Además, ha contratado a un fotógrafo que posteriormente nos enviará copias, lo que nos ayudará a recordar quién es quién. Aun así, sería fantástico que pudiéramos retener sus nombres —explicó, tras lo que se quedó callada un momento, pensando en Nathalie con preocupación. En un caso como ese, su ayuda habría sido inestimable—. Por favor, intenta que en los lugares que Lucrezia te enseñe haya ejemplares de nuestro folleto publicitario en todo momento. Y tal vez podrías ayudar a la joven del estudio de Vittorio que al final de la velada se encargará de entregar obsequios a los asistentes. Así nos aseguraríamos de que ninguna invitada regrese a casa sin un abanico.

—Ay, me había olvidado por completo de los abanicos —reconoció Fioretta.

—Pero ¿los han entregado ya?

—Fedo me ha jurado que llegarían a Villa Castro a tiempo.

Durante meses se habían dedicado a acumular restos de seda, y le habían encargado a un diseñador que los aprovechara para crear abanicos de alta calidad. Habían estado trabajando en ellos hasta el último momento.

—¡Me ocuparé de ello! —exclamó Fioretta con un brillo en los ojos—. Y también me ocuparé de coger todo lo que te vayan dando a ti. Y de cuidar que nadie te retenga demasiado tiempo con cháchara innecesaria, de traerte copas de champán...

—... agua —la corrigió Angela con una sonrisa—. Agua y nada más que agua. Y si puede ser, sin gas.

—Bueno, pues agua —repitió Fioretta arrugando su bonita nariz pecosa—. Pero me gustaría saber una cosa: ¿qué era eso tan importante que tenía que hacer Nathalie que le ha impedido acompañarte?

Angela fingió tener que concentrarse en la carretera aprovechando que venían unos coches de frente.

—No lo sé —respondió al fin en voz baja.

Notó la reacción de sorpresa de Fioretta a su lado, y también el nudo de angustia que se le formó en la garganta.

«Cielo santo —pensó—. Aquí estoy, conduciendo alegremente hacia un evento comercial mientras mi hija seguro que se encuentra en dificultades. ¿Debería haber ido a Padua a ver qué le ocurría? No, eso no. Si Nathalie lo hubiera querido, me lo habría pedido.»

—Solo me ha dicho que necesita tiempo para sí misma —explicó Angela después de titubear un poco—. Y, por supuesto, quiero respetarlo.

Villa Castro era una verdadera joya del Renacimiento tardío, una mansión proyectada por un discípulo del famoso artista y arquitecto Andrea Palladio. Desde hacía varias generaciones formaba parte del patrimonio de la familia Fontarini. La *principessa* le había transferido la propiedad a su único hijo, Vittorio, lo que había supuesto tanto alegría como pesar, puesto que desde hacía años había tenido que invertir grandes sumas de dinero en el mantenimiento de la villa. La familia tampoco es que poseyera una gran fortuna, más allá de unas cuantas propiedades antiguas que también requerían reformas y que, por tanto, resultaban costosas de mantener. Vittorio se ganaba la vida con su estudio de interiorismo, pero el rendimiento era irregular.

Como un pequeño palacio, el edificio de planta cruciforme y con una cúpula en el centro estaba erigido al término de una avenida flanqueada por álamos cuyo acceso desde la carretera que llevaba hasta Treviso era cualquier cosa menos evidente. A Vittorio le parecía bien que así fuera, puesto que eso había permitido que la finca pasara desapercibida, con lo que se ahorraba la presencia de turistas curiosos. La villa no aparecía en ninguna guía de viajes, y ningún dispositivo de navegación mostraba el camino de acceso que permitía llegar hasta ella. Y es que lo último que Vittorio quería era la presencia de visitantes interesados en las obras de arte aplastando sus narices contra las ventanas de la finca o colándose por los arriates del jardín.

Eran cerca de las tres de la tarde cuando Angela detuvo el coche a la sombra de un ciprés. En el jardín de rosas reinaba una actividad frenética. Había una carpa que emulaba las antiguas tiendas renacentistas instalada sobre el terreno de grava, flanqueada a ambos lados por bancales ocupados por rosales que ya empezaban a mostrar la exuberancia efímera de las primeras flores de la temporada. En la carpa habían preparado el bufé con el que recibirían a los invitados.

Justo enfrente se encontraba la escalinata que permitía acceder al interior de la villa, y por ella subieron apresuradamente Fioretta y Angela. ¿Qué habría concebido Fedo para los tejidos de seda? Angela tenía la esperanza de que los veinticuatro pañuelos que había entregado destacaran en aquellas salas cubiertas de frescos. Se había esmerado mucho buscando los colores más adecuados para las pinturas murales, pero en esos momentos no pudo evitar preguntarse si no habría sido mejor elegir tonos más modernos y vistosos. De inmediato decidió descartar esas dudas. En el libro de recetas de Orsolina no había lugar para los colores chillones. La Villa de la Seda utilizaba únicamente colorantes naturales de procedencia vegetal o mineral. En eso consistía precisamente el encanto de sus sedas. Tenía que confiar en ello a ciegas.

Fioretta se quedó plantada en el centro del vestíbulo, mirando asombrada a su alrededor con la boca abierta. Angela recordaba bien la primera vez que había estado en Villa Castro y lo impresionada que había quedado también. Las columnas dividían la estancia sosteniendo las bóvedas de crucero del techo, que estaban decoradas con frescos. Un azul luminoso simulaba un cielo con nubes, entre las que danzaban unos ángeles que sostenían guirnaldas y jugaban con los pájaros.

—*Incredibile* —murmuró Fioretta—. ¡Es simplemente increíble!

—Sí, la primera vez yo también me quedé boquiabierta —reconoció Angela con una sonrisa.

Acto seguido descubrió los seis pañuelos de seda de diferentes tonos azules que Fedo había colgado del techo a modo de baldaquinos, como si estuvieran flotando en el aire, aunque quedaban tan elevados por encima de la cabeza que era imposible que nadie pudiera llegar a tocarlos. La seda reflejaba la luz que entraba por las vidrieras de un modo realmente especial.

—¿Te gusta?

Fedo apareció de repente tras ellas con una gran sonrisa en el rostro. Como siempre, iba vestido con pantalones de piel negra, aunque, en lugar de su camiseta de rigor, ese día se había puesto una elegante camisa de lino blanca.

—¡Y tanto que me gusta! —exclamó Angela mientras el diseñador le daba un beso en cada mejilla—. Queda tan perfecto en esta sala que me preocupa que los invitados ni siquiera se fijen en las muestras —objetó.

Fedo asintió.

—Por eso hemos instalado ventiladores, para que levanten una leve corriente de aire y los pañuelos de seda se muevan. Fíjate, puedes comprobarlo en la siguiente sala, donde ya lo tenemos del todo listo.

Las dos mujeres siguieron a Fedo hasta la estancia contigua, que estaba decorada con murales de flores por todas partes, hasta el punto de parecer un cenador emparrado en medio de un gran jardín. Allí los pañuelos de colores estaban tensados entre las columnas, lo que subrayaba todavía más el efecto que producían las pinturas en la sala. Fedo le gritó unas palabras a un empleado y los pañuelos empezaron a moverse, al principio con suavidad y luego formando oleadas.

—Es como si soplara una suave brisa —comentó Fioretta fascinada.

—Además, hemos instalado unos focos ocultos en las columnas —explicó Fedo—. ¿Ves cómo brilla la seda?

—Oh, sí, es realmente fantástico —convino Angela—. Es una verdadera lástima que mis tejedoras no puedan verlo —añadió.

Fioretta asintió.

—Lo filmaremos —le prometió Fedo haciéndole señas a una elegante señora que llevaba una tableta en la mano para que se acercara—. ¿No es cierto, Lucrezia?

Como siempre, la ayudante personal de Vittorio tenía un aspecto absolutamente impecable. A menudo Angela se preguntaba cómo Lucrezia, que ya tenía más de sesenta años, conseguía recogerse el moño de un modo tan perfecto, como si acabara de salir de la peluquería de Edda. Su manera de saludar era acogedora y rutinaria, pero siempre con calidez en los ojos.

«Ella es así —le había respondido Vittorio en una ocasión cuando Angela le había preguntado si Lucrezia tenía algo contra ella—. Trata así a todo el mundo. Incluso a mí.»

Y aunque Lucrezia no ofreciera jamás el más mínimo indicio que condujera a pensar de ese modo, Angela no se quitaba de encima la sensación de que esa mujer impenetrable tenía ciertas reservas hacia ella.

—Por supuesto, lo filmaremos y fotografiaremos —le aseguró la ayudante a Angela mientras iba dando toquecitos a su tableta—. El signor Fabiano llegará dentro de media hora. Se lo recordaré.

Angela se lo agradeció y Lucrezia siguió ocupándose de los preparativos.

—*Attenzione*, ahora llega el punto culminante —anunció Fedo con orgullo mientras les hacía señas para que lo siguieran por otra puerta.

Angela ya había estado muchas veces en la villa, y aun así la sala circular central seguía causándole una impresión tremenda. Fioretta soltó una exclamación ahogada cuando entró en el edificio y los rayos de sol cayeron sobre ella a través de la cúpula acristalada.

—Esto es... ¡es como una iglesia! —exclamó la joven girando sobre sí misma.

Alrededor de la cúpula acristalada, en el techo, había pintado un sol enorme y, a su alrededor, escenas mitológicas relacionadas con ese tema: el majestuoso Helios sobre su carro solar; Faetón conduciendo el carro de su padre demasiado cerca de la Tierra e iniciando así un incendio; un Ícaro precipitándose al vacío después de que el sol fundiera la cera de sus alas; Eos, la diosa de la aurora, y su hermana Selene, la diosa de la Luna. Y en forma de baldaquino, en el centro de la estancia, flotaban los doce pañuelos tejidos con diferentes tonos entre el amarillo y el rojo.

—¿Qué te parece eso? —preguntó Fedo emocionado.

—¡Fantástico! —exclamó Angela—. Una vez más, te has superado a ti mismo. No tengo ni idea de cómo habéis conseguido colgar los pañuelos de ese modo, para que dé la impresión de que están flotando.

—Los han instalado con la ayuda de una pequeña plataforma elevadora especial —reveló el diseñador—. Yo me limité a tener la idea, quienes lo han hecho han sido Peppino y su equipo. Mira, por ahí viene. ¿Quieres que os presente?

Un hombre de aspecto estresado y figura de bailarín estaba a punto de pasar por su lado con un pañuelo de seda azul marino que había tejido Maddalena en la mano, seguido de cerca por una colega con la que iba hablando animadamente. Cuando Fedo le presentó a Angela, su mirada tensa se transformó de repente.

—¡Unos tejidos maravillosos, *signora*! —exclamó el decorador—. Por favor, no se lo tome a mal, pero tenemos que seguir trabajando. Por desgracia, se ha caído uno de los pañuelos. Tenemos que reforzar los hilos. Por suerte, con la escalera llegaremos hasta el techo del vestíbulo sin problema...

Dicho esto, se marchó a toda prisa seguido de su compañera y los dos cruzaron una puerta que, como Angela bien sabía, permitía acceder a la sala de las esculturas de la familia Fontarini.

—Me temo que me están maldiciendo por la idea que tuve —comentó Fedo con una amplia sonrisa, aparentemente satisfecho consigo mismo—. Pero siempre es así. Al final siempre lo acaban solucionando todo y queda genial. Por cierto, aquí en el centro colocaremos otro *catering* —explicó antes de consultar su reloj de pulsera—. Tengo que ir a ver dónde están. Angela, puedo dejaros aquí solas, *vero?* Ya conoces la villa. Vittorio también debe de andar por aquí —añadió, y su mirada examinó por unos instantes a Angela, que todavía llevaba puestos unos cómodos vaqueros y una blusa de algodón—. Todavía... tienes que cambiarte, ¿verdad?

Ella asintió sin poder reprimir una sonrisa.

—Por supuesto, Fedo, ¡no te preocupes! ¡Y Fioretta también!

—*Scusami* —dijo avergonzado—. Es por mi... ¿Cómo lo llaman? Deformación profesional. Quien ha sido diseñador siempre lo será —sentenció justo antes de marcharse.

«¿Realmente me ha creído capaz de presentar la empresa vestida con una blusa y unos vaqueros?», se preguntó desconcertada. Sin embargo, justo en ese momento Vittorio entró en la sala de la cúpula y se le acercó con los brazos abiertos.

—Estáis guapísimas las dos —las saludó con admiración—. Tu peinado me recuerda a alguien, por algún motivo...

—¿A la princesa de Mónaco?

—¡Exacto, Fioretta! ¿No crees que Angela se le parece muchísimo? ¡No me había fijado hasta ahora!

—Ay, qué cosas tenéis —dijo Angela avergonzada—. Simplemente me parezco a mí misma. *E basta!*

—Voy a buscar las bolsas —propuso Fioretta—. ¿Dónde podemos cambiarnos de ropa?

—Allí están las habitaciones privadas —le explicó Vittorio señalando hacia cuatro puertas, dos de las cuales estaban una frente a la otra—. ¿Puedo besarte o te estropearé el maquillaje? —le preguntó a Angela cuando Fioretta ya se hubo alejado.

—No puede haber nada más importante que un beso —respondió ella con ternura.

Vittorio la besó en la frente, los párpados y los labios con la delicadeza de una mariposa.

—Por cierto, esta noche conocerás por fin a mi madre —le susurró al oído.

—¿De verdad? —repuso Angela. Costanza Fontarini ya les había cancelado dos cenas con poca antelación alegando que tenía que atender otras obligaciones—. ¿Estás seguro de que hoy conseguirá venir?

Vittorio se encogió de hombros.

—Tratándose de mi madre, nunca se sabe —afirmó con una sonrisa de disculpa—. Pero algo me dice que ya empieza a sentir mucha curiosidad por ti.

«Solo me faltaba eso», pensó Angela. Lo último que necesitaba ese día eran las miradas críticas de una potencial suegra. Aunque... ¿por qué pensaba ya en ella como la suegra? De inmediato se llamó al orden. La verdad es que ya no tenía edad para preocuparse por esa clase de cosas. Vittorio y ella eran pareja y no tenían por qué casarse. Por consiguiente, daba igual lo que su madre pensara acerca de ella. No obstante, notó que un nuevo tipo de nerviosismo se apoderaba de ella.

Frente a la sala de las esculturas se encontraban las habitaciones privadas de Vittorio, que más tarde quedarían cerradas para evitar que los invitados pudieran acceder a ellas. Había dos dormitorios, cada uno equipado con una cama de matrimonio y un pequeño salón contiguo. Las pinturas históricas que decoraban esas paredes conservaban el color bastante bien, un amarillo delicado y un azul gris claro, y no dominaban las estancias tanto como en otras partes de la villa. Angela le mostró a Fioretta la habitación de los invitados en la que más tarde podría cambiarse de ropa con toda tranquilidad y decidió comprobar la sala de las esculturas una vez más, más que nada para asegurarse de que el pañuelo de Maddalena no hubiera sufrido ningún daño.

En la gran rotunda ya habían instalado unas mesas de manera que formaran un círculo justo debajo de la cúpula. Tres hombres trabajaban con gran concentración, y Angela se fijó en lo bien coordinados que estaban. A continuación abrió la puerta por la que antes había desaparecido el decorador.

A Angela le encantaba aquella sala. Cada vez que entraba en ella recordaba la primera vez que Vittorio se la había enseñado. Por aquel entonces apenas se conocían, y sin embargo él había querido presentarle, como quien dice, a su familia. La sala contenía los retratos esculpidos en piedra de un gran número de miembros de la familia Fontarini: bustos de mármol y alabastro sobre pedestales en un lado, y estatuas de cuerpo entero y tamaño natural en el otro. Junto a imponentes matronas de mirada penetrante y copete de piedra, y retratos llenos de carácter de hombres claramente acostumbrados a tomar decisiones y dar órdenes, se encontraba también la tierna imagen de una niña pequeña con el pelo trenzado por la que Angela sentía verdadera debilidad. Sin embargo, el busto que más le gustaba era el de Vittoria Fontarini, la bisabuela de su pareja, inmortalizada por el cincel a una edad avanzada. A Vittorio lo habían bautizado en honor a ella.

Normalmente, cuando entraba en aquella sala sentía una calma especial, pero ese día notó algo muy distinto. Los decoradores habían instalado junto a las esculturas una gran mesa de trabajo. Hacía poco, un escultor famoso había esculpido un busto de Costanza, la madre de Vittorio. No era una obra moderna ni una interpretación abstracta, algo semejante no habría encajado en absoluto en aquel contexto, por lo que más bien se trataba de una representación realista. Y para su gran horror, Angela se dio cuenta de que el pañuelo de seda azul marino de Maddalena había quedado colgado de cualquier manera de la cabeza de piedra de la madre de Vittorio, como si la escultura no fuera más que un perchero.

—Disculpe un momento —dijo dirigiéndose con determinación a Peppino—. Pero esto no puede ser. Por favor, saque el pañuelo del busto enseguida.

—*Sì, sì, subito* —replicó el decorador con aire ausente, puesto que estaba ocupado midiendo con sus compañeros la longitud correcta que debían tener los hilos—. Enseguida me ocuparé de eso.

Incapaz de seguir viendo la escultura cubierta por el pañuelo, Angela rodeó apresuradamente la mesa de trabajo para llegar hasta el busto, pero antes de que pudiera retirar el pañuelo oyó una indignada voz femenina a su espalda.

—¿Se puede saber qué es esto?

Se dio la vuelta. Desde el umbral de la rotunda, una mujer de edad avanzada y figura esbelta la fulminó con la mirada. Llevaba un sencillo vestido color cáscara de huevo de chenilla cardada que, a primera vista, a Angela le pareció que podía ser un modelo de Armani. El pelo corto y espeso coronaba su cabeza como un casco plateado. No llevaba joyas, aparte de unos imponentes anillos en los largos y nervudos dedos. El parecido entre aquella mujer y el busto era más que evidente.

—¿Es que no siente ni el más mínimo respeto por nuestra familia? ¿Qué son todos estos cachivaches en la sala de la familia?

Peppino se la quedó mirando asustado.

—*Porca miseria* —susurró entre dientes—. *La principessa!*

Al ver el tirón con el que el decorador apartó el pañuelo de seda del busto, Angela no supo si preocuparse más por la obra de Maddalena o por la escultura.

El decorador intentó salvar la situación con un verdadero torrente de palabras. Sin embargo, Angela sabía bien que ciertas cosas simplemente no se pueden arreglar de forma tan fácil. Costanza Fontarini se lo quedó mirando como si no fuera más que un reptil nauseabundo, se detuvo un instante frente a ella para repasar sus vaqueros y su blusa, y luego escrutó también a la compañera más joven de Peppino. A continuación, dio media vuelta y se marchó de nuevo sin haber perdido ni por una fracción de segundo aquella dignidad de soberana.

Peppino soltó un ruido parecido al de los globos que dejan escapar el aire.

—¡Madre mia! —gimió—. Solo nos faltaba esto —comentó antes de volver a centrarse en su trabajo.

«Uf», pensó Angela con angustia mientras se retiraba a su dormitorio para prepararse para la recepción. El primer encuentro con la madre de Vittorio difícilmente podría haber ido peor. Tan solo esperaba que entretanto Costanza se olvidara de lo ocurrido, puesto que, al fin y al cabo, ella no había sido la responsable del incidente que había tenido lugar en la noble sala dedicada a sus ancestros.

Justo cuando Angela entró en el pequeño salón estaban entregando las cajas con los abanicos. Fioretta se encargó de presentar una selección sobre la mesa.

—¡Mira qué preciosos han quedado! —exclamó la joven—. ¡Este de aquí combina maravillosamente con tu vestido!

Angela cogió el abanico rosado que Fioretta le tendía y comprobó el mecanismo. Con un leve crepitar, el abanico se abría y cerraba a la perfección.

—Han hecho un buen trabajo —sentenció Angela aliviada—. Aparta unos cuantos que sean bonitos para las tejedoras antes de llevarle la caja a Lucrezia. Ella sabrá cómo podemos hacerlo para repartirlos entre las invitadas.

Una vez sola, Angela se cambió de ropa enseguida y respiró hondo unas cuantas veces para calmarse. Ya eran las cuatro y cuarto, se acercaba la hora de colocarse junto a Vittorio para recibir a los invitados. Se contempló con ojo crítico en el gran espejo del dormitorio de Vittorio. Ella seguía pensando en la habitación de ese modo, a pesar de que él la había corregido ya un par de veces con cariño. «Nuestro dormitorio», le había dicho antes de besarla en la sien. Sin embargo, por muy preciosa que le pareciera Villa Castro, dudaba que jamás pudiera llegar a considerarla propia.

—Pero eso no importa —se dijo a sí misma ante el espejo.

La Villa de la Seda: ese era su reino y su hogar. La suerte de tener a Vittorio a su lado aún le parecía reciente, por lo que todavía lo consideraba una circunstancia frágil. Tras un idilio inicial a principios del verano pasado, él se había creído la intrigante mentira que le había contado su amigo Dario Monti y había roto con ella sin darle explicaciones. Las semanas y meses que siguieron a ese incidente fueron terribles, puesto que el agotamiento y la decepción le habían provocado un colapso. Justo antes de Navidad se habían encontrado de nuevo y habían podido resolver el asunto. Desde entonces Vittorio la colmaba de atenciones y demostraciones de amor. Sí, le había perdonado que en su momento no le hubiera dado siquiera la oportunidad de aclarar el malentendido, pero de todos modos algo le decía que tenía que ser prudente al respecto. Porque estaba segura de que no podría soportar otra decepción semejante. Sobre todo después de haber perdido a Peter, su marido, y de haberse reconciliado con Vittorio.

—Angela, amor mío —le oyó decir a Vittorio desde el salón—. ¿Estás lista? —preguntó contemplándola desde el umbral. Sus ojos, tan increíblemente parecidos a los de su madre, resplandecieron al verla—. Estás guapísima —constató en voz baja mientras se le acercaba y la rodeaba con sus brazos—. Estoy muy orgulloso de ti —le susurró al oído—. Que hayamos organizado juntos la presentación de hoy me hace muy feliz.

Ella asintió mientras asumía aquellas palabras. En efecto, no eran solo una pareja de lo más feliz, sino que también formaban un buen equipo.

—¿Estás lista? —le preguntó Vittorio de nuevo, y Angela asintió—. Entonces vayamos a recibir a tus invitados —propuso.

—Nuestros invitados —lo corrigió ella acurrucándose un poco más junto a él.

—Exacto —replicó él—. Nuestros invitados.

3
EL SECRETO DE NATHALIE

—*Mamma*, cuánto me alegro de que hayas podido venir —saludó Vittorio—. Me gustaría presentarte a Angela, la mujer a la que amo.

Costanza Maria Grazia Antonella Fontarini, que justo en ese momento estaba hablando con un hombre, se dio la vuelta y sonrió.

—¡Hijo! —exclamó con afecto. Su mirada se desvió hacia Angela, y a esta le pareció detectar un atisbo de sorpresa en los oscuros ojos de la *principessa*. ¿O tal vez simplemente se lo había imaginado?—. *Piacere* —añadió la princesa con la misma amabilidad reservada que solía utilizar Lucrezia, tendiéndole la mano repleta de anillos.

¿Realmente la madre de Vittorio no la había reconocido? No, a Angela le pareció que, mientras estrechaba sus fríos dedos, aquella mujer simplemente se estaba dominando a la perfección. Y entonces se dio cuenta de que no tenía la menor idea de cómo tenía que dirigirse a ella. «Signora Fontarini» no le parecía una opción viable. Y tampoco podía utilizar su nombre de pila la primera vez que hablaban, al menos sin que se lo permitiera de forma explícita. Y «excelencia» o «*principessa*», como al parecer hacían los demás... no, simplemente no se sentía incapaz de soltar algo semejante. «Después de todo —pensó—, ya no vivimos en el siglo XIX.»

—Me alegro de conocerla —se limitó a decir.

—Tengo una sorpresa para ti —le dijo Costanza a su hijo, como si la presentación de Angela fuera ya un tema concluido—. ¡Adivina quién ha vuelto a Venecia! —Vittorio arqueó las cejas con expresión interrogante—. Tiziana —reveló la *principessa*—. Podrás verla hoy mismo, me he tomado la libertad de invitarla. ¿No es fantástico?

—¿Tiziana ha vuelto? —preguntó Vittorio con entusiasmo—. ¿De verdad? Creí que estaba en Nueva York.

—Ha decidido regresar, ¿no lo sabías? —añadió Costanza lanzándole una mirada de reproche—. Y eso que el estudio de arquitectura de Nueva York le ofreció una participación en el negocio. Pero lo ha rechazado para tomar las riendas de la empresa de su padre. ¿No te parece fabuloso?

Una sonrisa de satisfacción transformó el rostro de la princesa y la dotó de una apariencia extremadamente atractiva. A pesar de sus setenta y cuatro años de edad, seguía siendo una mujer bella y con una figura esbelta que quedaba perfectamente realzada por un ceñido vestido. Su piel, pese a las arrugas que ni siquiera las cremas más caras del mundo habían conseguido evitar, parecía fresca y juvenil, mientras que sus labios eran gruesos y sensuales. Aunque su rasgo más atractivo eran sus ojos grandes, oscuros y llenos de vida. Se volvió hacia Angela de nuevo.

—Ay, casi me olvido. Me gustaría presentarle a un viejo amigo de la familia —le dijo antes de señalar con la mano derecha hacia el interlocutor con el que había estado hablando, que se había retirado un par de pasos—. Massimo

Ranelli es la cuarta generación de propietarios de la empresa Ranelli Seta, el mayor productor de seda de Italia con sede en Venecia. Sin duda debe de interesarle, ¿no es cierto? Estoy segura de que comparten muchos intereses comunes. Permítanme que los presente: Massimo Ranelli, Angela Steeger. Hace un año Angela adquirió una bonita manufactura de seda en Asenza. Estas muestras que veremos hoy por la villa proceden de su taller.

Costanza señaló con un movimiento vago hacia el techo del vestíbulo y en uno de sus anillos brilló un rubí. A continuación saludó a Angela con la cabeza, se agarró al brazo de Vittorio y se lo llevó.

—Enhorabuena —dijo Ranelli. Angela, sorprendida, siguió con la mirada a Costanza y Vittorio antes de volverse por primera vez hacia el empresario, que tenía una voz profunda y agradable, y los ojos rodeados por arrugas de expresión—. He llegado pronto y la *principessa* me ha permitido contemplar la presentación con calma. Estos tejidos de seda son realmente especiales. Tiene que contarme más sobre esa manufactura. ¿Con qué tipo de telares están tejidos estos pañuelos?

Angela estaba de nuevo en su elemento. Procedió a describirle la Villa de la Seda, los telares antiguos y sus excelentes tejedoras. Fioretta, que se le había acercado de forma discreta, dio un paso adelante y le tendió a Ranelli uno de los folletos que había mandado imprimir hacía poco. Mientras el empresario lo hojeaba con interés, intentó fijarse en el aspecto del fabricante de seda. Rondaba los sesenta años y tenía un aspecto impecable. Llevaba un traje de color antracita confeccionado a medida con un tejido mixto de lana y seda que su mirada experta detectó a la primera. Tenía la cabeza muy grande y el pelo ralo, unas bolsas voluminosas bajo unos ojos pequeños pero atentos, y algo de papada, por lo que su aspecto se asemejaba al de un oso bondadoso que sabía disfrutar de la vida tranquila. En su mano derecha destacaba un sello con un blasón familiar. Aunque lo que a Angela más le gustó fue que parecía realmente interesado y receptivo.

—Y ¿cuándo se fundó su empresa? —quiso saber Angela.

—A mediados del siglo XIX —respondió Ranelli—. Más o menos como la Villa de la Seda de Asenza, al parecer.

—Y ¿se ha convertido en una empresa muy grande? —preguntó Angela en lugar de corregirlo y aclararle que la Villa de la Seda, en realidad, era mucho más antigua.

—Tenemos dos mil empleados —contestó el veneciano bajando la mirada con humildad—. Tenemos telares completamente automáticos funcionando las veinticuatro horas del día. Eso no puede compararse con su pequeña tejeduría manual. Pero sentimos la misma pasión. Y debo decir que admiro su valentía, *signora*. Lo que elaboran en su manufactura es fabuloso. Se lo digo yo, que también soy del ramo. Sus tejedoras deben de tener mucha experiencia.

—Muchas gracias —repuso Angela—. Mis trabajadoras se alegrarán mucho cuando les haga llegar sus elogios. Y tiene razón, algunas llevan varias décadas sentándose a diario frente al telar. Estoy muy contenta de poder continuar con esta tradición.

—¡Solo puedo felicitarla por ello! —afirmó Massimo Ranelli con una amplia sonrisa—. La verdad es que me encantaría ver la manufactura en alguna ocasión. ¿Cree que sería posible?

—¿Por qué no? —replicó Angela—. Llámeme y podemos concertar una cita.

Acompañó al fabricante hasta la explanada que había frente a la villa, donde Vittorio ya la estaba esperando. Situada a su lado, se dedicaron a recibir a todos los invitados a medida que iban presentándose. Vio de reojo cómo un miembro del servicio indicaba a los coches de lujo que iban llegando los lugares en los que podían aparcar bajo los cipreses. La gente que salía de las berlinas vestía con elegancia, y más de una dama lucía joyas cuyo valor superaba el salario medio anual, ya fuera alrededor del cuello, en las muñecas o en los dedos.

Lucrezia se colocó a su lado y le iba susurrando los nombres de cada persona, de manera que pudiera dirigirse a ellos como si se conocieran desde hacía tiempo. Vittorio, que realmente sí los conocía, les hacía preguntas personales que conseguían que cada invitado sintiera que formaba parte del reducido círculo de la familia Fontarini. La carpa se llenó de miembros de la llamada alta sociedad que se saludaban de buen humor con una bebida fresca en la mano. Angela tuvo la impresión de ser la única que veía a toda aquella gente por primera vez, precisamente ella que, junto con Vittorio, se suponía que era la anfitriona del evento.

—Angela, cómo me alegro de verte —le dijo una voz bien conocida.

—¡Dario! —exclamó ella desconcertada.

Después de lo que les había hecho, jamás habría esperado que Vittorio pudiera seguir teniendo contacto con él.

—Hacía una eternidad que no nos veíamos —comentó Monti con una amplia sonrisa, como si jamás hubiera surgido el más mínimo problema entre ellos.

Y es que había sido él quien había conseguido que Vittorio rompiera con ella el verano anterior. Angela todavía no se lo había perdonado y dudaba que pudiera hacerlo jamás. Durante todos esos meses lo había evitado, aunque no había resultado sencillo, ni mucho menos, puesto que también vivía en Asenza.

Justo entonces, precisamente ese día tan importante, ahí estaba él.

—¿Puedo presentarle a unos colegas, signor Monti? —le sugirió Lucrezia tras plantarse junto al arquitecto con discreción—. Si no recuerdo mal, estaba usted interesado en conocer a Raimondo Gaspari, y justo lo veo allí, junto al bufé.

Y antes de que se diera cuenta, la ayudante de Vittorio ya lo había apartado de los anfitriones de un modo irresistiblemente convincente. Angela no había sentido jamás tanta gratitud por esa distante mujer como en ese momento.

—¿Has invitado a Dario? —le preguntó a media voz a Vittorio antes de que se les acercaran los siguientes invitados.

—No —respondió él en voz baja, pero con vehemencia—. Y tú seguro que tampoco, ¿verdad?

—Por supuesto que no.

—No te preocupes, Lucrezia se encargará de ello.

De hecho, al cabo de un rato Angela vio el Porsche negro del arquitecto abandonar la explanada.

—No me digas que ha echado a Dario sin más —le comentó Angela al verlo, algo preocupada. Quería mantener las distancias con Dario, pero sin hostilidad. Y más en una población tan reducida como Asenza, donde se conocía todo el mundo y probablemente seguirían viéndola con ojo crítico por el hecho de ser alemana durante muchos años más.

Sin embargo, Vittorio negó con la cabeza con una sonrisa en los labios.

—Lucrezia tiene sus propios métodos para esa clase de cosas. No le des más vueltas.

Hacia las seis, Vittorio dio un breve discurso de bienvenida y presentó la Villa de la Seda a los invitados. Lo hizo de un modo especialmente encantador, con mucha naturalidad, lo que despertó de nuevo la admiración de Angela. Como siempre, Vittorio había hablado con soltura: encontrando las palabras más adecuadas, había hecho reír a los que lo escuchaban y luego había despertado su interés y su asombro, de manera que, al término del breve discurso, ese público acostumbrado a tener todo cuanto se puede desear acabó emocionado y bien predispuesto para descubrir los tejidos de seda que estaban a punto de contemplar en el interior.

Las dos horas siguientes pasaron volando. Angela se instaló en la rotunda, y Lucrezia se aseguró de que mantuviera al menos una breve conversación con todos los asistentes.

—Debería hablar también un poco con la duchessa Pamfeli —le dijo finalmente Lucrezia antes de guiarla hasta una dama rolliza que llevaba un vestido con volantes de chifón azul pálido, cuyo acompañante acababa de servirle una bebida del bufé—. Creo que ya se conocieron en Roma, en el baile de su prima. Su hija Tiziana acaba de llegar de Nueva York, por lo que está realmente contenta.

—Me alegro de volver a verla —le dijo Angela a la *du-*

chessa. Esta, sorprendida, se volvió hacia ella y le lanzó una mirada llena de reservas con unos ojos verdes que a Angela le recordaron a los de un lagarto.

—Una recepción muy bonita, la que Vittorio y Costanza han preparado para usted —comentó esbozando por fin una sonrisa que de ninguna manera podía considerarse verdadera, todo lo contrario que las perlas que formaban el impresionante collar que lucía alrededor del cuello. Angela tragó saliva. Era evidente que no le caía especialmente bien a la *duchessa*.

—Me alegro de que se hayan sentido bien recibidos —respondió Angela con amabilidad—. Y también espero conocer pronto a su hija. ¡Me alegro de que haya regresado a Venecia!

La *duchessa* se la quedó mirando con sus ojos de lagarto y torció la comisura de los labios hasta formar una sonrisa de desprecio.

—Sí, todos nos alegramos de ello. Especialmente Vittorio. Al fin y al cabo, siempre han sido inseparables... Ah, ahí está mi pequeña...

A pesar del bullicio, se oyó con claridad el golpeteo rotundo de unos tacones sobre el suelo de mármol. Lo primero que le llamó la atención a Angela fue la espesa melena negra, luego las piernas larguísimas y bien torneadas que estaban encaramadas a unos tacones de aguja espectaculares. Tiziana llevaba un vestido blanco de punto de seda, que terminaba un palmo por encima de su rodilla y con un corte tan sencillo como el de una niña pequeña. Solo que Tiziana ya no era una niña pequeña, sino una mujer sumamente atractiva que Angela estimó que debía de rondar los treinta y pocos.

—¡Vitto! —exclamó con una voz enérgica y sonora que superó sin dificultad al resto de los sonidos que llenaban la sala de la cúpula.

Al cabo de un instante, se lanzó literalmente al cuello de Vittorio y todas las conversaciones se terminaron en seco. La totalidad de los asistentes se volvieron hacia ellos dos. Vittorio agarró a Tiziana por la cintura y empezó a dar vueltas sobre sí mismo con soltura.

—¿Qué le había dicho? —comentó la *duchessa* con satisfacción—. Son uña y carne.

—Tiziana y yo nos conocemos desde hace una eternidad —le explicó Vittorio con los ojos brillantes mientras se desabrochaba la camisa.

Era medianoche, y hacía apenas media hora que se habían marchado los últimos invitados, unos baristas de notoriedad que, mientras se tomaban el enésimo whisky de una botella que costaba doscientos euros, le aseguraron a Angela que le proporcionarían una clientela de ensueño antes de discutir acerca de la posibilidad de equipar su yate de lujo al completo con seda de Asenza si conseguían convencer a sus cónyuges de ello. Tiziana también fue una de las últimas en marcharse. Se había quedado todo el rato colgada del brazo de Vittorio. No lo había soltado ni siquiera cuando él se la había presentado. No obstante, le había dedicado una sonrisa encantadora y se habían besado en las mejillas, de manera que a Angela le había quedado el fresco aroma de su perfume en la nariz. Aun así, había seguido acaparando a Vittorio como si fuera de lo más evidente que tenía ese derecho. Angela no supo cómo tomárselo.

—Nuestras madres son íntimas —prosiguió Vittorio—. Le cogí cariño desde la infancia, cuando no era más que una niña gordita como los querubines del techo del vestíbulo. Yo debía de tener quince o dieciséis años, no lo sé exactamente. El caso es que me seguía a todas partes como si fuera un patito. Cuando llegó a la pubertad se rebeló contra todos, hasta el punto de marcharse de casa. Pero yo conseguí convencerla para que regresara.

—¿Cómo sabías dónde estaba? —quiso saber Angela, y Vittorio sonrió.

—Bueno, porque vino a esconderse a mi casa. Me hizo jurar que no la delataría. Así que solo me quedó la opción de convencerla de que tenía que volver con sus padres. Hoy en día ellos todavía no lo saben, y no deben saberlo de ningún modo.

—¿Qué edad tenía por aquel entonces? —preguntó Angela mientras intentaba calcularlo mentalmente.

—Catorce o quince, no me acuerdo —respondió él—. ¿Vienes a ducharte conmigo?

Angela se lo quedó mirando. Vittorio se hallaba de pie frente a ella, completamente desnudo. A sus cuarenta y ocho años seguía teniendo una figura bien proporcionada y atlética. La observó con un deseo patente en los ojos mientras la ayudaba a librarse de las medias y el sujetador.

—Hoy estabas guapísima —le susurró al oído—. No podía parar de devorarte con la mirada.

«Aparte de flirtear con Tiziana, que te has pasado la noche entera con ella», quiso replicar Angela, pero se mordió la lengua. Vittorio le cogió la mano y se la llevó hasta el baño. Bajo el cálido chorro de la ducha se pegó a ella con suavidad, presionando la pelvis contra la de Angela, de manera que pudiera notar su excitación. A ella se le endurecieron los pezones de repente, y una sensación de calor se apoderó de su bajo vientre. Se quedaron cara a cara, y mientras él la besaba, el chorro de agua caliente se llevó los últimos rastros del molesto perfume de Tiziana, con lo que el recuerdo de aquella mujer tan atractiva también se desvaneció. Fue como si en el mundo solo existieran ellos dos, el espacio que ocupaban sus cuerpos, tocándose y fundiéndose, sus corazones latiendo al unísono, sus alientos convertidos en uno solo, y el anhelo cada vez mayor hasta que ella lo dejó entrar, como si dejarse llevar por él fuera lo más natural del mundo. Ya no tenía la menor importancia si estaban en una cómoda cama o si notaba las frías losas de mármol, siempre que fueran los brazos de Vittorio los que la sostuvieran.

Más tarde, él se la llevó al dormitorio, la tendió en la cama sin haberla secado siquiera y la cubrió con su cuerpo, besándola y acariciándola hasta que volvieron a amarse de nuevo, esta vez con suavidad, meciéndose sobre el colchón. Vittorio consiguió llevarla a un clímax insospechado, hasta que unas oleadas de placer largas y profundas se apoderaron de todo su cuerpo.

—*Amore mio* —le susurró él antes de quedarse dormido entre sus brazos.

Las pocas veces que se quedaban a pasar la noche en Villa Castro desayunaban siempre en el pequeño bar que había cerca de Villa Maser, el lugar en el que Angela y Vittorio se habían visto por primera vez. Y eso que en aquella ocasión ni siquiera llegaron a conocerse. Vittorio estaba tomando un *espresso* con un amigo, mientras que Angela había acudido con la intención de visitar la villa proyectada por Palladio. Sin embargo, como había llegado demasiado temprano, la villa todavía no estaba aún abierta al público, por lo que decidió tomarse un café. Vittorio se fijó en ella, y a Angela él también le llamó la atención. No podría haber sido de otro modo, puesto que al verlo se le había acelerado el corazón de inmediato y de la forma más inesperada, como cuando todavía era una estudiante jovencita en Florencia y cruzaba la mirada con algún italiano atractivo. Solo que ya había cumplido los cuarenta y cinco años, y acababa de perder a su marido, por lo que aquel revoloteo en el estómago no encajaba en absoluto con su situación.

—Ese día huiste de mí —se burló Vittorio esa mañana mientras recordaban la escena como tantas otras veces—. En mi vida había visto a alguien tomarse un *cappuccino* tan deprisa como tú aquel día. Si te hubieras quedado dos minutos más, te habría acabado diciendo algo.

Angela se rio antes de acurrucarse junto a él. Vittorio la besó en la comisura de los labios para limpiarle un rastro de azúcar glas que le había dejado uno de los cruasanes de vainilla que habían desayunado.

—Era justo lo que temía que pudiera ocurrir —admitió ella riendo—. Me pareciste un tipo sospechoso.

En ese preciso instante sonó el móvil de Angela con el tono que identificaba los mensajes de su hija. «Cielo santo —pensó mientras buscaba el móvil en su bolso con un mal presentimiento—. Me había olvidado por completo de Nathalie.» Leyó el mensaje:

Tengo que hablar contigo, mamá.
¿Estarás esta tarde en la Villa
de la Seda?

—¿Por qué los jóvenes no se limitan a llamar y punto? —planteó Vittorio desconcertado mientras veía a Angela teclear una respuesta afirmativa en un periquete—. Sería mucho más sencillo. No sabes cómo envidio que seas tan ágil con los dedos, *amore*. Yo seguro que me equivocaría en cada palabra y acabaría mandando unos mensajes incomprensibles.

Angela se rio.

—Con un poco de imaginación se pueden descifrar —le aseguró antes de ponerse seria—. ¿Vienes conmigo a Asenza? —le preguntó mientras volvía a guardar el móvil en el bolso.

—¿Para interferir en una conversación íntima entre madre e hija? —repuso él con una sonrisa afable—. No, tengo la sensación de que Nathalie preferirá hablar contigo a solas —añadió serio mientras se apartaba unos mechones de la frente—. De verdad que espero que no haya ocurrido nada malo. Aunque, si me necesitáis, ya sabes dónde encontrarme.

Angela se apoyó en él con gratitud y aspiró su aroma. Una vez más, no se verían en toda la semana. Aunque también podía tomarse una mañana libre y la noche antes podría acudir a verlo a Venecia... Pero primero tenía que enterarse de lo que le ocurría a Nathalie.

—¿Cómo le va a Amadeo? —se interesó Angela.

El hijo de Vittorio estudiaba en la elitista Universidad de Harvard, en Estados Unidos, aunque su padre no tenía que pagarle los estudios puesto que había recibido una beca. Hasta el momento, Angela todavía no había tenido la oportunidad de conocerlo.

—Supongo que genial, porque hace tiempo que no sé nada de él —respondió Vittorio con una sonrisa—. Solo me llama cuando necesita algo —añadió riendo—. Amadeo se ha vuelto muy independiente y me alegro de que así sea. Al fin y al cabo, ya ha cumplido veintitrés. El año que viene terminará los estudios y tengo ganas de saber si quiere regresar a casa o si preferirá quedarse en Estados Unidos.

—¿Crees que le gustaría?

—Tiziana le ofreció un puesto en el bufete de un amigo, en Nueva York. No es cualquier cosa para un licenciado en Derecho recién salido de la universidad.

Angela empezó a juguetear con un azucarillo con aire ausente.

—O sea, ¿se conocen bien?

—Tiziana lo conoce desde que Amadeo era un bebé. De hecho, le cambió los pañales un montón de veces —comentó riendo antes de quitarle el sobre de azúcar arrugado de entre los dedos—. Te caerá genial, Tiziana es simplemente irresistible. ¿Te apetece otro café? ¿No? ¿Quieres que nos marchemos ya?

Ella asintió y Vittorio se sacó unas cuantas monedas del bolsillo y las dejó sobre el mostrador, intercambió unas palabras con el barista y salieron del local.

Cuando Angela llegó a casa, su hija ya estaba allí. En la Villa de la Seda reinaba la tranquilidad dominical, los telares estaban parados. Nathalie estaba sentada bajo la morera, con Mimi sobre el regazo. Llevaba la larga cabellera castaña recogida con un pasador. Cuando levantó la mirada, Angela descubrió con sorpresa que su hija había estado llorando. Ni siquiera recordaba cuándo había sido la última vez que la había visto derramar unas lágrimas. Durante el entierro de su padre, por supuesto. Y el verano anterior, cuando ella había enfermado. Pero ¿acaso sabía cómo le iba la vida a esa hija tan alegre que tenía?

—Cariño —le dijo con ternura mientras se sentaba a su lado en el banco, le pasó un brazo por el hombro y la besó en la mejilla—. ¿Hace mucho que me esperas?

Nathalie negó con la cabeza sin mediar palabra, lo que en sí mismo ya era bastante excepcional. En condiciones normales solía avasallarla enseguida con las novedades.

—¿Te apetece tomar algo? —le preguntó la madre, angustiada—. ¿Un café? O tal vez...

—No, gracias, mamá —respondió la hija pasándose la mano por los ojos. La gata gris se asustó y saltó del regazo de Nathalie, que soltó un grito porque Mimi había sacado las uñas. Al ver que su hija seguía guardando silencio, Angela no pudo soportarlo más.

—¿Qué ha ocurrido?

Nathalie tragó saliva.

—Estoy embarazada —confesó con voz apagada.

Las lágrimas le brillaban en los ojos. Angela la envolvió entre sus brazos y ella empezó a sollozar sobre su hombro. Sintió cierto alivio al saber que no sufría ninguna enfermedad grave, y entonces se dio cuenta de que aquel había sido su mayor temor, puesto que al fin y al cabo su padre había muerto de cáncer. Sin embargo, ese breve instante de respiro quedó sustituido enseguida por el desconcierto, puesto que Angela no estaba al corriente de que su hija mantuviera una relación estable con nadie. Y por la preocupación de lo que eso podía significar para el futuro de Nathalie.

—Hija mía, mi tesoro —dijo para intentar apaciguar a Nathalie mientras le acariciaba el pelo y le besaba la sien con cariño—. No es tan grave. Estás sana, eso es lo principal. Siempre encontramos la manera de sobrellevar las cosas, cielo, y esta vez también lo...

—Pero es que no lo quiero —exclamó Nathalie. Se zafó del abrazo de su madre y se puso a buscar un pañuelo con desesperación. Angela encontró un paquete en su bolso y se lo tendió a su hija, tras lo cual esperó con paciencia a que se sonara la nariz y se secara los ojos—. No quiero el bebé —repitió Nathalie con la voz más calmada.

—Es... es absurdo... No puede ser —balbuceó Angela mientras posaba la mano sobre la espalda de su hija y empezaba a recorrerla con suavidad. No obstante, al notar que Nathalie se tensaba todavía más, decidió parar—. ¿De cuánto estás? —preguntó.

—Once semanas —contestó sonándose de nuevo con el pañuelo—. Me enteré el viernes. Imagínate, tenía la menstruación, todo normal. Bueno, tal vez me sentía un poco más débil que de costumbre. Pero, al ver que cada mañana me levantaba mareada y que los vaqueros no me entraban, pensé que no estaría mal hacerme el test. Y no me lo podía creer. Pero luego fui al médico...

A Angela se le escapó un suspiro. Intentó recordar hasta qué punto estaba desarrollado un embrión durante la undécima semana. Por lo que sabía, ya lo tenía todo: brazos, piernas, dedos... Incluso el corazón le latía ya.

—Primero tienes que hacerte a la idea de que...

—No, mamá —la interrumpió Nathalie con vehemencia—. No pienso acostumbrarme a nada. ¡No quiero tenerlo!

A Angela eso le dolió en el alma. Era demasiado tarde para la píldora del día siguiente. Y en caso de que Nathalie realmente quisiera abortar, solo le quedaba una semana de margen. Al menos en Alemania, no tenía ni idea de cuál era la legislación en Italia. En cualquier caso, se puso enferma de solo pensarlo. ¿Realmente era esa la única solución? ¿Es que no había mujeres que seguían sufriendo las consecuencias psicológicas de un aborto a lo largo de la vida? ¿No había otro camino?

—¿Quieres contarme quién es el padre del niño? —sugirió Angela.

Nathalie respiró hondo. Tenía los puños cerrados y apretaba los labios con fuerza. Angela notó como si una mano férrea le estuviera estrujando el corazón. Tan solo esperaba que su hija no hubiera sido víctima de una violación.

—Es que me odio a mí misma por ello —exclamó Nathalie—. No puede enterarse de ningún modo, mamá, tienes que prometérmelo. ¿El secreto quedará entre nosotras? —preguntó amasando el pañuelo de papel con la respiración acelerada—. Dios mío, es la cosa más tonta que he podido hacer en la vida. —Angela esperó. Nathalie le contaría lo que ella quisiera, no quería forzarla a nada más que eso. Después de todo, su hija había recurrido a ella—. ¿Me prometes que no se lo contarás a nadie? —insistió Nathalie con los ojos hinchados y enrojecidos.

Angela cogió aire. Odiaba esas promesas. Su destino se había visto comprometido precisamente por una promesa semejante de su propia madre. En su momento, la abuela de Nathalie le había hecho prometer a Tess que no le revelaría jamás a Angela que su verdadero padre era Lorenzo Rivalecca. Angela había terminado enterándose de todas maneras con cuarenta y cinco años cumplidos. Tess había mantenido su palabra, de la misma forma que la mantendría Angela, pero todo ese secretismo no le parecía nada bien.

—Ya sabes que no haría jamás nada que pudiera perjudicarte —declaró con determinación—. Y tampoco hace falta que te recuerde que soy discreta; si quieres confiarme algo, adelante. Pero tampoco pienso jurar nada. Piensa en la abuela Rita y tu abuelo Lorenzo —le dijo, y Nathalie se mordió el labio inferior, desvió la mirada y asintió con tristeza—. ¿Es Tommaso? —aventuró Angela con cautela.

Nathalie había pasado un par de meses saliendo con el asistente de uno de sus profesores de la carrera de Historia del Arte, pero lo habían dejado hacía un tiempo. Al parecer le parecía un tipo demasiado aburrido. ¿Tal vez se había reconciliado con él?

Nathalie negó con la cabeza con tristeza.

—No, mamá. Tommaso y yo lo dejamos hace tiempo, ya lo sabes —explicó antes de suspirar y tragar saliva de nuevo—. Me he enamorado de mi profesor. El professore Francesco Sembràn. Un hombre felizmente casado. Él y su esposa tienen tres hijos preciosos —añadió, tras lo que se quedó mirando a su madre con los ojos colmados de lágrimas—. Sin duda no querrá ejercer de padre de un cuarto hijo que haya tenido con una alumna.

—Pero ¿no sabías que él...?

—Sí, sí —admitió Nathalie—. Pero me dijo que su matrimonio no era más que una pura formalidad —expuso negando con la cabeza—. Hasta que me lo encontré por casualidad con su mujer y sus hijos, como un padre de familia cualquiera. Al día siguiente lo dejamos. Entonces no tenía la menor idea de que me había quedado embarazada...

Angela abrazó de nuevo a su hija.

—¿Y todavía lo amas? —preguntó en voz baja.

Nathalie negó con la cabeza con determinación.

—No, ya no —sentenció con la voz firme mientras se zafaba de ella—. Me mintió. Y engaña a su mujer. Continuamente, por lo que parece. Entretanto ya ha encontrado a una nueva amante, imagínate. Ahora está con una del primer semestre. ¿Comprendes por qué no quiero volver a saber nada de él?

Angela suspiró. Por supuesto que lo comprendía.

—Y ¿qué pasa con la carrera?

—Cambiaré de facultad —contestó Nathalie tras enderezar la espalda y recogerse unos mechones que se le habían soltado—. Me matricularé en Arquitectura, lo que papá siempre me decía que debería haber estudiado. Y mañana me marcho a Múnich, voy a ver a la ginecóloga.

Angela soltó una exclamación ahogada. ¿Tan pronto?

—¿Ya has pedido cita?

—Claro, mamá, lo he organizado todo. Una consulta, tres días de plazo para reflexionar y luego la intervención. Iré en tren, me recogerá tía Simone. Me dijo que me acompañaría...

—¿Tía Simone? —preguntó Angela. Apenas mantenía contacto con la hermana de su difunto marido, simplemente eran demasiado distintas. ¿Es que su cuñada se había enterado de la situación de Nathalie antes que ella?—. ¿Por qué Simone? ¿Por qué no me lo...?

Se interrumpió a sí misma. «¿Por qué no me lo confiaste a mí antes?», le habría gustado preguntar. Sin embargo, decidió reprimirse. En aquella situación no era correcto reprocharle nada a su hija. Y no obstante, le dolió. Mucho.

—No quería agobiarte innecesariamente —le explicó Nathalie cogiendo la mano de su madre—. Tenías la presentación y todo eso. ¿Qué tal fue, por cierto? Siento mucho no haber podido...

—Ahora mismo eso no tiene la más mínima importancia —la interrumpió Angela con determinación. ¿Agobiarla innecesariamente? ¿Qué se había pensado Nathalie?—. Por supuesto, te acompañaré a Alemania.

—Ay, mamá —runruneó Nathalie antes de darle un beso—. Pero si no tienes tiempo para eso. Justamente ahora seguro que tendrás un montón de cosas que hacer.

—No hay nada más importante que...

Con todo, Nathalie negó con la cabeza.

—Es que prefiero hacerlo así —aseguró—. Tía Simone es una persona extremadamente fuerte y realista, como ya sabemos. No se deja llevar nunca por sentimentalismos. Precisamente por eso nos pone de los nervios tan a menudo. Pero, en esta situación, me viene de perlas. Lo comprendes, ¿verdad?

En el corazón de Angela se estaba lidiando una verdadera batalla. No. No quería comprender por qué su hija prefería acudir a una cita tan íntima con su tía, con la que apenas tenía confianza, en lugar de dejar que fuera ella quien estuviera a su lado. Y aun así una vocecita sensata le decía que Nathalie ya era mayor y sabía lo que estaba haciendo. Como mínimo, eso esperaba.

—Te quiero mucho, mamá —dijo Nathalie apoyando

la cabeza sobre el hombro de su madre—. No te lo tomes a mal, por favor. ¿Sabes? Me da un miedo terrible que las dos nos echemos a llorar como unas locas y no podamos parar nunca más. Quiero acabar con esto de una vez por todas, del modo más rápido y pragmático posible.

—¿Tienes realmente claro lo que esto significa para ti? —le preguntó Angela casi a modo de súplica—. Muchas mujeres acaban lamentando haber tomado una decisión semejante. ¿No deberíamos pensarlo de nuevo con calma, entre las dos? Si temías no poder terminar la carrera con un hijo, seguro que podemos encontrar una solución viable. Aquí en la Villa de la Seda hay sitio de sobra. Emilia me ha prometido traerme a una persona de su familia para que trabaje como asistenta para mí. Quizá podríamos contratarla como niñera también. ¿No has pensado en contárselo también a Tess? Te quiere con toda su alma, y estaría dispuesta a ayudarte si...

—No, mamá —la interrumpió Nathalie—. Lo he pensado con detenimiento y no quiero seguir esperando, no me queda tiempo. No quiero a este bebé. Más tarde puede que lo vea de otra manera, si tengo tanta suerte como tú y encuentro a un compañero fabuloso.

—Pero ¿tienes claro que corres el riesgo de no poder volver a tener hijos?

Nathalie se quedó de piedra, y Angela se dio cuenta de lo crueles que habían sido sus palabras. ¿Qué acababa de decirle? ¿Era cierto, o no eran más que rumores sin fundamento?

—Entonces, que así sea —respondió Nathalie con obstinación—. Lo que sé seguro es que no quiero a este bebé. ¿Puedes aceptarlo? ¿O dejarás de quererme por esto?

—¿Que si dejaré de quererte? —repitió Angela horrorizada, y de repente notó que las lágrimas empezaban a acumulársele peligrosamente en los ojos—. Jamás, Nathalie, ya lo sabes. Acepto tu decisión, sea cual sea.

«Solo espero que no la lamentes más adelante», añadió mentalmente para sí misma.

4
LA RECLAMACIÓN DE LIDIA

Habían cerrado los postigos para mejorar el contraste del vídeo que proyectaban sobre la pared blanca de la tejeduría. Stefano y el resto de las empleadas de Angela contemplaban embobados las fabulosas imágenes de sus tejidos de tela frente a los frescos de Villa Castro. Angela notó con claridad que todos contenían el aliento: ninguno de ellos había visto jamás sus obras en un escenario semejante.

Cuando la filmación terminó y Fioretta apagó el proyector, estaban demasiado impresionados para decir nada.

—Podéis estar realmente orgullosos de vosotros mismos —dijo Angela rompiendo el silencio—. La presentación nos costó mucho esfuerzo, pero ha valido la pena.

Le estaba costando mucho concentrarse. Una parte de ella seguía con Nathalie, que ya estaba viajando hacia Alemania. Sobre la mesa estaban los abanicos que con buen criterio había reservado para sus trabajadoras, ya que las distinguidas invitadas, tal como había previsto, se los habían quitado literalmente de las manos. Se quedó mirando a Nola mientras cogía el suyo, que estaba elaborado con una tela de motivos pardos y dorados que había tejido ella misma. Absorta, lo abrió y lo cerró de nuevo, comprobando con satisfacción lo bien que funcionaba.

—Y en cifras, ¿qué ha supuesto esto para nosotras? —quiso saber Lidia—. ¿Con qué pedidos podremos contar?

—Como es natural, el domingo no llegaron encargos —explicó Angela con paciencia—. No era el marco más adecuado para ello, y tampoco lo esperábamos. Se trataba de un evento para promocionar nuestra imagen, ya os lo expliqué cuando decidimos organizarlo. Casi todos los invitados se llevaron nuestro folleto, ¿verdad, Fioretta? —preguntó, y la joven asintió enseguida—. Por supuesto, ahora tendré que seguir insistiendo en hablar con esas personas. Se trata de conseguir que la tejeduría sea conocida dentro de los círculos de gente que pueden permitirse adquirir nuestros productos. Muchos de los invitados eran lo que se llama *multiplicadores*. Como las amigas de Tessa en Estados Unidos, ¿os acordáis? Les regaló pañuelos a unas cuantas mujeres influyentes que los utilizaron para acudir a actos oficiales. Y, entonces, todas las mujeres que las conocían también quisieron un pañuelo como el que habían visto.

—Sí —intervino Maddalena—. Fueron los pañuelos de hilo dorado. Estuvimos trabajando casi tres meses solo para las amigas de Tessa.

Las demás asintieron. Por descontado que se acordaban de aquella moda americana que Tess había iniciado.

—Entonces... ¿ahora nos limitamos a esperar? —preguntó Anna con desilusión.

—Cada cual que siga con su trabajo —replicó Angela mientras se ponía en pie—. De los encargos ya me ocupo yo. Al fin y al cabo, con los que tenemos en curso tenéis trabajo suficiente hasta el otoño. Ay, por cierto, Stefano, ¿cómo llevas la tela azul claro para los clientes de Vittorio? Fedo me preguntó si podrá contar con treinta metros esta semana.

—El jueves estarán terminados —respondió el tejedor poniéndose también en pie.

—Las fotos eran impresionantes —comentó Nola—. La verdad es que me he sentido... orgullosa al ver lo bien que quedaban mis obras en ese caserón. El efecto era realmente mágico, parecían pequeñas alfombras voladoras...

—A mí también me ha gustado —aseguró Maddalena—. ¿No podríamos...? Quiero decir que, evidentemente, debemos seguir trabajando, pero es que me gustaría tanto volver a verlas otra vez...

—Claro —contestó Angela con alivio, ya que no se le había pasado por alto el cambio de humor general que se había producido tras la objeción de Lidia—. ¿Quién quiere verlas otra vez?

Todas se sentaron de nuevo. Fioretta ya había encendido de nuevo el ordenador y el proyector. Las fotografías y vídeos aparecieron de nuevo en la pared, mostrando imágenes que parecían de otro mundo. El resultado de su trabajo manual flotaba entre las salas de la villa como si las sostuvieran los querubines, entre guirnaldas de flores y brillando con el cielo divino de la mitología griega de fondo.

—Colgaremos todo esto en nuestro sitio web —explicó Angela cuando Fioretta volvió a abrir los postigos y la luz del sol inundó de nuevo el taller—. Así podrá verlo quien entre en nuestra página.

Aliviada, contempló las sonrisas encantadas de las tejedoras.

Lidia era la única que parecía igual de escéptica que siempre.

—No comprendo por qué damos tantas vueltas para conseguir nuevos encargos, sobre todo si no tenemos ninguna certeza de que acaben llegando, y más teniendo en cuenta que todavía tenemos trabajo para medio año.

Lidia, Nola, Stefano y Orsolina estaban sentados en el banco que había bajo la morera tomando, como todos los mediodías, el café que Fioretta les había traído del bar del hotel Duse, en la Piazza della Libertà. Angela se había unido a ellos, aunque en realidad había prometido ir a comer con Tess en Villa Serena. Sin embargo, tenía la sensación de que le convenía quedarse con sus empleadas tras los escépticos comentarios de Lidia.

—Tenemos que pensar en el futuro, Lidia —reflexionó Angela con paciencia—. Por suerte, todavía tenemos un montón de encargos. Pero nadie sabe cómo pueden ir las cosas dentro de un año.

—¿Está usted preocupada?

—No, Stefano, en absoluto. Pero mi papel aquí es pensar a largo plazo, para que siempre tengamos el libro de pedidos tan lleno como ahora. De lo contrario, tendríais todo el derecho a reprocharme que no haya hecho mi trabajo.

—Pero solo somos cinco —objetó Lidia—. Y curramos todo el día. Tejer es agotador. Antes trabajábamos como máximo cinco horas al día. Si seguimos así...

—Eso solo depende de ti —intervino Nola—. Cada una de nosotras puede distribuirse las horas de trabajo a su antojo, así se especifica en nuestros contratos. Si estás cansada, para y vete a casa.

—¿Y que los clientes tengan que esperar todavía más tiempo los pedidos? —repuso Lidia antes de consultar el reloj y ponerse en pie—. ¿Qué pasa? —preguntó con aire desafiante—. La pausa de mediodía se está alargando demasiado. ¿O soy la única que...?

—Aclárame una cosa —la reprendió Orsolina—. Te comportas de forma más alemana que... bueno, que la signora Angela. ¿Se puede saber qué te ocurre? ¿Te has levantado con el pie izquierdo hoy?

—Si solo fuera hoy... —comentó Nola con sequedad—. Ya hace tiempo que me pones de los nervios, Lidia. Siempre estás refunfuñando...

—¿Qué está pasando aquí? —dijo Anna, que acababa de entrar en el patio, alternando la mirada con preocupación entre Nola y Lidia. Esta se puso colorada como un tomate y estaba a punto de replicar algo cuando Angela se le adelantó.

—Ya basta —se impuso con determinación—. No podemos seguir así, Lidia. ¿Por qué no nos dice simplemente lo que le preocupa? ¿Qué es lo que no la satisface exactamente?

La tejedora siguió de pie, con las piernas abiertas y los brazos cruzados como un niño testarudo. Mantenía la cabeza gacha, como si estuviera a punto de golpear a alguien en la frente. Llevaba el pelo rojo recogido en un moño desaliñado del que se habían escapado unos cuantos mechones que refulgían con el sol de mediodía como pequeñas llamaradas.

Durante unos momentos nadie habló. Luego Lidia se irguió y dirigió sus ojos verdes hacia su jefa.

—Me gustaría hablar con usted a solas —se limitó a decir.

—*Va bene* —respondió Angela en un tono deliberadamente neutro—. Hasta el momento lo hemos aclarado todo siempre en equipo, pero, si cree que es mejor así, venga conmigo a mi despacho.

Dicho esto, se terminó el café, dejó la taza en la bandeja del hotel Duse y salió del patio. Lidia la siguió. Mientras cerraba la puerta, Angela le echó un vistazo al grupo que había dejado bajo la morera. Todas parecían extrañadas por la situación. Nola tenía el ceño fruncido; Maddalena, que como de costumbre había regresado a casa aprovechando la pausa y ya había vuelto, parecía inquieta. Era la primera vez que alguien de la tejeduría le pedía discutir un tema a solas, y eso no la tranquilizó precisamente.

—Siéntese —le dijo Angela a Lidia señalándole la silla que tenía frente al escritorio—. ¿Por qué está tan descontenta, Lidia?

La tejedora se mordisqueó el labio inferior y mantuvo la mirada gacha, pero la levantó para mirar directamente a los ojos a Angela antes de hablar.

—Quiero más dinero.

Angela la observó con atención. Conocía más o menos el contexto familiar de todas sus empleadas, pero Lidia seguía siendo un misterio para ella. Por lo que sabía, vivía sola y no tenía ni pareja ni hijos. En alguna ocasión había oído que Lidia había estado casada, pero que su marido la había dejado hacía muchos años, lo que bastaba para explicar por qué aquella mujer se mostraba tan inaccesible. Probablemente solo era infeliz y estaba amargada.

—Ya les subí el sueldo base un diez por ciento tanto a usted como a sus compañeras. Y, sin embargo, ¿le parece que cobran poco? —planteó Angela con cautela.

—No —contestó Lidia reclinándose en la silla—. Lo que me parece es que yo debería cobrar más que las demás.

Por unos momentos, Angela se quedó sin habla.

—Cuando negociamos los contratos —empezó a decir en el momento en que se hubo recuperado del asombro inicial—, hace un año, usted y sus compañeras estuvieron de acuerdo en que las tratara a todas por igual. Acordamos que todas tendrían una jornada de trabajo flexible y que serían ustedes mismas las que se responsabilizarían de...

—Por desgracia, eso no funciona —la interrumpió Lidia—. ¿No se ha fijado usted en la hora a la que llegan y la hora a la que se marchan las demás? Ya, me lo temía. Pero yo lo he estado registrando durante los tres últimos meses. Lo tengo escrito en casa, si quiere verlo se lo mostraré con gusto. Casi siempre soy la primera en llegar y la última en marcharse. Sé perfectamente el promedio de tiempo que trabaja cada una. Stefano es el que más trabaja después de mí. Anna y Nola trabajan una media de tres horas menos que él y cuatro menos que yo. Orsolina, cinco horas menos a la semana. Y ¿sabe usted quién es la que menos trabaja de todas? Maddalena. Trabaja siete horas menos que yo todas las semanas. Eso es casi una jornada laboral completa. Dígamelo usted misma: ¿le parece justo que todas cobremos lo mismo?

Angela se quedó mirando a su interlocutora mientras reflexionaba. Claro que se había dado cuenta de que la cantidad de horas de trabajo variaba entre sus empleadas. Lo había contemplado como parte del trato que había cerrado con ellas un año antes. Puesto que no había encontrado motivo alguno para quejarse por el rendimiento de las tejedoras y puesto que, por la experiencia acumulada como gestora de la empresa de construcción de su difunto marido, también sabía que no se trataba tanto del tiempo que se pasaba en el trabajo como del resultado obtenido, no había objetado nada al respecto.

—La verdad es que me hago una idea general de las horas que trabaja cada una —admitió—. Pero lo que cuenta para mí no es el tiempo dedicado, sino el resultado. Y a ese respecto, todas ustedes rinden más o menos igual.

—Sabía que me saldría usted con eso —respondió Lidia—. Pero no es cierto. No es ningún secreto que mis tejidos son los más refinados y los más apreciados. ¿Cree que no me doy cuenta de qué artículos desaparecen antes de la tienda? Mis chales siempre se venden enseguida. Apenas he terminado uno, ya ha volado. Fíjese, si no, en los pedidos de la tienda en línea. Para los vestidos elegantes que ordena confeccionar solamente utiliza mis tejidos. ¿Por qué? Porque son más bonitos. Los tejidos de Stefano son demasiado rígidos, y los de Maddalena, demasiado débiles. Y las extrañas creaciones de Anna se están acumulando últimamente en la tienda porque no encuentran compradoras. ¡A Anna debería usted controlarla más! Esas mezclas tan extrañas que hace ya no están de moda. Pero no estoy sentada aquí por eso, signora Angela. Lo que hagan las demás es asunto suyo, usted es la jefa. Yo, en cambio, he decidido que no quiero seguir malvendiendo lo que hago. Me gustaría un aumento de sueldo que se corresponda con mi rendimiento.

Angela se quedó indecisa. Lo que Lidia afirmaba era cierto, al menos en parte. Sus tejidos eran realmente incomparables. Aunque los tejidos más suaves y tiernos de Maddalena también tenían su encanto y sus admiradoras. Lo importante era para qué se necesitaba la tela. Un pañuelo de Lidia nunca sería tan agradable al tacto como uno de Maddalena, porque parecían fríos y, por consiguiente, lo que había dicho no terminaba de ser del todo cierto. Sin embargo, Angela no quería enzarzarse en una discusión con Lidia por matices como esos. Sabía por experiencia que eso no traería nada bueno. A Angela no le parecía justo aumentarle el sueldo a una tejedora basándose en el carácter de sus tejidos.

—Para mí es importante que se sienta bien valorada y no solo con palabras, sino también con lo que se encuentre a final de mes en la cuenta corriente —le confesó Angela—. No obstante, lo que tampoco podemos hacer es ignorar los acuerdos a los que nos comprometimos hace un año, eso no sería justo. Y, si mal no recuerdo, Lidia, fue justamente usted quien insistió en que los contratos debían asegurar que se las trataría a todas del mismo modo. Yo he mantenido mi palabra, no tomo ninguna decisión sin antes consultarlo con ustedes —recordó, e hizo una breve pausa para que sus palabras surtieran efecto antes de continuar. Esa solidaridad entre las mujeres, en su opinión, era uno de los pilares en los que se sostenía la cohesión de la empresa—. En su momento ya pensamos que el rendimiento de cada tejedora no siempre sería el mismo, ¿recuerda? También tuvimos en cuenta que algunas son mayores que las demás y que, en algún momento, podían surgir motivos de salud que les impidieran rendir tanto como ahora. Decidimos pensar en ello de forma conjunta y apoyarnos cuando fuera necesario. Y pagar siempre el mismo sueldo a todas. ¿Cómo puedo justificar ante las demás que usted quiere ganar más dinero?

—Explicando que yo trabajo más y rindo mejor que las demás —respondió Lidia con obstinación—. Esa igualdad de trato... es que simplemente no es justa. Sí, yo insistí en ello, pero he cambiado de opinión. Yo trabajo más y trabajo mejor, por lo que también quiero ganar más. Dígaselo a las demás —exigió, y acto seguido se puso en pie y fue hacia la puerta.

—Espere, Lidia —dijo Angela—. Siéntese otra vez, por favor. Tenemos que encontrar una solución...

—Usted es la que tiene que encontrar una solución —objetó la tejedora con vehemencia.

—Yo no puedo pasar por encima de los demás —le explicó Angela con calma—. Si modificamos nuestro modelo, eso nos implica a todos. Esta tarde Anna tiene que acompañar a Giulia al médico —agregó captando la mirada de desaprobación de Lidia—, por lo que mañana por la mañana convocaré una reunión de trabajo y hablaremos de este asunto. Tendrá la oportunidad de defender sus argumentos y luego podremos decidirlo entre todos. ¿De acuerdo?

Lidia apretó los labios y desvió la mirada. Se quedó así unos momentos, como si estuviera sopesándolo.

—De acuerdo —concedió al fin—. Las demás me van a odiar, pero me trae sin cuidado. Ya me odian de todos modos.

—No, Lidia. Nadie la odia —aseguró Angela poniéndose en pie y acercándose a la tejedora—, por mucho que a veces no nos ponga las cosas fáciles. Eso lo tiene claro, ¿no? No se puede decir que sea usted especialmente simpática, pero su manera de ser es algo que yo acepté desde el principio, y además valoro su franqueza. A menudo tiene toda la razón. Si fuera usted la única tejedora de la Villa de la Seda, podríamos llegar a un acuerdo que nos complaciera a ambas. Pero no es el caso. Las demás son tan importantes para mí como usted. Todas formamos parte de un colectivo que en su momento decidió apoyarse mutuamente.

Lidia le lanzó una de sus miradas indescifrables y asintió.

—Muy bien —dijo—. Ya lo veremos.

Por la tarde, Angela no conseguía concentrarse. Miraba continuamente el móvil con la esperanza de recibir algún mensaje de Nathalie. A las tres y media por fin recibió uno, pero para su gran decepción solo constaba de tres palabras:

He llegado bien.

Angela suspiró, torturada por la incertidumbre. Y aun así tenía muy claro que debía darle tiempo. Nathalie acudiría a la clínica directamente desde la estación. Y luego todavía quedarían tres días más de espera.

—¿Qué quería Lidia? —quiso saber Fioretta cuando, hacia las cinco, empezó a prepararse para volver a casa.

Angela levantó la mirada y se dio cuenta de que su ayudante se mordisqueaba el labio con timidez. Era evidente que aquella pregunta la había estado reconcomiendo toda la tarde, mientras ella había estado ocupada pensando en otro problema completamente distinto.

—Mañana hablaremos de esto todos juntos —respondió Angela. En ese momento se percató de que había estado tan preocupada por Nathalie que ni siquiera había avisado a la plantilla de que al día siguiente tendrían reunión—.

¿Serías tan amable de decirles a los demás que mañana habrá reunión tras la pausa de mediodía?

—¿Reunión? —preguntó Fioretta desconcertada—. Sí, claro. Enseguida.

—Vaya, ¡qué lástima! —exclamó Tess antes de tomar un sorbo de su jerez preferido—. De verdad había creído que se mantendrían unidas —añadió. Esa noche, Angela había acudido a cenar a Villa Serena a pesar de no poder dejar de pensar en Nathalie ni un solo instante, pues esperaba que Tess fuera capaz de despejarle un poco la mente—. Y ¿qué vas a hacer?

—Lo aclararemos todos juntos —contestó Angela tomando uno de los palitos salados que Emilia acababa de sacar del horno.

Tess se la quedó mirando con aire reflexivo.

—¿De verdad te parece buena idea? En un caso así, John diría que tienes que demostrar quién manda.

Angela se rio.

—Pero tu marido, por desgracia, ya no está vivo. Y el personal de la Villa de la Seda hace un año me recibió como una comunidad cerrada. Nos costó negociar las condiciones, y Lidia fue precisamente la portavoz del grupo. ¿Cómo puedo pagarle ahora un salario más alto que a las demás?

—No, claro, eso no puede ser —convino Tess—. ¿Es cierto que trabaja bastante más que las demás?

Angela se encogió de hombros.

—Cada una trabaja a su manera. Y sobre Stefano no hay que preocuparse, porque está más motivado que nunca. Mientras las tejedoras obtengan buenos resultados, no les diré nada —respondió Angela—. Nadie obliga a Lidia a trabajar tantas horas. Ella dice que no quiere hacer esperar tanto a los clientes, pero el año pasado la verdad es que eso no le importaba demasiado.

Angela se quedó mirando por la ventana perdida en sus cavilaciones. La imponente casa señorial en la que Tess llevaba ya varios años viviendo estaba ubicada en un lugar privilegiado de la pequeña ciudad erigida en tiempos medievales sobre una colina. Incluía una torre cuadrangular, alrededor de la cual se había construido una villa en el siglo XVIII. Y desde esa habitación de la torre en la que a Tess tanto le gustaba tomar el aperitivo se tenía una vista impresionante sobre las llanuras que descendían hacia los pies de la colina. El sol ya se había puesto, la neblina se había apoderado del horizonte por el lado sur, y debajo se escondía Venecia, que desprendía un resplandor rosado. Sin proponérselo, Angela pensó en Vittorio y de pronto la invadieron unas ganas locas de verle.

—Habla con ellas —le aconsejó Tess arrancándola de repente de sus cavilaciones—. Hasta ahora las cosas siempre han terminado solucionándose, lo que no deja de ser un milagro teniendo en cuenta los caracteres tan distintos de esas mujeres. Por cierto, ¿sabías que a Maddalena le interesaba tanto la historia?

—No —admitió Angela negando con la cabeza—. Pero ya se nota que son verdaderas cajas de sorpresas, mis tejedoras. Y ya que hablamos sobre Maddalena, tengo la impresión de que algo le preocupa de algún modo. ¿Tienes alguna idea de qué podría ser?

Se había dado cuenta de que, durante las últimas semanas, la más tímida de las tejedoras acudía a trabajar de forma más irregular, no había sido necesario que Lidia la alertara de ello. Aquella actitud no encajaba con el carácter cumplidor de Maddalena. Últimamente llegaba a menudo en el último minuto, sin aliento y muy colorada.

Tess arrugó la frente exprimiéndose los sesos sobre qué podría ser.

—Hace tiempo que no veo a su madre —dijo al fin—. Antes me la encontraba de vez en cuando en el hotel Duse, porque solía acudir a tomar café y a charlar con Fausto. Ahora que lo mencionas, caigo en que hace tiempo que no va por allí. Tal vez esté enferma.

—Creo que hablaré con Maddalena —resolvió Angela.

—Carmela es una persona bastante combativa —añadió Tess con una sonrisa—. Por decirlo de algún modo, vendría a ser el equivalente del viejo Lorenzo. Siempre me ha parecido una lástima que la pobre Maddalena nunca haya llegado a marcharse de casa para vivir por su cuenta. Siempre ha vivido aferrada a las faldas de su madre.

En ese momento, Gianni llamó a la puerta y las avisó de que la mesa estaba puesta.

—Hoy habrá espárragos —anunció Tess mientras se ponía en pie—. La comida preferida de Nathalie. Por cierto, ¿dónde se mete esa chiquilla? Hace un montón de tiempo que no viene por aquí.

Angela gimió para sus adentros. ¿Es que esa noche no saldría ningún tema neutral con el que pudiera relajarse un poco?

—Por lo que sé, tiene mucho que hacer —respondió a modo de evasiva.

Odiaba despachar con una fórmula tan vaga a su amiga. Y sin embargo lo hizo para respetar el deseo de Nathalie de no mencionar a nadie el asunto de su embarazo.

Por suerte, durante la cena Tess recordó que tenía novedades acerca de la sobrina siciliana de Emilia. Quería mudarse al norte de Italia a cualquier precio y buscaba un puesto como ama de llaves. El resto de la velada lo pasaron forjando planes, puesto que Angela buscaba desde hacía ya algún tiempo a alguien que pudiera ocuparse de la casa.

—Y por supuesto necesitará a una persona que se asegure de que coma usted bien —subrayó Emilia después de sentarse con ellas con una infusión para contarles las peculiaridades del carácter de su sobrina—. Ha adelgazado de nuevo, signora Angela. Me preocupa que pueda volver a repetirse un susto como el que nos dio el año pasado. En cualquier caso, lo primero que haré será asegurarme de que Fania hace bien su trabajo. Aunque mi hermana diga que es una verdadera joya, eso lo dicen todas las madres de sus hijas.

Así pues, acordaron que Fania subiría el lunes siguiente a un autobús para plantarse el martes por la noche en Treviso.

—Gianni irá a recogerla —explicó Emilia mientras se ponía en pie—. Y luego yo la cogeré por banda. Veremos qué puede hacer y qué no. Al fin y al cabo, acaba de cumplir dieciocho años.

Cuando Angela regresó a la Villa de la Seda, se sintió sola por primera vez desde que vivía allí. Se le encogió el corazón al pensar en su hija, que en esos momentos debía de estar en la habitación de invitados de su tía Simone, en un barrio residencial de la periferia de Múnich, seguramente durmiendo en un sofá cama torturada por pensamientos funestos. Tenía que esperar tres días antes de la intervención. Nathalie le había dicho que aprovecharía esos días para distraerse un poco recuperando el contacto con sus compañeras de clase. Sin embargo, esa idea no consiguió aplacar la angustia que sentía Angela. Conocía lo suficiente a su hija para saber que preferiría encerrarse en casa antes que salir en ese estado a encontrarse con aquellas jóvenes con las que había empezado la carrera en Múnich. Angela supuso que visitaría alguna exposición o que se encerraría en la biblioteca municipal, un lugar en el que siempre le había gustado trabajar. Al igual que había ocurrido por la tarde, Angela no podía parar de consultar su móvil con la esperanza de recibir una llamada o un mensaje. Al final no pudo soportarlo más y fue ella quien le escribió a su hija:

Te quiero mucho,
no dejo de pensar en ti.

Y añadió unos cuantos corazones antes de enviar el mensaje.

Más tarde, como todas las noches, llamó por teléfono a Vittorio para contarle cómo le había ido el día.

—¿Qué sabes de Nathalie? —fue la primera pregunta que le hizo él—. ¿Está bien?

Angela se mordió el labio inferior. No le gustaba nada mentir a Vittorio.

—Creo que sí —respondió.

—¿Qué le ocurría? Por lo que me dijiste el fin de semana, las cosas no pintaban nada bien.

—Bueno, ya sabes —contestó Angela con vaguedad—. Simplemente... ¿cómo decirlo? Cosas de mujeres.

Por unos momentos se hizo el silencio al otro lado de la línea.

—¿Cosas de mujeres? —repitió Vittorio sorprendido. Angela tuvo la sensación de poder oír a través del móvil las vueltas que le daba a la cabeza. De repente se sintió ridícula. Vittorio apreciaba mucho a Nathalie. Tan solo esperaba que ese asunto no arruinara la simpatía que le despertaba—. Bueno —le oyó decir a su amado—. Entiendo que prefieres no hablar sobre ello, lo comprendo. Lo importante es que se sienta mejor cuanto antes.

«Eso estaría bien», pensó Angela con melancolía.

—¿Y tú qué tal? —preguntó para desviar el tema—. ¿Cómo ha empezado la semana?

—¡Genial! Hoy he ido a comer con Tizi —le explicó con alegría.

—¿Con quién?

—Con Tiziana. Y mira, hemos encontrado un proyecto fantástico en el que podríamos trabajar juntos —prosiguió con la voz atropellada por el entusiasmo—. Ha conseguido unos encargos de reforma interesantes para los que necesita un interiorista. Uno de ellos, por ejemplo, es de un inversor ruso muy rico que se ha comprado una villa en la costa de Amalfi y quiere reformarla por completo. El núcleo será un baño turco enorme, Tizi ya ha terminado los esbozos del proyecto y el propietario está encantado. Y yo también, por cierto, es una arquitecta fenomenal. ¡Será un oasis de bienestar de cuatrocientos metros cuadrados! Lo nunca visto. Probablemente podremos encargarnos de toda la decoración interior.

—Eso sería fantástico —dijo Angela alegrándose de corazón por Vittorio, pues sabía que últimamente había tenido pocos encargos importantes—. Parece algo grande de verdad.

—Sí, al menos eso espero —convino Vittorio, aunque su voz sonó extrañamente amortiguada.

—¿Dónde estás? —quiso saber Angela—. Te oigo muy mal.

—Perdona —se disculpó él, y de repente su voz sonó más clara—. Es que acababa de entrar en el vestidor para buscar unos pantalones. Tengo que volver a salir enseguida, hemos quedado dentro de una hora en un bar para discutir los detalles del proyecto.

Angela consultó su reloj de pulsera. Ya eran las once y cuarto.

—¿En un bar? —inquirió—. ¿Has quedado con Fedo en un bar?

—No, con Tizi —aclaró Vittorio—. Tenemos que darnos prisa para poder presentar una oferta cuanto antes, de lo contrario perderemos la oportunidad. Y puesto que ya nos hemos pasado la tarde en la sala de reuniones, Tizi ha preferido que cambiemos de escenario —explicó riendo—. Ya te digo que esta chica está llena de energía. Es como si se hubiera traído un trozo de Nueva York a Venecia. ¿Y tú qué haces? —preguntó—. ¿Te vas a dormir ya?

—¿Ya, dices? —repuso Angela desconcertada—. Son casi las once y media. Sí, aquí en las provincias ya es la hora de irse a la cama.

Vittorio se rio.

—A decir verdad, a mí también me apetece acostarme. Te quiero —le oyó decir a Vittorio, aunque Angela tuvo la impresión de que lo dijo pensando ya en el bar, en Tizi y en esa increíble energía neoyorquina.

—Yo también te quiero —respondió ella justo antes de que Vittorio colgara el teléfono.

Angela se quedó mirando unos instantes el móvil que todavía tenía en la mano. ¿Por qué se sentía de pronto tan desabrida? ¿Acaso tenía celos? No, menuda tontería. Estaba muy bien que Tiziana pudiera ofrecerle encargos de trabajo a Vittorio, se alegraba de todo corazón. Sin duda tenía que ser la preocupación que sentía por su hija, que debía de estar infinitamente triste. Una madre nota esas cosas. Y aun así, mientras se preparaba para acostarse, pensó en la magnífica cabellera rizada de Tiziana, en aquellas piernas interminables. Y en el recuerdo de verla colgada del cuello de Vittorio.

Cuando por fin se tendió bajo las sábanas recién lavadas, a Angela le pareció oler de nuevo aquella maldita fragancia. Fresca y, de todos modos, penetrante. Elegante y llena de energía. Como Nueva York.

5
LA REUNIÓN

A la mañana siguiente, Angela intentó ponerse en contacto con su hija, pero al parecer Nathalie tenía apagado el móvil. Aunque claro, apenas eran las siete. A pesar de lo mal que había dormido, se encontraba completamente despejada y llena de adrenalina.

Cuanto más pensaba en lo que estaba a punto de hacer su hija, más insoportable le parecía la idea. Ya se había preparado un café cuando sonó el tono de llamada de su móvil. En la pantalla apareció un número de teléfono alemán.

—¿Nathalie?

—Qué va, todavía duerme. Soy yo —le oyó decir a su cuñada con un inconfundible acento bávaro.

—Buenos días, Simone —respondió Angela tragando saliva—. Qué bien que me hayas llamado. ¿Todo bien?

—Todo perfecto —confirmó Simone—. Ayer fue a ver a mi ginecóloga y todo fue como la seda. Nathalie ya tiene concertada la cita. Ya sabes, para librarse del tema. Será el viernes por la mañana, a las ocho.

El corazón de Angela empezó a palpitar a toda velocidad. Con qué frialdad hablaba Simone sobre el inminente aborto.

—Yo no lo llevo nada bien —se le escapó, aunque enseguida lamentó no haberse mordido la lengua.

—Pues haberla vigilado más —replicó su cuñada sin tapujos—. A mi hermano esto tampoco le habría sentado nada bien, no quiero ni pensar en lo que habría dicho si todavía estuviera vivo —añadió. A Angela se le llenaron los ojos de lágrimas. Simone siempre había tenido un talento especial para poner el dedo en la llaga más dolorosa—. El caso es que ha sucedido, y la muchacha no quiere arruinar su brillante futuro —dijo con un tinte de ironía. Angela sintió un odio profundo por ella al oírlo—. Yo la ayudaré en lo que pueda —prosiguió Simone con autosuficiencia—. Para eso están las tías, ¿no?

—Gracias —se vio obligada a contestar Angela. Menuda idea había tenido Nathalie confiando precisamente en Simone. Aunque en algo sí que tenía razón: seguro que el viernes Simone no se echaría a llorar—. Me alegro de que la acompañes. ¿Serías tan amable... —empezó a preguntar Angela, pero tuvo que aclararse la garganta para poder articular la petición—: ... de tenerme al corriente sobre todo el viernes?

—Claro, sin problema —accedió Simone—. Te llamaré en cuanto haya terminado.

Dicho esto, se despidió y dio por terminada la conversación.

Angela no pudo soportarlo más, le empezaron a caer lágrimas por las mejillas. «Tengo que ir a Múnich —pensó—. No puedo limitarme a quedarme aquí y dejar que Nathalie pase ese calvario sola.» Ya estaba en su dormitorio y había sacado la maleta de mano del armario cuando se acordó de que precisamente ese día había convocado una reunión en la tejeduría. «Da igual —se dijo—. La haremos otro día.» La pequeña maleta ya estaba medio llena cuando se dio cuenta de que Nathalie había rechazado su presencia de forma explícita. En otras palabras: no quería tenerla cerca.

Angela se dejó caer sobre la cama, junto a la maleta, y se echó a llorar de nuevo. Pero ¿y si su hija había cambiado de opinión desde que habían hablado? «Te lo habría hecho saber», le advirtió una voz sensata dentro de su cabeza. Indecisa, regresó a la cocina, donde se había dejado el móvil. Con la vaga esperanza de que Nathalie le hubiera dicho algo en el entretanto, le echó un vistazo a la pantalla.

No. El único mensaje que tenía era de Vittorio.

Buenos días, *amore*. Eres lo primero
que me ha venido a la cabeza esta
mañana. Que tengas un buen día.

Y luego un corazón palpitante de color rojo.

Era un encanto. Y aun así, Angela no consiguió librarse de cierta sensación de decepción por el hecho de no saber nada más acerca de su hija más allá de lo que le había contado Simone. Es decir, casi nada.

Dudosa, consultó el reloj. Entonces decidió hacer lo que más solía ayudarla en esos casos: se puso la ropa deportiva, se calzó las zapatillas de correr y salió de la casa.

Pasó por la Piazza della Libertà y subió hasta la iglesia que había en el punto más elevado de la ciudad. Allí giró en dirección al cementerio, como de costumbre, siguiendo el largo muro que delimitaba la finca de Lorenzo Rivalecca hasta que la calle adoquinada dio paso a un camino de tierra que transcurría entre los viñedos. Aquellas tierras habían sido propiedad de su padre antes de que lo hubiera vendido todo. En la década de 1970, Rivalecca y su madre se habían conocido allí, cuando ella y su amiga Tess todavía eran jóvenes y aprovechaban las vacaciones para trabajar en la cosecha de la uva. Entre Rita y Lorenzo Rivalecca había surgido el amor a primera vista. Lo que Angela no sabía era el motivo que los había enemistado al término de la temporada. Sea como sea, el caso es que su madre había regresado a Alemania embarazada, se había casado con un antiguo pretendiente y había ocultado el secreto de la verdadera paternidad de su hija durante el resto de su vida. Tess era la única que había estado al corriente de ello, y Rita le había hecho jurar que jamás lo revelaría, una promesa que había mantenido hasta el año anterior.

Angela siguió el camino que rodeaba la colina sobre la que estaba erigida Asenza y que terminaba en una zona de nueva construcción. Normalmente la evitaba, porque era donde vivía Dario Monti, pero esa mañana decidió que la presencia de aquel tipo le importaba un comino. Tampoco podía pasarse la vida esquivando al arquitecto que la había ayudado a reformar la Villa de la Seda y que luego se había enamorado de ella como un estúpido. Al fin y al cabo, nadie la obligaba a intercambiar con él más que un breve saludo. Para su alivio, no se topó con él. Incluso la pista de tenis en la que solía entrenar por las mañanas estaba vacía.

Entonces se acordó de cuando lo había visto en Villa Castro. ¿Quién lo había invitado? No se lo explicaba. Monti era un viejo amigo de la familia de Vittorio. ¿Era posible que hubiera sido Costanza, la madre de Vittorio, quien le hubiera mandado la invitación? Después de todo, también había invitado a Ranelli, el fabricante de seda veneciano, sin consultárselo a su hijo. Pero, en ese caso, ¿por qué lo había hecho? ¿Era posible que simplemente hubiera olvidado lo que Monti les había hecho a Vittorio y a ella?

Cuando poco antes de las nueve, ya duchada y con el pelo seco, Angela entró en el despacho de la planta baja de la Villa de la Seda, Fioretta ya había abierto la tiendecita contigua, en la que vendían los pañuelos y chales de seda. Era martes, uno de los días en los que solían llegar a Asenza autocares turísticos de una agencia de viajes que sistemáticamente proponía la Villa de la Seda como lugar de visita obligado. Y todo gracias a Luca, un antiguo compañero de escuela de Fioretta cuyo padre era el propietario de la compañía de autobuses. El joven se encargaba de que un número considerable de turistas de todo el mundo llegaran en tropel a la tienda y, con un poco de suerte, aprovecharan para comprar algún pañuelo o chal.

Esa mañana llegó tanta gente y el bullicio era tan escandaloso que Angela tuvo que dejar el trabajo administrativo para bajar a ayudar a Fioretta. Pidieron ver todos los chales de los estantes, aunque al final solo fueron tres las viajeras que se animaron a pagar el elevado precio que la tejeduría se veía obligada a pedir por aquella seda tejida a mano.

—Algo es algo —dijo Angela cuando el grupo se retiró para tomar un café rápido en el bar del hotel Duse antes de subir de nuevo al autocar que los llevaría hasta la próxima atracción turística.

Dobló un pañuelo de color violeta claro tejido con una mezcla de materiales que llevaba la inconfundible firma de Anna. La tejedora había combinado diversas variedades de seda con lino. Las tres piezas que habían vendido procedían del telar de Maddalena, que tejía unos pañuelos de una suavidad incomparable. A Angela le vino a la cabeza lo que le había dicho Lidia y, tras haberlo guardado todo de nuevo en los estantes, echó un vistazo a las existencias. ¿Realmente era cierto que las obras de la pelirroja eran las primeras que se vendían?

—¿Tienes alguna lista que especifique quién confeccionó los artículos vendidos, Fioretta? —le preguntó a su ayudante—. Creo que en una ocasión lo mencionaste —añadió.

—*Ma certo* —respondió Fioretta asintiendo, y acto seguido abrió el cajón del mostrador y sacó una carpeta—. Las mujeres me lo preguntan continuamente. Son ambiciosas y quieren saber si sus artículos tienen demanda o no. Por eso llevo la cuenta de lo que vende cada una desde que trabajo aquí. Tengo una lista para la tienda y otra para los pedidos en línea —explicó mientras abría la carpeta.

En el margen izquierdo de una hoja de papel, cada día que abría la tienda anotaba la fecha y una marca por cada pañuelo que vendía bajo el nombre de cada tejedora, que estaban listados uno junto al otro en la parte superior. Procedía del mismo modo con los pedidos que llegaban a través del sitio web de la Villa de la Seda. Bajo el nombre de Stefano había pocas marcas, porque solo tejía algún que otro pañuelo o chal con el telar de Nola, mientras esta preparaba la urdimbre del *omaccio*. Las telas para cortinas o artículos de decoración que tejía con el telar grande, puesto que las elaboraba especialmente para el estudio de Vittorio o para otros interioristas, no quedaban registradas en los listados de Fioretta. Y con el trabajo de Orsolina ocurría lo mismo, puesto que era la encargada de teñir los hilos de seda.

Fioretta anotó la fecha de ese día en la hoja actual e hizo tres marcas bajo el nombre de Maddalena. Luego le pasó la carpeta a Angela y esta procedió a revisar los registros de las últimas semanas. Le resultó muy sencillo hacerse una idea clara de la situación, puesto que Fioretta solía anotar los resultados totales en la parte inferior de cada hoja.

—Parece que más o menos venden la misma cantidad de chales y estolas —murmuró Angela, y Fioretta asintió.

—Antes de las fiestas, Lidia es siempre la que más vende —constató—. A principios de año, los artículos que teje Anna se venden bastante bien. Lo que hace Nola es más clásico, y los pañuelos de Maddalena encuentran compradoras durante todo el año.

Angela asintió. Cada tejedora tenía su propia especialidad y su propia clientela. Los chales de Maddalena eran los favoritos de cualquier mujer desde que Angela asesoraba sobre los colores que debían utilizarse en la tejeduría. De hecho, ella tenía una estola rosada suya, puesto que se había enamorado de ella la primerísima vez que había entrado en la Villa de la Seda, y la cuidaba como si fuera un verdadero tesoro. Nola estaba especializada en telas con motivos decorativos que, teniendo en cuenta la simplicidad de los telares con los que trabajaban, se limitaban a franjas y diferentes clases de cuadrados y rombos. Había llegado a dominar la técnica con verdadera maestría, y eran sobre todo las turistas británicas las que apreciaban sus chales, que también resultaban adecuados para caballeros cuando seleccionaba combinaciones de colores más atenuados y otoñales. A Anna, en cambio, le gustaba experimentar mezclando hilos diversos con seda, lo que atraía sobre todo a las compradoras más jóvenes. Las preciosas obras que tejía

Lidia eran ideales para complementar vestidos de gala: eran relucientes y mantenían la forma a la perfección, con lo que cualquier mujer que llevara una de sus creaciones se transformaba en una verdadera reina. Sin embargo, Angela sabía bien que, debido a su frescor y a su rigidez, no eran tejidos especialmente cómodos de llevar.

Una vez más, Angela quedó cautivada por los resultados tan diferentes que sus empleadas conseguían a partir del mismo material. La verdad era que aquellos tejidos conseguían reflejar a la perfección el carácter de cada tejedora.

Después de la pausa del mediodía, cuando entró en la tejeduría encontró a las mujeres ya reunidas. La recibieron con una mezcla de preocupación y curiosidad. Lidia era la única que mantenía la cabeza gacha y, como siempre, los brazos cruzados frente al pecho.

Fioretta había colocado unas botellas de agua mineral y una bandeja con vasos sobre la gran mesa. Parecía realmente tensa. Era la primera vez que no estaba al corriente de los planes de su *padrona*. Incluso Stefano parecía preocupado. Nervioso, iba jugueteando con la mano sana con el mitón de cuero que le permitía accionar la maquinaria del telar con la diestra.

Cuando Angela los saludó, enseguida se dio cuenta de la tensión que reinaba en el ambiente.

—Como ya sabéis, Lidia y yo mantuvimos una conversación privada ayer. Por eso os he reunido, para que hablemos todos juntos sobre ello —empezó a decir lanzándole una mirada amistosa a la tejedora pelirroja para animarla, aunque Lidia se limitó a seguir con los ojos clavados en la mesa y los labios apretados—. ¿Le gustaría compartir con los demás la petición que me hizo?

Por fin Lidia levantó la cabeza. Parecía pálida, pero también llena de determinación.

—Ayer le dije a la signora Angela que quiero ganar más dinero —explicó dirigiendo la barbilla hacia sus compañeras.

Angela se fijó en los rostros de quienes la escuchaban. Maddalena fue la única que reaccionó con sorpresa. Al parecer, las demás ya se esperaban algo por el estilo.

—Bueno, ¿y quién no? —repuso Nola con frialdad—. Pero creo que le corresponde a la signora Angela decidir cuánto vale nuestro trabajo en la tejeduría.

—Pero si hace poco nos subieron el sueldo... —constató Fioretta desconcertada.

—... y hemos recibido una gratificación extra —intervino Stefano—. No sé... Yo tengo la impresión de que nos trata de forma justa.

—Pues yo no —lo contradijo Lidia—. Creo que no me he expresado con suficiente claridad. Yo quiero ganar más porque soy la que más trabaja.

Durante unos instantes en la tejeduría reinó un silencio tal que podría haberse oído un alfiler al caer al suelo. Y luego estalló el tumulto. Nola, Orsolina y Anna empezaron a hablar al mismo tiempo con gran indignación.

Maddalena, en cambio, se quedó callada, alternando la mirada entre Lidia y Angela con clara consternación.

—Silencio, por favor —les pidió Angela—. Todas podrán expresar su opinión, pero de una en una. ¿Quiere empezar usted, Nola? Al fin y al cabo, es la más veterana del grupo.

—Oh, sí —respondió Nola furiosa—. Porque la verdad es que hay mucho que decir al respecto. Para empezar, me parece ridículo que digas que tú trabajas más que el resto —expuso lanzándole una mirada fulminante a Lidia. Esta ya abría la boca para responder cuando Angela levantó la mano y le pidió que se contuviera y escuchara lo que tenía que decir su compañera antes—. Eso por no mencionar que ya establecimos que todas recibiríamos el mismo salario. Era importante para nosotras, también para ti. ¿Es que lo has olvidado? También acordamos que cada una podría distribuirse las horas de trabajo a su antojo. Mientras todas cumplamos con el rendimiento que se espera de nosotras, tenemos esa libertad, *vero?* Por consiguiente, si tú quieres cobrar más, Lidia, todas debemos cobrar más. Pero ¿tú sola? *Nossignora!* Esto no funciona así.

Dicho esto, Nola se reclinó en su silla y cruzó las manos sobre el regazo.

—Yo lo veo igual —dijo Orsolina, que estaba sentada junto a Nola—. No hay nada que añadir.

—Yo también estoy de acuerdo —anunció Stefano—. Aunque quizá añadiría una cosa. Yo aún no estaba presente cuando cerrasteis ese acuerdo, pero conozco los términos del contrato tan bien como vosotras. Debemos tener en cuenta que cualquiera de nosotros... cómo decirlo... puede tener problemas que afecten a nuestro rendimiento de vez en cuando. La signora Angela fue muy generosa aceptándolo. Quiero decir que a todos nos interesa que la tejeduría funcione bien. Es nuestra fuente de subsistencia. A ti también te pueden llegar épocas de vacas flacas.

—En mi vida he tenido épocas peores —lo interrumpió

Lidia antes de que Angela pudiera evitarlo—. Y, a decir verdad, todo eso me parecen excusas.

—Lidia, por favor, todavía no —la frenó Angela. Sin embargo, las demás empezaron a protestar a voz en grito y pasó un rato antes de que pudiera calmarlas nuevamente—. Propongo que Anna y Maddalena tengan ahora la oportunidad de expresarse también —declaró Angela con determinación—. Luego Lidia podrá rebatir cada punto como lo hizo conmigo ayer.

Se hizo el silencio. Orsolina y Nola parecían realmente enfadadas y miraban a Lidia con verdadero odio. Fioretta le dio un toque a Anna, que estaba sentada a su lado con la cara muy colorada.

—Seguramente te referías a mí —comentó al fin la más joven de las tejedoras—. Y lo decías por Giulia —añadió. Con lágrimas en los ojos, miró a su compañera, que negaba con la cabeza en señal de desaprobación—. Tú no sabes lo que es tener una hija; Giulia está en una edad muy difícil. No puedo dejarla sola todas las tardes. A estos adolescentes se les ocurren las ideas más ridículas que puedas imaginar.

—Si no tejieras cosas tan raras —objetó Lidia—, aportarías mucho más a la tejeduría. Todos esos revoltijos de materiales que haces... ¿Por qué no puedes limitarte a tejer seda como las demás? Eso no tiene absolutamente nada que ver con Giulia.

De nuevo se alzó una oleada de indignación y Angela tuvo que ponerse en pie y llamar a la calma unas cuantas veces. Para su gran sorpresa, Maddalena quiso hablar por iniciativa propia.

—Creo que Lidia tiene razón —dijo con la voz temblorosa. Todos se quedaron sin habla, e incluso Lidia se la quedó mirando intrigada—. Es la primera en llegar y la última en marcharse. Además, sus tejidos son los más bonitos de todos.

—¡Eso no es cierto! —protestó Nola furiosa—. ¡Nadie teje pañuelos más suaves que los tuyos! ¿Y mis telas? ¿Me estás diciendo que no sirven para nada?

—No quería decir eso —aclaró Maddalena asustada, tras lo cual se sacó un pañuelo de tela del delantal y se secó la nariz, donde habían empezado a aparecer gotitas de sudor—. Pero también es cierto... —añadió con la voz temblorosa— que yo últimamente no puedo trabajar tanto como antes. Desde que mi madre no puede salir de casa, me necesita por la mañana, por la tarde y por la noche —explicó. Tras los gruesos cristales de aumento, los ojos se le veían más grandes que de costumbre. Angela comprendió que Maddalena también estaba luchando contra las lágrimas—. Y a decir verdad, no sé cómo irán las cosas.

O sea, que era eso lo que tanto afligía a Maddalena. Angela se reprochó no haberse preocupado de hablar con ella antes.

—¿Qué le ocurre a su madre? —preguntó.

—Carmela tiene que ingresar en una residencia de una vez —intervino Lidia con brusquedad antes de que Maddalena tuviera la oportunidad de responder.

—Pero ella no quiere —objetó esta en voz baja.

—No te metas en eso, Lidia —añadió Nola—. ¡No soporto que te pases de ese modo! ¡Ocúpate de tus cosas!

—Precisamente es lo que estoy haciendo —replicó Lidia—. Lo que os pase en la vida me trae sin cuidado. Yo lo que quiero es ganar más dinero si trabajo más que vosotras.

—Pero eso va en contra de nuestro acuerdo —repuso Orsolina—. Sé razonable, Lidia. Hoy Maddalena tiene que dedicarse a su madre. ¿Quién sabe si tú siempre seguirás gozando de tan buena salud? Quizá mañana tengas un ataque de lumbago y no puedas tejer más de dos horas al día. Seguro que luego estarías satisfecha con tu sueldo.

—De lo que todavía no hemos hablado —intervino Fioretta— es del fondo de pensiones que la signora Angela, Tessa y el viejo Rivalecca crearon para nosotras. ¿Cómo lo distribuiremos, si empezamos a cobrar cantidades distintas?

—Podríamos establecer un sistema de puntos —propuso Lidia demostrando lo mucho que había estado pensando en ello—. Por rendimiento. O por asistencia, lo que prefiráis. Eso sería justo.

Nola suspiró con desprecio, pero nadie más tomó la palabra para objetar nada. El silencio que se apoderó de la sala estaba cargado de intransigencia. Angela comprendió que tenía que llegar a un compromiso que resultara aceptable para todas las partes si quería restablecer la paz.

—¿Qué les parece la siguiente propuesta? —preguntó con la voz calmada y prudente aprovechando el silencio—. Mantenemos nuestro acuerdo inicial, todos recibiréis el mismo sueldo —dijo, y Lidia la fulminó con la mirada y abrió la boca para objetar algo, pero Angela levantó la mano para hacerla callar de nuevo—. La gratificación anual, en cambio, se calculará en función del rendimiento de cada cual. Es posible que tengáis que renunciar a una parte o incluso a toda la gratificación, pero el caso es que se compense a las personas que más contribuyan a mantener un buen volumen de ventas.

Lidia parecía sorprendida. Era evidente que no se le había ocurrido una solución semejante.

—Creo que esto es más justo que lo que proponía Lidia —prosiguió—. Orsolina tenía toda la razón cuando ha mencionado que la situación puede cambiar en cuestión de un año. Tal vez Maddalena pueda volver a trabajar más y que, por algún motivo, Lidia tenga que frenar su rendimiento. ¿Quién sabe? Lo que no puedo hacer es ir cambiando vuestros sueldos cada dos meses. Eso no le interesa a nadie.

—¿Y quién decidirá el importe de cada gratificación? —quiso saber Lidia.

—Seré yo quien la decida —respondió Angela con la voz cargada de firmeza—. Puesto que yo soy la responsable de la Villa de la Seda, en tanto que propietaria.

—Y ¿qué pasa con el fondo de pensiones? —preguntó Nola.

—Seguirá tal como lo estipulamos en su momento. Cada persona recibirá al final la misma pensión —explicó Angela mirando a sus empleados. Sin embargo, tenía muy claro que los ánimos estaban demasiado caldeados para tomar una decisión firme en esos momentos—. Encontraremos un sistema que nos permita documentar el rendimiento de cada persona de un modo claro —continuó—. Así mi decisión acerca de la gratificación anual será lógica y previsible. Sea como sea, si al final hay que decidir algo, seré yo quien se encargue de ello —declaró mientras se ponía en pie—. Y ahora propongo que se marchen a casa. Con tanta agitación es mejor que nadie se siente frente al telar. Usted tampoco, Lidia. Váyase a casa y tranquilícese. Por favor, piensen bien mi propuesta y mañana temprano lo decidimos. *Va bene?*

Anna fue la primera en salir de la tejeduría. Bajó la escalera, cruzó el patio y salió a la calle como si estuviera huyendo de algo. Nola y Orsolina, en cambio, se levantaron con cierta vacilación y manifiesto mal humor, lanzándose miradas de lo más elocuentes. Cuando Lidia se hubo marchado también, empezaron a discutir en su dialecto local sobre su compañera. Por suerte, Angela apenas comprendió nada, pero de todos modos les pidió que se calmaran y que asimismo volvieran a casa. Stefano empezó a desplazar su peso de una pierna a otra, aparentemente insatisfecho con la conclusión. Al final, hizo de tripas corazón y le pidió a Angela si podía seguir tejiendo.

—El jueves por la noche tengo que tener el tejido terminado —le recordó—. Si me tomo la tarde libre, no llegaré a tiempo. No se preocupe, signora Angela —añadió al ver las dudas de su jefa—, yo no me altero tanto como las mujeres. Ya ve que tengo las manos bien tranquilas —dijo, e intentó sonreír sin demasiado éxito—. En serio, me gustaría tejer al menos un par de horas más. Me ayudará a pensar en otra cosa.

—De acuerdo —decidió Angela—. Gracias, Stefano. Me parece bien.

El tejedor, aliviado, se metió en la sala contigua, desde la que muy pronto empezó a oírse de nuevo el traqueteo rítmico del viejo telar.

—Por favor, venga conmigo un momento a mi despacho —le pidió Angela a Maddalena cuando esta intentó pasar por su lado encogiendo los hombros.

—Es que tendría que marcharme a casa —susurró.

—Solo serán cinco minutos —le aseguró Angela para tranquilizarla.

Como una colegiala reprendida, Maddalena la siguió hasta el despacho.

—¿Qué le ocurre a su madre, Maddalena? —preguntó Angela después de que la tejedora, a regañadientes, se sentara en el borde de la silla que Angela tenía frente al escritorio—. ¿Necesita algo?

Maddalena suspiró.

—Son las caderas —respondió—. Le cuesta mucho caminar.

—¿Ha ido al médico?

Maddalena asintió.

—Dice que no hay nada que hacer. Mi madre tiene setenta y nueve años —prosiguió al ver la cara de incredulidad de Angela—. El dottore Spagulo dice que es debido al desgaste. Además, tiene moratones por las piernas que no se le curan, por lo que...

Maddalena titubeó y se mordió el labio inferior.

—¿Le duele y está de mal humor? —intentó ayudarla Angela. La tejedora asintió con timidez—. ¿Y no le iría bien una silla de ruedas?

Maddalena miró a Angela directamente por primera vez, y esta se asustó al ver la preocupación que encerraban sus ojos.

—Por el piso todavía se las arregla —explicó Maddalena en voz baja—. Pero está acostumbrada a salir y ver gente...

—¿Y con un andador?

—Es que ya no puede bajar escaleras. Y vivimos en un ático. Cada día le rezo a Dios —continuó Maddalena sin mucha decisión— para que no intente bajar sola de nuevo. El mes pasado estuvo a punto de caerse por la escalera.

O sea que era eso. Angela se reprochó a sí misma no haber visitado jamás a Maddalena y a su madre. Por otro lado, esas cosas no eran muy habituales en Italia. Mucha gente se conocía desde hacía años, estaban acostumbrados a encontrarse en algún sitio, en un bar o un restaurante, pero sin llegar a visitar las casas ajenas, puesto que solía ser un territorio exclusivamente familiar. El año anterior, a Orsolina casi le dio un ataque al ver que Angela se presentaba en su casa sin avisar para visitarla mientras estaba indispuesta.

—En ese caso —reflexionó en voz alta— tendría sentido que buscaran otro piso. A poder ser, una planta baja en un lugar llano.

—Es muy amable por su parte que se preocupe tanto por nosotras —repuso Maddalena con una sonrisa triste—, pero, créame, ya llevo dos años buscando una vivienda como esa.

—Y ¿no ha encontrado nada?

Maddalena suspiró.

—No hay muchas viviendas a pie de calle en Asenza —explicó—. Encima, son todo cuestas. Y las pocas viviendas que hay no nos las podemos permitir.

Angela se reclinó en su asiento y pensó en la situación. Cuando se encontraba en un aprieto, no solía abandonar ante la primera adversidad, eso no iba con ella. Maddalena era una buena tejedora, no podía renunciar a su trabajo. ¿Acaso no era justo y conveniente que la ayudara a resolver ese problema?

—Todavía no he tenido ocasión de conocer a Carmela —constató en voz baja—, y la verdad es que me gustaría. Puesto que no está en condiciones de aceptar una invitación, ¿podría pedirle permiso a su madre para que vaya a visitarla algún día?

Maddalena se la quedó mirando fijamente. Parecía como si estuviera pensando a marchas forzadas.

—La verdad es que no sé si es buena idea. Mi madre a veces puede llegar a ser realmente... egoísta —contestó después de titubear un poco—. Puede... Bueno, es posible que sea muy antipática con usted.

Angela sonrió.

—¿Más o menos como Lorenzo Rivalecca? —Una leve sonrisa apareció también en los labios de la tejedora mientras asentía—. Bueno —dijo Angela—, entonces no tiene de qué preocuparse. He aprendido a arreglármelas bastante bien con ese tipo de personas.

Angela aprovechó la tranquilidad que reinó aquella tarde en la tejeduría para sumergirse en el trabajo. El aumento de sueldo que había pedido Lidia fue una buena oportunidad para hacer balance de cómo iba el negocio desde comienzos de año. Se dio cuenta de que algunos clientes todavía no habían abonado algunas facturas de importe considerable. Como de costumbre, se trataba precisamente de los clientes más adinerados. Una amiga de la madre de Vittorio le debía un vestido de gala de seda tejida a mano que le habían confeccionado a medida desde hacía cuatro meses. Angela era muy paciente y solía limitarse a enviar solo algún que otro recordatorio a los deudores. Sin embargo, ese caso le pareció excesivo. Dejó la factura con una nota sobre el escritorio de Fioretta para que se encargara de ello.

A pesar de todo, podía estar satisfecha con la evolución de la Villa de la Seda. Los pedidos iban llegando a través de la tienda en línea, y Fioretta se encargaba de enviar entre cinco y veinte pañuelos todas las semanas, en ocasiones incluso más. Durante las semanas previas a la Navidad, habían llegado a triplicar el volumen de ventas habitual, y es que los valiosos pañuelos de seda eran el regalo ideal para las mujeres que sabían apreciar algo verdaderamente especial. En aquella época del año, en primavera, la tejeduría de seda promocionaba sus colores veraniegos y los pañuelos más frescos.

No obstante, la mayor parte de los ingresos procedía de los tejidos para el hogar que confeccionaban para el estudio de Vittorio. Había una gran diferencia entre vender un chal de ochenta centímetros de ancho y un encargo de treinta metros de una anchura de casi tres metros. Stefano era un tejedor eficaz y regular, y aun así sus tejidos se diferenciaban considerablemente de las telas confeccionadas a máquina. «Están vivos», solía decir Fedo, que se encargaba de crear con ellos cortinas, cenefas y ribetes, o bien los utilizaba para tapizar muebles o recubrir paredes enteras. Cuando Stefano terminara con la tela azul claro, ya le estaba esperando un pedido de un color oro viejo poco habitual, de manera que Orsolina tendría que teñir grandes cantidades de seda para que él pudiera tejerla con el *omaccio*. ¡Cincuenta metros! Stefano tendría que tejerlos en dos lotes, puesto que ni siquiera el *omaccio* tenía capacidad para una urdimbre tan larga.

Podía estar contenta. Aunque aquellos elevados ingresos llegaban acompañados de grandes dispendios. Solamente trabajaban con seda de la mejor calidad, y eso tenía un precio. Los costosos tintes con pigmentos naturales también debían añadirse a los gastos. Por suerte, siempre podían aprovechar los intentos «fallidos» de Orsolina a la hora de encontrar un tono de color concreto, ese oro viejo, por ejemplo, para los chales de seda. Angela no veía el momento de comprobar qué eran capaces de hacer sus «hadas» con los diferentes tonos dorados que guardaban en una cesta de la tejeduría.

Al pensar en la discordia que había surgido entre las tejedoras, se le encogió el corazón. Por muy difícil que fuera Lidia, la necesitaba. De hecho, necesitaba a sus cuatro tejedoras, y Orsolina y Stefano también eran insustituibles. Suspirando, cerró sus libros de cuentas y ordenó su escritorio. Tan solo le quedaba la esperanza de que a la mañana siguiente llegaran a un acuerdo. Cualquier otro resultado sería una catástrofe.

6
CARMELA

—Espero que acabemos con esto cuanto antes —comentó Anna cuando Angela llegó a la tejeduría a la mañana siguiente—. Giulia está enferma. Tendría que volver a casa lo antes posible.

Al parecer, Maddalena también acababa de llegar, puesto que estaba colgando su chaqueta en el guardarropa y luego se calzó los zapatos abotinados que siempre utilizaba para tejer. Orsolina y Nola discutían sobre el matiz de color de una madeja de hilo. Stefano ya estaba sentado a la mesa; igual que Lidia, que al oír las palabras de Anna hizo una mueca de desprecio y negó con la cabeza.

—¿Qué le ocurre a Giulia? —preguntó Angela mientras les pedía a las demás que se sentaran también con un gesto.

—Me temo que es una cistitis aguda —respondió Anna—. El dottore Spagulo la ha derivado a un urólogo. Tiene cita a las diez —explicó consultando su reloj de pulsera.

—Entonces más vale que empecemos ya —dijo Angela. Estaba cansada, se había pasado media noche sin pegar ojo, alternando su preocupación entre Nathalie y la situación de la tejeduría. ¿Por qué tenía un presentimiento tan funesto?—. Tenemos que tomar una decisión acerca de mi propuesta —prosiguió cuando todos se hubieron sentado, y procedió a repetir una vez más la idea que había tenido para resolver el conflicto: no modificar los sueldos, pero añadir una gratificación anual en función del rendimiento—. ¿Quién está a favor?

Levantaron la mano todos menos Lidia, que mantuvo la boca obstinadamente cerrada como alguien que creyera tener todavía un as en la manga. Angela tuvo la sensación de estar perdiendo la paciencia por momentos. ¿Qué demonios quería Lidia? Se obligó a calmarse y preguntó con el tono de voz más neutro posible cuál era el motivo de su abstención.

—En principio la propuesta no me parece mal —argumentó Lidia, e incluso Stefano se puso colorado debido a la rabia contenida—. Estoy de acuerdo siempre y cuando entre en vigor de inmediato.

—¿Qué quieres decir con eso? —quiso saber Nola—. Si lo decidimos hoy, vale a partir de hoy.

—Que me gustaría recibir un aumento en mi gratificación —afirmó Lidia.

Angela se quedó sin habla.

—¿Estás diciendo —exclamó Orsolina con incredulidad— que quieres más que los mil euros que recibiste?

—Exacto —contestó Lidia reclinándose con los brazos cruzados frente al pecho—. He trabajado más, por lo que también quiero cobrar más. Y enseguida, no quiero que se me despache solo con buenas palabras.

—Esto es... vergonzoso, Lidia —se lamentó Anna.

—¿No te das cuenta de lo impertinente que eres? La signora Angela nos regaló mil euros a cada una sin estar obligada a ello. ¿Y ahora tienes la cara dura de pedirle más? Al final propondrás que todas te demos una parte de nuestra gratificación para que tú puedas tener más. ¡Qué asco! ¡Es que es de vergüenza ajena! —exclamó poniéndose en pie—. Lo siento —añadió dirigiéndose a Angela—. Estoy de acuerdo con todo lo que nos ha ofrecido. Pero no puedo quedarme a seguir oyendo cosas de estas mientras mi hija me espera enferma en casa. Discúlpeme.

Y dicho esto salió de la tejeduría apresuradamente.

—Anna tiene razón —opinó Nola—. Esto que dices, Lidia...

—Basta —la interrumpió Angela con determinación—. No quiero que sigamos discutiendo por esto. Rechazo su propuesta, Lidia. Si le parece que ha trabajado demasiado para lo que cobra, tómese unas vacaciones. Y, si es posible, a partir de hoy mismo. Váyase a casa y disfrute de todas esas horas extras que piensa que ha hecho. Le cedo la responsabilidad de decidir cuándo cree que debe volver al trabajo.

—Pero... —quiso objetar Lidia.

Angela consideró que ya había aguantado bastante.

—Nada de peros —la cortó sin aspavientos pero con determinación—. La discusión ha terminado. Yo me he tomado sus objeciones en serio. Ahora espero que usted respete mi decisión y la de la mayoría.

Acto seguido se puso en pie. Los demás habían desviado la mirada, pero Angela detectó admiración en sus rostros. Al parecer, debería haber hablado con claridad desde hacía tiempo. ¿Qué le había dicho Tess? Que a veces hay que demostrar quién manda. Por mucho que le pesara.

Lidia recogió sus cosas con una lentitud manifiesta, a modo de provocación, y Angela decidió quedarse hasta que se hubiera marchado. Quería evitar que las demás discutieran con ella de nuevo, algo más que probable a juzgar por cómo Nola y Orsolina acechaban a su compañera pelirroja. Stefano ya llevaba un rato sentado frente al *omaccio*, en la sala contigua, y Maddalena hizo lo mismo frente a su propio telar, donde la esperaba una estola de color frambuesa; sin embargo, no puso en marcha la maquinaria.

—Es muy desagradable —le dijo a Lidia rompiendo el silencio de repente— que no estemos de acuerdo. ¿No podríamos llevarnos bien de nuevo?

Lidia fingió no haber oído nada mientras guardaba las zapatillas de lona que solía utilizar para tejer en un gran bolso marrón.

—No te hemos hecho nada malo, Lidia —añadió Maddalena en voz baja, y todos se dieron cuenta de lo mucho que le estaba costando contener las lágrimas.

—Claro que no —contestó Lidia, al fin, y sonó como si tuviera que superar una reticencia interior para declarar algo semejante—. No le hacéis ningún daño a nadie —comentó en un tono que de algún modo sonó burlón y despectivo—. Es solo que... —empezó a decir buscando las palabras más adecuadas. Le lanzó una mirada fugaz a Angela—. Espero algo más de la vida. Nosotras nos partimos el lomo trabajando y... al final es la gente rica la que luce nuestras sedas.

—Afortunadamente —intervino Nola—. Tenemos suerte de que así sea. De lo contrario, esto se acabaría, Lidia. Tú, yo y las demás no podríamos hacer nada mejor que tejer seda. Además, nos encanta. A ti también, reconócelo.

—Claro que me encanta —admitió Lidia antes de apretar los labios con fuerza y lanzarle una mirada de reproche a Angela—. Por eso no quería marcharme a casa...

—¿Por qué no vas a ver a tu hermana a Merano y juegas con tus sobrinos?

Lidia resopló.

—¿Jugar con mis sobrinos? Ya tienen dieciocho y veintiún años. ¿Realmente crees que se interesan por la vieja de su tía? —replicó mientras se ponía la chaqueta de punto y agarraba el asa de su bolso—. Aunque tal vez no sea tan mala idea, después de todo —agregó cuando ya llegaba a la puerta.

—¿Quieres que Stefano te lleve a la estación? —le preguntó Orsolina.

—Creo que podré llegar sola —contestó Lidia.

—Espero que lo pases bien con ellos —le deseó Maddalena justo antes de que Lidia cerrara la puerta.

—No se lo tome usted a pecho —le dijo Nola a Angela—. La conozco desde hace mucho tiempo. Lidia es muy arisca, pero al final siempre acaba entrando en razón.

Al día siguiente, Maddalena le comunicó a Angela que su madre la había invitado a pasar por casa después del trabajo. Armada con una caja de dulces por los que, según Nola, Carmela siempre había tenido debilidad, Angela se plantó hacia las seis frente al edificio alto y estrecho que quedaba justo al lado de la puerta medieval de la ciudad. Cuando subió la estrecha escalera hasta el ático tuvo claro que una mujer con dificultades para caminar no podía superar una barrera arquitectónica como aquella. Carmela necesitaba urgentemente otro lugar para vivir.

Maddalena guio a Angela hasta el *salotto* en el que su madre estaba sentada. Era tan menuda que los pies ni siquiera le llegaban al suelo desde el gran sillón, de manera que los tenía posados sobre un taburete tapizado. Carmela Ponzino era delgada como un pajarillo, y lo primero que Angela percibió en su rostro fueron las gafas de gran tamaño que llevaba puestas, con cristales tan gruesos como los de Maddalena, y que, al igual que a su hija, le aumentaban los ojos como dos lupas.

—O sea, que esta es la *tedesca* —comentó Carmela con la voz ronca cargada de satisfacción mientras agitaba las piernas—. Si el profeta no va a la montaña, que la montaña vaya al profeta, ¿no es cierto?

—*Mamma!* —exclamó Maddalena negando con la cabeza y lanzándole una mirada apocada a Angela.

Esta se fijó en el chal de seda que Carmela llevaba sobre los hombros, de un color violeta rojizo poco habitual. Al parecer era un artículo antiguo de la Villa de la Seda. ¿Cuánto tiempo debía de haber pasado desde que Carmela Ponzino había tejido por última vez? ¿Quince años? ¿Tal vez más? Por aquel entonces, Lela Sartori todavía debía de estar al mando.

—Acérquese un poco más para que pueda verla mejor —le ordenó Carmela, y cuando Angela le dejó la caja de dulces sobre el regazo, la anciana la abrió como un rayo y enseguida se metió un albaricoque escarchado en la boca.

—Mmm... —murmuró con la boca llena—. Son de Carlucci, ¿verdad? *Stupendo*. Maddalena, tu *padrona* no ha reparado en gastos conmigo.

Efectivamente, Angela le había pedido a Fioretta que fuera a la mejor pastelería de la ciudad a comprarle una selección de dulces artesanales.

—Después tienes que cenar —le advirtió Maddalena cuando la anciana cogió de la caja con sus nudosos dedos un bombón decorado con media nuez.

—Sí, sí... —respondió Carmela malhumorada antes de meterse el dulce en la boca—. Eso tenía que decírtelo yo siempre —masculló con los mofletes repletos de chocolate—. ¿Es que tienes que repetir lo mismo que digo yo como si fueras un loro?

Angela tuvo que esforzarse por reprimir una sonrisa. Carmela Ponzino le cayó bien a primera vista. Estaba a punto de sacar el tema de la vivienda cuando la anciana se le adelantó.

—O sea, que quiere buscarnos otro piso —constató con un brillo de insidia en los ojos—. Es muy amable por su parte. Y ¿sabe una cosa? Ya he tenido una idea.

Maddalena se la quedó mirando sorprendida.

—¿Que has tenido una idea?

—Sí, hija —confirmó Carmela antes de limpiarse la comisura de los labios con un pañuelo—. Podría mudarme a la Villa de la Seda. He oído que en la planta baja tiene una vivienda preciosa.

Angela se quedó sin habla, y Maddalena se puso tan colorada que Angela empezó a preocuparse por ella.

—Es un apartamento para invitados —aclaró Angela cuando se hubo recuperado de la sorpresa—. Es donde vive mi hija cuando viene a visitarme. Ya ve que no se la puedo ofrecer, signora Ponzino. Me sabe muy mal.

La anciana se echó a reír y Angela contempló con sentimientos encontrados cómo el bocado excesivo que tenía en la boca amenazaba con caer al suelo.

—No, no le sabe mal en absoluto —afirmó Carmela tosiendo—. Pero, por otro lado, me parece bien que sea usted sincera. Los alemanes no se molestan por nada, ¿verdad? Siempre se salen con la suya.

—*Mamma!* —susurró Maddalena horrorizada—. Por favor, sé amable con la signora Angela.

—¡Amable! —graznó Carmela de repente—. Ni soy amable ni quiero serlo. Ya fui amable durante demasiados años. Y ¿qué conseguí con eso? —preguntó contemplando con sus grandes ojos el estrecho piso de techo inclinado. El papel pintado, que originalmente debía de haber sido amarillo, con los años se había oscurecido, y las cortinas eran de un sombrío color sepia. Una alfombra raída con motivos decorativos orientales casi irreconocibles le daba un aspecto aún más lóbrego a la estancia—. Hasta aquí, me ha permitido llegar. Sea como sea, vete a saber cuándo podré salir de nuevo.

—Ya me informaré —dijo Angela—. Porque... quiero decir... ¿Maddalena y usted querrían mudarse juntas o...?

—De ninguna manera —exclamó la anciana, lo que no pudo sorprender más a Angela—. Yo quiero poder vivir sola de una vez. ¡Y hacer lo que me dé la gana! —clamó levantando la cabeza y escrutando a Angela con interés—. ¿Tiene usted hijos, signora Angela? Ah, sí, ha mencionado una hija. Pues ¡ándese con cuidado! —le advirtió. Carmela se removió en su sillón para echarse hacia delante y se inclinó hacia Angela. Al hablar soltó un poco de saliva y Angela tuvo que controlarse para no retroceder—. Llegará un punto en el que la tortilla se dará la vuelta —prosiguió la madre de Maddalena—. Y de repente será ella quien la controle a usted, la que ordenará lo que hay que hacer. «No hagas eso, deja lo otro...» «Nada de dulces antes de comer, que cogerás una indigestión.» «No te asomes tanto a la ventana, que podrías caerte.»... Aunque lo peor de todo es que te prohíban bajar la escalera y te tengan encerrada.

Agotada, Carmela se reclinó de nuevo en el sillón, en el que cabían dos como ella. Parecía tan perdida, tan desesperada, que a Angela se le rompió el corazón. Le lanzó una mirada a Maddalena y esta clavó los ojos en sus propias manos, avergonzada.

—Encontraremos un lugar en el que pueda vivir sola —aseguró Angela con la voz firme—. Pero, hasta que eso sea posible, vendremos a buscarla de vez en cuando.

Carmela se la quedó mirando con desconfianza, y pareció como si Maddalena intentara hacerle algún tipo de señal secreta a Angela para evitar que siguiera con ese tema.

—Y ¿cómo piensa hacerlo? —quiso saber Carmela—. ¿Piensa pegarme unas alas en la espalda?

—¿Tendría algún reparo en que un hombre fuerte la bajara por la escalera?

Durante unos instantes, madre e hija se quedaron atónitas. Luego Carmela estalló en una carcajada escandalosa.

—Si es guapo, ¿por qué no?

Angela recorrió meditabunda las callejuelas que subían hacia el *centro storico* para regresar a casa. El ocaso se había cernido ya sobre el paisaje, y el cielo rojo sangre, que seguía reluciendo media hora después de que el sol se hubiera puesto sobre el Véneto, cubrió el amarillo pálido de las casas de piedra de travertino con un tinte dorado rojizo. Las hierbas aromáticas y las flores que los habitantes de Asenza tenían en macetas, tanto en los balcones como en los alféizares, perfumaban las calles con sus fragancias. Faltaba una hora larga para la cena, pero de las ventanas de todas las cocinas salía ya el aroma de las verduras rehogadas con ajo, las flores de calabacín fritas y los gratinados de queso. A Angela se le hizo la boca agua y se dio cuenta de que hacía mucho tiempo que no tenía tanta hambre. No era de extrañar, puesto que ese mediodía apenas había comido medio *panino* con casatella trevigiana, un queso blando de leche de vaca de la región.

A lo lejos sonó el aullido de unos perros, que recibió respuesta de otros más cercanos en una muestra de solidaridad colectiva por toda la ciudad, puesto que el crepúsculo era su hora. Desde los jardines y las granjas de las afueras de la ciudad, el día se despedía con un canto lupino formado por un coro atávico, por mucho que sus integrantes no llegaran a conocerse jamás personalmente.

—Angela —le oyó decir a una voz conocida al llegar a la Piazza della Libertà; había un montón de gente congregada frente al bar del hotel Duse, como siempre que la noche era plácida.

—¡Tess!

Angela se reunió encantada con su amiga, que estaba plantada con una copa de prosecco en la mano frente a la puerta abierta del hotel. La besó en las mejillas y saludó a Graziella, la esposa del alcalde, así como a dos damas más que se presentaron como sus hermanas.

—Hemos venido de visita unos días —explicó una de ellas.

—¿Habéis estado ya en la Villa de la Seda? —preguntó Tess, y acto seguido levantó la copa hacia Fausto y señaló a Angela. El barista asintió y sacó una botella de prosecco del frigorífico para llenar otra copa—. ¿No? Bueno, pues ya va siendo hora —les conminó.

Poco después Fausto apareció con una vieja bandeja plateada, que parecía pegada a su mano, le tendió una copa a Angela con una sonrisa pilla y siguió hacia otras mesas para servir cervezas bien frías. Los ojos de Angela lo siguieron hasta que se toparon con Dario Monti, que estaba acompañado del tesorero municipal y otros cargos importantes del gobierno municipal. Enseguida volvió a desviar la mirada y le dio la espalda.

—¿Vienes a cenar conmigo? —le preguntó Tess tras haberse despedido de Graziella y sus hermanas.

—Con mucho gusto —respondió Angela con un suspiro—. De hecho, tengo un hambre feroz.

A Tess se le suavizaron las facciones.

—Emilia se alegrará. Creo que está preparando sus *ravioli* especiales, ya sabes, con ese relleno secreto que se niega a revelar a nadie...

—Se me hace la boca agua solo de pensarlo —aseguró Angela.

Dario Monti apareció de nuevo en su campo de visión, y una vez más ella le volvió la cara sin siquiera proponérselo.

—Angela —le murmuró Tess al oído—. No puedes pasarte la vida entera escondiéndote de él.

—Tienes toda la razón —admitió Angela con un suspiro—. Pero es que sencillamente no lo soporto. Imagínate, incluso tuvo la cara de presentarse en la recepción...

—Ya lo sé —replicó Tess—. Me lo contó, y muy orgulloso, además.

—Pero si ni siquiera lo habíamos invitado...

—No me lo puedo creer —comentó Tess antes de vaciar su copa y dejarla sobre la bandeja de Fausto aprovechando que pasaba por su lado—. Dario no es de los que se presentan a los sitios sin invitación.

—¿Estás segura? —preguntó Angela lanzándole una mirada de reojo al arquitecto—. El año pasado no hacía más que presentarse en Villa Serena sin que lo hubiéramos invitado. ¿O ya no te acuerdas?

Tess reflexionó en silencio mientras barría la multitud que tenía a su alrededor con la mirada.

—Pues se lo preguntamos y ya está —decidió la anciana antes de ponerse en movimiento.

—¡No, Tess, no lo hagas!

Sin embargo, Tess ya estaba avanzando en dirección a Dario Monti.

—Dario, ¿tienes un momento? —la oyó decir Angela, ante lo que decidió que tenía que ir urgentemente al baño.

Se lavó las manos, se retocó el pintalabios y revisó los mensajes de su teléfono móvil con la esperanza de que Tess, entretanto, ya se hubiera despedido de Monti. Tras un rato prudencial, salió del baño a regañadientes. Desde la barra miró hacia la puerta de la entrada y constató que Tess y Monti seguían conversando. «Maldición», pensó mientras se instalaba en la barra. Estaba a punto de pedir un vaso de agua por pura vergüenza cuando vio de reojo que Tess acudía a su encuentro.

—Ya puedes volver a salir, no hay moros en la costa —se burló su amiga colgándose del brazo de Angela y tirando de ella hacia la plaza—. Emilia se enfadará si no nos damos prisa.

Cruzaron la plaza en silencio y giraron por la tranquila calle que llevaba hasta la finca de Tess. Los pasos de las dos mujeres resonaban en el empedrado. Angela esperó con expectación, pero su amiga se mostró insólitamente callada. Al final, no pudo soportarlo más.

—¿Y bien? ¿Se lo has preguntado?

—Por supuesto —respondió Tess esquivando una rama que sobresalía del muro.

—Pues suéltalo ya —le ordenó Angela con impaciencia—. ¿Quién lo invitó?

—La *principessa* en persona —contestó Tess—. Su Excelencia Costanza Maria Grazia Antonella Fontarini.

—Pero... pero... —balbuceó Angela—. ¿Por qué lo hizo?

Tess le lanzó una larga mirada de reojo, pero sin llegar a contestarle nada.

Cuando regresó a la Villa de la Seda, saciada y agotada, se vio sorprendida sin previo aviso por un anhelo casi insoportable de ver a Vittorio. A pesar de lo cansada que estaba, empezó a andar de un lado a otro de la estancia más grande de su casa, la que habían bautizado como «la sala de la morera». Durante la reforma que habían llevado a cabo el año anterior, bajo muchas capas de color, había aflorado un fresco que seguramente procedía del siglo XVII, la época en la que se erigió el complejo de la tejeduría de seda. En una pared de unos quince metros de largo había representada una morera en la que se podían identificar no solo los frutos característicos, sino también las orugas que vivían de las hojas del árbol antes de envolverse en sus capullos para su metamorfosis. Bajo el árbol había tres muchachas sentadas, hilando seda con ruecas manuales. Por aquel entonces y hasta el siglo XIX, en el Véneto habían sido muchas las empresas familiares que se habían especializado en la elaboración o la manipulación de la seda. Detrás de Villa Serena, la casa en la que vivía Tess, todavía había un edificio bajo y alargado que se había empleado originalmente para mantener las orugas.

Había tenido mucha suerte encontrando esa tejeduría, una de las pocas que habían sobrevivido. Angela había estudiado Diseño Textil y siempre había soñado con la posibilidad de tener su propio negocio en el ámbito. Tras el nacimiento de su hija, no obstante, empezó a trabajar en la empresa de construcción de su marido y terminó gestionándola durante dos décadas. Y ¿por qué? Porque simplemente había sido más sencillo que crear su propio negocio. Porque Peter la había necesitado. Porque Nathalie todavía era demasiado pequeña y de ese modo pudieron distribuirse las jornadas según las necesidades que surgieran. Sin embargo, cuando Nathalie había dejado de necesitarla, tampoco se le había ocurrido la idea de hacer realidad su sueño original. No volvió a plantearse esa posibilidad hasta que Peter falleció. Y sí, era increíblemente feliz en Asenza.

Angela sabía que su difunto marido no habría querido para ella más que un nuevo inicio después de su muerte. Había pasado sus dos últimos años de vida luchado en vano contra un cáncer, y ella había estado a su lado en todo momento. «Quiero que sigas viviendo —le había dicho él una y otra vez—. Y que algún día vuelvas a encontrar el amor.» Y, a pesar de que en su momento Angela no había querido oír hablar siquiera sobre esa posibilidad y de que nunca en la vida habría creído posible volver a enamorarse tan deprisa, en esos momentos agradecía enormemente que su marido hubiera demostrado una perspicacia tan desinteresada.

No, no pensaba volver a apartarse jamás de su sueño. La tejeduría iba por buen camino. Lidia se calmaría de nuevo. Tal vez podría hacerle una oferta especial a su tejedora más ambiciosa. Tess había propuesto charlar con ella para descubrir qué se ocultaba tras aquella petición tan sorprendente.

Quizá sufría dificultades económicas... Era una lástima que fuera tan cerrada y que nadie consiguiera acercarse de verdad a ella; ni siquiera sus compañeras, con las que llevaba tanto tiempo trabajando, sabían lo que le ocurría. Pero tenía que dejarle claro a Lidia que no tenía motivos para sentirse insatisfecha. El año anterior, la tejeduría estuvo al borde de irse al traste, puesto que estaban a punto de reformarla por completo para convertirla en un complejo de apartamentos vacacionales, de enviar los telares al museo municipal y de poner a las tejedoras de patitas en la calle. En esos momentos, en cambio, estaban vendiendo seda tejida a mano por todo el mundo.

Angela decidió que sería mejor pensar en otra cosa. Intentó llamar a Vittorio, pero le respondió su buzón de voz. Colgó la llamada y se dio cuenta de que le había mandado un mensaje.

Que duermas bien.
Hablamos mañana.

Breve y escueto. Al parecer todavía debía de estar afectado por la impactante energía de Tiziana.

Nathalie también había preferido mandarle un mensaje a charlar con ella.

Todo bien por aquí.
Muchos besos.

Algo desilusionada, Angela apagó su teléfono móvil y se fue a la cama.

7
TIZIANA

Al día siguiente por la mañana, Angela se despertó sobresaltada por una pesadilla. Eran poco más de las cinco y, por supuesto, no pudo volver a dormirse. Era el día en el que Nathalie tenía previsto interrumpir su embarazo.

Se puso la ropa de hacer deporte y salió cuando todavía reinaba una oscuridad azulada. Mientras corría por los viejos callejones, las estrellas fueron empalideciendo cada vez más, y el cielo adoptó un resplandor aterciopelado. Cuando una vez pasada la iglesia dejó atrás la parte iluminada de la ciudad, el sendero de tierra ya se distinguía con claridad gracias a la débil luz del amanecer.

Corrió intentando no pensar en nada, simplemente disfrutando de la belleza de la mañana y aspirando el aroma de los viñedos en primavera: a tierra húmeda, hierbas y frutales en flor. Vivía en uno de los rincones más bellos del planeta, y no lo cambiaría por nada. Aunque en esos instantes tal vez habría preferido estar en Múnich junto a su hija.

Angela buscó su móvil y se dio cuenta de que se lo había dejado en casa. Mejor así, tenía que relajarse como fuera. Nathalie ya era adulta y sabía lo que hacía. Al menos, solía hacerlo. Angela tenía que aprender a soltar las riendas y aceptar las decisiones que tomara su hija. Se lo repitió mentalmente una y otra vez, pero no por eso consiguió despreocuparse.

Decidió alargar su entrenamiento y recorrer el doble de la distancia habitual. Dejó atrás los viñedos y bajó corriendo hasta la *città nuova*, en la parte este de la colina, donde la periferia de la ciudad se había expandido desde la década de 1960 siguiendo la carretera nacional y extendiéndose por la llanura. Allí, en un gran complejo de bloques de viviendas, vivían Orsolina y Stefano; Anna vivía con su hija no muy lejos de la gasolinera y de los grandes supermercados.

El contraste entre la pintoresca ciudad antigua que quedaba en lo alto de la colina y los bloques baratos de aquella zona no podía ser mayor. En cualquier caso, las viviendas escaseaban y, mientras Angela ascendía por las calles en cuesta que la llevaron de vuelta a casa, recordó que le había prometido a Carmela que buscaría un alojamiento adecuado para ella.

Cuando abrió la puerta de casa, empapada en sudor y rendida de cansancio, oyó el tono de llamada de su teléfono. Tras buscarlo durante unos momentos, lo descubrió sobre la mesilla de noche. Demasiado tarde. El sonido ya había cesado. Decidió darse una ducha primero y ver quién la había llamado después.

Estaba ya bajo el chorro de la ducha cuando el móvil sonó de nuevo. «¡Nathalie!», pensó con la sangre hirviéndole en las venas. Se envolvió en la toalla y fue corriendo hacia su dormitorio.

No era Nathalie la que había llamado, sino Simone. Y por tercera vez. Con los dedos temblorosos, pulsó el botón de rellamada. Le echó un vistazo al despertador. Eran las ocho y veinte.

—¿Todo bien? —le dijo a Simone con voz temerosa sin pensar siquiera en saludarla antes.

—Nada va bien —respondió, y Angela sintió frío y calor al mismo tiempo—. ¡Se acabó! Te lo aseguro, Angela, nunca más. ¿Entendido? ¡Nunca vuelvas a hacerme algo semejante!

—¿Qué le ocurre a Nathalie? —preguntó Angela mientras intentaba controlarse para no gritarle a Simone.

—Por la mañana todo iba perfectamente —prosiguió Simone—. ¡Y ahora esto!

Angela se dejó caer sobre la cama. El corazón le latía a toda prisa, como si quisiera saltarle del pecho. Lo había sospechado. Algo había salido mal. Y no había estado allí con ella para...

—Sí... sí, pero —balbuceó— ¿me puedes explicar qué ha ocurrido?

—No ha ocurrido nada —contestó su cuñada—. ¡A eso me refiero! ¡Nada! ¿Para eso me he tomado el día libre? ¿Es que Nathalie no lo podría haber pensado antes?

—Por favor —le suplicó Angela en un tono de voz tan débil como ella se sentía en esos momentos—. Cuéntame de una vez qué le ocurre a mi hija.

—Que se ha largado —exclamó Simone indignada—. Después de todo el teatro y de todo lo que he hecho por ella, simplemente se ha marchado. Ya estaba tendida en la camilla con el anestesista cuando ha dicho que había cambiado de opinión.

Angela se dejó caer sobre la almohada. Un alivio inconmensurable se apoderó de ella.

—¿Se encuentra bien?

—¿Que si se encuentra bien? ¡Claro que se encuentra bien! Pero ¡nadie piensa en cómo me encuentro yo!

—Y ¿ahora dónde está?

—¡Yo qué sé! —gritó Simone realmente enfadada—. Quizá ha vuelto a Italia. De verdad, Angela, la próxima vez no contéis conmigo.

El corazón de Angela tardó un buen rato en recuperar su ritmo habitual. Nathalie había cambiado de opinión, ¡menuda suerte! El alivio que sintió de repente le reveló hasta qué punto había estado acumulando tensión los últimos días.

Se metió de nuevo bajo la ducha para notar el agua caliente golpeándole la piel. Simone le había dado un susto de muerte, antes que nada tenía que recuperarse.

—Seré abuela —susurró para sí misma bajo el chorro de agua, y el corazón empezó a latirle con más alegría.

Sin embargo, al mismo tiempo se dio cuenta de lo que Nathalie tendría que afrontar a continuación. Se había opuesto con tanta vehemencia a tener ese bebé que se había situado en una posición complicada para aceptarlo. Angela creía conveniente que el padre del bebé estuviera al corriente de ello, no solo porque tenía derecho a saberlo, sino también para que no eludiera sus obligaciones. Aunque, por supuesto, eso tenía que decidirlo Nathalie.

Después de vestirse y de secarse el pelo y recogérselo en un moño informal, oyó de nuevo el tono de llamada del teléfono. Por la melodía se dio cuenta de que era su hija quien la llamaba. Por fin.

—Mamá, tengo que contarte una cosa —dijo Nathalie con la voz ronca. «Ya lo sé», quiso exclamar Angela con ilusión, pero de todos modos decidió contenerse—. No... no lo he hecho.

—Hija mía —afirmó Angela con suavidad—. Estoy muy contenta por ello.

—¿Ya lo sabías?

—Simone me ha llamado.

Angela oyó algo parecido a una risa afónica. O a un sollozo.

—Está enfadadísima.

—¡Sí que lo está, sí! Pero eso no es lo importante —comentó, y al ver que Nathalie no respondía nada, decidió proseguir—: Tu decisión me ha hecho muy feliz.

—Simplemente no he podido, mamá. No he podido. Y no sabría decirte por qué.

—Has hecho lo correcto, cielo —le aseguró Angela.

—No tengo ni idea de si es lo correcto. Y... No, no puedo decir que esté contenta. Todo es tan... tan... —empezó a decir, aunque a continuación Angela no oyó más que un sollozo.

—Vuelve de una vez a casa —le dijo—. Encontraremos una solución. Todo irá bien. ¿Dónde estás ahora?

—Entre Rosenheim y Kufstein.

—¿Llegarás por la tarde a Padua?

—Exacto.

—Estaré allí para recogerte.

—¿De verdad?

—Sin duda.

Cuando supo a qué hora llegaría exactamente Nathalie, Angela se aseguró de que todo iba bien en la tejeduría. Tal como había anunciado, Stefano había terminado la tela azul claro el día anterior, y Nola le había ayudado a enrollarla en un tubo de cartón. Envuelta en una tela sencilla, la seda estaba lista para que un empleado del estudio de Vittorio pasara a recogerla.

Angela consultó su reloj. Era demasiado temprano para ir a buscar a Nathalie, todavía le quedaba tiempo para pasar un momento por Venecia. Decidió ir a entregar la tela a Fedo personalmente, de ese modo podría aprovechar la ocasión para ver a Vittorio. Tal vez incluso tendrían tiempo para comer juntos. Lo echaba de menos, echaba de menos su forma de ser sensata y serena.

Puesto que no confiaba mucho en las visitas sorpresa, decidió llamarle antes.

—Buena idea —respondió él—. De este modo podrás conocer mejor a Tizi.

—¿No os molestaré, si tenéis que trabajar?

—No, *amore*, tengo ganas de verte.

Satisfecha, se puso en camino y se sorprendió tarareando una melodía. Pensaba en el bebé del que pronto sería abuela; aunque no había contado con que algo semejante pudiera suceder en mucho tiempo, estaba ilusionada a más no poder. Había sentido un tremendo alivio al saber que Nathalie había cambiado de opinión en el último momento. Por supuesto, la crisis todavía no había quedado superada: su hija le había parecido demasiado deprimida por teléfono para afirmar algo así, pero la conocía lo suficiente y estaba segura de que sería coherente con la decisión. Nathalie no era ni mucho menos una chica veleidosa.

Entretanto llegó a Mestre y tomó la carretera que unía la ciudad de la laguna a tierra firme como un cordón umbilical. Ya en Venecia, dejó el coche en un aparcamiento que quedaba tras la estación. El paquete de seda de casi tres metros no resultaba fácil de llevar, pero a esas alturas ya tenía cierta experiencia. Tomó uno de los botes que servían como taxi acuático y, cuando hubo guardado bien la valiosa mercancía, se reclinó cómodamente en su asiento. Ese día, que había empezado de una manera tan dulce en los viñedos de Asenza, prometía una calidez primaveral. Cuando el bote llegó al Gran Canal, Angela se puso las gafas de sol y se dedicó a disfrutar de la suave brisa durante el recorrido.

Como siempre, se rindió al hechizo de aquella ciudad mágica.

A pesar de las veces que había estado ya en Venecia, seguía pareciéndole una ciudad encantadora. Las suntuosas fachadas de los palacios renacentistas, en las que los rayos de sol danzaban reflejados por el agua; los diligentes *vaporetti* y, por supuesto, las góndolas; el leve balanceo de los arcos de puente por los que pasaron... todo le transmitió, como tantas otras veces, la sensación de estar de vacaciones.

El taxi la llevó hasta la parada de Rialto Mercato, y desde allí tomó una de las callejuelas que se dirigía hasta una pequeña *piazza* y seguía hasta el antiguo almacén. Vittorio tenía un estudio de interiorismo en las dos primeras plantas y una vivienda tipo *loft* en el piso superior. Angela recordó la primerísima vez que había estado allí: de repente se había sentido mareada de un modo inexplicable, después habían comido en una agradable *trattoria* y, cuando se hubo encontrado mejor, Vittorio le había enseñado la empresa y más tarde la vivienda. Ese día habían hecho el amor por primera vez, una experiencia tan sorprendente como intensa. Cada vez que Angela pensaba en ello se asombraba de lo precipitado que había sido todo. Teniendo en cuenta las circunstancias tan duras que habían tenido que superar los dos, le costaba creer la complicidad y la confianza que reinaba entre ellos.

Aunque conocía el código numérico que le permitía entrar en el antiguo portal, llamó al timbre y pidió que bajara Fedo para ayudarla con el paquete. Empujó con el hombro la enorme puerta de entrada al edificio. Allí encontró la lancha privada de Vittorio, balanceándose en el embarcadero que quedaba protegido por un gran portalón. Fedo bajó enseguida, abrió la puerta de reja y se acercó a Angela con los brazos extendidos.

—¡La *padrona* en persona ha venido a entregar la valiosa mercancía! —exclamó con su irresistible encanto—. Muy amable por tu parte, Angela. ¿Cómo estás? ¿Cómo va la tejeduría? —Angela apenas pudo responder ante el entusiasmo evidente del diseñador—. ¡No sabes las ganas que tenía de ver una cara distinta! Hace días que solo vamos con Tiziana a todas partes.

—Al menos parece un encargo interesante, ¿no?

—Todavía no hay nada seguro —puntualizó Fedo—. Pero en cualquier caso se trata de un oligarca ruso —añadió poniendo los ojos en blanco—. De los que vienen y compran las mejores fincas para... Bueno, no sé. Sea como sea, el proyecto de Tiziana es de primera. Ya lo verás.

Llegaron a la primera planta, donde estaban las oficinas y la sala de reuniones. Se despidieron. Fedo siguió subiendo hasta la segunda planta para dejar la tela en el taller y, en la recepción, Lucrezia ya estaba esperando a Angela.

—Están en la sala de reuniones —dijo después de saludar a Angela—. La acompaño.

«Como si no fuera capaz de encontrar el camino yo sola», pensó Angela con una sonrisa mientras seguía a la ayudante de Vittorio.

En la sala de reuniones encontró a Vittorio y a Tiziana inclinados sobre la mesa, donde había apiladas unas hojas de papel enormes con planos y esbozos arquitectónicos. El moño con el que la arquitecta se había recogido el pelo se estaba aflojando poco a poco. Ella no parecía darse cuenta, y simplemente seguía deslizando las manos con las uñas largas y pintadas de blanco por encima de las hojas. Llevaba unos vaqueros y una blusa amplia de color blanco que permitía vislumbrar las blondas también blancas del sujetador. Al principio Angela pensó que Tiziana llevaba puesta una camisa de Vittorio, aunque, por supuesto, no era el caso.

—Angela, qué bien —exclamó Vittorio al verla, y la envolvió entre sus brazos al cabo de un instante—. Llegas en el momento justo.

Angela, en cambio, tenía la sensación de haber sido más bien inoportuna. Él la cogió de la mano y tiró de ella hacia la mesa.

—*Salve* —dijo Tiziana, y su boca grande y sensual esbozó una sonrisa ausente—. ¿Te gustaría ver lo que tenemos entre manos?

—Claro. Pero ¿estáis seguros de que no molesto?

—*Macché* —replicó Tiziana justo antes de enderezar la espalda y frotarse la nuca—. Estamos igual de locos, Vitto y yo. Si no nos andamos con cuidado, somos capaces de pasarnos veinticuatro horas seguidas trabajando de una sentada —comentó dedicándole una amplia sonrisa a Vittorio y mostrando dos filas de dientes blanquísimos—. Una pequeña interrupción no nos irá nada mal. De hecho, aprovecharé para ir un momento al baño —anunció, tras lo cual salió de la sala.

Vittorio sonrió y envolvió a Angela de nuevo entre sus brazos.

—Tizi es un verdadero torbellino —declaró con un suspiro—. Mira lo que hemos hecho hasta ahora —dijo tirando de ella hacia la mesa—. Esta es la zona de la villa que servirá de vivienda. Esta es la planta. Y aquí puedes ver una simulación informática de cómo quedaría el edificio una vez terminado. Ahora estábamos trabajando en la decoración del interior. ¿Qué te parece? Por supuesto, todavía no está terminado.

Angela examinó los esbozos. Había unas largas fachadas de vidrio y, delante, varios metros de cortinas de color verde lima. Luego hojeó la pila de fotografías que descansaba sobre la mesa y la vista exterior del entorno directo de la villa en su estado actual.

—Tiene muy buena pinta —juzgó Angela dejando a un lado las fotografías—. Pero ¿os habéis planteado la posibilidad de que las cortinas sean blancas?

—Este verde es el color predilecto de la esposa del cliente.

Angela no se había dado ni cuenta de que Tiziana ya había vuelto.

—A veces está bien sorprender a los clientes —se oyó decir, aunque enseguida deseó haberse mordido la lengua. ¿No sería mejor que mantuviera la boca cerrada? Sin embargo, Vittorio le había pedido su opinión—. La villa queda justo por encima de la costa, y en Amalfi el cielo casi siempre es azul. ¿Un mundo azul y encima añadir ese verde?

—Le da un aspecto moderno —replicó Tiziana con cierta frialdad—. El blanco es una opción lógica. Cualquiera podría proponerlo. Incluso Fedo ha mencionado la posibilidad. En cambio, el verde...

—Fedo es uno de los mejores diseñadores de Italia —la interrumpió Angela—. Yo no descartaría sus consejos tan fácilmente.

—Fedo piensa como un europeo —contraatacó Tiziana apoyando las manos en la cintura—. Tiene su propio estilo. Y puede que esté bien, pero eso no significa que siempre resulte el más adecuado.

Angela esbozó una sonrisa que, por experiencia, sabía que le permitía ocultar perfectamente lo que sentía en realidad y se apartó de los esbozos. ¿Qué acababa de decir Tiziana? ¿Que el blanco lo propondría cualquiera? Acababa de proponerlo ella, por lo que ¿acababa de insinuar que su criterio era el de una persona cualquiera? Vittorio le puso una mano en el hombro con cuidado y le dio un apretón afectuoso, como si quisiera tranquilizarla.

De repente Angela empezó a ponerse furiosa. ¿Qué estaba haciendo allí, de hecho? No era su cliente. Había acudido porque quería ver a Vittorio, pero no había sido una buena idea, y menos con esa nueva colaboración en la que había depositado tantas esperanzas.

—Disculpadme —dijo con amabilidad antes de recoger

el bolso que había dejado sobre la silla—. Os dejo para que podáis continuar trabajando.

Le dio un beso a Vittorio y se dispuso a salir.

—No, por favor, quédate —exclamó Vittorio desconcertado—, ni siquiera has visto el baño turco. Y estábamos pensando en salir a comer algo.

—Mejor en otra ocasión —respondió Angela—. Todo esto tiene muy buena pinta —le comentó a Tiziana con una cordialidad sin fisuras—. Estoy segura de que el cliente quedará encantado.

—Sí, de hecho ya lo está —afirmó Tiziana antes de quedarse mirando a Angela con aire reflexivo—. No te habrás molestado por lo que he dicho, ¿verdad, Angela?

—¡No, claro que no! —contestó esta con incomodidad.

—No puedes marcharte así de ninguna manera —decidió Tiziana dedicándole una sonrisa encantadora—. Vitto ha tenido una idea que podría implicar a tu pequeña tejeduría de seda —explicó, tras lo que se volvió de nuevo hacia la mesa y empezó a desenrollar unos planos con soltura—. Y, además, para el baño turco. Échale un vistazo a esto.

Extendió otra hoja que cubrió prácticamente toda la mesa. Angela no pudo evitar soltar una exclamación de asombro. En la simulación por ordenador reconoció varias vistas de un oasis de *wellness* enorme y de aspecto increíblemente armónico.

—Es el punto de encuentro entre la Bauhaus y Oriente —declaró Tiziana con orgullo—. He reducido las proporciones de un baño turco clásico de estilo árabe siguiendo las directrices de simplicidad de la arquitectura de la Bauhaus.

»Como hizo Palladio cuando adaptó las proporciones de los edificios de la Antigüedad. De este modo consiguió una traducción moderna de ciertos conceptos del espacio que se remontaban varios milenios atrás. —Angela miró a Tiziana de reojo. Tenía las mejillas ligeramente coloradas y los ojos le brillaban mucho—. Aquí están las fuentes, las pilas de tres tamaños distintos para diversas temperaturas, y allí tenemos tres saunas diferentes, un baño de vapor romano, un *jacuzzi* y otras cosas por el estilo. Dos mil metros cuadrados. Un edificio nuevo en el antiguo parque de la villa, con la casa principal conectada a un centro de *fitness* a través de un túnel subterráneo. Y encima, la piscina exterior. Impresionante, ¿no te parece?

Tiziana se quedó mirando a Angela con una amplia sonrisa en el rostro. Sin duda, a la joven no le faltaba seguridad en sí misma. Y aun así, Angela tuvo que admitir en su interior que el proyecto de obra era increíblemente estético, sobrio y, sin embargo, sensual. Claro e íntimo al mismo tiempo. Gigantesco pero, de algún modo, también acogedor.

—Fantástico —convino Angela—. Eres realmente una arquitecta muy creativa.

Tiziana rechazó el cumplido con un gesto de la mano.

—Lo que quería preguntarte es lo siguiente —prosiguió señalando con el índice hacia un punto determinado de la imagen impresa—: aquí debería estar la sala de relajación —indicó señalando una planta que quedaba en la parte superior del plano—. Digamos que es el corazón del baño turco. Hemos concebido la decoración interior prácticamente en color crema y mármol negro, ¿verdad, Vitto? En un principio yo propuse el blanco, pero Vitto me ha convencido de que conseguiremos un aspecto mucho más apacible para la vista con un tono un poco quebrado. Todo lo que habrá en estas salas será de color crema o negro. Y únicamente en este lugar hemos pensado añadir un poco de colorido para que contraste con el paisaje de absoluta tranquilidad que lo rodea, sirviéndonos de las tapicerías, cojines de varios tamaños y mantas. Y entonces hemos pensado en la Villa de la Seda.

—Pues en ese aspecto colaboraríamos de buen grado —respondió Angela encantada.

Tenía muy claro que su negocio no podría proveer las cortinas de color verde lima para la villa, eran demasiado largas para su capacidad de producción. Sin embargo, la decoración de aquella zona de descanso encajaba perfectamente con lo que hacían.

—Y ¿qué clase de tejidos de seda tenéis en mente?

—Tonos rojos, de todos los matices posibles que se puedan conseguir con negro —contestó Tiziana, aunque Vittorio la interrumpió con tacto.

—La idea del color la elaboraremos con Fedo —explicó—. Orsolina es una verdadera maestra, podrá conseguir lo que le pidamos. Estoy seguro de que quedará maravilloso.

—Una cosa más —intervino Tiziana, y empezó a revolver una carpeta que tenía sobre una silla—. Durante la presentación del pasado sábado mostraste solo pañuelos de un único color, probablemente porque Villa Castro tiene pinturas murales por todas partes y cualquier otra cosa habría resultado demasiado inquietante. No obstante, ¿podéis tejer también con motivos decorativos?

—Sí —afirmó Angela—. Hasta cierto punto. Todo tipo

de franjas, por supuesto, y una amplia selección de motivos gráficos siempre que trabajemos con urdimbres de varios colores.

—Y... ¿algo así? —preguntó Tiziana cuando por fin encontró lo que estaba buscando, tras lo que le tendió una hoja de papel de tamaño DIN-A4 a Angela. En la hoja había un dibujo de un complicado blasón de fantasía: dos cisnes opuestos sobre una especie de lirio de agua y una alegre filigrana ornamental que lo envolvía todo para formar una especie de medallón.

—No lo dirás en serio —comentó Vittorio repugnado—. ¿Qué es esto tan hortera?

—El escudo de armas de nuestro cliente —explicó Tiziana, alternando la mirada entre Angela y Vittorio, algo cortada—. Seguramente ha pagado mucho dinero para adquirirlo en alguna parte. Quiere que aparezca en cada uno de los cojines. Como un estampado continuo.

Angela se quedó mirando aquel dibujo horrible. Qué lástima. Era evidente que ese cliente no tenía ni pizca de gusto.

—Lo siento —repuso Angela—. Con nuestros telares no podemos hacer esa clase de cosas.

—Pero no es posible —protestó Vittorio—. ¿Quiere ver el escudo de armas por todas partes todo el tiempo?

—Bueno, sí —admitió Tiziana—. Y al fin y al cabo, es asunto suyo, puesto que la casa es suya.

—Pero ¡tienes que quitárselo de la cabeza! ¡Esto arruinará todo lo demás!

Tiziana se encogió de hombros.

—Ya lo he intentado —aseguró—. Pero insiste en que quiere ver los cisnes, o sea que tendremos que conformarnos, ¿de acuerdo?

La arquitecta se quedó mirando el dibujo del escudo de armas con absoluta indecisión.

—¿Estás segura de que no lo podéis hacer? —insistió.

—Sí, por desgracia estoy completamente segura —respondió Angela.

—Qué lástima —exclamó Tiziana volviendo a guardar la hoja en la carpeta—. Tendremos que buscar a otra persona.

Angela se quedó mirando los planos con lástima. ¡Menuda rabia! Habría sido un buen encargo. Necesitaban urgentemente otro telar, uno que les permitiera tejer estampados. Un telar de jacquard como el que habían tenido en la Villa de la Seda muchos años atrás.

Mientras comieron juntos, Angela estuvo bastante callada, aunque apenas se notó, puesto que a Tiziana no le costó nada acaparar toda la conversación. Demostraba un gran entusiasmo por su oficio y, además, de un modo agradable. Lo único que irritaba a Angela era que cada dos por tres le ponía las manos encima a Vittorio y prácticamente lo devoraba con los ojos.

—Entonces ¿qué te ha motivado a regresar a Italia? —le preguntó cuando el camarero les sirvió la comida. Durante unos instantes reinó el silencio.

Tiziana levantó la cabeza y la miró directamente a los ojos. Era bonita y, sin embargo, lo era de una manera que quitaba el aliento. Ni siquiera a Angela se le escapaba ese encanto tan sobrecogedor. Ese día Tiziana apenas llevaba maquillaje, tan solo una raya con lápiz de ojos que aumentaba todavía más su expresividad, y aun así tenía la tez impecable y los labios de un rojo frambuesa.

—Echaba demasiado de menos a la gente —respondió posando una vez más sus largos y delicados dedos sobre el dorso de la mano de Vittorio—. Sobre todo a Vitto. A mis padres también, por supuesto, pero eso es otra historia. Siempre me están haciendo la vida imposible, ¿sabes? No siempre resulta divertido haber nacido en el seno de una familia con siglos de tradición. Vitto me comprende, porque a él le pasa lo mismo. Al fin y al cabo, siempre hemos sido uña y carne, ¿verdad, Vitto? —comentó dedicándole una sonrisa cargada de complicidad y mirándolo con ternura.

—Bueno, has regresado a Venecia sobre todo para tomar las riendas del estudio de arquitectura de tu padre —la corrigió Vittorio con cordialidad.

—Sí, eso también —admitió Tiziana—. Pero solo es parte de la verdad —añadió mordisqueándose el labio inferior mientras revolvía la comida con el tenedor y le lanzaba a Angela de reojo una mirada fugaz. Luego hizo de tripas corazón, dejó el tenedor sobre la mesa y le confesó a Vittorio—: En realidad, no me he perdonado jamás haber estado lejos de ti cuando Sofia sufrió el accidente.

A Angela se le erizó la piel de toda la espalda. Tiziana acababa de mencionar a la esposa de Vittorio, que había perdido la vida en un accidente de coche. Ese hecho los había unido mucho al principio de la relación: los dos habían enviudado y no se habían librado de la tristeza. Juntos habían conseguido superar ese dolor. ¿Cómo se le ocurría a Tiziana sacar ese tema?

—No tienes que reprocharte nada en absoluto —repuso Vittorio dándole un apretón afectuoso en la mano.

—Sí —replicó ella con vehemencia agarrándole también la otra mano, con lo que estuvo a punto de tirar una de las copas de vino—. Claro que me lo reprocho. Tú siempre has estado a mi lado cuando te he necesitado. Siempre. Como ahora. En cambio yo... —dijo perdiendo la voz.

Angela observó consternada que las lágrimas empezaban a recorrer las mejillas de la joven.

—Tizi, no —le advirtió Vittorio con suavidad—. Estabas en Nueva York y tenías que aprovechar la oportunidad de tu vida. Renunciar a tu sueño no le habría devuelto la vida a Sofia. Y ahora para de llorar, por favor.

Dicho esto, le tendió una servilleta blanquísima para que pudiera secarse las lágrimas. Angela se quedó mirando su plato con incomodidad. De repente había perdido el apetito. ¿Qué acababa de suceder allí? ¿Qué papel creía tener esa mujer en la vida de Vittorio? Antes de que apareciera como por arte de magia el sábado anterior, él no la había mencionado ni una sola vez. Y aun así, allí estaba, agarrándole la mano en todo momento y actuando como si él no pudiera vivir sin ella.

—Lo siento —se disculpó Tiziana mordiéndose de nuevo el labio inferior. Incluso con el *eyeliner* corrido y los ojos enrojecidos, seguía teniendo un aspecto fabuloso cuando se dirigió a Angela—. Es solo que... Ya que lo preguntas: Vitto y yo somos como las dos mitades de un mejillón. Sin él, no sería la que soy. Y el hecho de que haya regresado en gran parte se debe a él.

Se hizo tarde, Vittorio insistió en llevarla en la lancha motora hasta el aparcamiento y durante todo el trayecto la estuvo abrazando por la cintura para tenerla lo más cerca posible. En el embarcadero que había en la estación la envolvió entre sus brazos como si no quisiera volver a soltarla jamás. Ella tenía un montón de preguntas que le ardían en la lengua, pero no quiso hacérselas. Allí no. Y menos con prisas.

—Te echo mucho de menos —le dijo él con la voz ronca al oído—. ¿Nos veremos el fin de semana? ¿Quieres que vaya mañana a Asenza? ¿O preferirías venir tú?

«Oh, sí —pensó Angela aliviada—. Un fin de semana solos los dos...» Pero entonces se acordó de Nathalie. Con toda seguridad su hija la necesitaría más que nunca.

—¿Sabes? Voy a Padua a recoger a Nathalie —le explicó deshaciendo el abrazo con suavidad—. No está muy bien y...

—¿Todavía son cosas de mujeres? —preguntó él con una sonrisa cautivadora—. ¿Y si voy yo a veros? Me retiraré enseguida siempre que sea necesaria una conversación madre-hija, te lo prometo. No os molestaré. De todos modos, necesito un poco de calma, esta semana con Tizi ha sido demasiado agitada y me apetece mucho estar cerca de ti.

Al ver que Angela no respondía de inmediato, Vittorio se la quedó mirando con la frente arrugada.

—¿O tal vez prefieres no verme?

—Claro que quiero verte —respondió ella con un suspiro—. Ven, sí. Es solo que...

—Que molesto, ya lo veo.

Angela no pudo reprimir una sonrisa.

—Más o menos como yo os he molestado hoy a Tiziana y a ti cuando trabajabais —dijo. «Y vete a saber qué más», pensó para sus adentros sin querer, aunque al instante lamentó que se le hubiera pasado esa idea por la cabeza.

—O sea, nada en absoluto —constató Vittorio aliviado,

y acto seguido le dio un beso en la nariz—. Hasta mañana. No sabes qué ganas tengo de llegar a Asenza.

—Hasta mañana —contestó Angela en voz baja apoyándose un momento más en el pecho de Vittorio.

«¡Qué mediodía tan extraño!», pensó, y en el acto se apartó de él. Ya iba siendo hora de ir a Padua.

8
COSAS DE MUJERES

Angela llegó a la estación de Padua Central justo a tiempo de ver llegar el tren. Durante un buen rato estuvo buscando a su hija con la mirada, hasta que por fin la descubrió al fondo del andén. Nathalie, que en condiciones normales siempre iba bien peinada, llevaba el pelo recogido de forma descuidada en una coleta y no se había maquillado. «Por supuesto que no —pensó Angela—. Ha venido directamente desde la clínica.» Sin mediar palabra, se fundieron en un abrazo, Nathalie apoyó la cabeza con pesadez sobre el hombro de su madre y se aferró a ella. Tras lo que pareció una eternidad, se separaron y Angela le cogió la mano. Después de un breve titubeo, empezaron a charlar, estrechando cada vez más el círculo alrededor de las preocupaciones principales de cada una. Nathalie parecía muy abatida, y no recuperó un poco la vivacidad hasta que llegaron a casa y se tomó un café y los restos de los *panini* de queso del día anterior.

—Supongo que debería llamar a tía Simone —dijo con aire culpable—. Ni siquiera me he despedido de ella como es debido.

Angela hizo un gesto negativo con la mano.

—Bueno, creo que eso puede esperar. En mi opinión,

no tiene derecho a estar tan furiosa. Esta mañana me ha dado un susto de muerte. Hasta que me ha contado lo que te ocurría, he llegado a pensar lo peor... —explicó Angela, a quien se le revolvió el estómago con solo pensar en la conversación.

—Es un hueso bastante duro de roer —afirmó Nathalie con un suspiro—. Fue una idea descabellada por mi parte acudir precisamente a ella —comentó con una mueca—. Ay, mamá —añadió hundiéndose en la silla de la cocina—. No tengo ni idea de lo que debería hacer.

Angela se acercó a ella enseguida, la abrazó de nuevo y le acarició el pelo como solía hacer siempre que Nathalie le planteaba una preocupación importante.

—De momento no tienes que hacer nada. Cálmate y luego ya lo veremos. Estás embarazada, no es el fin del mundo. Ya encontraremos una solución, no te preocupes, tesoro. Simplemente tómate un poco de tiempo libre para descubrir lo que quieres de verdad.

Nathalie sollozó varias veces antes de poder responder.

—¿Lo que quiero? Sigo sin querer a este bebé —susurró al fin frente al pecho de Angela—. Pero... pero no he podido hacerlo. Ni siquiera sé por qué. De golpe, todo mi ser se ha rebelado contra la decisión que había tomado —confesó, tras lo que se sorbió los mocos y empezó a buscar un pañuelo—. Sencillamente, me van a dar el premio a la más idiota.

Angela se aseguró de que Nathalie se tomara una taza de té y comiera un bocadillo de atún. Luego la acompañó a su habitación, la convenció para que se tendiera y, a pesar de la temperatura cálida que reinaba, la cubrió para que no tuviera frío.

Nathalie durmió tres horas como un tronco y se levantó de nuevo a la hora de cenar. Angela le había preparado su plato de pasta preferido. Apareció por la cocina olfateando el aire, vestida con la ropa deportiva de su madre y con alpargatas en los pies.

Pasaron una velada agradable: se acurrucaron juntas en un sofá de la sala de la morera, y comieron almendras saladas y bebieron té de hierbas. Nathalie le contó cómo habían sido los días que había pasado en Múnich, mientras esperaba a que llegara la cita que le habían dado en la clínica.

—Me encontré con Selina —le anunció con los pies ocultos bajo los muslos—. No tenía ni idea de que había sido mamá. Paula tiene ya tres meses y... —empezó a contar, pero de repente se quedó callada y miró a su madre con los ojos muy abiertos—. Es culpa de Paula —declaró.

—¿Culpa? ¿Cuál? —preguntó su madre.

—Era... insoportablemente mona. Una personita de verdad, a pesar de no ser más que un bebé —relató Nathalie, y se le empezaron a acumular lágrimas en los ojos—. La cogí en brazos y, en algún momento, no pude soportarlo más. Selina parecía increíblemente feliz. Y eso que ha engordado al menos cinco kilos, que tenía babas del bebé por toda la blusa y unas profundas ojeras, porque se ve que no encuentra la manera de pegar ojo... Y aun así, estaba feliz —aseguró Nathalie mientras dejaba la taza de té y se sonaba los mocos antes de dejarse caer de nuevo con un suspiro sobre los cojines—. Ha sido eso —constató con un tono de voz sepulcral—. A partir de ahí me sentí incapaz de hacerlo.

Angela posó una mano sobre el hombro de Nathalie y

la dejó allí. Por dentro sentía una tremenda gratitud hacia Selina y Paula. «Tú también te sentirás como ella —quiso decirle— cuando haya llegado.» Sin embargo, prefirió no decir nada. Era demasiado temprano. Primero Nathalie tenía que asumir la sorprendente decisión que ella misma había tomado.

—¿Qué haremos con Tess y Vittorio? —preguntó Angela durante el desayuno a la mañana siguiente—. ¿Quieres contárselo?

Nathalie levantó la cabeza, asustada.

—¡De ninguna manera! —exclamó.

—¿Por qué no? —repuso Angela con suavidad—. En algún momento se enterarán de todos modos. ¿Por qué no cuanto antes?

—Porque no quiero —respondió Nathalie con vehemencia. Enseguida se dio cuenta del tono tan inapropiado que había utilizado y se mordió el labio inferior—. Disculpa, mamá. Es solo que... no quiero que me atosiguen con preguntas —se justificó, tras lo que se quedó mirando con aire sombrío la rebanada de pan recién horneado que se había untado con miel, como si hubiera perdido el hambre de repente—. Todavía no tenemos ningún motivo para contárselo a nadie —sentenció antes de hincarle el diente con determinación a su desayuno.

—¿Sabes? —dijo Angela después de pensarlo un poco—. Me incomoda un poco... —empezó a decir titubeando—. Bueno, todo este secreteo. Me siento casi como si les estuviera mintiendo.

Nathalie arrugó la frente.

—¿Mintiendo? ¿Por qué? Simplemente no digas nada y actúa como si todo siguiera igual que siempre.

«Solo que todo no sigue igual que siempre», pensó Angela. Ni siquiera Nathalie era ya la joven despreocupada que todos conocían.

—No es tan sencillo —objetó Angela con suavidad—. Tess no para de preguntarme por ti. Y Vittorio estaba conmigo cuando me dijiste que no me acompañarías a la presentación de Villa Castro. También se quedó preocupado por...

—¿Que Vittorio está preocupado? —soltó Nathalie lanzando los cubiertos sobre la mesa—. ¿Por qué tendría que preocuparse? Ni siquiera es mi padre.

Angela se sobresaltó de forma instintiva. Cuando hacía un año Nathalie se había enterado de que su madre mantenía una relación con Vittorio, le había soltado duros reproches por el hecho de haber tardado tan poco en encontrar un nuevo amor tras la muerte de Peter. Por supuesto, todavía estaba triste por haber perdido a su padre, pero entretanto Nathalie no solo se había conformado, sino que Vittorio le había caído bien. En cualquier caso, eso era lo que había creído Angela hasta ese momento.

—De acuerdo —replicó la madre con calma—. Tienes razón. No debería presionarte. Lo haremos como tú quieras —decidió justo antes de consultar su reloj de pulsera—. Por cierto, Vittorio está a punto de llegar, se quedará a pasar el fin de semana. Y no te preocupes, no le contaré nada.

Dicho esto, se terminó el café y constató con preocupación que a su hija se le había ensombrecido todavía más el rostro.

—¿Que viene Vittorio? ¿Justo ahora?

—Nathalie, te lo ruego. Antes has dicho que querías que actuara como siempre. Y suelo pasar los fines de semana con él.

Angela se levantó, cogió sus cubiertos y se dio la vuelta. Se había acalorado y su rostro lo revelaba, pero tenía demasiados sentimientos encontrados en esos instantes. Estaba furiosa por dentro. Al fin y al cabo, ella también tenía su vida privada, y últimamente había sido más bien escasa. No obstante, al mismo tiempo, se avergonzó de sí misma. ¿Acaso no era su deber como madre preocuparse por su hija? Nathalie estaba pasando momentos verdaderamente difíciles. ¿No debería estar a su lado pasara lo que pasase?

—Bueno, si me necesitas... —dijo, tras lo que se dio la vuelta para marcharse. Sin embargo, su hija se le adelantó.

—No, mamá —exclamó Nathalie abatida—. No le digas que no. No lo hagas por mí. Durante años renunciaste a tus intereses por papá y por mí. Por supuesto que Vittorio debe venir —explicó con los ojos llenos de lágrimas—. Es solo que... —susurró con la voz ronca— me da mucho miedo ser madre. Porque significará el final de todo. Yo misma y mis deseos dejarán de tener importancia, el bebé siempre tendrá preferencia. Y justo ahora que... tenía la sensación de que mi vida acababa de empezar.

Angela abrazó de nuevo a su hija y esperó con paciencia hasta que el torrente de lágrimas que estaba descargando cesara de una vez. Luego recogieron la mesa del desayuno juntas y Nathalie se retiró a su habitación.

—Tengo que pensar con calma —le había asegurado justo antes—. Quizá salga por la tarde a hacerle una visita a Tess —añadió cuando su madre objetó que no podía pasarse el día entero encerrada en su habitación—. O tal vez le mande un mensaje a Fioretta para preguntarle si le apetece salir por la noche. No te preocupes por mí.

Con todo, eso fue justo lo que hizo Angela: preocuparse. Por Nathalie y por la tejeduría. Todavía seguía acechándola la discusión que había iniciado Lidia. Agotada, se dejó caer sobre el sofá. ¿Era normal la manera en que Tiziana se comportaba cuando estaba con Vittorio? Si se tratara de una jovencita, aún podría comprenderse, pero Tiziana era ya toda una mujer, y una mujer muy atractiva, además. ¿Es que Vittorio no se daba cuenta de que lo devoraba con la mirada? Y encima en público y frente a su pareja. ¿Cómo se percibiría eso en el círculo social del que procedía Vittorio?

—¿En qué piensas con el ceño tan fruncido?

Angela se sobresaltó al oír la voz de Vittorio. Ni siquiera se había dado cuenta de que había llegado y había abierto la puerta con su llave.

—*Scusami* —se disculpó Vittorio con preocupación—, no pretendía asustarte. De hecho, he llamado antes de entrar. ¿No lo has oído? —preguntó, y en cuanto Angela se puso en pie corrió a envolverla entre sus brazos—. Mmm, hueles muy bien —le susurró al oído—. No sabes lo contento que estoy de haber salido de Venecia. Ojalá hubiera podido venir anoche, pero estuvimos trabajando hasta las cuatro de la madrugada. Y ¿sabes una cosa? La oferta va viento en popa.

—¿Habéis terminado? —preguntó Angela con alegría.

—Ya iba siendo hora. El lunes vendrá el cliente.

—¡Enhorabuena! Debes de estar muerto de cansancio.

En lugar de responder, Vittorio le dio un largo y apasionado beso.

—Sí, lo estoy —admitió luego—. ¿Me acompañas a la

cama? —murmuró. Angela titubeó. ¿Podía despreocuparse de su hija sin más? Al fin y al cabo, ella le había dicho que quería gozar de un poco de calma—. ¿Dónde está Nathalie? —dijo Vittorio mirando a su alrededor—. ¿Está mejor?

—Está en su habitación —contestó Angela—. Le apetecía estar a solas un rato.

—Pues a mí también. Pero a solas contigo.

Sin responder nada, Angela le tomó la mano y se lo llevó al dormitorio. Una vez allí se quitó el vestido y ayudó a Vittorio a quitarse la camisa y los pantalones, tras lo cual se acurrucaron en ropa interior bajo la colcha. Vittorio soltó un profundo suspiro, le abrió el cierre del sujetador y le apartó los tirantes de los hombros. Se acercó un poco más a ella y hundió la cara entre los pechos mientras le acariciaba la barriga con la mano, hacia abajo, tanteando las braguitas. Dentro de Angela empezó a arder un intenso fuego cuando siguió descendiendo con las caricias, y se las quitó con delicadeza. La sensación de alivio que sintió fue sobrecogedora, como si de repente hubiera olvidado todo lo que la acongojaba desde los últimos días con solo notar la piel desnuda de Vittorio sobre la suya.

Se amaron con ternura, casi con lentitud, porque tenían todo el tiempo del mundo, y Angela tuvo la sensación de que sus cuerpos se fundían en uno solo, hasta el punto de no saber decir dónde terminaba uno y empezaba el otro. El ritmo de sus movimientos se aceleró, el aliento se volvió cada vez más pesado siguiendo un mismo compás, hasta que los dos llegaron al mismo tiempo al clímax, cruzando miradas con intensidad. Y entonces fue cuando por fin se diluyó lo que durante los últimos días le había producido tantos dolores de cabeza. Todo iría bien. Mejor dicho, todo iría bien mientras ella y Vittorio siguieran tan bien compenetrados.

Cuando las oleadas de placer remitieron y Angela pudo volver a abrir los ojos, Vittorio ya se había quedado dormido con un brazo por debajo de ella y el otro por encima. Notó su aliento en el cuello mientras la abrazaba. Durante un buen rato se limitó a contemplarlo, y la ternura que la invadió creció de un modo desmesurado. Amaba a ese hombre como no había amado a nadie más. «Es extraño —pensó poco antes de quedarse dormida también ella— que en la vida sea posible amar a dos personas distintas con tanta intensidad y de forma tan diferente.» Y acto seguido, agotada, se rindió ella también al sueño.

La despertó un ruido que le recordó a un trueno lejano. Sorprendida, abrió los ojos y vio el cielo azul radiante por la ventana. Cuando volvió a oír el ruido y por fin lo identificó, Angela no pudo evitar soltar una risita. Era el estómago de Vittorio el que se quejaba.

—Lo siento —se disculpó él mirándola con los ojos abiertos como platos—. No quería despertarte, dormías tan bien... Pero la verdad es que...

—Tienes hambre —lo interrumpió Angela incorporándose—. ¿Qué hora es?

Ya eran más de las dos, y Angela se dio cuenta de que tenía el frigorífico bastante vacío.

—No pasa nada —le dijo Vittorio con alegría mientras se levantaba de la cama—. ¿Por qué no nos duchamos juntos? Y luego os invito a comer a Nathalie y a ti. Mira qué día tan fantástico. Me apetece ir a aquella *trattoria* en la que estuvimos en nuestra primera cena de negocios —explicó con una sonrisa a la que Angela no pudo evitar responder con otra. Se refería al día en el que ella se había enamorado de Vittorio Fontarini—. Las vistas eran espectaculares y se come bien. Así tu hija se distraerá y pensará en otra cosa.

Vittorio fue hacia el cuarto de baño y Angela lo siguió con la mirada, titubeando. Al llegar a la puerta, él se volvió de nuevo.

—¿O prefieres que llene la bañera?

—¡No! —respondió Angela riendo—. Tardaríamos demasiado rato y el lobo que tienes en el estómago seguramente me acabaría zampando.

—El lobo no —replicó Vittorio de buen humor—, pero yo...

Cuando media hora después recalaron en la sala de la morera, vieron que Nathalie entraba en la cocina justo en ese momento.

—¡Ahí está! —exclamó Vittorio con alegría corriendo a buscarla. Antes de que Angela pudiera retenerlo, él la saludó afectuosamente—. Tu madre y yo nos estamos muriendo de hambre —explicó, y Angela, que se había acercado ya a ellos, vio que Nathalie se quedaba plantada vestida con la ropa deportiva que su madre le había prestado frente al frigorífico abierto, en el que no había apenas nada—. No es que haya gran cosa —constató Vittorio—. ¿Qué te parece si vamos a una *trattoria* muy bonita y nos llenamos la barriga de verdad? ¿Nos acompañas?

Nathalie se quedó mirando a Vittorio como si fuera un

intruso antes de examinar el contenido del frigorífico. Aparte de unos restos de parmesano y medio tarro de aceitunas, solo quedaban unos brotes marchitos de lechuga. Resignada, cogió las aceitunas y cerró la puerta.

—No me apetece salir —afirmó con aspereza—. Id tranquilos, yo me quedo aquí.

—Pero te morirás de hambre —exclamó Vittorio en broma.

—Solo quiero estar tranquila, ¿de acuerdo? —le espetó Nathalie. Ya intentaba abrirse paso entre él y Angela cuando su madre la agarró por un brazo.

—Por favor. No tienes motivos para ser tan antipática —le dijo en alemán a su hija. Nathalie se zafó de ella.

—¡Es que ahora mismo no lo soporto!

Dicho esto, fue a encerrarse en su habitación. Angela respiró hondo y le lanzó a Vittorio una mirada avergonzada.

—¿Qué mosca le ha picado? —preguntó Vittorio desconcertado mientras seguía a Nathalie con la mirada.

—No está bien —intentó disculparla Angela.

Sin embargo, Vittorio siguió con la frente arrugada.

—¿Por qué ha dicho que no me soporta? —preguntó él.

—No, no es eso lo que ha...

—Angela, un poco de alemán sí sé. Ha dicho...

—... que no lo soporta. Pero no se refería a ti. Vamos, iremos tú y yo. Te lo explicaré por el camino —prometió, y enseguida se puso a pensar cómo podía justificar el comportamiento de Nathalie sin contarle a Vittorio lo que la afligía de verdad.

Él la siguió a regañadientes.

Era un día soleado y radiante, y le asió la mano a Vittorio en un gesto conciliador. Mientras caminaban hacia el aparcamiento público que quedaba junto al cementerio para recoger el coche, él no dijo ni una palabra. El buen humor inicial había quedado arruinado. Angela se dio cuenta y lo lamentó. Pasaron frente a la peluquería de Edda, que estaba llena a rebosar de clientas, como todos los sábados. En la Piazza della Libertà también reinaba la animación. Frente al hotel Duse habían abierto una heladería que atraía a todo tipo de público, y a quien no le apetecía tomar un café o una copa de vino blanco en el bar de Fausto optaba por comprarle un helado a Salvatore y a su esposa, Dina. Los niños daban vueltas en triciclo alrededor de los mayores, y una niña pequeña corría tras un pinscher que no paraba de ladrar.

Cuando empezaron a subir la empinada cuesta que llevaba hasta la iglesia, dejaron atrás el barullo de aquella relajada tarde de sábado y sus pasos resonaron entre las fachadas de las casas.

—¿Qué le ocurre a Nathalie? —quiso saber Vittorio.

—No quiere que hable de ello —respondió Angela.

Vittorio le lanzó una mirada extrañada.

—¿Conmigo tampoco? Bueno, supongo que debe de tener uno de esos días —comentó para intentar aparentar indiferencia, aunque era evidente que era incapaz de ignorar su orgullo herido. A Angela se le encogió el corazón. «Ojalá fuera eso», pensó con desconcierto. Sabía lo mucho que Vittorio apreciaba a su hija, por lo que comprendió que le costara digerir el hecho de que hubiera secretos que ella no pudiera revelarle—. Lo siento —dijo él dándole un apretón en la mano—. Como ya me dijiste: cosas de mujeres.

—Ni siquiera quiere contárselo a Tess —arguyó Angela, pero Vittorio se limitó a pasarle un brazo por encima de los hombros y atraerla hacia él.

—No pasa nada —afirmó él en tono conciliador—. No le des más vueltas. Tenéis toda la razón, no es asunto mío. No hablemos más sobre ese tema.

El fin de semana pasó volando. Nathalie se parapetó en su habitación y, después de que Angela le llevara una pizza enorme del restaurante, tampoco volvió a dejarse ver en todo el domingo. «Seguramente lo necesita», pensó Angela para resistir el impulso maternal de comprobar cómo estaba de vez en cuando. Habían acordado que Nathalie la avisaría si necesitaba algo. O si simplemente le apetecía charlar con ella. Aun así, no se había dado el caso. Todavía no, se dijo Angela a sí misma para apaciguarse.

El domingo por la tarde, Angela y Vittorio salieron a dar un paseo para contemplar los viñedos en flor, y ella aprovechó para contarle lo que Lidia le había reclamado y cómo había resuelto el conflicto.

—Impresionante —repuso Vittorio mientras cogía uno de los numerosos lirios silvestres que crecían entre las vides para ofrecérselo a Angela—. Lo has llevado de maravilla. Yo no lo habría sabido gestionar.

—¿Qué haces tú en estos casos?

Vittorio reflexionó un momento antes de responder:

—Supongo que Lucrezia se encarga de ello antes de que empiece a obsesionarme.

Angela intentó imaginar cómo aquella fría veneciana habría lidiado con alguien tan testarudo como Lidia. Probablemente no habrían aguantado ni una semana las dos juntas.

—La diferencia es —dijo ella— que los diseñadores no

escasean precisamente. Sin duda no debe de ser un problema para vosotros encontrar a otra persona para sustituir a un empleado, tal vez con la única excepción de Fedo. En cambio, las tejedoras capaces de utilizar nuestros telares históricos son más bien escasas. Si es que hay alguna, aparte de las que trabajan para mí.

Vittorio asintió.

—En eso tienes razón. Intenta conservarlas. Pero tampoco me preocuparía mucho por eso. Me parece que sabes perfectamente cómo tratar con ellas.

«Eso espero —pensó Angela—. Lo espero de verdad.»

Cuando Vittorio recogió sus cosas al anochecer para regresar a Venecia, a Angela se le rompió el corazón.

—¿No podrías quedarte a dormir aquí y marcharte mañana por la mañana temprano?

Vittorio negó con la cabeza con pesar.

—Mañana por la mañana vendrá el cliente de Tizi a Venecia. La presentación tendrá lugar a las diez, lo que significa que a las ocho empezaremos con los preparativos.

Angela sabía que sus empleados tenían que cambiar la distribución de medio estudio para ello. Para la presentación de un proyecto semejante, Vittorio no solía dejar ni un cabo suelto. Sin duda Fedo ya debía de haber pasado el fin de semana ocupado fabricando maquetas, casitas de muñecas a escala reducida que servían no solo para representar la arquitectura, sino también para simular la decoración del interior.

—Ningún cliente tiene imaginación suficiente —solía decir Vittorio— para visualizar el resultado final solamente viendo dibujos, por mucho que estén elaborados por ordenador y por muy detallados que sean.

Por eso sus empleados construían dioramas en miniatura en los que incluso instalaban luces para representar el ciclo de la luz del sol.

—Cruza los dedos —le pidió Vittorio cuando la abrazó para despedirse de ella.

—Lo haré —le aseguró Angela—. Pero estoy segura de que lo convenceréis.

—Ay, por cierto —dijo Vittorio cuando ya estaba cruzando la puerta—. Las cortinas las acabaremos presentando de color blanco —reveló con una sonrisa—. Tizi se tomó muy en serio tu sugerencia.

—Entonces seguro que sí que conseguiréis el encargo —le garantizó Angela antes de abrazarlo una vez más y besarlo apasionadamente.

Como si hubiera estado esperando a que Vittorio se marchara, Nathalie salió de su escondite y se paseó por la sala de la morera, donde Angela acababa de coger una revista de arquitectura de interiores.

—¿Se ha marchado? —Angela se la quedó mirando, pero no respondió nada. ¿Era posible que su hija, con lo sensata que solía ser, se hubiera convertido de nuevo en una mocosa?—. Siento haber sido tan antipática —añadió Nathalie antes de dejarse caer en el sofá junto a su madre.

—No habría estado mal que se lo dijeras tú misma —dijo Angela sin poder reprimirse más.

—¿Salimos?

—¿Qué quieres decir?

—Bueno, eso. Que si salimos —repitió Nathalie—. Se me cae la casa encima. Podríamos ir a la discoteca que hay en Treviso y...

—¿Fioretta no tiene tiempo?

—No —respondió Nathalie perdiendo el entusiasmo de repente—. Ella no tiene tiempo —constató y le lanzó una mirada a su madre antes de proseguir—: Y tú no tienes ganas.

—Tienes razón —admitió Angela con un suspiro—. La verdad es que no me apetece en absoluto. Pero, si tú quieres ir, yo te acompaño a Treviso —concluyó poniéndose de pie y mirándola desde arriba—. ¿Qué quieres que haga una cuarentona en una discoteca? Hace una eternidad que no...

—Mamá —la interrumpió Nathalie, y acto seguido se colgó de su cuello—. Eres la mejor. ¿Preferirías ir a un pub? Además, allí podríamos charlar mejor.

Angela se apartó un poco de su hija y la miró con severidad.

—Nada de alcohol durante el embarazo —le advirtió.

Entonces fue Nathalie la que soltó un suspiro.

—Por supuesto que no. Pensaba invitarte a un virgin strawberry. ¿Te apuntas?

—Lo bueno de Treviso —le explicó Nathalie tras salir del coche, mientras paseaban cogidas del brazo por las calles— es que nadie te conoce. Aquí no viene nadie de Asenza. Y de Padua tampoco. Ah, es aquí —avisó plantándose frente al local. Tras la fachada acristalada se vislumbraba una luz tenue que iba alternando suavemente entre el color de la zarzamora y el turquesa de los mares del Sur. Nathalie abrió la puerta y la sostuvo para dejar entrar a su madre—. Vamos, que no muerden —la animó. A continuación se dirigió hacia dos asientos en forma de cubo situados en un rincón y que formaban un ángulo recto respecto a una mesita—. ¿Te parece bien aquí? —le preguntó.

—Perfecto —respondió Angela mirando a su alrededor.

Todavía era temprano y el local estaba bastante vacío. Mientras Nathalie pedía las bebidas, Angela se quedó mirando a su hija. Por primera vez desde su pubertad, había algo imprevisible en ella. Después de pasar el fin de semana entero hecha un cromo, se había puesto un vestido bonito y se había maquillado como es debido. También se había recogido la melena castaña de un modo muy favorecedor. Costaba creer que pocas horas antes hubiera estado sumida en un estado de ánimo lamentable.

—Volveré a Padua —le explicó a su madre, que recibió la noticia con evidente sorpresa—. Tengo que ocuparme de mi vida mientras solo siga dependiendo de mí. Que cambiaré de facultad ya te lo he dicho. Me matricularé en Arquitectura. Así pensaré más en el futuro, y no en el pasado.

Angela asintió y guardó un silencio expectante. A pesar de todo, el cambio le parecía demasiado significativo. La gran pasión de Nathalie desde los dieciséis años había sido la historia del arte. Hasta ese embarazo indeseado siempre había obtenido las mejores notas en la especialidad y nunca había expresado la menor duda de que su futuro tendría algo que ver con ello. Angela estaba segura de que su hija solamente quería perder de vista al professore Sembràn, el padre de su bebé. Sin embargo, le pareció más sensato no intervenir por el momento. En realidad, comprendía a Nathalie a la perfección.

—Tu padre se habría alegrado.

La camarera les sirvió las bebidas y Angela probó el cóctel de fresas.

—Sí, ¿verdad? —repuso Nathalie sonriendo de corazón—. Y te juro que seré una buena arquitecta.

En ese instante se abrió la puerta del local y les llegó una corriente de aire frío. Angela volvió la cabeza instintivamente. Y no pudo creer lo que veían sus ojos.

—¿Ese no es Vittorio? —preguntó Nathalie asombrada.

Sí, era Vittorio. Y colgada de su brazo iba ni más ni menos que Tiziana.

9
EL TELAR FRANCÉS

—¡No puede ser! —exclamó Tiziana echando la cabeza hacia atrás y soltando una escandalosa carcajada—. Vittorio acaba de decir que lo bueno de Treviso era que seguro que no nos encontraríamos con nadie de Venecia. Pero, claro —añadió apartándose un grueso mechón de cabello de la cara—, vosotras no sois de Venecia, sino de ese pueblo. ¿Cómo se llamaba? —preguntó abriendo los brazos en un gesto teatral—. ¡Angela! ¡Me alegro de verte! ¿Esta es tu hija?

Angela no estaba en condiciones de responder. Le lanzó a Vittorio una mirada de desconcierto a la que él contestó con otra de confusión. ¿O tal vez de vergüenza? Sea como sea, parecía más pálido que de costumbre. ¿Qué estaba ocurriendo allí?

—*Salve* —saludó Nathalie tomando las riendas de la situación—. Sí, soy Nathalie. ¿Y usted es...?

—Simplemente llámame Tizi. ¡Qué fantástica coincidencia!

—*Ciao, amore* —dijo Vittorio en voz baja antes de inclinarse para besar a Angela. Sin proponérselo, ella movió un poco la cabeza y el beso terminó acertando en la mejilla.

—*Ciao* —respondió ella en voz baja.

Tiziana ya había llamado a la camarera y, sin más ni más, añadió dos asientos más a la mesita.

—Me alegro de que te encuentres mejor —le comentó Vittorio a Nathalie, aunque, por la arruga que tenía entre las cejas, Angela se dio cuenta de que más bien le había extrañado. En cualquier caso, había demostrado que no le apetecía verlo, y de todos modos allí estaba en esos instantes, en un local público, pasándolo bien como si nada hubiera ocurrido.

«¿Y tú? —pensó Angela—. ¿Te despides de mí temprano porque tienes que trabajar al día siguiente y luego sales con Tiziana?»

—En realidad tenemos que hablar sobre los detalles de la presentación de mañana —expuso la joven arquitecta mirando abiertamente a los ojos a Angela—. Pero ¿qué te parece, Vitto? Tenemos tiempo de tomar una copa, ¿no? ¿Qué habéis pedido? Ya sé que los cócteles aquí son fenomenales.

—Sí que lo son —confirmó Nathalie—. Pero hoy los hemos pedido sin alcohol.

—Claro —convino Tiziana riendo mientras observaba a Angela—. Al fin y al cabo, tienes que conducir —afirmó, tras lo que miró a Vittorio—. Esto todavía no lo hemos hablado. ¿Quién de los dos conducirá a la vuelta?

—Conduciré yo —contestó él en voz baja lanzándole una mirada fugaz a Angela.

Incluso él mismo se dio cuenta de cómo había sonado aquello. Como el acuerdo rutinario entre una pareja bien armonizada. Angela desvió la mirada. De improviso, notó un nudo en el estómago. Asqueada, dejó su copa sobre la mesita baja. Se sentía incapaz de tragar aquel brebaje dulzón.

Le habría encantado poder largarse en ese mismo momento, pero no era posible. Le lanzó una mirada a Nathalie y se sorprendió al ver que estaba conversando animadamente con Tiziana. Las mejillas se le habían enrojecido de repente al descubrir el oficio de su interlocutora. Al menos, podría sacar algo positivo de aquel encuentro.

—¿Qué hacéis aquí? —le preguntó Vittorio en voz baja a Angela antes de cogerle la mano.

Ella tuvo que controlarse para no retirarla de golpe.

—Eso mismo podría preguntarte yo a ti —le espetó ella enseguida.

Pareció como si él reflexionara unos instantes, antes de hablarle en voz baja:

—Tiziana tiene problemas. Quiero decir, personales. Y quería saber qué pienso yo al respecto.

Angela asintió de forma mecánica.

—Y yo que pensaba que tenías que trabajar...

Había querido que sonara irónico, pero de inmediato se dio cuenta de que el tono había sido completamente distinto. A Vittorio se le ensombreció el rostro súbitamente y le soltó la mano.

—Vamos, Angela —repuso cogiendo el vaso de tónica que había pedido.

Pasaron un rato en silencio, escuchando con incomodidad manifiesta la cháchara de Tiziana, que en esos instantes le estaba aconsejando a Nathalie las clases que no podía perderse en Padua y a qué profesores era mejor evitar.

—A Nunzio puedes decirle que vas de mi parte —le dijo sacando una tarjeta de visita—. Llámame si tienes alguna duda.

Miró a su alrededor y a Angela le pareció como si le

estuviera viendo el corazón al descubierto. Una expresión compasiva apareció en los ojos grandes y oscuros de la arquitecta, y eso molestó a Angela más que cualquier otra cosa. Compasión era lo último que deseaba, y menos aún viniendo de esa mujer.

—Vitto, será mejor que nos pongamos a trabajar —le aconsejó Tiziana a Vittorio—. Pareces cansado. Cuando antes nos acostemos, mejor.

—Qué mujer tan sensacional —comentó Nathalie con entusiasmo camino del coche—. ¿Sabías que era arquitecta? Está trabajando con Vittorio en un encargo fenomenal en el campo, y mañana tienen que presentarlo juntos —explicó sacando la tarjeta de visita del bolsillo de la chaqueta para mirarla—. Tiziana Pamfeli —leyó en voz alta—. ¿No es el apellido de una de las amigas que Tess tiene en Roma?

Angela asintió. No fue capaz de más. No sabía qué pensar. Siempre que se encontraba a Vittorio, Tiziana iba colgada de su brazo. «Pero no —le advirtió una vocecita sensata dentro de su cabeza—. Estás exagerando. Acabas de pasar un fin de semana de ensueño con él. Al fin y al cabo, te ha dicho que todavía tenía que trabajar.» ¿Por qué no podía hacerlo en Treviso? Pero ¿para qué? ¿Para hablar sobre problemas personales?

—Ha trabajado en Nueva York —siguió cotorreando Nathalie—. Y en Tokio. ¡Ay, ojalá pudiera hacer yo algo así algún día, mamá!

Por la noche Angela no podía dormir. Era incapaz de quitarse de la cabeza el sorprendente encuentro que había tenido lugar en Treviso. Daba igual lo que Vittorio le hubiera dicho, no tenía la menor pinta de que fuera una reunión de trabajo.

En algún momento, Angela se levantó y fue al baño. Tenía mucha sed, por lo que vació un vaso de agua entero y lo llenó de nuevo. Sin proponérselo, se contempló en el espejo y se comparó con Tiziana, que era tan guapa como una modelo y al menos diez años más joven que ella. Luego negó con la cabeza, reprendiéndose a sí misma. Era demasiado mayor para esas tonterías. El año anterior había estado a punto de morir por eso. Si Vittorio quería a Tiziana, adelante.

De un modo extraño, fue ese pensamiento el que le permitió recuperar un poco de calma. Porque, en el fondo de su corazón, no imaginaba que Vittorio pudiera preferir a Tiziana. Eran más o menos de la misma edad, él tampoco tenía que demostrar nada. ¿O tal vez se estaba engañando a sí misma? ¿Era distinto en el caso de los hombres? Cuando se buscaban parejas más jóvenes, ¿no significaba que estaban pasando por una crisis de mediana edad?

Pero, sin duda, a Vittorio no le estaba ocurriendo eso, se dijo a sí misma mientras se acurrucaba de nuevo bajo la colcha y hundía la cara en la almohada. De repente notó el olor de Vittorio, a madera de sándalo y almizcle, y ese particular aroma que no sabría definir más que como el amor que compartían. Y con esa fragancia en la nariz, por fin se quedó dormida.

A la mañana siguiente, cuando Angela llegó a la tejeduría, Lidia volvía a estar sentada frente a su telar como si no hubiera faltado jamás.

A su lado, Orsolina y Nola estaban ocupadas preparando una nueva urdimbre para el telar grande, el que utilizaba Stefano, lo que solía llevarles entre cuatro y cinco semanas. Un silencio prácticamente sacro reinaba en la sala. Veinticuatro hilos de urdimbre daban como resultado un tejido de tres centímetros de ancho, por lo que Nola y Orsolina tenían que enhebrar más de veinte mil hilos de seda finísimos por los ojetes y los lizos, y cada uno de ellos tenía unos treinta metros de longitud. Resultaba fundamental no molestarlas durante esa ardua tarea.

Angela le preguntó a Stefano, que mientras tanto trabajaba con el telar de Nola, si se veía capaz de bajar a la madre de Maddalena del ático en el que vivía al día siguiente por la tarde con Gianni.

—Hace meses que no sale de casa —le explicó.

Al principio, él se la quedó mirando con una expresión asustada en el rostro. Por supuesto, él también estaba al corriente de que Carmela no era precisamente una persona de trato agradable.

—¿Por qué no hoy mismo? —preguntó él—. Hace buen tiempo, y en el patio de la morera se está muy bien.

Angela le pidió su opinión a Maddalena y esta prometió que le preguntaría a su madre durante la pausa del mediodía si le apetecía pasar un par de horas en el patio de la Villa de la Seda. También prometió asegurarse de que Carmela se prepararía para que los príncipes pudieran rescatarla de la mazmorra de la torre.

Al final, Stefano se bastó solo para bajarla sin problemas por la escalera. Poco después, la anciana parpadeaba algo conmovida ante la luz dorada que las hojas y ramas de la morera filtraban otorgándole un tinte verdoso.

—Vuelvo a estar aquí... como en los viejos tiempos —constató cuando tomó asiento en un sillón que Nathalie había encontrado en el trastero y que Angela había mandado retapizar—. Jamás me habría atrevido a soñar que algún día llegaría a sentarme en el sillón de la *padrona* —añadió con una sonrisa mientras apoyaba contra el banco los dos bastones que le permitían moverse con dificultades sobre terreno llano. A continuación entornó los ojos y miró a su alrededor con curiosidad—. Bueno, ¿ha encontrado ya algún sitio bonito en el que yo pueda vivir? —soltó nada más ver a Angela con un brillo granuja tras los gruesos cristales de sus gafas.

—¡Un poco de paciencia! —respondió Angela con una sonrisa—. Estoy en ello.

Fioretta sirvió café y unos merengues de almendra tiernos que se fundían en la boca, con lo que Carmela pareció encontrar la felicidad completa. Mientras el resto de las mujeres volvían al trabajo, Angela se quedó con la anciana y empezó a hablar sobre los «viejos tiempos». Y es que Carmela había sido, por lo que Maddalena le había contado, tejedora de la Villa de la Seda desde mediados de la década de 1960 y hasta casi el final del siglo, cuando había tenido que dejarlo por sus problemas de cadera.

—¿Por aquel entonces había más telares que los que tenemos hoy? —le preguntó Angela mientras le tendía a Carmela el plato con el último de los merengues.

—Sí, claro —contestó la anciana antes de meterse el dulce en la boca con fruición—. El taller estaba lleno de telares —explicó, y se detuvo un instante a reflexionar—. En total había ocho. Dos como el *omaccio*. Y dos franceses.

—¿Franceses?

—Sí, los inventó un francés —insistió Carmela lamiéndose los dedos pegajosos como una chiquilla—. Tenían unas tarjetas con agujeros para los dibujos.

Angela era todo oídos.

—Ese francés que los inventó, ¿por casualidad no se llamaba Jacquard?

Carmela arrugó la frente indignada.

—¿Qué sé yo? —gruñó—. Sea como sea, ya no están. Lela los vendió.

—Pero ¿por qué lo hizo?

—Porque ya no los necesitaba. Los dibujos ya no estaban de moda. Ya nadie quería esos pañuelos. De lo contrario, no me habría regalado este de aquí —sentenció tirando del chal que llevaba sobre los hombros.

Temiendo que su madre pudiera tener frío, Maddalena le había puesto una chaqueta de lana por encima, de manera que el chal le había pasado desapercibido a Angela. Era de color verde oscuro y tenía un patrón de color plateado, una especie de sarmientos de vid entrelazados. A Angela le resultó familiar. Sí, el trozo de tela de color púrpura que había encontrado en el arcón de Lela tenía el mismo patrón.

—¿Este pañuelo se elaboró en uno de los telares franceses? —inquirió Angela.

—*Esatto* —respondió Carmela apartando la chaqueta de lana hacia un lado y tirando del pañuelo para quitárselo de los hombros—. Lo hice yo misma. Y créame, sigue siendo tan bonito como cuando lo tejí.

—Por tanto, ¿sabría usted utilizar un telar de ese tipo? —le planteó Angela notando un repentino cosquilleo en la barriga. Aun así, Carmela negó con la cabeza.

—No, ya no —contestó con el rostro ensombrecido—. Hace ya tiempo que no tengo la fuerza suficiente para eso —explicó, y de repente pareció furiosa tras los cristales de las gafas—. Mejor dicho, fueron esos malditos telares los que me dejaron hecha polvo —se quejó con amargura—. Tengo las caderas destrozadas. ¿Por qué se cree, si no, que ya no puedo andar? Cuarenta años delante del telar te convierten en una maldita lisiada.

Angela guardó silencio conmovida.

—Lela era una mujer muy severa —prosiguió Carmela con un suspiro—. Y para nosotras no hubo fondo de pensiones ni nada parecido.

Angela notó de pronto que la anciana se la quedaba mirando fijamente.

—Me suena usted de algo y no sé de qué. Tengo la sensación de haberla visto ya en alguna parte. Hace mucho tiempo —dijo arrugando la frente mientras se exprimía los sesos—. Aunque, claro, no puede ser. Por aquel entonces usted no había llegado todavía al mundo.

—Seguro que me confunde usted con otra persona —repuso Angela quitándole importancia al comentario. ¿Y si Carmela se había encontrado alguna vez con su madre?

Carmela se la quedó mirando con la cabeza ladeada.

—¡Ya me vendrá a la mente, seguro que sí! —concluyó. Acto seguido, vio que la gata gris se le acercaba poco a poco con la cola en alto y el rostro se le suavizó de inmediato—. Vaya, pero ¿qué tenemos aquí?

Mimi saltó sobre el regazo de Carmela y Angela fue a

ahuyentarla, pero se detuvo al ver la sonrisa radiante que apareció en el rostro de la anciana.

—Siempre teníamos gatos en la Villa de la Seda —contó Carmela acariciando a Mimi con suavidad. Esta se arrolló sobre sus rodillas y empezó a ronronear de placer. Y una vez más, Angela se puso a pensar en los telares que Lela Sartori se había quitado de encima.

—¿Todavía se acuerda de quién compró los telares franceses?

Por su expresión, durante un rato pareció como si Carmela ni siquiera hubiera oído la pregunta. Sin embargo, al cabo de unos segundos levantó la cabeza.

—Uno fue a parar a Vidor, creo. El otro, la verdad es que no tengo ni idea.

Angela conocía la pequeña localidad que quedaba al otro lado del río Piave. Con el coche no se tardaba más de media hora en llegar hasta allí. El corazón empezó a latirle con fuerza. ¿Y si ese viejo telar todavía se encontraba en Vidor?

—Hubo un tiempo —relató Carmela rebajando las esperanzas que sin duda había detectado en los ojos de Angela— en que se serraban esos telares para quemar la madera como leña. O los carpinteros reutilizaban las vigas para otra cosa —explicó. Carmela señaló con uno de sus delgados dedos hacia la ventana del primer piso, de la que salía el rítmico sonido de los telares en funcionamiento—. Si estos han sobrevivido fue gracias a nosotras. El viejo Lorenzo habría cortado por lo sano si nosotras no se lo hubiéramos impedido.

Carmela no pudo evitar reírse. Al parecer, lo que recordó era de lo más divertido.

—¿Que se lo impidieron ustedes? —preguntó Angela.

—Sí. Después de la muerte de Lela quería vaciar la Villa de la Seda. Pero entonces tuvo que vérselas conmigo.

—Y ¿qué hizo usted?

El rostro arrugado de Carmela adoptó una expresión pícara.

—Le dejé claro que pesaría una maldición sobre él de la que jamás podría librarse.

—¿Una maldición?

Carmela parpadeó. Tal como estaba allí sentada, en el viejo sillón bajo la morera y con la gata sobre el regazo, a Angela le pareció que realmente tenía aspecto de bruja.

—*Ma certo* —respondió—. Una *maledizione* de verdad. Entonces decidió dejarlo. E hizo bien —concluyó con una sonrisa de satisfacción, y Angela intentó imaginarse la escena. No obstante, no podía dejar de pensar en ese telar que había ido a parar a Vidor. Intentó sonsacarle más información a Carmela, pero esta no era capaz de recordar el nombre del comprador—. Eso fue hace mucho tiempo —se justificó—. Cuarenta años, tal vez más. No sé si debe de quedar algo. Las tarjetas perforadas seguramente ya se las han comido los ratones.

Cuando el sol hubo desaparecido por debajo del tejado de la Villa de la Seda y el aire refrescó, Stefano acudió para devolver a la anciana a su casa.

—Si lo desea, podemos pasar a recogerla de vez en cuando —le propuso Angela—. No siempre podré hacerle compañía, pero...

—Precisamente me estaba preguntando si no trabajaba usted —la interrumpió Carmela con una amplia sonrisa—. *Grazie* —añadió, ya con el rostro serio y en voz tan baja que Angela apenas pudo oírlo—. Volveré con mucho gusto si este lisiado de aquí quiere ayudarme —aseguró, tras lo que se apoyó con decisión en los dos bastones para levantarse del sillón y ponerse en movimiento, mientras Stefano parecía no terminar de decidirse entre enojarse o reírse del comentario que acababa de soltar—. No te enfades —le dijo Carmela—. Que cada palo aguante su vela.

A la mañana siguiente, Angela habló con su personal acerca del telar que se había vendido en Vidor en la década de los sesenta. Nola parecía recordarlo vagamente.

—Por aquel entonces yo tal vez tenía unos trece o catorce años. Eran verdaderos monstruos comparados con nuestros telares.

Sin embargo, no tenía la menor idea de quién podría haberlos comprado.

—Yo tengo un pariente lejano en Vidor —mencionó Lidia con cierto titubeo. Todas se la quedaron mirando con asombro. Desde que había vuelto de sus breves vacaciones, hablaba todavía menos que antes—. Podría preguntárselo. Al fin y al cabo, allí se conoce todo el mundo. Tal vez tengamos suerte —comentó, tras lo que se quedó mirando a Angela con aire reflexivo—. ¿En serio estaría interesada en volver a comprarlo?

—Absolutamente —contestó Angela—. Si todavía funciona, claro. Estaría bien tener otro telar con el que pudiéramos tejer motivos decorativos más complejos de lo que permiten los nuestros.

—Pero nadie sabrá manejarlos —objetó Nola.

—Además, solo somos cuatro —añadió Anna.

—Cinco —la corrigió Stefano—. Y cualquiera de nosotros podría tejer con él mientras preparan la urdimbre de nuestro telar.

—En cualquier caso, todavía no es seguro que podamos encontrarlo —advirtió Angela para cerrar la discusión—. Sería fantástico que pudiera preguntárselo a su pariente de Vidor, Lidia.

—Sí, lo haré —respondió la tejedora.

Y Angela tuvo la sensación de que Lidia se apasionaba por el tema tanto como ella.

Ya en su despacho, Angela revisó los últimos recados y encargos. La presentación de Villa Castro por fin empezaba a dar frutos, y ya había recibido varias solicitudes de información para la elaboración de cortinas o tapicerías. Tendría que visitar a los interesados para descubrir qué tenían en mente, de manera que pudiera aconsejarlos como es debido. Entre los correos encontró uno de un arquitecto de interiores de Nápoles, lo que le extrañó mucho. Por lo que recordaba, Ruggero Esposito no había estado presente en Villa Castro, ese nombre le habría llamado la atención. Cuando lo llamó por teléfono, descubrió que había descubierto la *tessitura di Asenza* gracias al sitio web.

—Tengo a un cliente muy importante —le dijo Ruggero Esposito— para el que busco materiales verdaderamente especiales. ¿Es posible que en algún momento se acerque usted a mi región? Así podríamos conocernos y hablar con más calma.

Angela le ofreció la posibilidad de enviarle un muestrario para que pudiera hacerse una idea de las sedas que tejían.

—Y si le parecen bien, acudiré a verle con mucho gusto.

«Nápoles», pensó Angela cuando terminaron de hablar. La costa Amalfitana no quedaba lejos de allí. Quizá podría aprovechar el tiempo en el que Vittorio estaría ocupado por la zona, en caso de que realmente consiguieran el encargo, para visitar a ese arquitecto de interiores.

El lunes por la noche la había llamado y le había contado que el empresario ruso y su esposa habían quedado fascinados con sus propuestas, pero que de todos modos tenían que incorporar un montón de cambios que les habían sugerido.

—No hay nada peor que los clientes dispuestos a discutir hasta el último detalle —se había quejado Vittorio con un suspiro.

—Quieren involucrarse como sea, ¿no?

—Sí, al final no quedará nada del proyecto original.

—Vamos, tampoco será para tanto —había intentado consolarlo Angela.

Llegó el miércoles y Vittorio todavía no le había confirmado nada. Por la tarde, llamó a Angela completamente agotado.

—Al final hemos conseguido convencerlos —lo oyó decir Angela con alivio—. Realmente es un tipo duro de roer, pero ha terminado firmando el encargo.

—¡Enhorabuena! —exclamó Angela alegrándose de corazón—. ¿Tendréis que hacer muchos cambios?

—Bueno, unos cuantos —admitió Vittorio con un suspiro—. Por desgracia, tiene un gusto horrible. Todavía no he encontrado la manera de apaciguar a Fedo, que está furioso por ello. Y la verdad es que lo entiendo. Quieren ver ese horrible escudo de armas por todas partes. Pero... qué le vamos a hacer, el cliente manda.

—Entonces ¿cuándo empezáis?

—La reforma ya ha empezado, Tiziana se ha adelantado porque ha decidido encargarse de la dirección de obra personalmente. Tenemos seis semanas para resolver el conjunto, y luego nos quedarán dos semanas más para la decoración del interior antes de que venga media Rusia a la fiesta de inauguración.

—¿Solo tendréis dos semanas?

—Sí, ya estamos contratando a más personal para poder lograrlo. Y, por supuesto, empezaremos enseguida. Lo primero que tenemos que hacer es encargar las cortinas.

—¿Al final acabarán siendo blancas?

—Sí. Solo que también quieren integrar el escudo de armas. Fedo ha conseguido convencerlos de que bastará con utilizar un tono de blanco más frío para el motivo decorativo. O sea, blanco sobre blanco. Así no resultará tan evidente. Ay, te aseguro que hemos acabado todos de los nervios.

Angela se rio.

—Ya me lo imagino. Aunque al final habéis conseguido el proyecto. ¿Quién se encargará de fabricar las cortinas?

—Ranelli Seta —respondió Vittorio—. No conozco ninguna otra empresa capaz de fabricar esa cantidad de tela en tan poco tiempo, y encima con un motivo decorativo personalizado. Eso solo puede fabricarse con telares modernos completamente automatizados.

Angela sopesó unos momentos la posibilidad de contarle a Vittorio lo del arquitecto de interiores napolitano, pero al final decidió que no merecía la pena: no quería que sonara como si estuviera recurriendo a la competencia solo porque no había podido involucrarse en aquel encargo tan lucrativo.

—Entonces ¿cuándo volverás a tener algo de tiempo libre? —quiso saber ella esperanzada y consciente de lo mucho que deseaba poder verle más a menudo.

—Me temo que, de momento, no —contestó Vittorio—. Tendremos que trabajar a toda prisa para poder tener todo lo que se tenga que fabricar listo cuanto antes. Cortinas, muebles tapizados, todos los accesorios que nos han pedido... Ya viste las dimensiones de la villa, y sobre todo las de ese templo de *wellness*. Fedo se encargará de dirigir la ejecución, por supuesto, pero sin mí ni siquiera él podrá conseguirlo.

Angela se sorprendió a sí misma pensando que al menos Tiziana estaría ocupada lejos de Venecia durante ese tiempo, y de inmediato se avergonzó de ello. Esos celos le parecían simplemente ridículos. A su edad debería ver las cosas de un modo más sensato.

—¿Nathalie ya se encuentra mejor? —preguntó Vittorio—. El domingo por la noche me pareció tan animada como siempre.

Angela le contó que había regresado a Padua para resolver unas formalidades que le permitirían cambiar de carrera.

—Sí, Tizi me lo contó. Por cierto, quedó absolutamente fascinada con ella —le explicó Vittorio—. Creo que esas dos se cayeron bien enseguida.

—Sí, eso parece —convino Angela, y al mismo tiempo se percató de que aquella circunstancia no le había sentado nada bien.

Cuando alguien llamó a la puerta del despacho, dio por terminada la conversación con Vittorio, que de todos modos tenía que volver al trabajo. Para su sorpresa, fue Lidia la que entró a verla.

—Creo que he encontrado el telar —anunció con los ojos verdes más radiantes que nunca.

—¿De verdad? —exclamó Angela poniéndose en pie de un brinco—. ¿Todavía está en Vidor?

Lidia asintió.

—En cualquier caso, eso es lo que me ha contado ese primo segundo. Si lo desea, podríamos ir a verlo cuanto antes —propuso la tejedora.

—¿Sabe usted en qué estado se encuentra?

—Está desmontado. Pero las partes están bien etiquetadas y almacenadas. Yo no lo he visto personalmente, al fin y al cabo no tengo coche. Por eso he pensado que...

—Es buena idea, iremos juntas —decidió Angela cogiendo ya el bolso. Cuando le estaba dando la vuelta a la llave del despacho, se detuvo en seco—. Deberíamos preguntarle a Giuggio si puede venir con nosotras —decidió—. Es el único que conoce la mecánica de los telares antiguos al dedillo.

Lidia puso una cara larga.

—Que yo sepa, el viejo no se encuentra muy bien —objetó.

—Bueno, se lo preguntaremos —decidió Angela, y acto seguido pasó a informar a Fioretta de que estaría un buen rato ausente. De momento creyó mejor no contarle nada sobre el viejo telar. ¿Quién sabía si no se trataba más que de una falsa alarma?

Maniobró el coche por las callejuelas de la ciudad antigua hasta la casa en la que vivía el maestro carpintero. Cuando llamó a la puerta, se la abrió Lelio, el nieto de trece años de Giuggio que a menudo le echaba una mano.

—¿Cómo está tu abuelo? —le preguntó Angela al ver la silueta nudosa del anciano en el oscuro pasillo.

—El *nonno* está bien, ¿no? —contestó Lelio dándose la vuelta hacia su abuelo.

Giuggio se la quedó mirando con unos ojos azules como el agua y una sonrisa apareció en aquella cara ajada por el sol y por el tiempo. Cuando Angela le contó que era posible que el telar de jacquard estuviera en Vidor, al anciano se le iluminó el rostro.

—¿Le gustaría venir con nosotras a verlo? —le propuso Angela.

—*Sì, certo* —aceptó él—. ¿Cuándo?

—Bueno, pensaba ir... ahora mismo —respondió Angela tras un leve titubeo—. ¿Le parecería bien?

—*Subito?* Bueno... —El anciano se rio—. *Perché no?*

El carpintero cogió su bastón, sin el que ya no salía de casa, se puso la gorra de visera y le dio un par de indicaciones a su nieto utilizando el dialecto del Véneto. El muchacho salió corriendo y regresó con una caja de herramientas que procedieron a guardar en el maletero del coche. Abuelo y nieto subieron a la parte trasera del vehículo y los cuatro se pusieron en camino.

Lidia fue indicándole el camino a Angela una vez llegados a Vidor, hasta que se metieron por un camino sin asfaltar que llevaba hasta una *masseria*, una granja que había visto días mejores. Un hombre pelirrojo salió de debajo de un tractor, se limpió las manos manchadas de aceite con un trapo y saludó a Lidia, que procedió a presentarles a Angela y a Giuggio.

—¿Puedes enseñarnos el telar?

El pelirrojo asintió y le estrechó la mano a Angela con formalidad.

—Me llamo Mimmo Trestelle —se presentó. Al parecer había comprendido enseguida quién pondría el dinero sobre la mesa en caso de que terminaran llegando a un acuerdo—. Soy el primo de Lidia.

—Primo segundo —lo corrigió la pelirroja. Angela no pudo evitar sonreír por dentro. Lidia volvía a ser la misma de siempre.

—Venga conmigo —dijo Mimmo, y acto seguido los guio hasta un granero en el que podrían haber cabido al menos un centenar de vacas.

Sin embargo, el lugar estaba vacío con la única excepción de un par de vehículos oxidados. En el fondo del granero había una escalera cuyos peldaños crujían peligrosamente, que les permitió acceder a una planta superior. Angela sacó su móvil del bolso y pulsó la función de linterna para orientarse y evitar así caer por el tragaluz por el que, en otros tiempos, debían de tirar el heno a los establos. En la pared del fondo había una puerta que daba a una sala cerrada. Mimmo la abrió e invitó a Angela a pasar con un gesto de la mano.

—Aquí lo tiene —dijo señalando hacia un montón de listones, barras y rodillos que estaban en el suelo, bajo una ventana cubierta de telarañas.

Angela examinó las piezas. ¿Cómo era posible que todos esos componentes hubieran formado un telar en algún momento? Eso en caso de que realmente fuera un telar.

Giuggio pasó por su lado y se quedó mirando unos momentos las piezas de madera que estaban a sus pies. Luego señaló hacia un gran arcón de roble y le dijo algo a Mimmo que Angela no acertó a comprender. El granjero abrió el arcón. Estaba lleno de láminas de cartón amarillento cuidadosamente dobladas.

—*Ma varda* —exclamó con aire pensativo el anciano carpintero. Angela ya sabía lo que eso significaba en el dialecto del Véneto: «Fíjate».

Y entonces Angela comprendió que no eran láminas de cartón cualesquiera, sino las tarjetas perforadas que había mencionado Carmela. Y pertenecían a un telar de jacquard.

10
VISITA SORPRESA

Nada le habría gustado más a Angela que llevárselo en el maletero del coche, pero era imposible. Tendría que alquilar una camioneta para poder trasladarlo. Además, Giuggio creyó conveniente revisar si el telar estaba realmente completo antes de proceder con el transporte. Mimmo Trestelle fijó un precio que Angela estuvo dispuesta a pagar siempre que la maquinaria pudiera reconstruirse. También le ofreció una paga y señal, pero el primo de Lidia la rechazó.

—No es necesario —le dijo visiblemente satisfecho.

Acordaron regresar al día siguiente. Al parecer, el anciano maestro carpintero también se había entusiasmado con el hallazgo. Normalmente era parco en palabras, pero durante el trayecto de regreso a Asenza estuvo charlando sin parar en ese dialecto incomprensible para Angela, y Lidia se dedicó a traducírselo. Que recordaba bien el telar y que se había encargado de su mantenimiento, al igual que del de los otros telares, en los tiempos de Lela Sartori. Que, si no faltaba ninguna pieza fundamental, era una buena máquina.

Cuando Angela pasó a recoger a Giuggio a la mañana siguiente, le abrió la puerta su hija, la madre de Lelio.

—Mi padre no se encuentra bien —dijo con clara preocupación en el rostro—. De hecho, creo que no debería volver a trabajar, *signora* —añadió con un tinte de reproche.

—Pero si fue él quien dijo que quería examinar el telar antiguo.

Lelio ya tenía la mochila de la escuela colgada en la espalda, faltaba un cuarto de hora para el inicio de las clases.

—Sí, es cierto —respondió su madre con un suspiro—. Pero hoy tiene que cuidarse. Lelio la avisará cuando se encuentre bien de nuevo.

Con sentimientos encontrados, Angela se montó en el coche otra vez. ¿Acaso la excursión del día anterior había dejado demasiado agotado al anciano? Durante el trayecto de vuelta parecía más bien rejuvenecido. De repente le vino a la cabeza una idea inquietante. ¿Qué ocurriría cuando Giuggio ya no estuviera? No había nadie más con sus conocimientos de mecánica tradicional y su valiosa experiencia con los telares. Durante años, nadie se había interesado por ello, hasta que Angela se había quedado la Villa de la Seda y le había pedido que pusiera a punto el *omaccio*. Desde entonces, había vuelto a encargarse de mantener la maquinaria de la Villa de la Seda.

Decidió ir a Vidor sin él y contarle en persona a Mimmo Trestelle el motivo del retraso. Por el camino se detuvo en un cajero automático y retiró una suma de dinero considerable, para ofrecerle una vez más una paga y señal al primo segundo de Lidia. Quería que viera que iba en serio respecto a la compra, aunque en esos momentos tuviera que aplazarla un poco. A la hora de la verdad, no tuvo que insistir mucho. Recogió el recibo de la paga y señal, y regresó a casa.

Cuando llegó a casa, encontró a dos visitantes frente al escaparate de la tienda contemplando la exposición de tejidos. Cuando se acercó más a ellos, se llevó una buena sorpresa al constatar que una de las personas era ni más ni menos que Costanza Fontarini. ¿Qué hacía allí la madre de Vittorio? ¡Y sin avisarla previamente! El hombre que estaba a su lado también le sonaba de algo. Por supuesto. Era Massimo Ranelli, el fabricante de seda de Venecia. Angela requirió tan solo dos segundos para recuperar la compostura.

—*Benvenuti* —los saludó con amabilidad—. ¡Menuda sorpresa!

Costanza se dio la vuelta y le lanzó una mirada tan breve como concienzuda.

—*Buondì* —respondió.

—Muy buenos días —la saludó Ranelli a su vez con una amplia sonrisa en los labios—. Teníamos la esperanza de encontrarla para poder echarle un vistazo a la tejeduría. Aunque esto parece más bien un asalto. Por favor, disculpe que no la hayamos avisado antes de venir.

—Pasábamos cerca de aquí —añadió Costanza, aunque a diferencia de su acompañante no dio la más mínima impresión de que sintiera la necesidad de justificarse—. ¿Cree que podría mostrarnos la tejeduría?

Ranelli le dedicó una sonrisa llena de seguridad en sí mismo para dejarle claro que no podría rechazar la petición.

—Por supuesto —contestó Angela, tras lo cual los invitó a que la siguieran por el portal. No era nada habitual que la gente pudiera visitar el taller; de hecho, la situación era más bien la contraria: su personal odiaba las visitas. Eso por no mencionar que no era nada recomendable alterar la concentración de las tejedoras mientras trabajaban, puesto que cualquier interrupción podía afectar al resultado. En el peor de los casos, el trabajo de varios días podía quedar arruinado por un solo golpe de lanzadora con demasiado ímpetu—. Sin embargo, les advierto que no han llegado en un momento muy oportuno —prosiguió cuando llegaron al patio y Costanza miró a su alrededor con ojos críticos—. En estos momentos están preparando la urdimbre del telar grande. Es una tarea muy compleja, y las mujeres prefieren trabajar sin que las molesten. Pero la otra parte de la tejeduría podré enseñársela sin problemas.

Les pidió que tomaran asiento bajo la morera y fue a buscar a Fioretta. La encontró en el almacén de hilo, donde estaba haciendo inventario junto con Orsolina. Angela la envió al hotel Duse a buscar café y unos dulces.

—¿Visitas? —repuso Orsolina consternada—. Y ¿por qué no nos lo ha dicho antes?

—Porque se han presentado sin avisar. Hoy haremos una excepción —explicó Angela—. Seguramente no se interesarán por la tintorería. Aun así, en cualquier caso estaría bien poner un poco de orden.

Orsolina pareció algo ofendida, pero Angela no podía preocuparse por eso en esos momentos. Cruzó el almacén de hilo para subir a la tejeduría.

—¿Ya ha vuelto? —preguntó Lidia sorprendida. Soltó la lanzadora con cuidado y Anna y Maddalena la imitaron.

—Sí, por suerte. Más que nada porque tenemos una visita sorpresa —explicó Angela—. Es la *principessa* Fontarini con un amigo suyo —aclaró antes de que pudieran protestar. El instinto le decía que era mejor no revelar a las tejedoras que Ranelli se dedicaba al mismo sector. Seguramente eso solo las habría puesto más nerviosas todavía—. Ya sé que normalmente no aceptamos esta clase de visitas, pero hoy haremos una excepción.

—*Ma certo* —murmuró Maddalena con los ojos como platos—. La *principessa* en persona. Claro que pueden pasar, ¿verdad?

Asustada, se quedó mirando a sus colegas. Anna gimió y puso los ojos en blanco, pero acabó asintiendo. Lidia apretó los labios, pero tampoco puso pegas.

—Nola no estará precisamente encantada —opinó Stefano señalando con una mirada elocuente hacia la puerta cerrada tras la que la madre de Fioretta estaba ocupada con su trabajo de nunca acabar.

—Lo sé —convino Angela—. Será mejor que no la molestemos.

Cuando bajó de nuevo a ver a sus invitados, Fioretta les estaba sirviendo el café y les ofreció la posibilidad de visitar la tienda.

—Gracias —replicó la *principessa* antes de tomar un sorbo de su tacita—. Pero primero preferiríamos ver el taller. La tienda podemos verla luego, en todo caso.

—Como deseen —respondió Angela en lugar de Fioretta.

Ranelli le dedicó una sonrisa de agradecimiento, se terminó el café y se puso en pie.

—Es realmente muy amable por su parte, signora Steeger.

Costanza también se levantó y se alisó el inmaculado y

primaveral abrigo de algodón color cáscara de huevo. Al parecer le gustaba vestirse con tonos blancos quebrados, con lo que conseguía destacar todavía más su pelo plateado y su tez oscura.

—Si mal no recuerdo, usted tiene dos mil empleados, ¿no es así, signor Ranelli?

Angela guio a los dos invitados por la escalera que subía hasta el taller, donde reinaba un silencio poco habitual. De un modo más que sensato, Lidia, Maddalena y Anna habían decidido parar de trabajar hasta que las visitas se hubieran marchado.

—Puede llamarme simplemente Massimo —dijo Ranelli en lugar de responder a la pregunta.

—Seguro que se sorprenderá —prosiguió Angela sin aceptar su ofrecimiento—. Para mí trabajan solo cuatro tejedoras y un tejedor. En este momento solo hay tres.

—¿Y las demás?

Angela se dio cuenta de que Costanza no paraba de examinarlo todo al detalle, se fijó con atención incluso en la escalera. «Quizá quiere saber dónde pasa el tiempo libre su hijo», le pasó por la cabeza.

—Como ya les he comentado, hay que preparar la urdimbre de uno de los telares —explicó Angela—. Aquí lo hacemos a mano y, por consiguiente, es una tarea muy ardua. Una de las trabajadoras estará ocupada entre cuatro y cinco semanas en ello.

—Eso no suena precisamente rentable —opinó Costanza—. ¿No puede automatizarse el proceso?

Estaban frente a la puerta del taller, y Angela se volvió hacia sus invitados antes de abrirla.

—Esto es una manufactura —expuso respondiendo a la

pregunta de Costanza—. Eso significa «trabajo a mano», y al mismo tiempo es precisamente lo que hace de la Villa de la Seda un lugar especial. Quien adquiere nuestros tejidos lo hace porque quiere un producto elaborado por una persona que ha puesto su esmero y su cariño. Por eso han parado de trabajar mientras dure su visita. Las tejedoras tienen que dedicar toda su atención a lo que hacen. ¿Preparados?

Abrió la puerta y asintió hacia sus trabajadoras.

—Hoy nos honra con su presencia Costanza Fontarini. Y ha venido acompañada de Massimo Ranelli, un buen amigo —anunció, y en el rostro de Costanza le pareció divisar una sonrisa irónica, aunque también podía ser que simplemente se la hubiera imaginado—. ¿Puedo presentarles a mis trabajadoras? —prosiguió, y empezó por Lidia, de quien destacó el valor especial de sus creaciones, ante lo que la pelirroja se sonrojó. Ranelli examinó el tejido en el que estaba trabajando con mucho detenimiento, y luego pasaron a Anna y finalmente a Maddalena, que apenas se atrevía a respirar.

Ranelli parecía completamente absorto contemplando la mecánica primitiva de los telares. Hizo un montón de preguntas y expresó su asombro ante la habilidad que mostraban las tejedoras.

—Y ¿qué hay detrás de esa puerta? —preguntó Costanza.

—Otra sala —se limitó a responder Angela.

—¿Podríamos verla?

—Me sabe mal, pero no es posible. Ya he mencionado que están preparando la urdimbre para un telar.

—Oh, qué emocionante —exclamó Ranelli—. Y ¿no podríamos echar un vistazo, aunque solo sea un momentito?

—No molestaremos —agregó Costanza, y antes de que Angela pudiera evitarlo, giró el picaporte y abrió las dos hojas de la puerta de par en par.

Durante un instante, todos contuvieron el aliento: las tejedoras, porque alguien había osado despreciar lo que su *padrona* había prohibido, pero Ranelli y Costanza también, porque la imagen que se abrió ante ellos era absolutamente fabulosa. Nola estaba sentada a contraluz, rodeada de hilos dorados. Como las cuerdas de un arpa gigantesca, los hilos se extendían por toda la longitud de la sala desde la imponente silueta del *omaccio*, colgando como un baldaquino por encima de su estructura, y parecía como si todos se dirigieran hasta Nola, que utilizaba una aguja plateada con un gancho en la punta para ir enhebrando los hilos, uno por uno, en los diminutos ojetes de los lizos. El sol de la mañana hacía resplandecer los hilos de seda teñidos con el color del oro viejo. Angela también dejó de respirar, porque, a pesar de estar familiarizada con el proceso, no pudo evitar pensar en el cuento del enano saltarín, en la hija del molinero que hilaba la paja y la convertía en oro.

Entonces Nola volvió la cabeza y se rompió el hechizo.

—*Che diavolo*... —empezó a maldecir dejando caer la aguja—. ¡Fuera! —rugió—. ¿Cuántas veces tengo que insistir en que...?

Con pocos pasos apresurados, Angela se plantó frente a ella.

—Nola —la interrumpió con suavidad y urgencia—. Por favor, hoy no.

La tejedora abrió la boca de nuevo para replicar algo con vehemencia, pero entonces miró más allá de Angela, hacia la puerta abierta, y cambió de opinión. Angela se dio cuenta de que Fioretta estaba en el fondo de la sala, dirigiéndole gestos de súplica por detrás de los visitantes.

—Me temo que tendrán que contentarse con esto —dijo Angela dirigiéndose a Costanza—. Porque no creo que sea su intención interferir en nuestra actividad, ¿verdad? Aquí no trabajan máquinas, sino personas. Por eso les rogaría que me siguieran afuera.

Esperó hasta que Costanza y Ranelli volvieron a la primera sala del taller a regañadientes y cerró la puerta de doble hoja de nuevo, aprovechando para lanzarle una mirada conciliadora a Nola.

El ambiente estaba tenso cuando bajaron otra vez al patio. Poco a poco, el traqueteo de los telares volvió a oírse y Angela respiró hondo.

—¿Les apetece pasar a ver nuestra tienda? —preguntó con cordialidad.

Se propuso tragarse la rabia que sentía por dentro y regalarle a Costanza un pañuelo de seda especialmente bonito. Después de todo, era la madre de Vittorio. En algún momento tendría que romperse el hielo entre ellas dos.

—¿No había mencionado usted también que tenía a una tintorera fenomenal? —repuso Ranelli mirando a su alrededor—. Insistió en que solamente utilizaban pigmentos naturales. Me encantaría verlo.

Angela estaba a punto de soltar una excusa, pero Costanza tomó la iniciativa.

—Sí, Vittorio me lo contó —añadió con la voz animada—. Me dijo que tenía a una mujer de gran talento que todavía trabajaba según manda la tradición. ¿Sería tan amable de mostrárnoslo?

Era imposible decirle que no, pero Angela solo iba acumulando cada vez más rabia ante tanta insistencia. Aunque, claro, Costanza era una mujer acostumbrada a conseguir lo que quería. Por el amor que sentía por Vittorio, accedería a mostrarles también la tintorería, si bien intentaría que la visita fuera lo más breve posible.

Orsolina estaba pesando las madejas de seda de color blanco natural que necesitaba para el siguiente proceso de tintado. Al final había ordenado la tintorería, de manera que encima de la mesa no había más que el viejo libro en el que su madre había escrito a mano sus recetas secretas. Tenía una mancha de color turquesa claro en el borde, y Angela reconoció la receta para el nuevo proceso de tintado. Ese viejo libro estaba repleto de marcas del uso, y en cada indicación Orsolina y su madre habían pegado diminutas muestras de hilo de seda y del posterior tejido resultante.

Angela presentó a los invitados a Orsolina, y Ranelli empezó a acribillarla a preguntas.

—Lo siento —dijo la tintorera con una risa de desconcierto—. Eso son secretos del oficio. Nuestras recetas son nuestro mayor tesoro.

Los ojos de Angela siguieron a Costanza cuando esta se acercó a la mesa y ojeó el libro.

—Mira, Massimo —dijo señalando hacia las viejas páginas—. Esto parece interesante.

—Sí, es de verdad interesante —admitió Angela apartando a Costanza hacia un lado con suavidad. A continuación, cerró el libro y se lo tendió a Orsolina—. Pero, como ya le ha explicado mi empleada, hay cosas que no compartimos con nadie. El signor Ranelli seguro que lo comprenderá, ¿verdad?

El fabricante de seda alzó las manos en un gesto apaciguador.

—Nada más lejos de nuestra intención que intentar hurgar en secretos ajenos —aseguró poniendo un énfasis especial en la palabra *secretos* con un tono casi irónico—. La *principessa* sin duda no esperaba que los guardaran en un libro tan vetusto —comentó señalando hacia la vieja libreta que Orsolina mantenía abrazada contra su pecho como un tesoro mientras alternaba sombrías miradas entre Ranelli y Costanza.

—La verdad es que no —confirmó Costanza con una sonrisa de desprecio en los labios. No obstante, a Angela no le pasó por alto el brillo de codicia en los ojos de Ranelli.

—Terminaremos la visita pasando por la tienda —propuso Angela notando que perdía la paciencia por momentos—. Allí podrán ver claramente los resultados de nuestro trabajo.

El sol de la mañana entraba por el escaparate y hacía relucir las valiosas piezas. Angela le presentó a Costanza los pañuelos más bonitos que tenían, y pensó que a la madre de Vittorio le quedaría especialmente bien uno de color blanco natural, tejido con hilos plateados de viscosa, que era una de las obras más bellas que habían tejido las manos de Anna. Sin embargo, Costanza no pareció muy interesada, se limitó a asentir ante cada pieza como si tuviera la mente ocupada en otra cosa, mientras Ranelli siguió haciendo preguntas. Con paciencia, Angela las fue respondiendo, pero la situación cada vez le parecía más extraña.

—Pensaba que tal vez sería usted quien podría explicarme a mí los detalles de la fabricación de seda —reconoció Angela con una sonrisa—. Al fin y al cabo, lleva muchos más años en el oficio que yo.

—Nunca terminan de aprenderse —sentenció con seriedad y mirándola directamente a los ojos un instante.

Costanza se quedó a un lado callada examinando los estantes. Con todo, cuando Angela le preguntó si quería que le sacara alguna de las piezas para poder apreciarla mejor, la *principessa* rechazó el ofrecimiento. «Qué lástima», pensó Angela mientras doblaba de nuevo el pañuelo blanco plateado. Le habría gustado regalárselo a la madre de Vittorio. Sin embargo, al comprobar la indiferencia que demostraba por las piezas, lo descartó enseguida.

—Gracias —le dijo Massimo Ranelli estrechándole la mano con cordialidad—. Sé que nuestra visita ha sido una intrusión para usted y sus trabajadoras, por lo que le pido disculpas. Aun así, debo decir que me ha gustado mucho todo lo que he visto. Y quisiera felicitarla, signora Angela. Lo que fabrican aquí usted y sus empleadas es material de primera clase. Una vez más, gracias por el tiempo que nos ha dedicado.

—Me alegro de haber visto su pequeño negocio —agregó Costanza alargando su mano estrecha y fría—. Hasta pronto.

Dicho esto, se agarró del brazo de Massimo Ranelli, Angela les sostuvo la puerta de la tienda abierta y se quedó un rato siguiéndolos con la mirada con aire reflexivo.

Esa noche Lorenzo Rivalecca la avisó de que la esperaba a cenar en su casa, una rutina mensual que cumplían desde hacía un año. El anciano había exigido esas cenas regulares como condición indispensable para venderle la Villa de la Seda y, desde que Angela sabía que él era su verdadero padre, subía encantada al Palazzo Duse, que se encontraba en lo más alto de la colina de la ciudad, justo enfrente de la iglesia y del cementerio.

Por la tarde, no obstante, todavía tuvo que recurrir a sus mejores dotes como diplomática para apaciguar a Nola, quien aseguró que la visita le había hecho perder la cuenta de los hilos y tendría que empezar desde el principio de nuevo. Aquello era una exageración, por supuesto, y junto con Orsolina, que a menudo le echaba una mano en esa tarea, consiguió recuperar la calma. Luego fue Lidia quien quiso saber qué le ocurría a Giuggio, y pareció indignada de que la compra del telar de jacquard se estuviera demorando por ello. De ahí que Angela esperara que la velada fuera tranquila, aunque sabía que la compañía de Lorenzo Rivalecca, dado que seguía llamándole así aun sabiendo que era su padre, podía llegar a ser agotadora.

—¿Por qué os escondéis de mí, tú y tu hija? —Angela gimió por dentro. Era típico de Rivalecca recibirla de ese modo, con brusquedad y sin saludo previo, con reproches ya desde el umbral de la villa—. ¡Ha pasado el fin de semana entero en Asenza y ni siquiera ha venido a saludarme!

—¿Puedo entrar, primero? —preguntó ella a punto de estallar—. ¿O es mejor que me marche antes de entrar siquiera?

Por un momento pareció como si Rivalecca estuviera a punto de replicar algo, pero luego se dio la vuelta y entró en el vestíbulo bañado por la luz del crepúsculo. Cuando, como de costumbre, abrió la puerta del despacho, Angela no pudo evitar pensar en la primera vez que había estado allí para hablar con el anciano sobre la posibilidad de que le vendiera la Villa de la Seda. Desde entonces ya se había acostumbrado al mal humor de ese hombre al que su madre tanto había amado en su momento, por lo que sabía cómo lidiar con él. Cuando él le sirvió un limoncello, Angela se dio cuenta de que Lorenzo ya se había calmado, porque de lo contrario le habría servido de aperitivo uno de esos aguardientes de Trieste que tan duros de tragar le parecían.

—¿Qué le pasa a Nathalie? —preguntó antes de dejarse caer en su butaca.

Angela tomó asiento en el sillón club que quedaba justo delante de él.

—*Affari di donne* —mintió, tras lo cual tomó un sorbo del licor de limón—. Nada que pueda interesar a un hombre hecho y derecho como tú.

Rivalecca se la quedó mirando con esos ojos de color verde oscuro que tanto se parecían a los de Nathalie, y Angela tuvo un mal presentimiento. Él y Nathalie habían congeniado de maravilla desde la primera vez. Ahora lo convertiría en bisabuelo, y eso sí que era asunto suyo. Pero no le correspondía a ella comunicárselo, tenía que ser Nathalie quien se lo dijera.

—¡No me digas! —rugió Rivalecca—. *Affari di donne.* Siempre que Lela decía algo así, más valía andarse con cuidado.

—Ya te lo contará ella, si quiere —repuso Angela sin poder reprimir una sonrisa—. Tu nieta ha salido igual de cabezota que tú.

La comisura de los labios de Rivalecca se tensó un poco y luego una sonrisa transformó su rostro habitualmente huraño. En las contadas ocasiones en las que eso sucedía, era posible entrever lo atractivo que debía de haber sido de joven.

—Cierto —respondió él con satisfacción—. Se parece a mí en muchas cosas. Eso me da esperanzas de que no acabe haciendo tonterías.

Matilde, el ama de llaves de Rivalecca, abrió la puerta y los llamó a la mesa.

—Por cierto, para cenar hay *minestrone* —explicó Rivalecca con una sonrisa insidiosa en los labios mientras se levantaba del sillón.

—Cualquier otra cosa me habría decepcionado —contestó Angela ofreciéndole su brazo—. No piensas cambiar de costumbres a tu edad, ¿verdad?

—*Chissà* —murmuró él—. Quién sabe.

Durante la cena, Angela le contó lo que había sucedido la semana anterior, evitando en todo momento mencionar a Nathalie. Cuando la conversación viró hacia el tema del telar de Vidor, él empezó a agitar la cuchara en el aire.

—¿Por qué no me preguntas a mí esas cosas? Yo podría haberte dicho adónde fueron a parar esos telares.

Sorprendida, Angela dejó en el borde del plato la rebanada de pan que acababa de coger de la cesta.

—¿De verdad? Creía que nunca te habías interesado por la tejeduría...

—Es que no me ha interesado jamás —admitió Rivalecca recogiendo con la cuchara un buen trozo de *pancetta* y limpiándose la barbilla con la servilleta después de devorarlo—. Pero en su día convencí a Lela de que tenía que librarse de esos trastos.

—Pero ¿por qué?

Rivalecca había sido viticultor y Angela sabía que nunca había querido involucrarse en la tejeduría de su esposa. Por eso ni siquiera se le había pasado por la cabeza la posibilidad de que hubiera estado involucrado en la venta de los telares.

—Por qué, por qué... —la imitó Rivalecca—. Pues porque esos aparatos monstruosos costaban más dinero del que generaban —explicó levantando la cuchara para conferir más énfasis a sus palabras—. Déjame que te diga una cosa: eso de las tarjetas perforadas es una tontería como una casa. Siempre se estropeaba una cosa o la otra. Quizá también porque ninguna de las mujeres quería utilizarlas como es debido. ¡Esa Carmela! Era lo peor, te lo aseguro —se quejó volviendo a devorar la sopa con precipitación mientras recordaba las tribulaciones de tiempos pasados—. Lo único sensato que podía hacerse con esos telares era quitárselos de encima.

—Carmela dice que los motivos decorativos estaban pasados de moda.

—Eso también. Un momento —dijo parando de comer de repente y mirándola con sorpresa—. ¿Desde cuándo hablas con Carmela? Pero si ya no sale de su guarida.

—Es cierto —respondió Angela—. Está en una situación insostenible. Le he prometido que le buscaré un lugar para vivir a nivel del suelo.

—¿Que se lo has prometido?

—Y ya que hablamos de eso... —prosiguió Angela impertérrita, aunque se detuvo un instante—, se me acaba de ocurrir una cosa —añadió mirando a Rivalecca, que ya abría unos ojos como platos temiéndose lo peor.

—¡Ya te digo ahora que no! —gritó él—. Me da igual lo que sea.

—*Papà!* —exclamó ella. Eran contadas las ocasiones en las que Angela se dirigía a su padre de ese modo. Y las pocas veces que lo había hecho, el efecto había sido el deseado—. ¿Cómo te sentirías si estuvieras confinado a un ático diminuto del que no pudieras salir más?

—Como una mierda, por supuesto.

—Por eso tenemos que hacer algo al respecto.

—¿Tenemos? Tal vez tú, pero ¡yo no!

—La casita del jardinero...

—¡De ninguna manera!

—Está al otro lado del parque. Y la entrada está a nivel del suelo. Nunca te acercas por allí, no tendrías que encontrarte jamás con Carmela.

—¡Que no!

—¿Por qué no?

—¡Porque no me da la gana!

Rivalecca ya le respondía levantando bastante la voz. Angela clavó la mirada en su plato. Casi se había terminado la sopa. Con cuidado, dejó la cuchara a un lado. Le gustaba esa *minestrone*. Una vez al mes no suponía ningún sacrificio comer la misma sopa de verduras. Sin embargo, en esos momentos no era capaz de tomar ni una cucharada más. Viendo que su padre se ponía así de terco, pensó que sería mejor intentarlo en otra ocasión, por mucho que ese no fuera su estilo. Aun así, cuanto más pensaba en la posibilidad de alojar a Carmela Ponzino en la casita del jardinero del Palazzo Duse, más le gustaba la idea.

Pasaron un rato en silencio. Lorenzo Rivalecca vació su plato sorbiendo las últimas cucharadas como si hubiera olvidado por completo la presencia de Angela. Cuando Matilde hubo recogido la mesa, levantó de nuevo la mirada.

—¿Te apetece tomar una grappa?

—Sí, ¿por qué no? —accedió Angela—. Pero después. Antes te propongo que vayamos a echarle un vistazo a la casita. Más que nada porque no tengo ni idea del estado en el que se encuentra.

—Hecha un asco —contestó Rivalecca—. Para eso no hace falta que crucemos todo el parque.

—De todos modos me gustaría verla —insistió Angela—. ¡Ven conmigo! Caminar un poco te irá bien para hacer la digestión.

Rivalecca se la quedó mirando con aire lúgubre, pero Angela respondió a esa mirada como si nada. Al final su padre soltó un gruñido de resignación y se puso en pie.

—Bueno —dijo pasando al vestíbulo y abriendo el armario ropero—. Pero solo para que te quedes tranquila de una vez. Sí, crees que te estás saliendo con la tuya —prosiguió cogiendo un manojo de llaves del armario—, pero así verás con tus propios ojos que es imposible —le advirtió mientras descolgaba una vieja chaqueta de tweed del perchero que Angela le ayudó a ponerse.

—¿Por qué tendría que ser imposible?

—Porque hace décadas que allí no viven más que ratas y ratones.

Angela todavía no había paseado por el parque que se extendía tras la villa, ocupando buena parte de la cima de la colina. A pesar de estar bastante abandonado, no resultaba difícil reconocer cómo había sido el jardín original. Cedros enormes, cipreses y secuoyas crecían sin restricciones, ensombreciendo los arriates cubiertos de hiedra, en los que también intentaban aflorar geranios silvestres, violetas de los Alpes y hortensias de invierno.

Al parecer, nadie se ocupaba de cuidar el jardín más allá de despejar los senderos. Cuando llegaron a la parte trasera del parque, Angela vio que la casita que había sido para el jardinero estaba completamente rodeada de rododendros de la altura de una persona. Formaban un seto de flores violetas, rosadas y blancas. Veinte metros más allá terminaba el camino frente a una puerta discreta que constituía un segundo acceso a la finca por el lado opuesto. Dos grandes matorrales de camelias que ya perdían sus últimos pétalos ocultaban la puerta de reja casi por completo.

—Este lugar es encantador —se le escapó a Angela.

—Pero ya lo ves —gruñó Rivalecca—. Es imposible vivir aquí —sentenció señalando hacia la casa—. Habría que recortar cuidadosamente los rododendros para que la luz pudiera llegar a las ventanas.

—¿Podríamos echar un vistazo al interior?

—¿Para qué?

—Bueno, porque ya que estamos aquí... —dijo Angela para intentar convencerlo—. Y porque es muy bonito —añadió contemplando la casita recubierta de madera que mucho tiempo atrás debió de estar pintada de color blanco, aunque desde entonces había quedado toda descolorida y descascarillada. Sin embargo, Rivalecca no parecía tener la más mínima intención de abrir la puerta—. Bueno, sea como sea, si aquí en realidad viven ratas, deberías hacer algo al respecto. Porque luego se extienden a las demás casas y toda la ciudad irá diciendo que la casa de Rivalecca es un nido de ratas.

Aquello funcionó. Rivalecca estiró el brazo y metió la

llave en el cerrojo. Entretanto, Angela también tuvo la sensación de que aquella casita abandonada no sería adecuada para Carmela. De hecho, incluso dudaba de que estuviera conectada a la red eléctrica.

Al ver que se encendía la luz se dio cuenta de que sí, efectivamente había corriente. Siguió a Rivalecca dentro de la casa y de inmediato quedó maravillada.

Justo detrás de la puerta había un cancel que permitía acceder a un salón que a Angela le pareció que debía de tener unos veinte metros cuadrados. En el lado izquierdo había una chimenea que no parecía tener problemas para funcionar. El suelo estaba cubierto de baldosas simples y las paredes necesitaban una buena capa de pintura. Más allá de las telarañas, el techo también parecía estar en buenas condiciones, puesto que no tenía grietas ni daños de cualquier otro tipo.

—¿Qué hay detrás de esas puertas? —preguntó.

Rivalecca miró a su alrededor en la casita, y pareció como si fuera la primera vez que las veía, puesto que se quedó sin habla. En lugar de responder, giró el picaporte de una de ellas y palpó la pared en busca de un interruptor que no sirvió para encender la luz.

—¿Lo ves? —dijo como si quisiera apaciguarse a sí mismo—. No hay corriente.

Angela iluminó la sala con la linterna del móvil.

—Es un dormitorio —constató. Todavía había una estructura de cama de madera con un somier metálico oxidado—. La cocina seguramente está aquí —añadió antes de abrir la puerta siguiente. Había un fregadero de terrazo empotrado en la pared y, a su lado, una antigua cocina de leña, de las que se utilizaban hace décadas.

—Pero no tiene baño —replicó Rivalecca con aparente satisfacción—. Y el váter... —prosiguió señalando con el bastón hacia un excusado que estaba fuera de la casa, casi pegado a los rododendros—. Ya ves que, por mucho que quisiera...

—Podría integrarse un pequeño cuarto de baño en la cocina, es lo suficientemente amplia —lo interrumpió Angela—. Además, sería posible hacer una pequeña reforma. Estoy familiarizada con el tema, el año pasado me encargué de dirigir las obras para adaptar la villa de Tess de acuerdo con sus necesidades.

—Pero esto de aquí lo dejarás como está —gruñó Rivalecca—. Te lo prohíbo.

Con un suspiro, Angela dio una vuelta sobre sí misma para intentar empaparse bien del lugar. La casita del jardinero tenía una superficie de unos sesenta metros cuadrados. Cuando su padre salió, lo siguió para poder verla mejor desde fuera. Estaba coronada por un bonito tejado a cuatro aguas. De todos modos, tendría que revisarlo a fondo algún experto. Y el grosor de las ventanas también habría que verificarlo...

—¡Ven de una vez! —le ordenó Rivalecca—. No eches raíces aquí. Y sobre todo: quítate esta quimera de la cabeza. Carmela no se mudará a esta casita. Es mi última palabra.

Angela decidió dejar el tema para más tarde. «Quién sabe —pensó—, tal vez esta casa también le quede demasiado lejos a Carmela.» Para llegar a la parte trasera del parque, tenía que rodear la finca entera del Palazzo Duse. Solo por eso ya era posible que no sirviera para sacarla del apuro. Le ofreció el brazo a su padre y los dos regresaron juntos a la villa. Una vez allí se dejó convencer para probar una grappa, sabiendo perfectamente lo mucho que le gustaba a su padre compartir las valiosas existencias que le quedaban de la época en la que había sido uno de los mayores viticultores de la región. Rivalecca parecía aliviado de que no siguiera torturándolo con el tema de la casita del jardinero, tal vez por eso se prestó a charlar sin problemas sobre cualquier otro tema. Cuando la conversación derivó hacia Giuggio, sin embargo, se puso serio de nuevo.

—Sufre del corazón —explicó—. Déjalo en paz de una vez. En su momento me libré de esos telares, no vayas tú ahora a recuperarlos de nuevo.

—Es que podrían serme de mucha utilidad —objetó Angela—. Los tiempos han cambiado. Hay clientes que vuelven a solicitar telas tejidas a mano con motivos decorativos de telar de jacquard.

—Eso solo te traerá problemas —insistió Rivalecca—. Pero bueno, al fin y al cabo, la empresa es tuya. Y de todos modos siempre acabas haciendo lo que te da la gana.

11
LA OFERTA

Mientras en la tejeduría volvía a imponerse la calma necesaria para trabajar, los días siguientes fueron realmente frenéticos para Angela. Acudió a visitar a varios clientes y aceptó algunos pedidos, entre otros el de la signora Baffi de Vicenza, que había demostrado un interés especial durante la presentación de Villa Castro. Se le había metido en la cabeza renovar todas las cortinas de su casa y acudió a Angela en busca de consejo. Se trataba de una vivienda urbana de lujo de siete habitaciones, y Angela le hizo propuestas de color para cada una de ellas, además de dejarle muestras para que la *signora* pudiera decidirse con calma.

Aprovechando que estaba en Vicenza, siguió conduciendo hasta Padua para ir a ver a Nathalie. Llegó justo cuando su hija se preparaba para acudir a la consulta de su ginecóloga.

—¡Ven conmigo! —le pidió Nathalie a su madre—. Estoy muy nerviosa.

Por supuesto, Angela no pudo negarse. Encima podría ver por primera vez a su futuro nieto o nieta gracias a la ecografía.

—El bebé ya lo tiene todo —constató Nathalie con aire pensativo cuando le entregaron la instantánea impresa.

Durante el camino de vuelta a su piso compartido, estuvo inusualmente callada, y aun así parecía brillar con luz propia. «Por fin lo ha aceptado», le pasó por la cabeza a Angela. Y como si se hubiera propuesto confirmárselo, su hija le dijo que el fin de semana siguiente le apetecía ir a verla a Asenza para compartir la novedad con Tess y con su abuelo. Angela respiró aliviada.

—Además, tendré que buscarme una habitación nueva —añadió—. Mis dos compañeras de piso no están precisamente encantadas con la posibilidad de que las esté despertando cada dos por tres —comentó mientras se acariciaba la barriga con una sonrisa en los labios.

—También podrías mudarte temporalmente a mi casa —propuso Angela cuando se plantaron frente a la puerta del piso de Nathalie—. Al menos hasta que puedas retomar los estudios, una vez que hayas tenido al bebé. Antes tampoco vale la pena buscar nada nuevo, ¿no te parece?

—Si a ti no te importa...

—¿Por qué tendría que importarme? —replicó Angela pasándole un brazo por los hombros a Nathalie.

—Eres la mejor —susurró Nathalie antes de plantarle un beso en la mejilla.

Ya había oscurecido cuando llegó a casa. Los telares estaban en silencio, y Fioretta era la única que seguía en la tienda, como si la hubiera estado esperando. Estaba cosiendo dobladillos de pañuelos, que era lo que solía hacer durante el tiempo libre si había tejidos de seda por rematar. Era el pañuelo de color frambuesa de Maddalena.

—¿Por qué no te tomas la tarde libre? —le preguntó Angela a su empleada.

Con Fioretta se habían entendido a la perfección desde el principio. De hecho, sin su ayuda Angela seguramente no se habría atrevido a tomar las riendas de la tejeduría. Fioretta dejó la labor a un lado.

—Giuggio ya se encuentra mejor —le dijo en lugar de responder a la pregunta que le había hecho Angela.

—¡Qué bien! —exclamó con alivio.

—Lelio dice que el lunes quiere acompañarte de nuevo a Vidor.

—Genial.

Angela ya tenía ganas de tener el telar y acometer el reto que suponía volver a ponerlo en funcionamiento. Tal vez incluso podría dejarse aconsejar por Carmela...

—Hay algo más que te quería decir —añadió Fioretta interrumpiendo sus cavilaciones. Titubeó un momento y se mordió el labio inferior antes de proseguir—: Seguramente no es importante, pero, de todos modos, me ha parecido extraño.

—¿El qué?

—He vuelto a ver a ese hombre que hace poco vino a Asenza —dijo Fioretta—, el que acompañaba a la madre de Vittorio. No me quedé con su nombre.

—¿Ranelli? —preguntó Angela sorprendida—. ¿Estás segura?

Fioretta asintió.

—Absolutamente. Estaba sentado en la peluquería, Edda le estaba cortando el pelo.

Angela se sentó en una silla e intentó encontrarle sentido a la situación.

—Y ¿no ha venido aquí antes ni ha preguntado por mí? —quiso saber Angela pensando que tal vez había ido a verla y, al no haberla encontrado, Ranelli había aprovechado para hacerse un corte de pelo. Aquello al menos explicaría su presencia. Sin embargo, Fioretta negó con la cabeza.

—No, no ha venido —contestó sin dejar de coser los hilos con cuidado antes de cortar el sobrante. A continuación, dobló el pañuelo para guardarlo—. El caso es que no deja de ser extraño que un hombre tan distinguido venga especialmente a Asenza para cortarse el pelo en la peluquería de Edda, ¿no te parece?

Fioretta tenía razón. Angela tampoco se lo explicaba.

El sábado fue a verla Vittorio para pasar el fin de semana con ella en Asenza. Cuando Nathalie comunicó su gran noticia durante la comida del domingo, a la que invitaron también a Tess y a Rivelecca, el júbilo y las felicitaciones disiparon todos los reparos que pudiera haber tenido. Incluso el viejo ermitaño del Palazzo Duse pareció conmoverse, puesto que se quedó sin habla. Poco antes de despedirse, ya por la tarde, se llevó a un lado a Nathalie y le preguntó por el padre del bebé.

—Eso es un secreto —respondió ella con seguridad.

Angela se sorprendió, pero el caso es que Rivalecca no hizo el más mínimo comentario al respecto. Todo lo contrario, pareció casi aliviado con la respuesta. ¿Acaso temía «perder» a su amada nieta en favor de otro hombre?

—Sentaos todos de nuevo a la mesa, por favor —les pidió Tess, y esperó hasta que Emilia y su sobrina recién llegada de Sicilia recogieran los platos y hubieran cerrado la puerta de nuevo para hablar—. Nathalie, cariño, cuéntamelo todo otra vez desde el principio —le dijo—. ¿Piensas criar a ese bebé sola? Quiero decir, ¿sin padre?

—Exacto.

—Pero ¿por qué?

—Porque yo... bueno, es que lo quiero así.

—¿Ya no te gusta?

—¡No! Él no puede saber nada sobre el bebé.

Angela empezó a ponerse nerviosa. Tess ocupaba una posición privilegiada en la vida de Nathalie, puesto que, de algún modo, sustituía a la difunta madre de Angela y se sentía responsable de su hija. Y Nathalie quería a Tess por encima de todas las cosas. Aun así, Angela dudaba de que siguiera soportando ese interrogatorio durante mucho tiempo más.

—Pero ¿no te parece que él tiene derecho a saber que nacerá un hijo suyo? —preguntó Vittorio, siendo esa la primera vez que se expresaba al respecto—. Al fin y al cabo, también es hijo suyo, ¿no?

—Creo que Vittorio tiene razón —comentó Tess antes de que Nathalie pudiera responder a la pregunta—. Por supuesto, el asunto solo te atañe a ti y no pretendemos decirte lo que tienes que hacer, pero sí me parece necesario compartir contigo nuestro punto de vista...

—Saber que estoy embarazada no sería una buena noticia para él —explicó Nathalie al fin—. Creedme, él no quiere saberlo.

—Es posible —contestó Tess con cariño—. Pero, de todos modos, tampoco tienes por qué protegerlo de nada, Nathalie. Además de derechos, un padre también tiene obligaciones.

—No quiero que tenga el más mínimo derecho sobre mi bebé —exclamó Nathalie con vehemencia—. Y sus obligaciones ya las asumo yo con mucho gusto. Podré criarlo sola...

—Piénsalo bien, por favor —le suplicó Tess—. Ahora solo hablas por ti misma, pero ese bebé, cuando llegue al mundo, también tendrá sus derechos. No lo olvides —sentenció, dejando que sus palabras actuaran unos instantes—. En cualquier caso... decidas lo que decidas, puedes contar conmigo. Conmigo y con tu madre. Las mujeres debemos ayudarnos mutuamente y, si fuera necesario, la criatura podría crecer conmigo en Villa Serena o aquí, en la Villa de la Seda. ¿Verdad, Angela? Juntas seguro que encontramos solución a cualquier cosa —aseveró Tess justo antes de levantarse—. Bueno, y ahora ya empieza a ser hora de presentarte como es debido a la sobrina de Emilia, Angela. Creo que ha superado la prueba de fuego de su tía.

Mientras Angela salía del comedor con Tess para ir a la cocina, oyó que Vittorio le decía algo a su hija.

—Por cierto, Tizi me ha pedido que te salude de su parte...

Angela se sintió aliviada. Por supuesto, su compañero había demostrado el tacto necesario para sacar un tema inofensivo para hablar con su hija.

A Angela le encantaba la cocina de la casa de Tess. Era el feudo de Emilia, la reina indiscutible de ese imperio que desde hacía ya años suponía ocuparse del funcionamiento de la villa, y para desempeñar esa misma función en la Villa de la Seda había llevado a su sobrina.

Tímida y sonrojada, la joven se acercó a Angela, que solo la había visto de paso mientras servía la comida.

—Esta es mi sobrina Epifania —explicó Emilia empujando a la joven hacia Angela.

Más que delgada, Epifania era realmente flaca, y ya le llegaba a los hombros a su tía. Llevaba el pelo oscuro recogido en un moño tenso en la nuca, por lo que parecía mayor de lo que en realidad era. El lunar que tenía junto a la comisura de la boca, del tamaño de un guisante, llamaba enseguida la atención.

—*Buongiorno*, Epifania —dijo Angela mirando por fin a la joven abiertamente.

—*Buongiorno* —saludó en voz baja respondiendo a la mirada de Angela con una expresión apocada en los ojos negros.

—La llamamos Fania —intervino Tess—. ¿Verdad? Tú también lo prefieres, si no me equivoco.

—*Sì, certo* —contestó la sobrina de Emilia aliviada.

—Me ha estado echando una mano desde hace casi dos semanas —prosiguió Emilia—. Y creo que no me dejará mal si a partir del lunes se encarga de llevarle la casa —anunció, tras lo cual miró a su sobrina con severidad—. Si me equivoco, dígamelo enseguida, signora Angela. Porque la mandamos de nuevo a...

—No hará falta —la interrumpió Angela reconociendo el temor reverencial que Emilia despertaba en su sobrina—. Seguro que lo hará de maravilla. Y lo que le falte por saber ya lo aprenderá sobre la marcha, ¿verdad?

—Sin duda —la secundó Tess—. No seas tan estricta con la chica. Bueno, lo que hemos pensado es lo siguiente: Fania puede vivir con su tía y venir todas las mañanas a las nueve. ¿Te parece bien? A esas horas tú ya estás en el despacho, Angela, y la chica podrá encargarse de las tareas de la casa. Te puede preparar alguna cosita para comer...

—No, «alguna cosita» no —objetó Emilia indignada—. La signora Angela tiene que comer bien, de lo contrario...

—No pasa nada —la interrumpió Angela—. Fania y yo ya nos pondremos de acuerdo. ¿Conoce ya un poco Asenza? ¿Sabe dónde puede ir a comprar, Fania?

—Sí, ya lo sabe —contestó Emilia en lugar de su sobrina—. Y si le parece bien, el lunes vendré con ella y le enseñaré la Villa de la Seda. Así no tendrá de qué preocuparse. *Va bene?*

—Gracias —respondió Angela con alivio y se dispuso ya a marcharse.

—Una cosa sí debe tener muy en cuenta —añadió Emilia con el rostro muy serio—. Tenga usted mucho cuidado con sus libros. Ya he sorprendido dos veces a Fania leyendo en la biblioteca de la signora Tessa en lugar de estar quitando el polvo.

Angela tuvo serias dificultades para reprimir la sonrisa que quería aparecer en sus labios mientras Fania se ponía colorada como un tomate y clavaba la mirada en el suelo de nuevo.

—¿Le gustan los libros, Fania? —le preguntó. Fania asintió—. No veo ningún problema en que Fania lea —agregó dirigiéndose ahora a Emilia—. Siempre y cuando haga también su trabajo. Y puesto que tampoco tengo una biblioteca tan extensa como la de Tess, seguro que ella le permitirá coger algún libro de vez en cuando. ¿Me equivoco?

—En absoluto —aseveró Tess con una sonrisa—. Y sobre todo, deje de preocuparse de una vez, Emilia. Estoy segura de que Fania lo hará de maravilla y nos entenderemos a la perfección, ¿verdad?

Fania asintió con entusiasmo y le lanzó a Angela una mirada de claro alivio.

—Hasta el lunes —le dijo con su acento siciliano—. Me esforzaré mucho, *'gnora* Angela.

—Hasta el lunes, Fania. Me alegro de tenerte aquí.

El resto del domingo lo pasaron Angela y Vittorio solos en la Villa de la Seda. Los dos estaban agotados, y también felices de poder gozar de un par de horas de intimidad. Vittorio le explicó lo frenéticos que habían sido los preparativos para la decoración de la villa rusa, y Angela por fin encontró el tiempo necesario para contarle lo que había estado haciendo en Vidor.

—Si conseguimos reconstruir el telar, empezará una nueva era en la Villa de la Seda —anunció ella—. En algún momento podremos tejer motivos decorativos como ese blasón tan horrible que quiere vuestro cliente —explicó, tras lo cual se quedó callada de repente—. Por cierto, hace poco vino a verme tu madre acompañada de Massimo Ranelli.

—Sí, ya me lo contó —replicó Vittorio pasándole un brazo por encima del hombro—. Y no sabes cuánto me alegro. Es una parte importante de tu vida y quedó muy impresionada por lo que vio.

—¿De verdad? —preguntó Angela sorprendida.

—Sin duda —respondió él con una mirada de desconcierto en los ojos—. ¿Sabes? Desde fuera mi madre puede parecer una mujer algo fría —añadió adivinando lo que debía de estar pasándole por la cabeza a Angela—. Nunca ha aprendido a mostrar lo que siente. Cuando era joven la criaron como a una *principessa* de la vieja escuela. Y expresar las emociones se consideraba inadecuado. Pero, aun así, tiene un corazón muy grande y le caes bien de verdad.

A Angela le costaba creer lo que le contaba Vittorio. Probablemente tenía razón acerca del autocontrol y la fachada exterior de su madre, al fin y al cabo no conocía a Costanza ni mucho menos tan bien como su propio hijo. Sin embargo, no quedó nada convencida sobre eso de que la viera con buenos ojos.

—Dale tiempo —le pidió Vittorio.

—Claro.

Dicho esto, Vittorio la besó deseando que ese domingo no terminara jamás.

No obstante, el fin de semana pasó y, cuando el lunes por la mañana Vittorio partió a primera hora hacia Venecia, Angela empezó a pensar ya en regresar a Vidor.

Para compensar su ausencia esa mañana, a las siete se metió en el despacho para aprovechar la calma que reinaba en la Villa de la Seda a esas horas, antes de que empezara a oírse el traqueteo rítmico de los telares. Dejó abierta la puerta que daba al patio, donde un pájaro trinaba desde la morera, probablemente un mirlo. Angela se alegró de que Mimi, que enseguida cazaba a los animales con plumas que osaban posarse sobre la copa de «su» árbol, hubiera emprendido una de sus aventuras por los alrededores.

La signora Baffi le había dejado un mensaje de voz para contarle que durante el fin de semana había compartido sus opiniones con su marido y con su mejor amiga, y que todos habían quedado fascinados con las propuestas.

Que ya podía mandarle el contrato y que esperaba no tener que aguardar mucho para tener sus cortinas nuevas. Angela ya había entregado el presupuesto y lo había mandado cuando, para su sorpresa, Lidia apareció por el marco de la puerta.

—Buenos días —saludó a la tejedora—. Hoy empieza muy temprano, ¿no?

Lidia no respondió enseguida, y luego pidió permiso para entrar.

—Claro —contestó Angela, y de inmediato empezó a acuciarla un mal presentimiento. ¿Acaso Lidia quería volver a discutir el tema del aumento de sueldo?—. ¡Siéntese!

Sin embargo, Lidia se quedó de pie.

—Solo quería notificarle que presento mi dimisión —dijo, y después dejó una hoja sobre el escritorio de Angela—. Aquí lo tiene por escrito. Junto con la llave de la Villa de la Seda.

Angela creyó no haberla entendido bien. Fuera el pájaro había dejado de cantar de repente.

—Perdón, ¿cómo dice? —preguntó Angela.

—Que presento mi dimisión —repitió Lidia levantando un poco la voz, luego apretó los labios con fuerza. El tono de voz sonó triunfal, pero de todos modos seguía sin mirar a Angela a los ojos y parecía más bien como si buscara un punto lejano por detrás de ella—. Con efecto inmediato.

Poco a poco, Angela tomó conciencia de lo que eso significaba para la tejeduría de seda. Necesitaba a todas sus tejedoras. Necesitaba a Lidia.

—¿Puedo preguntar por qué? —dijo, y se aclaró la garganta al notar que se le quebraba la voz.

—Tengo una oferta mejor —explicó Lidia.

—¿Una oferta? ¿De tejedora? —De pronto Angela tuvo una sospecha terrible.

—Sí, claro, de tejedora —respondió Lidia con impaciencia. Al parecer se acababa de percatar de que Angela no tenía nada más que decirle—. Me marcho a Ranelli Seta. Allí por fin podré cobrar lo que me merezco por mi trabajo.

Ranelli. Su visita a la Villa de la Seda no había sido más que un pretexto. Una excusa para poder quedarse con su mejor tejedora.

—Pero Ranelli Seta es una tejeduría de seda completamente automatizada. ¿Prefiere estar frente a una máquina a partir de ahora?

—No me tocará operar una máquina —respondió Lidia con brusquedad—. Ranelli tiene más telares mecánicos de los que puede imaginarse. No tiene ni idea —le espetó la tejedora con desprecio—. Ranelli se ha dado cuenta de que cada vez más gente desea artículos tejidos a mano. Por eso ha decidido fundar una manufactura. Y yo me encargaré de dirigirla —sentenció, después alargó la mano hacia Angela—. Que le vaya bien, *tedesca*. Que tenga mucha suerte.

Angela se quedó de piedra. Lidia retiró la mano, dio media vuelta y salió del despacho.

Angela no fue consciente del rato que pasó sin reaccionar hasta que Fioretta llegó a trabajar a las ocho y media.

—¿Qué ha ocurrido? —preguntó alarmada nada más ver a su jefa.

—Lidia ha presentado la dimisión —anunció. Fioretta abrió los ojos como platos y estaba a punto de responder algo cuando Angela señaló hacia la carta de dimisión que había quedado sobre el escritorio—. Se la ha llevado Ranelli.

—*Che bastardo* —exclamó Fioretta.

Angela le contó en pocas palabras lo que Lidia le había explicado. Ranelli la había engañado, no había acudido con ningún otro objetivo que birlarle a su mejor tejedora. En ese instante cobró sentido el hecho de que hubiera ido a cortarse el pelo a la peluquería de Edda. Seguramente había interrogado a la peluquera, ¿de qué otro modo, si no, podría haber descubierto cómo contactar con Lidia? Y Costanza... No se atrevió a sacar conclusiones sobre lo que le pasaba por la cabeza. «No, por favor, no —pensó—. La madre de Vittorio, no.»

La novedad dejó al resto de las tejedoras en estado de shock. Ni siquiera Nola fue capaz de ponerse a maldecir en voz alta como Angela había esperado. Se limitaron a intercambiar miradas asustadas para luego clavar los ojos en el suelo. Aunque Lidia siempre se había mantenido distante respecto a las demás, llevaban años formando parte de una misma comunidad que acababa de quedar hecha pedazos. Stefano fue el único que expresó con claridad lo que pensaba.

—Se le ha subido a la cabeza —sentenció—. Ya desde hace tiempo. Conseguiremos salir adelante sin ella.

Sin embargo, las mujeres guardaron silencio. Ni siquiera Orsolina, su esposa, le dio la razón. Deprimidas, se pusieron a trabajar. Angela no comprendió por qué se comportaban de ese modo, pero se controló. Stefano tenía razón. Tenía que ir a recoger a Giuggio para ir a ver el telar nuevo.

Durante el trayecto, el viejo carpintero se mostró animado, incluso entusiasmado. Esa mañana, Lelio no pudo acompañarlo porque tenía que ir a la escuela. Angela cada vez se iba acostumbrando más al dialecto de Giuggio y podía mantener una conversación más o menos fluida con él.

Le contó que el telar era un ejemplar magnífico y que nunca había podido comprender que la signora Lela se lo hubiera vendido a su competencia en Vidor: una vieja familia de tejedores que, de todos modos, llevaban muchos años fuera del negocio. Que desde entonces habían buscado el telar, pero no habían conseguido encontrarlo. Que seguramente Mimmo Trestelle ni siquiera sabía lo que tenía allí, en el granero. Que seguramente se frotaba las manos pensando lo que podía sacar por aquel montón de maderas viejas.

—Pero vale la pena —dijo para concluir ese torrente de palabras tan insólito en él, justo cuando entraban en la granja de Mimmo—. Hasta el último céntimo.

El primo lejano de Lidia no aparecía por ninguna parte.

Salieron del coche y Angela se acercó a la vivienda de la *masseria*. Empezó a llover cuando Angela llamó a la puerta. Nadie salió a abrir y eso que habían avisado de que irían. Llamó tres veces más y ya estaba a punto de dar media vuelta, decepcionada, cuando la puerta por fin se abrió. Mimmo Trestelle la saludó con gesto apocado, sin mirarla a los ojos.

—Hemos venido a recoger el telar —anunció Angela intentando ignorar el mal presentimiento que se había apoderado de ella.

—El telar... —repitió Mimmo—. Ya no lo tengo.

—¿Qué quiere decir con que ya no lo tiene?

—Lidia pasó a recogerlo. Lo compró otra persona. La

paga y señal que me dio... —empezó a decir hurgando en el bolsillo de su mono de trabajo hasta que encontró el sobre arrugado—. Por supuesto, se la devuelvo. Tenga.

Dicho esto, le puso el sobre en la mano y se dispuso a cerrar la puerta de nuevo. Sin embargo, Angela se agarró al picaporte con fuerza y metió el pie en el umbral para evitarlo.

—¡Cerramos un trato! —gritó furiosa—. ¡Me estrechó la mano, me dio su palabra!

—Tiene que comprenderlo, *signora* —le dijo Mimmo Trestelle prácticamente retorciéndose por culpa de los remordimientos—. El otro interesado ha pagado el doble de lo que me ofreció usted. Y de todos modos es demasiado tarde. Lidia se puso imposible. Ya sabe usted cómo es...

De repente Giuggio apareció por detrás de Angela y agarró a Mimmo por el cuello. Soltó un verdadero torrente de maldiciones sobre el granjero, aunque Angela no las comprendió todas ni mucho menos. Solo las palabras *traidor* y *Judas*. Y, mientras tanto, el carpintero agitó a su interlocutor como si no fuera más que un saco de patatas.

—¿Quién ha comprado el telar? —le preguntó al fin.

—Se llama Ranelli —jadeó Mimmo justo antes de zafarse de Giuggio—. Y ahora déjenme en paz. No quiero volver a verlos por aquí.

Dicho esto, cerró de un portazo. Angela oyó cómo cerraba con llave y pasaba un cerrojo.

—Por favor, cálmese —le pidió a Giuggio. No obstante, el temblor de su propia voz le quitó toda la credibilidad a su súplica.

El anciano soltó un par de maldiciones más entre dientes, agitó el puño con rabia hacia la puerta y luego se dio la vuelta.

—Volvamos a casa —murmuró Angela llevándose al anciano hasta el coche.

Durante el trayecto de vuelta no intercambiaron ni una palabra. Cuando Angela miró a Giuggio de reojo, le pareció ver lágrimas en sus ojos del carpintero. Y ella también estaba al borde del llanto. Aunque no serviría de nada derramar lágrimas. En el fondo había sido culpa suya. Tendría que haberse llevado el telar enseguida. Ranelli no había perdido tiempo titubeando por si tenía todas las piezas o no. Había cerrado el trato mientras ella seguía dudando.

—Es culpa mía —dijo Giuggio sumido en la tristeza cuando lo dejó frente a su casa—. No debería haberle recomendado que primero comprobara si...

—En absoluto. Por favor, no se reproche nada —lo interrumpió Angela con suavidad—. Fui yo quien tomó la decisión. Usted me aconsejó con buena intención.

Giuggio cerró los labios con fuerza, agitó la cabeza con indecisión, luego le dio un breve apretón en la mano y salió del coche. Frente a la puerta lo esperaba ya su hija. Angela levantó una mano para saludarla, y luego arrancó el coche de nuevo y pisó el acelerador.

Después de todo lo que había ocurrido aquella mañana, Angela no podía regresar a la Villa de la Seda. En lugar de eso, siguió conduciendo más allá de Asenza por la puerta trasera de la ciudad antigua, cruzó la parte nueva y siguió por la carretera en dirección a Treviso. Durante un rato se le pasó por la cabeza la posibilidad de llegar hasta Venecia para poder desahogarse con Vittorio. Sin embargo, descartó enseguida esa idea. Vittorio estaba muy ocupado y llorar sobre su pecho tampoco le solucionaría nada. Y lo que le impedía todavía más acudir a Vittorio era la pregunta que le rondaba la cabeza desde que había salido de Vidor: ¿qué papel jugaba Costanza en este asunto infame?

Había parado de llover y el cielo se había despejado un poco. Cuando llegó a Treviso se le ocurrió que podía conducir hasta el mar, hasta Jesolo, y desde allí hasta la península, concretamente a Cavallino. Un paseo a orillas del mar seguro que le sentaba bien. Además, Venecia quedaba bastante cerca, aunque la laguna la separaba de la ciudad.

Aparcó el coche en Marina di Cavallino y se acercó a pie hasta la playa.

Allí encontró a unos niños jugando al fútbol, cinco chicos y una chica. Ella corría más que cualquiera de los jugadores, intentando hacerse con el balón en todo momento, mientras que los chicos se la iban pasando con toda tranquilidad. Se reían, parecía que se estaban burlando de los esfuerzos de la chica, hasta que uno de ellos se confió demasiado a la hora de pasar el balón. La pequeña vio la oportunidad de hacerse con la pelota y echó a correr con los rizos al viento. Ya tenía el balón preparado para chutar cuando un chico mayor que ella la derribó sobre la arena de un empujón. No cabía la menor duda de que había sido falta, pero fue recibida por los demás con una ovación.

«Te dejan participar, pero no tienes ninguna posibilidad», pensó Angela abatida al ver cómo la chiquilla se levantaba de nuevo como un rayo y seguía luchando. Ella también debía seguir con la lucha.

Pasó una hora más paseando por la playa, y luego se sentó en el restaurante de un hotel para tomarse un café. Esa insólita soledad le sentó bien. La calma le permitió hacer balance. Acababa de perder a una tejedora. Y el telar de jacquard que habría traído consigo nuevas posibilidades comerciales.

Todavía tenía el inventario con el que había empezado. Contaba con Nola, Fioretta, Maddalena y Anna. Tenía a Stefano y también a Orsolina, una tintorera fabulosa. Lidia era una tejedora excepcional, pero también una fuente de conflictos. Quizá las cosas les irían bien tal como estaban, después de todo. Quizá tejerían con más calma y la atmósfera de trabajo mejoraría con su dimisión. Tal vez incluso encontraría a otra tejedora. O podría formar a alguien. En cualquier caso, tenía que pensar en renovar su personal. Nola tardaría poco en retirarse, y a Stefano y Orsolina tampoco les debían de quedar muchos años por delante antes de la jubilación. Seguramente incluso tenía que agradecerle a Ranelli esa puñalada que le había pegado por la espalda, puesto que le permitiría planificar el futuro.

Pagó el café y salió del hotel. Ya iba siendo hora de regresar a casa y ocuparse de las cosas. Ya era hora de emular a la chiquilla de la playa, levantarse de nuevo y seguir luchando. Llegaría un momento en el que sería mejor que sus compañeros de juego. Aunque solo fuera por lo difíciles que le estaban poniendo las cosas en esos momentos.

—¡Ahí viene!

Emilia se la quedó mirando con cara de reproche mientras se ponía la chaqueta. El olor a salsa de tomate con ajo era de lo más tentador. En la puerta de la cocina apareció el rostro expectante de Fania. Cielo santo, había olvidado por completo que era el primer día de su empleada del hogar.

—He tenido que salir por motivos de trabajo —se excusó Angela mientras consultaba el reloj. Ya eran casi las dos y media.

—Espero que no haya comido fuera de casa —gruñó Emilia antes de lanzarle una última mirada a su sobrina.

—No, no he comido. Y estoy impaciente por saber lo que me ha preparado, Fania.

Esta le sirvió la pasta rellena sazonada con salsa de tomate y Angela se alegró de verdad de tener a alguien que cocinara para ella. La comida nunca había tenido un papel muy importante en su vida, y Emilia tenía razón cuando decía que no comía con suficiente regularidad. A partir de ese momento las cosas cambiarían en ese sentido. Elogió a Fania y se prestó a que la joven le enseñara el resto de las cosas que había hecho aquella mañana. El baño y el dormitorio estaban relucientes, y también había barrido el polvo y las hojas secas que el viento había traído al patio.

—Mañana me encargaré de la sala grande, la de la pintura en la pared, si le parece bien a la *'gnora* —dijo la asistenta—. Y de la escalera.

Fania insistió en recoger la cocina antes de marcharse. A Angela todo le pareció bien. Oyó unas voces en el patio y decidió bajar. Ya estaban reunidos todos para tomar el café de la tarde.

—¿Cómo ha ido? —quiso saber Fioretta emocionada mientras repartía el contenido de la bandeja—. ¿Qué ha dicho Giuggio sobre el telar?

Todos los ojos estaban clavados en ella. Angela cogió aire y se preparó para lo peor. Ella ya había digerido la decepción, pero sus trabajadoras ni siquiera estaban al corriente de lo sucedido.

—Nos hemos quedado sin telar —anunció—. Lo ha comprado Ranelli con la ayuda de Lidia.

Esa vez sí, la indignación fue palpable.

—¡Maldita víbora! —exclamó Nola—. ¿Cómo ha podido ser tan insidiosa?

—No tenía bastante con aceptar esa oferta del veneciano... —se le escapó a Anna.

Después de soltarlo, se quedó mirando a Angela, asustada como si se hubiera ido de la lengua.

¿Que había qué?

Y de repente a Angela se le cayó la venda de los ojos. Ranelli no solo le había hecho una oferta a Lidia.

—¿Os hizo una oferta a cada una...?

Se quedó callada de repente, todo le daba vueltas. Ranelli no solo había querido robarle a su mejor tejedora, sino que se había propuesto destruir su negocio entero. Dirigió una mirada interrogante a las mujeres, pero ninguna se atrevió a mirarla a los ojos. Stefano, en cambio, la observaba fijamente.

—Sí —admitió—. No tan buena como la que le hizo a Lidia, pero sí, nos quería a todos. Solo que a nosotros no nos podrá comprar. A mí no, por lo menos.

—Y a mí tampoco —añadió Orsolina en voz baja, aunque sin mirar a Angela—. Y que conste que a mí me ofreció todavía más que a Lidia si me llevaba el libro conmigo.

—A mí no me hizo ninguna oferta —explicó Fioretta—. Porque no soy tejedora.

—Pero ¿a todos los demás? —Angela no pudo evitar que le temblara la voz.

Maddalena la miró con los ojos muy abiertos y asintió.

—Sí —admitió Nola en un tono que no sonó ni mucho menos tan combativo como el de Stefano.

—A mí también —agregó Anna con apocamiento—. Incluso se mostró dispuesto a pagar para que nos mudáramos a Venecia. Dijo que nos podría conseguir alojamiento.

Angela tragó saliva y dejó la taza de café sobre la bandeja de nuevo.

—Y... ¿os acabaréis marchando? —preguntó.

Ninguna de las tres tejedoras respondió. Pareció como si Orsolina se lo hubiera planteado. O como si todavía no se hubiera decidido del todo, de hecho.

—No le podéis hacer algo así —las reprendió Stefano—. Le debemos mucho a la signora Angela. Sin ella tampoco habría venido un señorito de Venecia a hacernos ofertas —reflexionó, tras lo cual miró primero a Nola, luego a Anna y finalmente a Maddalena. Sin embargo, mientras esperaba que confirmaran sus palabras, dejó entrever su decepción. Angela tenía la sensación de estar viviendo una pesadilla—. Muy bien —prosiguió Stefano dejando también su taza sobre la bandeja—. Al menos yo sé cuál es mi lugar.

Y con grandes pasos se dirigió hacia la tejeduría.

El resto de la plantilla se quedó bajo la morera. En silencio. Nadie había respondido a su pregunta sobre si terminarían queriendo ir también a Venecia. No dijeron ni sí ni no.

12
MAQUINACIONES

Angela decidió coger el toro por los cuernos. No podía permitir que Massimo Ranelli, con esa pose de *gentleman*, le fuera ganando terreno poco a poco. Viendo que su secretaria solo respondía con evasivas por teléfono, se subió al coche de nuevo y condujo hasta Venecia.

La sede de la empresa Ranelli estaba en pleno centro del casco antiguo, en un suntuoso *palazzo* que quedaba justo delante del Gran Canal. Pasó junto al portero y la recepcionista, y se plantó cara a cara frente a la secretaria de Ranelli.

—No puede simplemente...

—Sí, sí que puedo —la interrumpió Angela abriendo la puerta del despacho de Ranelli.

Necesitó un momento para asumir lo ostentoso que llegaba a ser el despacho del jefe de la compañía. Estaba sentado con dos hombres frente a una mesa de mármol de patas torneadas y doradas, y reaccionó con sorpresa durante apenas un instante. Luego pidió a los dos tipos que lo dejaran solo con aquella visita inesperada.

—Angela —exclamó con una amplia sonrisa y los brazos abiertos—. ¡Qué sorpresa tan agradable!

—Ahórrese los cumplidos —replicó Angela—. ¿Cómo se atreve a robarme a mis empleadas?

Ranelli arqueó las cejas, cogió aire y lo exhaló de nuevo.

—*Affari sono affari* —declaró—. Los negocios son los negocios. Eso no cambia en absoluto el gran aprecio que siento por usted...

—Eso lo cambia todo —lo interrumpió ella—. Incluso ha obligado a que alguien rompa su palabra. Yo ya había dado una paga y señal por el telar de jacquard.

El rostro de Ranelli adoptó una mueca de dolor.

—No creía que fuera usted tan mala perdedora —repuso él en un tono compasivo—. Por favor, tome asiento. *Prego.*

Ranelli le señaló un tresillo de aspecto cómodo, pero Angela ignoró su invitación.

—Escúcheme bien, Ranelli —le dijo con calma—. Me he dado cuenta de que se ha propuesto arruinarme.

—No, no, eso no lo quiero en absoluto —la contradijo el fabricante—. De hecho, incluso he pensado en una propuesta de lo más ventajosa para usted. Me viene de perlas que haya venido a verme. Eso nos ahorrará mucho tiempo a los dos. *Per cortesia!*

Una vez más, señaló el tresillo, pero Angela se acercó a la mesa de reuniones y se sentó allí.

—Si tenemos que hablar de negocios, mejor hacerlo aquí.

Ranelli forzó una sonrisa.

—Como usted prefiera —dijo acercándose a su escritorio y cogiendo el teléfono—. Por favor, tráigame la carpeta de la Villa de la Seda de Asenza.

Dicho esto, colgó el teléfono y Angela comprendió que Ranelli ya consideraba su empresa como propia.

Ella rechazó tanto el café como las bebidas alcohólicas que

le ofreció, con lo que se negaba a concederle la más mínima muestra de cordialidad. En su lugar, pensó en la chiquilla de la playa y en su manera de afrontar las tretas de los chicos.

La secretaria apareció para dejar una carpeta sobre la mesa de Ranelli.

—*Ecco* —murmuró él con satisfacción mientras abría el portafolios—. Lo he calculado todo al detalle. Por lo que parece, su bonita manufactura rinde perfectamente por ahora. A la larga, no obstante, el volumen de producción es tan reducido que le resultará imposible alzar el vuelo en el mercado. Podría esperar hasta que llegue ese momento y limitarme a recoger los pedazos —constató y levantó la cabeza. Tras la estudiada jovialidad de su interlocutor, Angela reconoció a un hombre de negocios sin escrúpulos—. Pero he decidido no ir por ahí, ¿y sabe usted por qué? —preguntó. Esperó unos segundos, pero al ver que Angela no respondía, prosiguió de todas maneras—: Por el afecto que le tengo a Vittorio. Conozco a la familia desde hace mucho tiempo y solo quiero lo mejor para ellos. Por eso voy a hacerle una oferta que no podrá rechazar. Por favor, estúdiela con detenimiento.

Ranelli le plantó delante un montón de papeles. Ella los cogió y empezó a leer. Pasó unas cuantas hojas y siguió leyendo. Tuvo que hacer un gran esfuerzo para controlarse, pero lo logró y continuó leyendo hasta llegar a la última línea. Luego alzó la cabeza con una mirada de absoluto desprecio.

—¿Y cree usted de verdad que pienso aceptar esto?

Ranelli se encogió de hombros.

—Tendrá que aceptarlo por las buenas o por las malas —le dijo—. ¿De qué le servirán los telares si no tiene tejedoras? ¿O sin su fabulosa tintorera? ¿Quiere usted volver a ponerse a tejer? ¿Por qué no acepta mi generosa oferta y se jubila sin más? Podría simplemente disfrutar de la vida al lado de Vittorio. No tendría que preocuparse por el dinero nunca más.

Un escalofrío recorrió la espalda de Angela. ¿Es que Anna, Nola, Maddalena e incluso Orsolina ya habían aceptado? No. Se lo habrían dicho esa misma mañana. «Todavía están indecisas», pensó. Ranelli va de farol.

—Piénselo bien —le recomendó él rompiendo el silencio—. Llévese los papeles, háblelo con Vittorio o con su abogado, con quien usted quiera. Tómeselo con calma. Pero créame: una solución de mutuo acuerdo sería lo mejor. Tiene usted a una valiosa intercesora en Costanza Fontarini. Pero, por favor, *carissima* Angela, tome usted la decisión adecuada.

—Es una suma atractiva la que te ofrece —constató Tess antes de cerrar la carpeta y reclinarse en su sillón de mimbre.

El sol asomaba sin demasiada decisión entre las nubes y proyectó su luz sobre el invernadero de Villa Serena hasta la fronda de las palmeras exóticas. Añadió un tinte dorado al juego de té que descansaba sobre la mesita de ratán e hizo relucir la fruta escarchada como si fueran piedras semipreciosas.

Angela no había podido dormir en toda la noche; se había pasado la mañana entera revisando los pedidos, esperando oír en cualquier momento los pasos de otra tejedora entrando para decirle que prefería trabajar en Ranelli Seta. Sin embargo, no había acudido nadie y los telares habían seguido traqueteando con el ritmo habitual. Orsolina había empezado a trabajar en los colores del nuevo lote, y Nola continuaba preparando la urdimbre del *omaccio*. Angela tuvo la impresión de estar viviendo la calma que precede a la tempestad.

—No quiero vender la tejeduría —aseguró, agotada, frotándose el puente de la nariz con dos dedos.

—Claro que no —dijo Tess—. El hecho de que demuestre tanto interés por la *tessitura* me parece una buena señal, ¿no crees?

Angela tomó un sorbo de su taza de té. Desde que el dottore Spagulo le había recomendado reducir el consumo de café, se había aficionado al té verde.

—El caso es que no lo comprendo —respondió Angela al cabo de un rato—. ¿Por qué cree Costanza que tiene que ayudarme si yo no se lo he pedido? Y seamos honestos, esto no parece en absoluto una ayuda.

—En eso tienes razón —confirmó Tess contemplando con aire reflexivo el contenido de su taza antes de dejarla sobre la mesa de nuevo—. A menos que Ranelli pensara quedarse con tus tejedoras de todos modos. Entonces sí que podría haber intercedido para pedirle que te comprara el negocio a buen precio en lugar de arruinarte —razonó. Angela se frotó la frente. Se había pasado la noche entera dándole vueltas al asunto—. ¿Por qué no se lo preguntas a Costanza sin más? ¿O por qué no se lo cuentas a Vittorio? ¿Todavía no le has comentado nada sobre todo este asunto?

Angela negó con la cabeza. Vittorio apreciaba mucho a su madre, últimamente se lo había dejado muy claro.

—Es su madre —respondió Angela—. Siempre la verá con buenos ojos.

—Bueno, pues, si quieres saber lo que pienso, el hecho de que Ranelli haya mencionado a Costanza no es más que otra de sus tretas —opinó Tess después de pensarlo un poco—. Probablemente solo intenta estrechar los lazos con la familia Fontarini —añadió, tras lo cual cogió un albaricoque escarchado y lo mordió con cuidado—. Mmm —murmuró—. Son deliciosos. Los ha hecho Fania, deberías probarlos.

Sin embargo, Angela negó con la cabeza. No tenía hambre. Y Fania ya le había dejado un plato lleno de fruta escarchada en la Villa de la Seda.

—Sea lo que sea lo que se oculta tras este asunto —prosiguió Tess—, la verdad es que la oferta que te ha hecho Ranelli no está nada mal. Podrías aceptarla y empezar otro negocio con el capital que recibirías.

—Pero ¿qué? La Villa de la Seda era lo que siempre había deseado, nadie lo sabe mejor que tú. ¿Por qué debería abandonar lo que más me gusta hacer?

Tess suspiró.

—Lo sé —admitió—. ¿Sabes? A veces hay que ser flexible en la vida. ¿Cómo era ese proverbio oriental? La hierba se dobla y sigue creciendo, mientras que el poste se quiebra por su rigidez. O algo por el estilo.

Angela se puso en pie con una leve sonrisa en los labios.

—¿Desde cuándo lees sabiduría oriental?

—En realidad no lo he leído —respondió Tess con una sonrisa mientras se levantaba ella también—. El otro día Fania se dejó un libro abierto en la biblioteca. Y ponía eso. Por cierto, esta mañana me he encontrado a tu padre por la calle. Salía de la consulta del dottore Spagulo. Me ha dicho que quería hablar algo contigo. Sube a verlo.

—¿De verdad? —preguntó Angela desde el pasillo.

—Sí, me temo que tiene ganas de contarte algo —dijo Tess arqueando las cejas de un modo elocuente—. Al fin y al cabo, no descubres todos los días que pronto te harán bisabuelo.

Angela soltó un profundo suspiro. Solo le faltaba eso. Lo mejor sería ir enseguida, antes de que su padre empezara a poner de los nervios a Nathalie.

—¿Te ha dicho si se trata de algo relacionado con eso? —quiso saber Angela.

—No —contestó Tess riendo—. Pero no me sorprendería en absoluto.

Encontró a su padre en el cementerio, frente a la tumba de su difunta esposa. La imagen de porcelana que había sobre la lápida escrutó con severidad a su marido mientras este colocaba un ramo de lirios en el jarrón. Por lo que Angela sabía, había sido un matrimonio de conveniencia, por eso le parecía todavía más conmovedor que Lorenzo Rivalecca llevara todas las semanas un ramo de flores frescas a la tumba desde que Lela había fallecido.

—¡Ah, ahí estás! —exclamó su padre enderezando la espalda. Su figura enjuta estaba ligeramente encorvada y la cabeza le sobresalía hacia delante como a las aves de rapiña que están a punto de atacar—. Qué bien. Ven conmigo. Quiero enseñarte algo.

Salieron juntos del cementerio, pero, en lugar de acudir al Palazzo Duse, Lorenzo siguió caminando a lo largo del muro en dirección a los viñedos. Angela conocía ese camino a la perfección, y se preguntó qué debía traer de cabeza a su padre. Tras el cementerio, una escalera empinada bajaba unos cien metros en dirección al casco antiguo. Rivalecca se dispuso a bajar por aquellos escalones de piedra gastados.

—¿Para qué quieres bajar por ahí?

Angela no había reparado en la presencia de esos escalones hasta el momento.

—¡Ven conmigo! —le ordenó su padre, que ya había avanzado un buen trecho. Angela se apresuró a seguirlo y, cuando llegaron al pie de la colina, se dio cuenta de hacia dónde la llevaba. Ahí abajo había una especie de cenador, completamente rodeado de parras. No, no era un cenador, sino una casa. Y, además, una casa muy parecida a la que había en el parque de la villa—. ¿Qué te parece esta? —le preguntó Rivalecca—. Aquí mismo está la Via del Monte Grappa, que lleva directamente a la Piazza della Libertà —añadió—. Carmela podría vivir a pie de calle, aquí. Ya le he echado un vistazo a la casa. Si se cortan las parras, se podrá utilizar. No es tan grande como la del parque, pero tiene retrete, eso sí. Algún pariente inútil de Lela se alojó aquí en alguna ocasión; incluso llega la conexión telefónica y tiene antena de televisión.

Se acercó a la puerta y la abrió. Angela lo siguió. Estaba tan sorprendida que no fue capaz de articular palabra. En la estancia principal había una cocina-comedor, así como un dormitorio aparte, con una cama amplia y un baño. Un enorme seto de laureles protegía el interior de las miradas procedentes de la calle. Cuando Angela cruzó la puerta que salía a la Via del Monte Grappa, se percató de que el centro de la población quedaba a menos de cien metros de allí.

—Bueno, ¿qué me dices? —preguntó Lorenzo Rivalecca expectante.

—No tengo palabras —balbuceó Angela.

Su padre sonrió.

—A ver si puedo volver a vivirlo alguna vez, esto —se burló él.

—Pensaba que no soportabas a Carmela.

—Es que no la soporto. Y, de hecho, el sentimiento es mutuo. Por tanto, si le propones que venga a vivir aquí, mejor no le digas que la casa es mía. Sería capaz de rechazarla solo por orgullo.

Angela se quedó observando al anciano absolutamente asombrada. ¿Cuándo llegaría a entender las verdaderas motivaciones de su padre?

—Por cierto, ¿por qué os odiáis tanto? —quiso saber Angela. Sin embargo, en lugar de responder, Rivalecca dio media vuelta, hizo un gesto de rechazo y empezó a subir de nuevo la escalera que llevaba hasta su casa—. ¿Y qué quieres que le diga, si la casa te pertenece a ti?

—Pues dile simplemente que es tuya —jadeó Lorenzo por encima del hombro—. Que... yo qué sé... que la has comprado. Algo así. Ya se te ocurrirá algo.

—¿Y cuánto quieres que le pida por el alquiler?

Lorenzo se detuvo en un escalón muy alto y se volvió peligrosamente hacia ella.

—A ver, ¿es que tengo que ocuparme yo de todo? —le espetó—. Te la acabo de regalar. ¿Es que no me estabas escuchando? ¡Decide tú misma qué quieres hacer con ella!

Dicho esto, siguió trepando por la escalera que llevaba hasta el cementerio.

En la tejeduría reinaba una atmósfera que Angela no había vivido hasta el momento. Parecía que Stefano y Orsolina se habían peleado, algo que no había sucedido jamás desde que trabajaban juntos. Después de sufrir el accidente de trabajo, Stefano había pasado una mala época y habían conseguido superar aquella crisis. El hecho de que lo hubiera contratado en la tejeduría le había vuelto a poner un suelo bajo los pies. Al parecer, él ni siquiera se planteaba la posibilidad de dejarla en la estacada para cobrar más dinero. Sin embargo, a Angela le preocupaba mucho que su esposa no compartiera ese parecer. Y sin Orsolina y su libro, no tenía nada que hacer.

—Todavía no se ha decidido —le reveló Fioretta esa tarde cuando todos se habían marchado ya a sus casas—. De hecho, ninguna de las mujeres se ha decidido todavía.

—Pero tampoco excluyen la posibilidad de marcharse —resumió Angela con tristeza. Fioretta no respondió nada. Parecía casi tan abatida como su jefa. Angela no se atrevía a preguntarle a la joven acerca de la opinión de su madre. Para Nola también resultaba tentadora la idea de marcharse a Venecia—. Y yo que siempre había creído que estaban arraigadas en este lugar...

—Lo están —dijo Fioretta con un suspiro—. Es que no comprendo lo que ha sucedido. Quizá les atrae la aventura, a pesar de la edad.

Esa noche, Angela examinó de nuevo la oferta de Ranelli. Quería los telares y la cartera de clientes. Estaba dispuesto a quedarse incluso con los pedidos en curso, y demostró estar al corriente de todo con una precisión que daba miedo. Al parecer Lidia le había contado todo y él lo había aprovechado para redactar la oferta.

A cambio de comprometerse a no volver a trabajar en el sector, Ranelli le ofrecía a Angela una compensación astronómica. Y era precisamente eso lo que más le sorprendía. ¿Por qué lo hacía? ¿Por qué le ofrecía tanto dinero si de todos modos estaba convencido de que tendría que cerrar el negocio si decidía no traspasárselo?

Al parecer, no estaba tan seguro de ello.

Vittorio la llamó por teléfono y la invitó a cenar con su madre al día siguiente.

—Tengo que ir —explicó él—. Y me resultará mucho más soportable si tú me acompañas.

Angela titubeó unos momentos, pero luego aceptó. No podía suponer ningún error conocer un poco mejor a la madre de Vittorio.

Justo después de comer fue a Venecia, hizo unos cuantos recados y hacia las cuatro fue a ver a Vittorio a su despacho.

—Vittorio acaba de llamar —la informó Lucrezia lanzándole una mirada por encima de las gafas de leer—. No tardará mucho —añadió señalando uno de los sillones del vestíbulo.

Angela se preguntó si era a causa de los nervios, pero la asistente de Vittorio la enfadó. Él no tenía secretos para ella, ni desde el punto de vista privado ni en lo que respectaba al negocio.

—Pero ¿por qué me esperas aquí fuera? —preguntó él desconcertado cuando salió del despacho confirmando lo que Angela había pensado—. ¿Sabes una cosa? Me tomo la tarde libre —añadió—. Dame cinco minutos y subimos a casa. —Dicho esto, le tendió a Lucrezia una hoja llena de anotaciones y le pidió que hiciera unas llamadas—. Hasta mañana —le dijo a su ayudante al salir del estudio con Angela—. Buf —exclamó mientras subían la escalera—. Estos días están siendo agotadores. Pero creo que lo tenemos todo controlado. La semana que viene iré a Amalfi.

—¿La semana que viene? ¿Ya? —replicó Angela sorprendida—. Creía que tardarían mucho más en terminar las reformas.

—Tizi dice que me necesita —respondió él mientras abría la puerta del *loft*.

—Yo también te necesito —se le escapó a ella. Vittorio se volvió para mirarla asombrado—. Quiero decir, tu consejo.

—¿Sobre qué? —quiso saber él, tras lo cual cogió una botella de agua del frigorífico. Llenó dos vasos grandes y se sentó en el sofá que estaba en el centro del *loft*—. ¿Nathalie?

—No —contestó Angela negando con la cabeza—. Sobre la pervivencia de la Villa de la Seda.

—¿Cómo dices?

Angela se sentó frente a él, y su proximidad le permitió armarse de valor. Se lo contó todo: la dimisión de Lidia, el telar que le habían quitado en sus narices, hasta la confusión que Ranelli había sembrado entre sus trabajadoras. Y, por supuesto, aquella oferta desmesurada.

—¿Tienes los documentos aquí?

Vittorio descorchó una botella de vino blanco fresco mientras ella sacaba la carpeta del bolso para entregársela. Parecía que Angela por fin empezaba a recuperar la confianza perdida desde el lunes por la mañana. Se quedó mirando a Vittorio mientras este examinaba hasta el último detalle de la oferta. Al final dejó los papeles a un lado.

—Quizá deberías aceptarla.

Las palabras le llegaron a Angela de un modo tan inesperado que de golpe se le hizo un nudo en el estómago.

—¿Cómo dices?

—Te ofrece mucho dinero —prosiguió Vittorio—. Me parece que, como mínimo, merece la pena planteárselo —concluyó. Después se la quedó mirando con cariño y le apartó un mechón de la frente—. Tal como estamos ahora, apenas encontramos tiempo para vernos. Al menos según yo lo veo. ¿Sabes lo que me gustaría? —Angela no respondió. El corazón le latía con demasiada fuerza y la calma que había sentido poco antes se desvaneció de nuevo—. Me gustaría quedarme dormido contigo cada noche y despertarme contigo cada mañana. Me gustaría tenerte cerca, compartir mi día a día contigo, y no solo los fines de semana. ¿Sabes que ya se me ha pasado por la cabeza la posibilidad de traspasarle la empresa a Fedo y mudarme a vivir contigo a Asenza?

»Pero no es posible. No tengo el dinero suficiente para dar un paso así. Mi hijo está estudiando, y además tengo que encargarme del mantenimiento de Villa Castro, que cada año me cuesta una fortuna —explicó, tras lo cual soltó un suspiro y apoyó la cabeza en la tapicería—. Incluso mi madre necesita que le pase cada vez más dinero. Acabo de transferirle una suma de seis cifras para que pueda reformar su casa —agregó incorporándose de nuevo para examinar otra vez la oferta de Ranelli—. Con este dinero podrías vivir muy bien, si te organizas como es debido. Y podrías mudarte a vivir aquí, conmigo. O, si te apetece trabajar más adelante, porque mucho me temo que lo querrás, puedes hacerlo en mi estudio. Alguien con tu sentido del gusto y tu experiencia podría venirnos muy bien, Angela.

»Ay, no sé, cuanto más lo pienso, mejor me lo imagino —exclamó, pero, al ver cómo reaccionaba ella, esa alegría empalideció de repente—. ¿A ti no te gustaría vivir conmigo?

Angela tragó saliva. Por un lado, estaba conmovida por la maravillosa demostración de amor de Vittorio. Sin embargo, todo su ser se rebeló ante la propuesta. Y no porque no quisiera vivir con él...

—Ya veo que no te emociona la idea —comentó él en un tono de clara desilusión.

—Sí, Vittorio —aseguró ella envolviéndole el cuello con los brazos—. Es de lo más tentadora, la idea de vivir contigo. Pero no a ese precio. —El desencanto patente en el rostro de Vittorio le hizo daño—. Si algún día me decido a dejar la Villa de la Seda será por decisión propia, no porque Massimo Ranelli me haya puesto el cuchillo en la yugular. Sería todo un fracaso, ¿no crees?

—No, Angela, me parece que te equivocas por completo —discrepó Vittorio—. Es una oportunidad excelente, no veo el fracaso por ningún lado. Sobre todo si aprovechas un momento óptimo para vender la Villa de la Seda.

—Pero es que no tengo ninguna intención de venderla —objetó Angela.

—Por supuesto, no me sorprende para nada —concedió Vittorio—. Ya sé que no era ese tu propósito. No obstante, yo en tu lugar lo pensaría con calma —insistió; luego tomó un sorbo de vino blanco, dejó la copa sobre la mesita y se volvió hacia ella—. Mira, te ofrezco oficialmente una participación en mi empresa —propuso mirándola a los ojos, por lo que Angela comprendió que lo decía en serio—. Lo llevo pensando desde hace tiempo. Hasta ahora no me había atrevido a sugerirlo porque sabía el cariño que le tienes a la tejeduría de seda, pero...

—Muy amable por tu parte —lo interrumpió Angela.

¿Cómo podía explicarle que no le apetecía en absoluto? Había dedicado veinte años de su vida a trabajar para la empresa de su marido, incluso constaba como copropietaria. Con todo, no había sido ni mucho menos su primera opción. Se había adaptado porque había sido lo más sensato en su momento. Y sí, había dado lo mejor de sí durante todos esos años. Pero, tras la muerte de Peter, Angela se había dado cuenta de que en realidad siempre había querido trabajar en otro ámbito.

En esos momentos se dedicaba precisamente a lo que más le gustaba. Había encontrado su vocación. ¿Y apenas un año después se veía obligada a dejarlo otra vez para incorporarse a la empresa de su pareja? No, no pensaba volver a hacerlo. ¿Sería capaz de comprenderlo Vittorio?

—Tampoco tienes que tomar una decisión hoy mismo —le dijo Vittorio.

El palacio veneciano de los Fontarini estaba a cinco minutos a pie del apartamento de Vittorio. Antiguamente había sido la casa más grande y lujosa de la laguna de Venecia. Costanza utilizaba solo dos plantas: en una se encontraban sus aposentos privados, y la otra era únicamente para lucirse. Las otras dos plantas del edificio estaban alquiladas, según le había contado Vittorio. No obstante, con una superficie de doscientos cincuenta metros cuadrados por planta, nada más cruzar el umbral a Angela le pareció que la *principessa* no debía de sentirse precisamente oprimida ahí dentro.

Esa noche habían preparado una mesa para más de veinte comensales en la sala de recepciones más pequeña. Costanza la saludó con una expresión estoica, aunque mientras entregaba el abrigo al servicio oyó que la anfitriona le cantaba las cuarenta a su hijo por no haberla avisado de la presencia de Angela.

—Ya sabes el valor que le doy a la disposición de los comensales —le dijo.

—Vamos, por favor. No seas tan formal —objetó Vittorio con vehemencia—. Simplemente añadiremos otra silla a mi lado. En la mesa hay espacio de sobra.

Angela, en cambio, no se tomó el incidente a la ligera. No le apetecía nada que la vieran como a una invitada inoportuna. Por un momento se planteó la posibilidad de marcharse de nuevo. Sin embargo se llamó al orden enseguida. Aquello no solo podría ofender a Costanza, sino también a Vittorio. Tendría que soportar la velada como fuera.

Una voz de mujer bien conocida le llamó la atención.

—¡Vitto, qué bien! —exclamó Tiziana saliendo de la sala contigua. Como de costumbre, se le colgó del cuello y le llenó las mejillas de besos. Llevaba un vestido estampado de inspiración africana con un escote espectacular en la espalda que le quedaba de maravilla.

—Ya he visto que nos sentaremos juntos —añadió—. Costanza, ha sido un gesto muy amable por tu parte.

Entonces vio a Angela y por un instante pareció algo desconcertada.

—Pero si has venido con tu maravilloso ángel de la guarda —comentó la arquitecta—. ¡Cuánto me alegro de verte! Debe de haber habido un error con la disposición de los comensales, *carissima* Costanza —agregó con una sonrisa encantadora—. Es evidente que es Angela quien debería sentarse junto a nuestro Vitto, ¿no es cierto?

Angela vio que la *principessa* se ponía colorada por momentos y cerraba los ojos un instante. Las cosas no podrían ir peor. Aun así, Costanza consiguió mantener el control de la situación.

—Tienes razón —convino—. Un error imperdonable —admitió mientras fulminaba con la mirada a su hijo, que se limitó a contestar con una sonrisa inocente.

—Creo que será mejor que me marche —le susurró al oído a Vittorio cuando él le ofreció el brazo—. No me encuentro muy bien...

—No te me escapes ahora —le respondió él también en voz baja mientras se aseguraba de tenerla bien agarrada por el brazo y la acompañaba a la sala contigua, donde estaban sirviendo champán. Vittorio saludó a una pareja mayor a la que Angela ya conocía de la recepción en Villa Castro. Solo que Lucrezia no estaba a su lado para susurrarle al oído sus nombres.

—Me alegro de verle, *eccellenza* —dijo Vittorio extendiendo la mano primero hacia la dama—. La veo muy bien. Tiene muy buen aspecto, donna Elvira.

Los veinte minutos siguientes transcurrieron entre saludos y cumplidos de esa clase, expresiones y fórmulas de cortesía que no significaban nada y que hicieron desear a Angela encontrarse muy muy lejos de allí. Contó veintiún invitados y comprendió que no se sentarían a la mesa hasta que hubieran llegado todos. Por suerte, donna Elvira se puso a charlar con ella sobre la necesidad de renovar la tapicería de un tresillo de su palacio de verano en la costa de Liguria, de manera que no se quedó sola del todo cuando Costanza llamó a Vittorio. Una mujer con el pelo corto y castaño se le presentó para preguntarle cuál era la diferencia entre el tafetán y la gasa, y si con esos telares «antediluvianos» de Asenza podía tejerse alguno de esos materiales. Fue al cabo de un rato cuando fue consciente de que Massimo Ranelli, con la cara redonda surcada por mil arrugas de expresión afables, estaba a menos de cinco metros de ella observándola con mucha atención.

—Signora Angela —la saludó. Incluso le lanzó un beso al aire cuando ella se volvió hacia él—. Perdone, no quería interrumpirla —añadió dirigiéndose a su interlocutora—. Sin duda alguna no hay ninguna mujer mejor que Angela Steeger para recomendarle cómo debe usted decorar su residencia veraniega.

—Pero, de todos modos, querrá que adquiramos los artículos de su marca —replicó la mujer del pelo corto riendo—. Tenga mucho cuidado con Massimo —le aconsejó a Angela con un guiño pícaro—. Parece que no haya roto jamás un plato, pero en realidad es un zorro de lo más astuto.

—No me cabe la más mínima duda —repuso Angela buscando a Vittorio con la mirada disimuladamente.

Resultó que estaba frente a la puerta que daba al vestíbulo y, como no podría ser de otra forma, Tiziana estaba apoyada en su hombro con la máxima confianza. Juntos se dedicaron a recibir a los últimos invitados que iban llegando, como si fueran los anfitriones. Angela sintió una punzada en el corazón. ¿Por qué Vittorio siempre demostraba en público tanta confianza con esa mujer?

—Desde que la joven duchessa Pamfeli ha vuelto de Nueva York, Vittorio y ella se han vuelto inseparables —oyó decir a una mujer que estaba detrás de ella.

—Es que se conocen desde que ella llegó al mundo —apuntó otra persona—. Y de algún modo forman una pareja fantástica.

Fanno davvero una bella coppia. Tenían razón. De repente Angela se sintió de lo más miserable. Jamás debería haber acudido a esa fiesta. No pertenecía a ese ambiente.

—Por cierto, lleva usted un vestido muy bonito —le dijo en ese momento la mujer del pelo corto—. Creo que todavía no nos han presentado —añadió—. Soy Maria Santoria, prima segunda de Costanza —se presentó, tras lo cual sonrió de una manera muy ambigua y se acercó un poco más a Angela—. Mi padre se casó con una burguesa y el clan Fontarini no se lo perdonó jamás. Costanza fue la única que supo ver más allá de los prejuicios de los demás. No es tan severa como parece, en realidad tiene buen corazón.

Vittorio también se lo había dicho. Y aun así, la confidencia de Maria Santoria conmovió profundamente a Angela. ¿Con ello estaba implicando que Angela gozaba de la magnanimidad de la *principessa*?

Sin embargo, ella no había pedido un trato magnánimo. Quería que la trataran sin reservas, igual que al resto de las personas presentes en esa sala. Ese clasismo era una reliquia de tiempos pasados sin el mínimo sentido. Y no quería seguir sintiéndose como la rueda de repuesto del coche cada vez que tuviera que acompañar a Vittorio a una celebración familiar a la que Tiziana también estuviera invitada.

Se pidió a los invitados que tomaran asiento en la mesa. Angela estaba horrorizada por lo que pudiera suceder. ¿Tendría que pasarse la velada entera sentada entre Tiziana y Vittorio?

—Siento haber olvidado preguntarle a mi hijo si vendría acompañado —oyó decir a Costanza a su espalda, por lo que se dio la vuelta para mirarla—. Puesto que de todos modos tiene asuntos importantes sobre los que sin duda querrá hablar, seguro que le parecerá bien sentarse al lado de Massimo durante la cena, ¿me equivoco?

Consternada, Angela se quedó mirando a la *principessa*. La mirada que esta le devolvió fue tan cordial e inaccesible como siempre.

—Es una idea fantástica, querida Costanza —oyó que respondía Ranelli.

Angela se obligó a respirar hondo, pero enseguida se puso a pensar frenéticamente cómo podía escapar de aquella situación sin contradecir de un modo descortés a su anfitriona. Lo mejor sería simplemente marcharse a casa. Y aun así, titubeó.

De reojo vio que Vittorio se acercaba a ella apresuradamente.

—*Mamma* —exclamó—. No puedes hacer algo así. He venido acompañado de Angela, y por supuesto me gustaría tenerla a mi lado...

—Tu acompañante para esta noche es Tiziana —lo interrumpió Costanza—. No seas ridículo, hijo. Deja que Angela y Massimo hablen de negocios. Cuando estéis en tu casa podréis hacer de nuevo lo que os dé la gana.

Durante unos instantes, fue como si los sonidos de toda la sala cesaran de pronto y luego volvieran a arrancar las conversaciones, las risas y los sonidos de la vajilla. ¿Qué se había creído Costanza? Tal como lo había dicho, la última frase había sonado como una ofensa en toda regla.

—Discúlpenme —dijo Angela dejando la copa sobre la mesa—. Acabo de recordar que tengo que preparar algo para mañana a primera hora. Que lo pasen ustedes muy bien.

Y, dicho esto, cruzó la sala con la máxima dignidad y tan deprisa como le permitieron los tacones altos que llevaba, salió al vestíbulo y pidió que le devolvieran su abrigo. Ya se lo había puesto cuando apareció Vittorio.

—Angela, espera...

—¡No!

Hasta ese momento ni siquiera se había dado cuenta de la rabia que bullía en su interior.

—Entonces nos marchamos los dos —resolvió él con determinación pidiéndole el abrigo también al servicio.

Ya habían bajado media planta cuando se abrió la puerta del comedor.

—¡Vitto! ¡Espera! —gritó Tiziana apoyada en la barandilla y mirando hacia abajo—. ¡No puedes marcharte de este modo! Me prometiste...

—Déjalo —la interrumpió Vittorio.

A pesar de los tacones de aguja que llevaba puestos, Tiziana bajó a una velocidad increíble por la escalera. Angela no pudo más que asombrarse por ello.

—Vitto —jadeó mirándolo fijamente. Acto seguido le lanzó una mirada fugaz y vergonzosa también a Angela. ¿Acaso le molestaba su presencia? Las cosas no paraban de empeorar—. Querías que lo anunciáramos hoy de todos modos —le suplicó Tiziana con un susurro que, por supuesto, Angela pudo oír con toda claridad.

—Hoy no es un buen momento para eso —replicó Vittorio.

—Vamos, Vitto... —exclamó Tiziana con un suspiro de decepción y lanzándole a Angela una mirada cargada de reproche—. Es que no puedo soportarlo más. Tanto secretismo...

—Lo siento, Tizi, debes tener paciencia. Pásalo bien. Será mejor que vuelvas a subir, de lo contrario se enfadarán todavía más.

Vittorio tomó el brazo de Angela y siguió bajando la escalera con el rostro ensombrecido. De repente Angela se percató de lo mucho que Vittorio se parecía a su madre.

13
LA EXCURSIÓN

—¿A qué venía todo eso?

Estaba en el *loft* de Vittorio y por primera vez se sintió perdida en aquella sala enorme y sin decoración que antiguamente había servido como almacén. Los pocos tabiques separadores que se habían añadido posteriormente estaban pintados de blanco, y puesto que Vittorio no había colgado ningún cuadro, los arcos de las ventanas, con esa influencia oriental tan característica de la arquitectura veneciana, quedaban maravillosamente destacados. En esos momentos, las suaves ondas del canal proyectaban las luces de las farolas como reflejos danzantes contra los muros, e incluso podía oírse el alegre borboteo del agua.

—¿A qué te refieres? —preguntó él.

—A lo que ha dicho Tiziana cuando... ¿Qué es lo que tenéis que revelar?

—Ah, eso —exclamó Vittorio pasándose las manos por el pelo. Parecía muy cansado—. No te lo puedo contar. Es... es un asunto que nos atañe a Tizi y a mí.

Angela se lo quedó mirando con incredulidad. Vittorio se le acercó con la intención de darle un abrazo.

—¿La quieres?

Vittorio se detuvo en seco, desconcertado, y se la quedó mirando con aspecto sorprendido.

—Por supuesto que la quiero. Pero eso ya lo sabes. Nos conocemos desde hace una eternidad y...

—¿Era eso lo que queríais revelar?

—¿Cómo dices? Es que no sé de qué estás hablando. Todos saben la buena relación que tenemos. No hay nada que anunciar en ese sentido.

Entonces pareció como si se diera cuenta de algo.

—Ah..., de acuerdo, te refieres a lo que ha dicho en la escalera...

—Claro que me refiero a eso.

Vittorio suspiró.

—Angela, es un secreto. No te lo puedo contar. Todavía no —aseguró—. Es algo muy parecido a lo de Nathalie —añadió al ver que ella lo miraba cada vez más furiosa—. Cuando no podías contarme nada sobre su embarazo, yo también pasé unos días desconcertado, pero créeme, yo...

—Entonces ¿Tiziana está embarazada?

—¡No, eso no! —respondió Vittorio cada vez más nervioso. Se apartó de ella y se desabrochó el primer botón de la camisa blanca, y después los puños—. No está embarazada. Hablemos sobre otra cosa, por favor.

—¿Sobre cómo se ha comportado tu madre, por ejemplo? —sugirió Angela a pesar de tener la clara impresión de que sería mejor callarse. ¿Por qué tenía que tolerar las impertinencias de esa presuntuosa? ¿Solo porque era la madre de Vittorio?—. Y, por favor, no me digas que no lo ha hecho con mala intención.

—Ay, Angela, es que es... —empezó a decir él buscando palabras que no conseguía encontrar. Desesperado, se encogió de hombros—. No deberías tomártelo tan a pecho. Nadie lo hace.

—Eso no es cierto —lo contradijo Angela.

Estaba harta de oír en todo momento que Costanza en el fondo era completamente inofensiva. No lo era en absoluto. Estaba siguiendo un plan y Angela suponía un obstáculo para ella. En cualquier caso, tenía claro que, si seguía insistiendo en el tema, la noche terminaría en una discusión que no deseaba de ningún modo. «Solo me faltaría eso», pensó entre cansada y desesperada.

Vittorio parecía compartir el mismo parecer, puesto que no objetó nada más. Se acercó a ella, le puso las manos en las sienes y le acarició las mejillas suavemente con los pulgares.

—Te pido disculpas por lo que ha hecho —dijo en voz baja—. Y por mi comportamiento también. Debería haberla llamado para avisarla de que acudirías a la fiesta. Es lo mínimo que debería haber hecho. Siento haberte puesto en una situación tan embarazosa. Por favor, no te enfades conmigo.

Angela respiró hondo y envolvió a Vittorio entre los brazos.

—No estoy enfadada contigo —susurró—. Será mejor que dejemos de hablar de eso.

Y eso fue justo lo que hicieron. Se dedicaron simplemente a disfrutar de la noche, se acostaron temprano y sin hablar, al menos con palabras. Dejaron la elocuencia para sus manos, sus labios, su piel y todos sus sentidos. Hasta que al final se durmieron. Juntos.

Cuando a la mañana siguiente Angela se marchó de nuevo a Asenza, ya había tomado una decisión. Le pidió a Fioretta que les dijera a las demás que celebrarían una reunión después de la pausa del mediodía. Decidió no preguntarle a su empleada más joven cómo estaban los ánimos por la tejeduría. Pronto lo descubriría ella misma.

Cuando entró en casa estuvo a punto de tropezar con Fania, que estaba tras la puerta porque acababa de atrapar una araña con una bolsa de plástico.

—No puedo matarla sin más —aseguró Fania apocada—. La dejaré fuera, *va bene?*

—Claro —respondió Angela con una sonrisa.

La cocina olía a ajo, berenjenas y queso.

—Dentro de media hora tendré lista la *parmigiana* —anunció Fania cuando volvió a entrar en la casa.

El humor de Angela mejoró de inmediato. Tess había acertado de lleno buscándole una asistenta.

—Me gustaría hablar con ustedes acerca de nuestro futuro —empezó a decir Angela para abrir la reunión. Sin proponérselo, miró hacia el lugar que solía ocupar Lidia, desde donde sin duda le habría mandado alguna señal de burla. Por muy incómoda que hubiera sido su presencia, la echaba de menos. Y tenía la impresión de que no era la única.

Miró a su plantilla y constató que seguía reinando un sentimiento de abatimiento.

—¿Alguien quiere compartir algo conmigo? —preguntó con afabilidad.

Silencio. «Quizá no se atreven», pensó.

—¿Alguien quiere aceptar la oferta del signor Ranelli? —insistió Angela.

Stefano negó con la cabeza con vehemencia, pero las demás ni siquiera levantaron la mirada.

—¿Significa eso que desean quedarse?

Si acaso era posible, las tejedoras adoptaron una pose todavía más indecisa que antes.

Finalmente, Nola fue la que hizo de tripas corazón.

—Es que no sabemos qué hacer.

Anna miró a Angela con timidez.

—Para mí, hay motivos que hablan por sí solos —afirmó—. Cobrar más nos iría bien a todos. Giulia podría encontrar una escuela mejor en Venecia. Si dependiera de ella, nos mudaríamos mañana mismo —explicó con un suspiro.

—Y ¿qué se lo impide? —le planteó Angela con cautela.

Anna se puso cada vez más colorada.

—Me da vergüenza —confesó—. Usted nos ha tratado muy bien. Y ninguna de nosotras querría ser la responsable de que tuviera que cerrar la tejeduría. Simplemente no sería honesto.

Maddalena asintió con vehemencia. Tenía los ojos llenos de lágrimas.

—De todos modos, yo no puedo marcharme —constató con resignación—. No puedo dejar sola a mi madre.

—Pero, si no fuera ese el caso, entonces ¿le gustaría mudarse a Venecia?

La tejedora tragó saliva. Luego asintió una vez más y agachó la cabeza.

—Hemos estado haciendo búsquedas por internet —explicó Anna—. El edificio de la empresa es un palacio digno de un cuento de hadas.

Maddalena le lanzó a Angela otra mirada elocuente, y Angela recordó que la historia de Venecia era la gran pasión de Maddalena.

—¡Traidoras! —exclamó Stefano cruzándose de brazos.

—Yo no lo veo de ese modo —repuso Angela—. Es evidente que no me gusta nada que quieran marcharse. Pero tampoco puedo obligar a nadie a quedarse solo porque sientan la obligación de hacerlo. No me deben nada. Tenemos un contrato de trabajo y cualquier persona tiene derecho a rescindirlo. Orsolina, ¿cómo lo ve usted?

La tintorera llevaba mucho rato mordiéndose el labio sin decir nada. Todo dependía de ella. Si la tintorera, con sus conocimientos y su habilidad, decidía marcharse de la Villa de la Seda, todo estaba decidido. Una tejedora como Anna todavía podría sustituirla. Al menos con un poco de suerte. Pero Orsolina era insustituible. Y el libro de su madre, por ajado que pudiera parecer por fuera, en las manos adecuadas valía su peso en oro. Ranelli lo sabía y al parecer le había hecho una propuesta muy generosa.

—Yo tampoco sé qué hacer —respondió esta titubeando, tras lo cual levantó la cabeza. Angela vio las oscuras ojeras de la tintorera—. Hasta ahora, Stefano y yo no nos habíamos peleado jamás —prosiguió con cansancio—. Pero ahora este asunto nos está haciendo la vida imposible. Sobre todo a mí.

Stefano la fulminó con la mirada.

—¡Es que no sería honesto! Ese tipo de cosas no se hacen y punto.

—Ya lo sé, por eso me siento tan miserable —admitió Orsolina—. Pero ahora piensa en todo lo que podríamos hacer con ese dinero. Por fin podríamos comprarnos una casa en un barrio más bonito. ¡Estoy harta de ese bloque de pisos!

—Todos estos años te ha parecido bien —objetó Stefano—. En realidad has caído presa del encanto zalamero de ese fabricante.

—¿Yo? —preguntó Orsolina levantando la voz con indignación—. ¿Te has vuelto loco o qué?

—Por favor, basta —los interrumpió Angela—. Dudo que Orsolina se deje llevar de esa manera, Stefano.

—¿Que no? —exclamó con el rostro colorado por la ira y los celos—. ¡Tendría que haber visto cómo la engatusaba! La signora Orsolina esto, la signora Orsolina lo otro...

—Simplemente tienes envidia porque a ti te ofreció mucho menos que a mí...

—¡Basta ya! —concluyó Angela golpeando la mesa con el puño, algo muy impropio de ella. Stefano tomó aire de nuevo para replicar algo, pero se controló y se limitó a quedarse sentado en su silla—. Quiero que hablemos con absoluta franqueza —aseguró Angela tras unos instantes de silencio—. Me conocen lo suficiente para saber que no le echaré en cara a nadie que quiera marcharse.

—Pero ¿qué será de usted? —repuso Maddalena con un hilo de voz prácticamente inaudible.

¿Estaban preocupadas por ella? Un sentimiento de calidez se apoderó de repente de Angela. Sin embargo, no podía conformarse con un gesto de compasión.

—El signor Ranelli también me ha presentado una oferta a mí —anunció, con lo que consiguió sembrar la expectación entre su plantilla—. Se ha ofrecido a pagarme y a quedarse no solo con mi personal, sino también con mis telares. Y con toda nuestra cartera de clientes, por supuesto. Incluso me ha ofrecido continuar con los pedidos que tenemos en curso. Por tanto, podrían ustedes trabajar en Venecia con sus viejos telares. Y con Lidia.

De pronto Angela notó que le dolía la garganta, como si el mero hecho de haber pronunciado aquellas barbaridades le hubiera hecho daño. La sensación se extendió todavía más y se apoderó de todo su pecho. Con todo, se controló. Sobreviviría. Sabía por experiencia que podía sobrevivir a cosas peores. Y, no obstante, era como si algo que amaba y valoraba de verdad estuviera a punto de morir.

—¿Y bien? —preguntó Nola con curiosidad—. ¿Aceptará la oferta?

—Si pensáis dejar la tejeduría, sí —respondió—. Porque entonces no me quedará nada. Lo siento, Stefano. Nosotros solos no podríamos mantener la *tessitura* a flote.

Con el corazón acelerado, Angela esperó a ver cómo reaccionaban. Contaba con sentirse aliviada en cuanto las mujeres expresaran con franqueza que preferían ir a Venecia. Sin embargo, no ocurrió nada. Cuando levantó la cabeza otra vez, no vio más que miradas de desconcierto.

—Pero ¿y si luego no nos gusta trabajar allí?

Fue Maddalena la primera que expresó esa duda.

—No sabemos lo que nos espera allí —constató Nola.

—Sin duda supone un riesgo —admitió Orsolina—. Si no lo he comprendido mal, si nos marchamos, no hay vuelta atrás.

—Exacto —confirmó Angela—. Si tengo que vender el negocio, la Villa de la Seda pasará a la historia.

El silencio se apoderó una vez más del taller. Angela peinó la sala con los ojos y contempló los telares. Llevaban tantas décadas allí, incluso siglos, cumpliendo con su cometido... Entonces intentó imaginarse la sala sin ellos. Por mucho que se esforzaba, no lo conseguía. Se quedó mirando a sus empleadas, que seguían dudando, y de improviso se le ocurrió una idea.

—¿Se acuerdan de la fiesta que celebramos hace unas semanas para conmemorar el primer aniversario? —La timidez entre las mujeres remitió un poco—. A Vittorio se le ocurrió la idea de hacer una excursión a Venecia. Creo que ha llegado el momento de poner en práctica esa idea.

Las tejedoras se miraron con los ojos muy abiertos. Stefano también parecía desconcertado.

—¿Quiere usted ir de excursión con nosotras?

—Sí, Anna. Y aprovechando la ocasión podríamos visitar la empresa Ranelli Seta. Para que puedan hacerse una idea mejor de lo que les espera allí. ¿Qué les parece?

Una sonrisa de incredulidad apareció en el rostro de Maddalena.

Anna y Nola se miraron aparentemente perplejas.

—¿De verdad haría eso por nosotras? —preguntó Orsolina sorprendida.

Angela asintió.

—Deberían saber qué están eligiendo realmente. Si lo que ven allí les gusta y se quieren marchar, yo no las retendré. Pero quiero asegurarme de que tanto ustedes como los telares quedan en buenas manos con Ranelli.

—Tiene usted un corazón de oro, signora Angela —dijo Maddalena.

—Sí —gruñó Stefano—, demasiado para una banda de traidoras como esta...

Angela le pidió a Fioretta que contratara un minibús con chófer para el día siguiente, de manera que pudieran ir todos juntos. A las nueve en punto estaban todos preparados. Las mujeres lucían sus mejores vestidos para la ocasión, e incluso Stefano, que al principio ni siquiera había querido sumarse al grupo pero había terminado dejándose convencer por su esposa, se había puesto el traje de los domingos.

Una agitación muda se había apoderado de las mujeres. Anna, que le había pedido a una vecina que pasara a ver a Giulia por la tarde, abrió por tercera vez su bolso para asegurarse de que no se había olvidado el teléfono móvil.

Durante el trayecto de ida reinó el silencio. Tras pensarlo con detenimiento, Angela decidió no anunciar a Ranelli la visita y beneficiarse así del factor sorpresa, tal como habría hecho él. Había investigado un poco y se había enterado de que las oficinas que Ranelli Seta tenía en el casco antiguo de Venecia estaban de verdad en el palacio renacentista al que había acudido para hablar con el fabricante, y por eso Maddalena se había mostrado tan encantada después de verlo junto con las demás tejedoras en el sitio web de la marca. La tejeduría, no obstante, se encontraba en tierra firme, en un polígono industrial enorme que quedaba cerca de Mestre y que Angela conocía bastante bien, puesto que los proveedores de seda natural tenían allí sus sedes. Angela dudaba de que las tejedoras estuvieran al corriente de ese detalle.

Por eso había decidido pasar una bonita mañana con sus tejedoras en la bonita ciudad de la laguna. Subieron a un *vaporetto* que las llevó por el Gran Canal hasta el mismísimo corazón de Venecia. El tiempo había mejorado, el sol brillaba en un cielo sin nubes, y todas las tejedoras disfrutaron del fabuloso trayecto, cada una a su manera. Mientras Anna y Orsolina iban comentando cada detalle de forma relajada, Maddalena guardó silencio en todo momento. Parecía como si estuviera absorbiendo con los ojos todas las maravillas de aquella ciudad de ensueño.

—¡Allí, allí está! —gritó de repente señalando hacia el Palazzo Ranelli—. Allí es donde trabajaremos —añadió con aire piadoso, aunque enseguida se sobresaltó y miró a Angela desconcertada—. Quiero decir, tal vez.

—No —objetó Angela—. Este solo es el edificio de oficinas. La producción se lleva a cabo en tierra firme —explicó, aunque ninguna de ellas pareció escuchar sus palabras.

Había preparado una pequeña visita turística por el puente de Rialto hacia la plaza de San Marcos y su famosa basílica, por el Palacio Ducal y el puente de los Suspiros, hasta que por fin llegaron al barrio de Cannaregio y se instalaron a comer en un buen restaurante que quedaba apartado de las rutas turísticas, frecuentado sobre todo por vecinos. El ambiente no podría haber sido mejor, todas estaban disfrutando de aquella excursión excepcional. Angela lamentó no haber emprendido antes una salida semejante.

—Ahora deberíamos marcharnos —anunció después de los postres—. Iremos a ver dónde trabajarán si se acaban decidiendo por Ranelli.

El grupo la siguió con expectación hasta el siguiente muelle, donde tomaron un taxi acuático que las llevó directamente a Mestre. Cuanto más se acercaban a su destino, más se diluía la alegría de la conversación. Ya desde lejos divisaron las chimeneas de la refinería y otras fábricas de Porto Marghera con las humaredas que el viento transportaba hacia ellas.

—Huele a plástico quemado y a productos químicos —constató Stefano con una mueca.

—Es uno de los polígonos industriales más importantes de Italia —explicó Angela.

Al llegar al muelle, Stefano ayudó a las mujeres a desembarcar y Angela pagó el trayecto.

—Por aquí.

Cuando tomó la delantera del grupo, ya se dio cuenta de las caras largas de las tejedoras. Mientras el grupo había estado paseando por la ciudad antigua, las mujeres habían superado sin dificultad los desniveles de los puentes y las plazas, pero, en esos momentos, Nola, Orsolina y Maddalena se estaban quedando atrás. Anna fue la única que seguía al lado de Angela, pero parecía realmente alarmada.

—¿Cree que podríamos vivir aquí?

—No lo sé —respondió Angela—. Ya lo preguntaremos.

Por fin llegaron al portal de entrada de la fábrica de seda Ranelli Seta. Angela pidió a sus empleadas que esperaran y entró sola. Había llegado el momento de arriesgarse, puesto que, al fin y al cabo, no había anunciado la visita con antelación. El portero escuchó sus explicaciones con desconfianza y se negó a dejarlas pasar. También descartó la posibilidad de llamar a dirección para consultarlo y arguyó que así cualquiera podría acceder a las instalaciones.

Angela había contado con ello. Sacó el móvil del bolso y marcó el número de Ranelli que había encontrado entre los documentos que este le había entregado. Con el mayor encanto posible, se dedicó a contarle que se habían dejado caer por allí de forma espontánea y que las tejedoras y Orsolina deseaban visitar las instalaciones en las que trabajarían a partir de entonces.

—Signora Angela —objetó él—. No puede presentarse en la fábrica de ese modo, sin avisar.

—*Ma scusi, signore* —replicó ella con fingida sorpresa—. Pero... si es justo lo que hizo usted hace poco en mi manufactura. ¿Acaso lo eché o le negué la entrada?

—Tiene que comprenderlo —intentó disuadirla Ranelli—. Estoy en Venecia y necesitaría al menos dos horas para llegar hasta donde se encuentran ustedes, por no mencionar que hoy tengo una reunión tras otra.

—Nosotras solo hemos tardado media hora en llegar —explicó Angela, que empezaba a disfrutar con la conversación—. Le recomiendo que tome un taxi acuático. Aunque, en realidad, tampoco es necesario que venga usted en persona —añadió—. Supongo que aquí debe de tener empleados sobradamente cualificados para hacernos una visita guiada. Además, tampoco me había propuesto molestarlo. —Se hizo el silencio al otro lado de la línea. Notaba con claridad la actitud defensiva de Ranelli—. Signor Ranelli —empezó a decir Angela de nuevo—, toda mi plantilla está aquí, frente a la puerta de entrada de la fábrica. Nola, Anna, Maddalena y Orsolina. Incluso ha venido Stefano. ¿Qué le parece? ¿Qué impresión se llevarán si saben que se les niega la entrada? ¿Cree realmente que ganará usted puntos diciéndoles que no? Pensaba que era muy importante para usted conseguir contratar a mi plantilla.

—Tiene usted razón —admitió Ranelli con un suspiro contenido—. Por supuesto que pueden visitar las instalaciones. Por favor, páseme con el portero para que pueda hablar con él. Lo arreglaré de forma que puedan visitar las instalaciones a su antojo.

Ranelli mantuvo su palabra. Solo tuvieron que esperar un poco hasta que se presentó un joven con bata blanca llamado Carlo. Al parecer se dedicaba a guiar visitas de esa clase, puesto que recitó las palabras de bienvenida de memoria antes de pedir al grupo que lo siguiera.

Cruzaron una puerta metálica de doble hoja y llegaron a un pasillo iluminado con tubos de neón. Carlo les mostró el enorme almacén que tenían, con estantes aparentemente infinitos llenos de hilos de seda de todos los colores del espectro listos para ser convertidos en telas.

—Todo químico —comentó Orsolina en un tono despectivo después de pedir un par de muestras que procedieron a cortarle enseguida para que pudiera inspeccionarlas—. Y ni siquiera quedan bien teñidos. ¿Lo veis? —les dijo a sus compañeras acercándoles los hilos a la nariz. No obstante, las tejedoras se sentían demasiado intimidadas para demostrar interés.

Al final subieron por una escalera que les permitió acceder a las naves de la fábrica. Carlo repartió protectores auditivos entre las visitantes y, cuando hubo abierto la pesada puerta de seguridad, todas comprendieron por qué. El ruido que reinaba en la nave era en verdad ensordecedor.

Los telares automáticos eran tan enormes que tenían que echar la cabeza hacia atrás para verlos enteros. Aturdidas, constataron que aquellos gigantes producían seda tejida de diferentes anchuras a una velocidad increíble. Trabajadores con protectores auditivos y mascarillas controlaban el proceso totalmente automatizado, encargándose solamente de proveer a las máquinas de los rollos de hilo necesarios. El aire relucía debido al fino polvo que quedaba suspendido en el aire.

De ahí siguieron hasta la siguiente nave de producción. Carlo les explicó que ahí podrían ver las máquinas más modernas, capaces de tejer cualquier motivo decorativo en las telas gracias a un sistema asistido por ordenador.

—Esto es interesante para poder cumplir con los deseos especiales que cada vez nos solicitan más clientes —añadió.

Angela buscó con la mirada los tejidos para las cortinas del cliente de la villa de Amalfi, que había solicitado que le tejieran un escudo de armas de fantasía en todas partes. Sin embargo, no consiguió encontrarlo.

En realidad, aquellos telares digitales no tenían absolutamente nada que ver con los de la Villa de la Seda. Allí no era necesaria mucha mano de obra, tan solo un operario que controlara el proceso desde un monitor y tres más que verificaran la calidad del resultado.

Nave tras nave, les enseñaron todos los procesos. Cuando le devolvieron a Carlo los protectores auditivos, Anna le preguntó dónde estaban los telares mecánicos.

—¿A qué se refiere? —preguntó él con recelo.

—A la manufactura que Massimo Ranelli acaba de fundar —explicó Angela.

—No tenemos nada parecido, no —reveló Carlo.

Angela estaba segura de que Carlo no decía la verdad.

—Sí que lo tienen, sí —lo contradijo en un tono amable—. Estas personas han recibido una oferta del signor

Ranelli para empezar a trabajar en la empresa. O sea, que algo tiene que haber —concluyó.

Carlo parecía indeciso. Para terminar de convencerlo, Angela afirmó que Massimo Ranelli en persona se lo había explicado, y que también le había comentado que, por supuesto, podían ver también esa área de la empresa.

—De lo contrario, no habría sido necesario que viniéramos —agregó.

Eso convenció al joven, que les hizo una señal para indicarles que lo siguieran. Bajaron de nuevo por la escalera hasta la planta baja, donde abrió una puerta que daba al exterior.

—La manufactura se encuentra en el edificio contiguo —explicó al ver las miradas interrogantes de las visitantes.

Cruzaron un patio repleto de contenedores marítimos y llegaron a un edificio de una sola planta. Carlo abrió la puerta.

—¿Seguro que es aquí? —preguntó Nola—. Esto es una chabola.

Parecía horrorizada, y no era la única. Angela tomó la delantera y las demás la siguieron como un reducido rebaño de tímidas ovejas.

La estancia era, más o menos, el doble de larga que la sala de telares de la Villa de la Seda. Angela se quedó estupefacta al ver los aperos antiguos tan apretujados, sin apenas espacio entre ellos.

Lidia no había exagerado: Angela contó doce telares. Y ni siquiera estaba el telar de jacquard que Mimmo Trestelle había mantenido guardado en su granero...

Lo que echó en falta fue el ruido característico de una tejeduría cualquiera. El golpeteo rítmico con el que se abrían los lizos, la lanzadera pasando a toda velocidad por la calada y deteniéndose con un golpe en el otro extremo. Nadie estaba trabajando en ninguno de los telares.

—¡No pienso permitir que me digas eso! —gritó una voz femenina desde el fondo de la sala—. ¡Y menos en ese tono!

—Pues esfuérzate un poco más —replicó una voz bien conocida—. Como sigas así no te renovarán el contrato.

—Como si eso lo decidieras tú... —se burló la otra.

A partir de ahí empezaron a mezclarse otras voces en la riña. Angela pasó junto a los telares hasta llegar a un pequeño grupo de personas que se habían congregado al fondo de la nave, y sus tejedoras la siguieron. Gracias a la luz que entraba por una ventana industrial de cristales gruesos y polvorientos, consiguió ver a cuatro mujeres y dos hombres.

—Pero ¡si es Lidia! —exclamó Maddalena con los ojos abiertos como platos.

Nola pasó junto a ella para acercarse a la discusión.

—*Ciao* —la saludó cuando llegó hasta el grupo—. O sea, que es aquí donde trabajas, Lidia. Es un buen almacén, debo decirlo. ¿Y qué tejéis aquí?

Lidia se dio la vuelta. Unos mechones de pelo le cayeron sobre la cara y relucieron con su característico tono rojizo.

—¿Qué haces tú aquí? —preguntó, y su mirada pasó automáticamente de Nola a sus antiguas compañeras, hasta que descubrió también a su antigua jefa. A juzgar por su cara, se llevó un buen susto.

—Hemos venido a hacerte una visita —comentó Angela con cordialidad—. Para ver cómo te va.

Las demás mujeres se volvieron con interés hacia Lidia.

—Vaya —se burló la que había estado discutiendo con Lidia—. Una visita privada. Tendré que notificarlo.

—No se moleste —objetó Angela con superioridad—. Massimo Ranelli en persona nos ha permitido entrar. ¿Verdad, Carlo? —dijo volviéndose hacia él. Sin embargo, este había desaparecido tras uno de los telares y no volvió a dejarse ver—. Lidia —se dirigió a su antigua empleada—, ¿te gusta trabajar aquí?

Lidia apretó los labios y cruzó los brazos frente al pecho para adoptar su pose más habitual.

—Que si me gusta, dice —repitió con agresividad—. Tal vez si no tuviera que vérmelas con gente que no sabe nada acerca de tejer.

—Cuidado con lo que dices —se interpuso un hombre de mediana edad. A Angela le sorprendió su acento—. Y será mejor que no abras tanto la boca. En Nápoles ya tejíamos seda cuando los que coméis polenta solo vestíais cretona.

—Lo que no entiendo es por qué el *padrone* te puso precisamente a ti de capataz —comentó otro hombre más joven que el primero—. Debía de tener un mal día. En cualquier caso, yo seguiré haciéndolo como a mí me parece. Después de todo, es mi telar.

—Será mejor que nos marchemos —intervino Carlo señalando la puerta—. Esta sección todavía no está consolidada del todo. Y no queremos molestar.

—Una cosa sí me gustaría saber —exigió Orsolina dándole la espalda a Carlo—. ¿Es cierto que te han conseguido un alojamiento?

—Por supuesto —replicó Lidia con aire desafiante—. Y es mucho más grande que el piso que tenía en Asenza.

—¿Y dónde está? —insistió Orsolina.

—A solo dos calles de aquí —respondió Lidia en un tono triunfal—. Así no me queda lejos del trabajo.

Carlo le dio un tirón a la chaqueta de los domingos de Orsolina.

—Que te vaya bien, Lidia —le deseó Maddalena a su antigua compañera con la voz titubeante.

Y a continuación siguieron a Angela, que ya había salido de la manufactura.

De nuevo frente a la puerta de la empresa se quedaron todos juntos, como las gallinas cuando truena. Angela llamó por teléfono al conductor del minibús y le dio la dirección para que pasara a buscarlos.

—A dos calles de aquí —murmuró Orsolina todavía asombrada. Estirando el cuello, empezó a otear los alrededores—. ¿A vosotras os gustaría vivir aquí?

Nadie respondió. Todas parecían estar reflexionando sobre lo que acababan de ver.

—Ya lo decía yo... —soltó Stefano sin poder reprimirse.

Él también sonaba abatido. Al parecer, incluso él se había imaginado la tejeduría de seda de Venecia de un modo muy distinto a como era en realidad.

—Ahí viene el autobús —anunció Angela.

La alegría que había reinado entre ellos apenas una hora antes había desaparecido por completo cuando volvieron a subir al vehículo.

—¿Paramos en Treviso para tomar un café? —sugirió Angela tras abandonar el polígono industrial.

Al principio no respondió nadie.

—Yo quiero volver a casa —murmuró Maddalena.

Los demás estuvieron de acuerdo en que sería lo mejor.

Cuando empezaron a divisar la ciudad desde lejos, con la colina coronada por casitas de travertino dorado, a Angela le pareció oír una especie de suspiro de alivio al fondo del minibús.

—Bueno, pues que paséis todos una buena tarde —les deseó Angela cuando bajaron del vehículo frente a la Villa de la Seda.

Sin embargo, ni Orsolina ni Nola, ni siquiera Anna, a la que Giulia debía de estar esperando, hicieron ademán de marcharse a casa. Se quedaron ahí de pie, indecisas, frente al escaparate de la tienda.

—¿Qué os ocurre? —preguntó Angela.

—Bueno... —empezó a decir Nola rompiendo el silencio. Cogió aire de nuevo y miró a su alrededor. Todas las miradas estaban clavadas en ella con gran expectación—. Yo no me marcharé a Venecia.

—Yo tampoco —se apresuró a aclarar Maddalena.

—Si usted decide no venderle el negocio a Ranelli —añadió Anna con una expresión amedrentada en el rostro—, yo también me quedo.

—Yo ya he dicho desde el principio que me quedo —gruñó Stefano mirando a su esposa con aire de súplica.

Orsolina. En sus manos estaba el futuro de la Villa de la Seda. Parecía perdida en sus propias cavilaciones, como si no estuviera realmente presente. Al final, Stefano tuvo que darle un achuchón para que reaccionara.

—¿Qué pasa? —soltó—. ¿Por qué me miráis de ese modo?

—¿Tú quieres marcharte a trabajar para Ranelli? —le preguntó Nola.

Entonces Orsolina se echó a reír.

—No estoy tan loca —contestó la tintorera—. Ni en broma me meto yo en ese cuchitril.

Angela sintió que su corazón se había librado de repente de un peso descomunal. Por supuesto, había albergado la esperanza de que, tras la visita de esa tarde, las mujeres cambiarían de opinión, pero tampoco era una apuesta segura. De pronto se dio cuenta de que sus trabajadoras la miraban con actitud temerosa.

—¿Y usted? —inquirió Stefano rompiendo por fin aquel silencio tan tenso—. ¿Piensa usted vender los telares?

—No voy a hacerlo, Stefano. Si os quedáis conmigo, rechazaré la oferta de Ranelli. Y seguiremos como hasta ahora.

Las sonrisas se apoderaron de sus rostros, e incluso Orsolina pareció aliviada. Todos le estrecharon la mano a Angela, le agradecieron la excursión y le desearon que pasara una buena noche.

Luego se marcharon a casa conversando animadamente. Al parecer, sobre todo lo que habían visto ese día. Y Angela se los quedó mirando hasta que desaparecieron por el callejón.

14
EL NAPOLITANO

Fue como empezar de nuevo. Nola terminó la urdimbre del *omaccio* en un tiempo récord y luego tejió los chales más espléndidos que había elaborado jamás. Angela le propuso a Anna que trajera a Giulia a la tejeduría tras la escuela. Dispuso una mesa para que pudiera hacer los deberes, aunque cuando hacía buen tiempo se sentaba a hacerlos bajo la morera o bien jugaba con Mimi. Incluso Maddalena volvió a presentarse a trabajar puntual, puesto que al parecer Carmela había comprendido que la Villa de la Seda necesitaba todas las manos disponibles en esos momentos.

Nathalie también llegó con noticias tranquilizadoras. Tess le había sugerido salir a comprar ropa de premamá y las dos pasaron un día divertido en Padua.

Entretanto, Angela fue a examinar con más detenimiento la casita de los viñedos. Conocía a los operarios principales que necesitaba gracias a las reformas que había hecho el año anterior en la villa de Tess, de manera que se puso en contacto con ellos. Raffaele, el fontanero que había renovado todas las instalaciones de Villa Serena, pasó a echarle un vistazo a las conducciones y, una vez más, propuso cambiarlas por completo.

—¡Es que todavía son cañerías de plomo! No hay más remedio que cambiarlas —se limitó a constatar de un modo tan escueto como preciso.

El electricista recomendó tender una instalación nueva.

—Con el alquiler no recuperarás jamás esa inversión —exclamó su padre al ver el presupuesto de los costes—. No debería haberte dicho nada. ¡Mira que soy idiota!

Una semana más tarde, insistió en hacerse cargo de los costes de la reforma.

—Saca de una vez a esa vieja bruja del cuchitril en el que vive —le ordenó con su tono habitual.

De nuevo, Angela se sintió incapaz de comprender lo contradictorios que podían llegar a ser los discursos y las acciones de Rivalecca. Llegó a la conclusión de que tras esos modales rudos latía un verdadero corazón de oro.

En cualquier caso, primero tenía que saber si a Carmela le gustaba la casita. Durante la última visita que le había hecho ya se lo había sugerido y la anciana había reaccionado entrecerrando los ojos tras las gruesas gafas con desconfianza.

—Seguro que detrás de todo eso se esconde ese viejo monstruo de Rivalecca —le espetó.

—Me ha regalado la casita —explicó Angela—. Ahora es de mi propiedad.

—¿Y él sabe que me la ofrece a mí?

—Sí, lo sabe.

Carmela se removió en su sillón y alargó su cuello de tortuga.

—¿Y no ha puesto ningún reparo?

—Me ha cedido la casita de los viñedos para que usted pueda mudarse a vivir allí. Si lo desea, por supuesto. Nadie la obliga a ello —aclaró Angela estudiando el rostro de la anciana al ver que no decía nada más. Carmela se limitó a mirarla con la frente arrugada, como si acabaran de hacerle una propuesta indecente—. Se puede llegar fácilmente por la Via del Monte Grappa. Y es una planta baja. Así, si más adelante llegara a necesitar una silla de ruedas —prosiguió Angela ignorando las protestas enfurecidas que desataron esas palabras—, podría seguir viviendo allí.

—¡Todavía no necesito una silla de ruedas, ni mucho menos!

—Aun así. Si le interesa, por supuesto, antes la arreglaría un poco. Pondríamos conducciones de agua nuevas, renovaríamos la instalación eléctrica y habría que dar una buena capa de pintura a las paredes...

—De eso puede encargarse Maddalena —propuso Carmela.

Angela negó con la cabeza.

—A Maddalena la necesito en la Villa de la Seda —objetó con determinación—. Le preguntaré a mi hija a ver si conoce a algún estudiante que esté buscando trabajo para ganar algo de dinero. Además, alguien tendrá que podar un poco las parras, que han crecido demasiado alrededor de la casa. Sin embargo, es algo más que factible —concluyó. Luego se terminó el café que Maddalena le había preparado—. Bueno, piénselo bien —le propuso mientras se ponía en pie.

—¿A cuánto subirá el alquiler?

—¿Cuánto paga usted aquí? —preguntó Angela. Carmela le lanzó a su hija una mirada desvalida y luego la dirigió hacia sus manos con gesto apocado. Entonces Angela lo comprendió. Maddalena tendría que ocuparse del alquiler del ático. ¿Carmela cobraría algún tipo de jubilación?—. Entiendo —añadió—. Piense cuánto podría reunir y entonces veremos si con eso cubrimos los gastos del mantenimiento.

—No, Carmela no cobra ningún tipo de jubilación —le explicó Tess mirando a su alrededor en la casita de los viñedos—. En su momento le dije en más de una ocasión a Lela que tenía que ocuparse de sus trabajadoras, pero le entraba por un oído y le salía por otro. Tal vez reciba una pensión de viudedad, pero no lo sé.

—¿Es ese el motivo por el que Lorenzo ha descubierto de repente su vena social?

Angela abrió un armario empotrado en el que había alambre de emparrado y unas cuantas varillas metálicas oxidadas, cepillos y un rollo de cordel del que debían de utilizar para atar las vides jóvenes.

—¿Cuánto tardarás en referirte a él como tu padre? —le planteó Tess con un suspiro—. Pero, bueno, sí, es probable que tengas razón.

—¿Y no sería justo, pues, dejar que viva aquí sin pagar nada?

Tess examinó con detenimiento la enorme cocina de leña.

—En mi opinión, debería aportar algo. Las cosas que no cuestan nada a menudo no se valoran lo suficiente —opinó Tess—. Solo habría que procurar que el precio no supere las posibilidades financieras de Carmela. Aunque también podrías encontrarle una ocupación.

—¿A Carmela? Si ese telar de jacquard no se me hubiera escapado de las manos, podría ayudarnos de verdad. Pero ahora...

Angela cerró de nuevo el armario empotrado y miró por una de las ventanas con indecisión. La casita era realmente idílica, tan próxima al casco antiguo...

—Sea como sea, dejaré que viva aquí. Si puede hacerse cargo de los gastos, a mí no me cuesta nada.

—¿Qué te dijo Ranelli cuando rechazasteis su oferta en bloque? —preguntó Tess cuando salían de la casita de los viñedos.

—Nada de nada —respondió Angela con una sonrisa de satisfacción—. Y ninguno de nosotros ha vuelto a recibir noticias suyas.

Habían transcurrido ya tres semanas desde la excursión a Venecia cuando Fedo llamó para anular el pedido de color oro viejo en el que Stefano estaba trabajando.

—No podéis hacer algo así —protestó Angela—. El pedido está firmado y confirmado, me ha supuesto unos gastos enormes. Tenemos kilos y kilos de seda teñida de ese color, y ya se han tejido muchos metros de tela.

—Ya lo sé —le aseguró Fedo avergonzado—. Puedes creerme, estoy igual de indignado que tú.

«Solo que a ti eso no te afecta económicamente», pensó Angela furiosa.

—Ya conoces mis contratos —le recordó ella—. Incluyen una cláusula de renuncia. El cliente debe alegar motivos bien fundados para rescindir el contrato. ¿Los tiene? ¿Acaso está en bancarrota?

Fedo no respondió enseguida. Angela pudo oírlo maldecir en voz baja para sí mismo.

—Seré franco contigo —le dijo al fin—. El cliente no tiene problemas económicos ni mucho menos. Simplemente... de repente dice que no quiere vuestros productos. Insiste en adquirir los tejidos de seda de la nueva manufactura de Ranelli Seta.

Angela no pudo evitar echarse a reír en voz alta, por mucho que la situación fuera cualquier cosa menos cómica.

—A la manufactura de Ranelli Seta le falta mucho para poder suministrar productos —le explicó Angela—. Estuve allí hace tres semanas y lo vi con mis propios ojos. En esa tejeduría estaba todo patas arriba y...

—Tu mejor tejedora trabaja allí ahora —intervino Fedo con tristeza—. Ranelli la utiliza para promocionar la tejeduría. Y encima ha bajado los precios.

A Angela se le pasaron las ganas de reír.

—El cliente tendrá que esperar ese pedido durante mucho tiempo, Fedo. Se trata de un color especial. Orsolina tardó una semana entera en encontrar el tono de color exacto. Eso Ranelli no lo conseguirá jamás. ¿Y yo tengo que comerme todo este lote de seda con patatas? No, ni hablar del peluquín.

—Tienes todo el derecho a enfadarte, Angela —replicó Fedo en voz baja—. La verdad es que... de golpe, parece ser que al cliente le trae sin cuidado lo del color. Lo más importante es que sea dorado, dice. Si me lo preguntas a mí, es porque es amigo de Ranelli. O que depende de él de algún modo. Pero no le digas a nadie que eso ha salido de mi boca, no es más que una suposición —matizó, tras lo cual se quedó callado de repente. De fondo se oyeron unas voces—. Tengo que colgar —dijo—. En realidad, Lucrezia me había prohibido que te llamara personalmente. Ya sabes cómo es, la discreción personificada —comentó chasqueando la lengua—. El caso es que, en mi opinión, estamos faltando a la verdad, y yo no soporto mentir. —Angela no podía creer lo que estaba oyendo. ¿Lucrezia le había contado un cuento?—. Créeme, Angela, conseguiremos colocarle esa tela a otro cliente.

—Lo dudo mucho —contestó Angela—. Escucha, no pienso dejar que ese amigote de Ranelli rescinda el contrato tan fácilmente. Tenemos un acuerdo vinculante.

Fedo suspiró.

—¿Piensas querellarte contra él? Yo en tu lugar lo pensaría dos veces. Un pleito no le afectará en absoluto, de todos modos tiene en plantilla a todo un equipo de abogados. Y al final acabaríais llegando a un acuerdo que no te compensaría las molestias ni mucho menos. Sería mejor que viéramos cómo podríamos utilizar la tela en otro proyecto. Quizá consiga convencer a los rusos para que la compren. De verdad, Angela, intentaré hacer todo lo que esté en mi mano.

Después de colgar, Angela fue enseguida a ver a Stefano y le pidió que dejara lo que estaba haciendo de momento, y que en lugar de eso se pusiera a trabajar en el telar de Lidia. Sabía que no le gustaría nada la idea, puesto que le encantaba el reto que suponía trabajar con el enorme y pesado *omaccio*. Sin embargo, una vez que le hubo contado el motivo, Stefano se resignó y empezó a tejer un pedido de un camino de mesa de color gris plateado.

Angela se preguntó a quién podía pedirle asesoramiento jurídico para resolver el tema del cliente que no había respetado el contrato cuando recibió un correo electrónico de la signora Baffi en que la informaba de que quería anular su pedido. Durante esa mañana llegaron tres anulaciones de pedidos más.

Desesperada, intentó ponerse en contacto con Vittorio, pero dos días antes se había marchado a Amalfi y no respondía al móvil. ¿Qué le habría aconsejado él? ¿Que mantuviera la cabeza alta y no perdiera el coraje? Angela estaba convencida de que Ranelli era el responsable de todos esos contratos rescindidos. ¿O acaso se había vuelto paranoica?

Repasó el listado de pedidos para el *omaccio*. Las anulaciones que le habían notificado esa mañana les harían mucho daño. Y Angela sospechaba que las malas noticias no dejarían de llegar, ni por asomo.

Tras el gran pedido de oro viejo, el siguiente era para una clienta de Estados Unidos, alguien del círculo de amistades de Tess, de la época en la que había estado viviendo en Florida. Orsolina ya estaba preparando el baño de color y Angela estaba segurísima de que ese encargo no acabaría cancelado. Dos semanas de trabajo de Stefano. El siguiente era un pedido de Dubái, un diseñador de interiores que trabajaba para grandes hoteles. Nathalie había conseguido ese contacto el año anterior, y desde entonces habían mantenido una buena relación comercial. Ese encargo tampoco le preocupaba. Eran los clientes que le habían llegado a través de la empresa de Vittorio los que habían decidido anular los contratos sin motivos justificados. Igual que los que había conseguido hacía poco, a raíz de la presentación en Villa Castro. No era necesario recurrir a la imaginación para establecer un vínculo entre la casa Fontarini o directamente con Ranelli. Al parecer, el fabricante se había propuesto quitarle todos los clientes. ¿Esperaba que acabara tirando la toalla y se viera obligada a venderle el negocio?

Angela se reclinó en la silla y miró hacia el patio. La morera había empezado a florecer y emanaba un aroma embriagador. Aquel lugar era realmente bonito. ¿Por qué no podían simplemente dejarla en paz? Su pequeña tejeduría no suponía una competencia seria para Ranelli Seta. ¿Qué demonios quería ese hombre? ¿Merecían realmente la pena tantos esfuerzos para conseguir cinco telares y las personas que los manejaban? Aquello no tenía ningún sentido. ¿O acaso había algo más detrás de todo ese asunto y Ranelli no era más que un engranaje de un mecanismo mayor? ¿Quién quería acabar con ella?

Sonó el teléfono. Era Ruggero Esposito, el arquitecto de interiores de Nápoles al que había enviado un muestrario unas semanas antes. Le habló de un *palazzo* de estilo gótico tardío cuyo propietario quería restaurar con todo rigor. Las cortinas viejas no se podían salvar, puesto que se las habían comido las polillas y estaban quebradizas debido a la exposición a la luz del sol. Quería renovarlas con seda tejida a mano de colores históricos, y la llamaba para preguntarle si podría hacer algo semejante.

Por supuesto que sí. Acordaron que al día siguiente acudiría a Nápoles.

—¿Le suena la empresa Ranelli Seta?

«Mejor preguntarlo entonces que terminar trabajando para nada», pensó Angela.

—Por supuesto —respondió el interiorista—. Pero sus productos no me gustan. Nunca compro lo que fabrica Ranelli Seta —aseguró. La determinación con la que contestó motivó a Angela a preguntarle si el motivo era la calidad de la seda o si había otras razones—. ¿Sabe? —añadió el napolitano—. Esa empresa ha hecho mucho daño por aquí. Pero esa es otra historia. Tengo ganas de conocerla por fin. Su libro de muestras es realmente impresionante.

Angela consideró por un momento la posibilidad de llevarse a Orsolina a Nápoles, pero esta tenía un montón de trabajo que hacer en la Villa de la Seda. De ahí que se limitara a coger la caja de acuarelas, el pincel y un bloc de esbozos para buscar la mezcla y documentar el tono del mejor modo posible. Con un poco de suerte podría encontrar un dobladillo plegado en una cortina o en una tapicería, lo que le permitiría obtener una muestra del tejido original. Por supuesto, tenía que capturar el estado actual con la cámara, pero las fotografías no le proporcionarían más que una imagen vaga que nada tenía que ver con el tono exacto.

El arquitecto de interiores se ofreció a buscarle un hotel, y Angela dudó si acaso no sería mejor llamar a Vittorio y quedarse con él. Sin embargo, al final decidió que sería mejor separar los dos viajes de negocios. En cualquier momento podía hacer una excursión a Amalfi si se hartaba de Nápoles.

Ruggero Esposito pasó a recogerla por el aeropuerto Nápoles-Capodichino. Resultó ser un cuarentón atlético que llegó vestido con vaqueros y con el cuello de la camisa blanca alzado. Tenía una sonrisa agradable que hacía aflorar un halo de arrugas alrededor de sus ojos grises, que contrastaban de un modo interesante con su tez oscura.

—Bienvenida al sur —la saludó mientras se hacía cargo de la maleta con ruedas y la guiaba con seguridad entre la multitud que llenaba la terminal del aeropuerto hasta el exterior, donde reinaba un calor abrasador al que Angela todavía tenía que acostumbrarse—. ¿Había estado alguna vez en Nápoles? —quiso saber Esposito mientras caminaban hacia el coche aparcado frente a la terminal.

—No —respondió Angela mirando a su alrededor con las gafas de sol puestas.

—Bueno, el aeropuerto no es precisamente nuestro buque insignia —comentó el interiorista con una sonrisa, y acto seguido le abrió la puerta del acompañante—. Ya verá que nuestra ciudad es todo lo contrario —prosiguió cuando arrancaron en dirección sur, hacia el centro de la ciudad—. Hay quien dice que es la ciudad más ruidosa, sucia y sobre todo caótica del mundo —explicó riendo. Angela notó una oleada de simpatía procedente de ese hombre tan franco y cordial. Parecía como si se conocieran desde hacía una eternidad—. Otros, en cambio, afirman que no hay ciudad más bonita que esta. Y debo confesar que yo soy de los segundos. Usted es alemana, ¿verdad? Dígame una cosa: ¿es cierto que en Alemania nos ven a todos los napolitanos como delincuentes?

Angela se rio.

—No —le aseguró—. De eso nada. Quería visitar Nápoles desde hacía mucho tiempo. Sobre todo porque mi hija está muy interesada en la ciudad. Está estudiando Historia del Arte... —empezó a decir. «Al menos de momento», le pasó por la cabeza—. ¿Eso de ahí es el Vesubio?

Esposito asintió.

—Sí, pero no sufra. Las probabilidades de que entre en erupción hoy mismo o mañana son bastante reducidas.

Primero la llevó a su estudio, que resultó ser mucho más pequeño que el de Vittorio, y además estaba decorado de un modo minimalista, prácticamente espartano. La gran pantalla de su ordenador mostraba la imagen del palacio cuya restauración le habían encargado. Angela ya había visto mucha suntuosidad en el Véneto, pero lo que pudo apreciar allí lo superaba de largo.

—La estructura del edificio se remonta a la época de los normandos, es decir, al siglo XI. Posteriormente, el palacio fue renovado en varias ocasiones, hasta que en el siglo XVII se le dio la forma que conocemos hoy en día —explicó mientras iba pasando fotografías—. El terreno para construir en el centro ya era escaso por aquel entonces, y los solares solían ser pequeños. Los palacios napolitanos de ese tiempo suelen presentar tres elementos fijos: por un lado, el portal de entrada, destinado a mostrar su magnificencia a pesar de que las estrechas calles no permiten divisar la fachada desde lejos. En segundo lugar, el patio interior, que, debido a la falta de espacio, no podía ser especialmente grande y por tanto debía destacar por su forma. Aquí puede ver la escalera abierta, es obra del arquitecto Ferdinando Sanfelice. La *scale*, que es como las llamamos aquí, es la tercera peculiaridad de la arquitectura napolitana de esa época.

Angela contempló con fascinación la fachada deteriorada, cuyas molduras y ventanas seguían el recorrido de la escalera a izquierda y derecha, consiguiendo un efecto que prácticamente mareaba con solo verlo.

—Nunca había visto nada parecido —afirmó ella.

—Es que esto solo existe en Nápoles —replicó Esposito con orgullo.

—¿Cómo es posible que en esos tiempos construyeran casas con tantos pisos? —preguntó Angela.

Asombrada, contó cinco plantas. En otras ciudades de esa época no había sido posible construir edificios tan altos. Lo sabía porque así se lo había contado Nathalie.

—Es por la toba volcánica que tenemos por todas partes —respondió Esposito—. Es ligera, por lo que permitía construir grandes alturas sin problemas. Sin embargo, la toba soporta muy mal el paso del tiempo. De ahí que los maestros de obras la recubrieran desde la Antigüedad con un mortero especial, elaborado a partir de varios tipos de tierra volcánica, cal y diminutos fragmentos de escoria. Una vez seca, aguanta una eternidad. Bueno, casi —añadió mientras seguía mostrándole fotografías que revelaban los daños que había sufrido la fachada—. En cualquier caso, esto no debería preocuparle. Nuestro campo de actuación común son las salas interiores. Y ahí dentro también hay mucho que hacer.

Con una rápida secuencia de imágenes de decoraciones históricas consiguió ofrecerle a Angela una primera impresión de lo que esperaba de ella. Luego apagó el ordenador y le propuso salir a comer algo antes de acudir al lugar en cuestión.

La tarde pasó volando. Como solía ocurrir en edificios tan antiguos como ese, las condiciones de luz eran deficientes, y Angela no se fiaba de la luz artificial. Resultaron ser cinco las salas cuyas cortinas y tapicerías había que renovar. Angela se dedicó a descoser costuras, sacar clavos de tapicero y descolgar cortinas, todo con sumo cuidado y con la ayuda de Ruggero Esposito, para luego llevarlo a la escalera abierta, donde pudo examinar los tejidos con buena luz natural. Entonces sacó la caja de acuarelas y mezcló colores hasta que encontró los tonos adecuados. Además, pudo cortar alguna franja estrecha de tejido de seda por si le servía de ayuda a Orsolina. Porque, por descontado, no había técnica pictórica capaz de representar el brillo de la seda natural.

Llegó un momento en el que casi le lloraban los ojos de cansancio, por lo que decidió dejarlo hasta el día siguiente.

—Me muero de ganas de ver el aspecto de los tejidos con la luz de la mañana —dijo Angela mientras recogía las cosas—. Es muy posible que todavía tenga que corregir un poco algunos tonos —agregó, y entonces reparó en que Esposito la miraba con una sonrisa en los labios—. ¿Qué ocurre? —preguntó desconcertada.

—Que me gusta la seriedad con la que trabaja usted —respondió él—. Y su constancia. Tengo muchas ganas de ver los tejidos terminados.

—Yo también, se lo aseguro —afirmó Angela con un suspiro.

Ruggero Esposito no podía saber lo aliviada que estaba. Si ese encargo salía adelante como esperaba, Stefano tendría que pasarse varios meses tejiendo con el *omaccio*.

—Por desgracia, esta noche ya tengo un compromiso —le explicó Esposito camino del hotel, al que la acompañó a pie, puesto que quedaba muy cerca. Era evidente que le sabía mal no poder ser más hospitalario—. Lo siento muchísimo. Hace mucho tiempo que concerté la cita y no he podido posponerla.

—No pasa nada —lo tranquilizó Angela—. De todos modos estoy increíblemente cansada y no tardaré en acostarme.

—¿Cómo, ya? Pero si no son más de las seis.

Habían llegado al pequeño hotel de la ciudad antigua y Esposito le pasó la maleta con ruedas que había estado arrastrando todo el día. El interiorista se la quedó mirando con preocupación.

—No, por supuesto que no. Primero daré un paseo por la ciudad —explicó Angela—. Pero me las apañaré sola, no tiene de qué preocuparse.

—¿Quiere que pase a recogerla mañana después del desayuno? Digamos que a las... ¿nueve?

Se despidieron con cordialidad y Angela se instaló en una habitación bonita y espaciosa a pesar del aspecto insignificante de la fachada del hotel. Durante unos minutos se limitó a poner las piernas en alto y calmarse un poco, y luego decidió aprovechar la ocasión para dar una vuelta por el casco antiguo, mirar escaparates y comer algo en algún sitio. Quizá incluso podría comprar algún regalito para Nathalie y para Tess.

En la recepción del hotel preguntó dónde podría encontrar la tienda más bonita de ropa y accesorios de los alrededores, y siguió la descripción de la joven que la atendió andando hacia Via Toledo, en el barrio de San Ferdinando.

Angela estuvo paseando por calles comerciales. Se sintió algo decepcionada al ver representadas también allí las grandes marcas que están presentes en todas las grandes ciudades europeas. Ella buscaba tiendas especiales, propias de la región, y por supuesto no le interesaban lo más mínimo las dirigidas a los turistas. Se detuvo ante algún que otro escaparate, preguntándose si podría llevarle a Tess un par de elegantes guantes de cuero, pero no acababa de decidirse. Acabó descartando la idea de comprar regalos y se sentó para que un joven limpiabotas le puliera los zapatos de tacón, se compró *La Gazzeta di Napoli* en un quiosco y siguió paseando sin rumbo fijo hasta que descubrió una tienda de moda bastante anodina en cuyo escaparate había tres pañuelos de seda expuestos.

Se detuvo. Eran bufandas clásicas para caballero, de colores apagados y con un llamativo motivo jacquard. Y si la vista no le fallaba, eran pañuelos tejidos a mano.

La puerta hizo sonar un leve campanilleo cuando entró, y una mujer vestida de negro, probablemente la propietaria, se puso en pie. Sobre el mostrador había una revista de moda. Al parecer no tenía mucha clientela.

—Me gustaría ver esos pañuelos.

—¿Cuáles?

—Los tres que tiene en el escaparate.

La mujer se movió demasiado despacio para el gusto de Angela. Y es que de repente volvía a notar aquel hormigueo en el estómago, el mismo que había sentido cuando había visitado la Villa de la Seda por primera vez. Por fin, la propietaria de la tienda dejó los pañuelos sobre el mostrador. Los dedos de Angela acariciaron con cuidado el tejido, examinando los acabados del hilo y el contrahilo. Todo le pareció pulcro y profesional.

—¿Quién ha confeccionado estos pañuelos?

La mujer se quedó de piedra.

—Están tejidos a mano —explicó.

—Ya lo veo —convino Angela controlándose para no

perder la paciencia—. Por eso me gustaría saber dónde se han confeccionado.

—Aquí, en Nápoles —respondió la mujer—. Pero es una tejeduría muy pequeña. Nada especial.

La vendedora se llevaba ya los pañuelos para volver a dejarlos en el escaparate cuando Angela la retuvo.

—¿Cuánto cuestan? —preguntó.

Calculó aproximadamente la cifra, cuarenta veces ciento veinte centímetros. La seda era de una calidad excepcional. En su tienda, una pieza como esa costaría...

—Sesenta euros —contestó la mujer. Angela creyó no haber oído bien la cifra—. Quiero decir cada uno, no los tres —creyó conveniente añadir la vendedora.

¿Cómo era posible que una tejeduría tan pequeña pudiera ofrecer esos precios tan bajos? Simplemente no era posible.

—Mire, me quedo los tres. ¿Tiene más?

—Sí —asintió la mujer sorprendida—. Pero son casi todos de esos mismos colores. Solo los motivos decorativos difieren un poco.

Quedaba claro lo poco que sabía apreciar esos tejidos. Sin embargo, de repente pareció como si comprendiera que su clienta lo veía de otro modo.

—Espere —añadió la vendedora antes de entrar en la rebotica.

Tardó unos minutos en volver a salir, y lo hizo con una caja de cartón en las manos. Al parecer había tenido que pasar un buen rato buscando. Dentro de la caja había cinco piezas más.

Angela las dejó junto a las demás.

—Y ahora cuénteme una cosa —dijo cuando las hubo

pagado—. ¿Quién ha tejido estos pañuelos? Es que soy del ramo y siempre me gusta conocer a colegas que se dediquen a lo mismo —agregó al ver que la mujer titubeaba.

Entonces la propietaria de la tienda abrió un cajón, revolvió un poco el contenido y finalmente sacó una tarjeta de visita. «Nicola Coppola», leyó Angela. Y debajo estaba su dirección.

Cuando el taxi se detuvo, Angela empezó a dudar de que hubiera sido una buena idea presentarse en aquella dirección de forma espontánea.

—*Signora*, ¿está segura de que quiere que la deje aquí? —preguntó el conductor mirando a su alrededor con desconfianza—. No es precisamente una buena zona, sobre todo para una mujer sola...

—¿Le importaría esperarme un rato? —sugirió ella—. Solo hasta que me haya asegurado de que la dirección que me han dado es correcta —añadió al ver que el taxista titubeaba—. Si no lo es, me volverá a llevar a la ciudad.

—*Va bene* —refunfuñó el tipo mientras aceptaba el billete con el que Angela le pagó la carrera.

Salió del coche y miró a su alrededor. Era una zona bastante solitaria de las afueras de la ciudad. En la calle no había más que garajes, cobertizos y chabolas, aparte de solares llenos de basura. Una racha de viento levantó un montón de polvo y hojas secas. Angela habría vuelto a subir al taxi de buena gana, pero se armó de valor e intentó encontrar el número que le habían dado. Resultó ser una tarea imposible, puesto que ninguno de los edificios destartalados que había por allí tenía numeración visible. Estaba a punto de abandonar cuando oyó un ruido que conocía muy bien: el traqueteo rítmico de un telar. El corazón empezó a latirle con fuerza mientras seguía aquel sonido hasta una puerta que parecía un garaje.

Llamó a la puerta, pero no respondió nadie. Por supuesto, quien estuviera dentro tejiendo no debía de oír los golpes. Junto a la puerta del garaje descubrió otra puerta metálica. Giró el picaporte y, en efecto, la encontró abierta. Luego le hizo una seña al taxista y este arrancó de nuevo el coche y se marchó.

Angela entró con cuidado en aquel edificio cochambroso. Un telar enorme llenaba el espacio del interior casi por completo. Estaba hecho de una madera oscura, muy parecida a la de los telares de la Villa de la Seda, aunque la mecánica parecía mucho más compleja. La estructura era más alta y, en lugar de los marcos del lizo que permitían subir y bajar la urdimbre alternativamente, el mecanismo estaba formado por unas varillas metálicas con ojetes por los que pasaban los hilos de la urdimbre. Para alguien que no entienda de telares, esa estructura parecía una maraña de hilos que se movían hacia arriba y hacia abajo de manera arbitraria mientras la lanzadera iba pasando incansable de un lado a otro. No obstante, Angela sabía perfectamente que ese movimiento seguía los preceptos de un plan preciso: los grupos de hilos se movían arriba y abajo en función del patrón que marcaba una tarjeta perforada de varios metros de longitud y unos cincuenta centímetros de anchura. El resultado era un diseño de dos colores que ya se percibía en las perforaciones y que, gracias a la urdimbre negra y al rojo burdeos de la trama, permitía que aflorara una imagen formada por las variaciones durante el proceso de tejido.

Fascinada, Angela contempló las franjas de cartón que con cada pasada iban avanzando muy lentamente por la trama. Luego se fijó en el tejedor que accionaba el mecanismo, concentrado hasta un punto casi obstinado. Estimó que debía de rondar los treinta años. Era delgado, tenía el pelo muy rizado y unas cejas castañas de tamaño considerable. Transcurrieron unos minutos hasta que Nicola Coppola reparó en su presencia. Poco a poco y con cuidado, detuvo el telar.

—¿Quién es usted y qué quiere?

El tipo no se andaba con preámbulos. De algún modo, eso le gustó a Angela.

—He descubierto sus pañuelos —le dijo—. Y le he pedido a la propietaria de la tienda que me diera su dirección. Me llamo Angela Steeger —se presentó. Coppola se la quedó mirando fijamente, pero no movió ni un solo dedo.

—Si ha venido creyendo que puede comprar los artículos a mejor precio, está equivocada —replicó al fin.

—No, no es eso lo que me ha traído hasta aquí —aclaró Angela—. El caso es que yo también tengo una tejeduría de seda en el norte. Y tiene usted toda la razón, los precios de la tienda ya son suficientemente bajos.

Coppola soltó una breve carcajada y se quedó mirando sus propias manos.

—Sin duda no ha venido hasta aquí solo para contarme eso, ¿verdad?

—No —respondió Angela acercándose un poco más a él—. Estoy impresionada con los acabados que consigue y quería conocerlo. Al fin y al cabo, compartimos el mismo oficio y... —empezó a decir, aunque se detuvo para buscar las mejores palabras para expresarlo— sin duda tenemos intereses comunes.

Coppola le lanzó una mirada desconfiada.

—¿Usted cree?

Sonaba frustrado y cansado, algo que Angela pudo comprender perfectamente. La sala en la que trabajaba, un antiguo garaje, era demasiado pequeña para ese telar tan grande que casi llegaba hasta el techo. El suelo era de un simple pavimento maltrecho en muchos puntos; las paredes, que en algún momento debieron de ser blancas, estaban manchadas como si alguien sin un ápice de talento hubiera intentado pintar grafitis. En la pared del fondo había unos estantes metálicos sencillos en los que Angela vio que guardaba las cajas con los hilos de colores clásicos: negro, burdeos, azul de Prusia y verde malaquita. La luz fluorescente adulteraba completamente los colores y casi resultaba dolorosa para los ojos. Tenía que ser agotador trabajar en esas condiciones.

—El telar y yo llevamos un año dentro de este cuchitril —empezó a explicar Coppola de repente, como si le hubiera leído el pensamiento a Angela. Parecía como si se avergonzara y quisiera compensarlo utilizando un tono excesivamente rudo—. Hemos visto tiempos mejores —añadió con un gesto para señalar las vigas laterales.

—Me lo imagino —comentó Angela acercándose un poco más—. Es una máquina fantástica —agregó fijándose de nuevo en el telar—. ¿Es muy antiguo?

—Tiene unos doscientos años —contestó Coppola—. Y antes de que me lo pregunte: no, no está en venta.

La última frase la soltó de una forma casi agresiva. Como si ya se lo hubieran preguntado en más de una ocasión.

—Yo en su lugar tampoco me plantearía venderlo —confesó Angela, ante lo que Coppola le dedicó una mirada sorprendida—. Pero, para serle sincera —prosiguió—, creo que este sitio no es el más adecuado para tenerlo. ¿Trabaja usted solo?

—Desde hace un año, sí —respondió Coppola abatido—. Antes éramos una tejeduría con diez puestos de trabajo. Nuestra familia produce artículos de seda desde el año 1845. Bueno, producía —se corrigió.

—¿Qué ocurrió?

—Mis primos vendieron sus telares.

—Mientras que usted...

—Yo me negué —exclamó el joven—. Mi bisabuelo me lo dio a mí, y no querría decepcionarlo de ese modo. Eso, por no mencionar que no me gustaría verlo en manos ajenas.

—¿Su bisabuelo todavía está vivo?

—Sí, por suerte —dijo. De repente apareció una sonrisa en el rostro del tejedor—. Tiene noventa y tres años, y una salud de hierro. Pero lo mataría saber que el telar se lo ha quedado otra persona —explicó pasando una mano por la madera de la estructura con cariño.

—Permítame que lo invite a cenar —propuso Angela—. Al fin y al cabo, he interrumpido su trabajo —añadió antes de consultar su reloj de pulsera—. ¿Tiene usted tanta hambre como yo? Podríamos seguir hablando en un buen restaurante. Porque, escuchando cómo habla del tema, diría que tenemos mucho en común.

Nicola Coppola se la quedó mirando indeciso.

—¿La ha mandado ese fabricante de Venecia? —replicó—. Porque, si es así, ya puede ahorrarse las molestias.

Angela se quedó sin aliento.

—¿A quién se refiere? —preguntó para asegurarse.

Sin embargo, antes de que respondiera ya supuso a quién le habían vendido los telares los primos de ese tipo. De todas formas, quiso oírselo decir a Coppola.

—A Ranelli Seta.

—No —respondió ella, riendo—. Ranelli está haciendo lo imposible para comprar mi pequeña tejeduría. Pero ya le digo yo que no lo conseguirá.

Nicola Coppola se la quedó mirando con incredulidad, hasta que al final una sonrisa le transformó los rasgos.

—*Davvero?* —repuso—. Bueno, pues ya somos dos.

15
LA VISITA

Nicola la llevó en su destartalada Fiat 500 Giardiniera, una camioneta de la década de los sesenta, a un restaurante que estaba justo frente al mar, algo alejado de la ciudad. Una vez dentro, lo saludaron como a un viejo conocido. El local era una simple caseta de pescador ampliada, separada del agua únicamente por la arena de la playa en la que estaban los botes de pesca.

—Otro *cugino* —replicó con una sonrisa cuando Angela le preguntó si el propietario era amigo suyo—. Por parte de madre. Eran pescadores y regentaban una *pesqueria*, como decimos aquí. Y para que quede claro: es usted mi invitada. Así funcionan las cosas en Napule.

Utilizó el nombre antiguo de la ciudad a los pies del Vesubio con ternura, y Angela empezó a sospechar hasta qué punto Nicola debía de estar arraigado a su ciudad natal.

El caso es que tenía una idea y todavía no sabía cómo entusiasmar a Nicola Coppola con ella. Pensaba ofrecerle la posibilidad de acudir a Asenza con el telar para que trabajara para ella. Por supuesto, podría seguir tejiendo encargos para la *tessitura* de Nápoles, pero, por un lado, el garaje no era un buen sitio para tener ese telar antiguo y, por el otro, prefería tener a todas las personas que tejían para ella bajo un mismo techo. En la Villa de la Seda había espacio de sobra. Solo quedaba pendiente la cuestión de cómo podría convencer a Nicola para que se mudara al norte después de que hubiera rechazado con tanta vehemencia la oferta de Ranelli.

Degustaron todo lo que el *cugino* les sirvió: como entrantes, *polipetti alla luciana*, chipirones diminutos en una salsa picante a base de tomate y ajo; luego, *scialatielli allo scoglio* hechos a mano, una pasta con varios tipos de marisco; y, para terminar, pescado fresco a la parrilla.

Durante la cena, el teléfono móvil de Nicola no paró de sonar. Al parecer era una joven, y el napolitano no hizo más que apaciguarla y darle largas hasta que Angela empezó a tener un mal presentimiento. Le pareció comprender que Nicola debía de tener motivos adicionales para no marcharse de Nápoles. Motivos de naturaleza privada.

Nicola le contó todo acerca de las insistentes visitas primero de Massimo Ranelli en persona, y más adelante de uno de sus empleados, que había abordado a sus parientes con ofertas cada vez más tentadoras.

—Al final, mis tres primos incluso se mudaron a Venecia para seguir trabajando con los telares, que los muy idiotas le vendieron a esa empresa. Hoy en día ya no queda casi nadie capaz de manejar telares especiales —explicó con profundo desprecio—. Se han dejado tentar por el dinero. Y, sin embargo, por lo que he oído no son precisamente felices en el norte.

Angela se tomó el café, corto, solo y sin azúcar, mientras pensaba en lo que le comentaba Nicola. Se quedó contemplando el mar y el cielo coloreado con una infinidad de tonos azules y violetas, donde las estrellas empezaban a aparecer cerca del horizonte. Comprendía perfectamente que Nicola no quisiera marcharse. Y aun así, las condiciones en las que trabajaba eran insostenibles y probablemente su situación económica era precaria, si no disponía de otras fuentes de ingresos.

—¿Se dedica usted exclusivamente a tejer? —le preguntó Angela con cautela. La expresión de Nicola adoptó un aire sombrío.

—Sí —respondió—. Y, aunque las cosas cada vez están más difíciles, no me arrepiento. Mi bisabuelo me enseñó a tejer cuando yo todavía era un niño. La pasión por este oficio me atrapó desde muy joven y hasta el día de hoy todavía no me ha abandonado.

El primo de Nicola se acercó a la mesa para enumerar los tentadores *dolci* que su esposa había preparado. No obstante, Angela rechazó el ofrecimiento con pesar. Después de los tres platos que se había zampado no le habría cabido ni la más diminuta de las piezas de repostería que tuvieran, por deliciosa que fuera.

—Por favor, perdone que sea tan honesta —empezó a decir dirigiéndose de nuevo a Nicola—. Pero, si no tiene otros compradores capaces de vender sus artículos al precio que merecen, ¿cómo lo hace para mantenerse a flote económicamente? Sé muy bien lo que cuesta el material y me hago una idea de lo que tarda en tejer un solo pañuelo. Esto no puede ser rentable a la larga.

Nicola desvió la mirada hacia fuera, hacia el mar. Dos profundas arrugas aparecieron entre la raíz de su nariz y las comisuras de sus labios. A Angela le pareció tan encerrado en sí mismo como en el momento en el que ella había aparecido en su taller sin avisar, y temió haberse excedido y haber herido su orgullo de luchador.

—Tiene razón —admitió al cabo de un rato en un tono de pura constatación—. Pero ¿qué quiere que haga? Por ahora quiero seguir trabajando por cuenta propia. En algún momento tal vez tenga que buscarme un empleo normal para mantenerme y limitarme a tejer en mi tiempo libre. Prefiero eso a venderme por dinero.

—¿Y si uniéramos nuestras fuerzas?

Nicola se la quedó mirando con asombro.

—¿A qué se refiere?

—Me temo que los pequeños negocios como los nuestros no tendrán ninguna posibilidad de sobrevivir en el futuro si no colaboramos. Mire, lo que yo necesito es un telar de jacquard. Y lo que al parecer le falta a usted, corríjame si me equivoco, es un mercado lucrativo. Y en eso consiste precisamente mi punto fuerte. Para empezar, ya tengo un encargo que se podría llevar a cabo con un telar como el suyo —explicó. Angela pensaba en el encargo del ruso y ese deseo extravagante de ver su blasón bordado en todas las telas de la casa. Luego se dio cuenta de que Coppola la estaba mirando con incredulidad. Cogió aire de nuevo antes de proseguir—: Ranelli me ha quitado a una de mis mejores tejedoras. Y no solo a ella, sino que quería quitarme también a todos los demás. Sin embargo, ellos han decidido rechazar su oferta. Al parecer están cortados con el mismo patrón que usted.

Nicola Coppola parecía asombrado. Era evidente que la idea de que pudiera haber más gente como él le sorprendió.

—¿Y cómo tendría que ser esa colaboración?

—Todavía no lo sé —admitió Angela—. Por supuesto, eso depende de usted. Pero si le interesa podríamos encontrar la solución juntos. Lo que más me gustaría sería invitarlo a venir con su telar a Asenza y...

—Olvídelo —repuso Coppola enseguida en un tono cortante—. Ya le dije que no a Ranelli y no pienso cambiar de opinión —aseguró. Le sonó el móvil de nuevo. Soltó un gemido y aceptó la llamada con un *sì* que reveló con claridad lo nervioso que estaba—. Lo siento, pero tengo que irme —dijo dando por terminada la conversación.

—Claro —contestó Angela decepcionada y enfadada consigo misma. ¿Por qué había cometido la torpeza de ser tan directa? Y después de tan poco tiempo, además. Por muy decidido que Coppola estuviera a seguir su camino luchando en solitario, a juzgar por sus dotes diplomáticas seguramente no tendría mucho éxito. Además, ella todavía no había dicho la última palabra. De momento, no obstante, no le quedaba más remedio que darle las gracias por aquella encantadora velada y pedirle a Nicola si podía llevarla al hotel.

—De todos modos, ¿puedo ponerme en contacto con usted si recibo un encargo que no pueda asumir por el hecho de no tener un telar de jacquard? ¿Estaría dispuesto a tejer para mí?

—¿Por qué no? —respondió Nicola tras un breve titubeo—. Siempre que nos pongamos de acuerdo con el precio.

—Seguro que sí —dijo Angela—. Por favor, guárdese esto —añadió tendiéndole uno de los folletos que mandó imprimir especialmente para la presentación de Villa Castro—. Por supuesto, tenemos un sitio web que puede visitar si le interesa. Y si le apetece venir a visitarnos y ver la Villa de la Seda sin compromiso alguno, me encargaré gustosa de pagar los gastos. Al fin y al cabo, solo puede saber lo que rechaza si lo conoce. Piénselo con calma.

Al día siguiente a mediodía terminó el trabajo que había dejado pendiente en el *palazzo* napolitano. Junto con Ruggero Esposito, calculó la cantidad de tejido necesaria y se comprometió a ayudar a Orsolina a encontrar los tonos justos para poder pasarle un presupuesto. Accedió con gusto a la invitación para almorzar del simpático interiorista y durante la comida él le comentó los proyectos que acabaría llevando a cabo en caso de que los clientes decidieran contratarlo al final.

—Antes había manufacturas de tejidos de sobra por aquí —le explicó a Angela con nostalgia mientras se tomaban el *caffè ristretto* después de comer—. No teníamos que ir a buscar las sedas tejidas a mano al norte —agregó, y tal como lo dijo pareció casi como si Venecia fuera un país extranjero para él. Angela supuso que Nicola Coppola debía de ver las cosas de un modo parecido—. Por desgracia, durante los últimos años han ido desapareciendo todas. Es evidente que no debían de ser rentables. Las grandes fábricas de Florencia y Venecia se cargaron todos esos pequeños negocios. Creo que ya lo he mencionado, pero con esas empresas no estoy dispuesto a colaborar.

Angela pensó en Coppola, en si realmente debía de ser el último de su estirpe en Nápoles. ¿Acaso conocía Ruggero Esposito al tejedor? «Ay —pensó—, ¡ojalá pudiera convencerlo para que viniera conmigo a Asenza!»

Después de comer, Angela hizo una llamada para intentar cambiar la hora de su vuelo, que tenía que salir por la mañana, de manera que pudiera marcharse esa misma tarde. Sin embargo, resultó que todos los vuelos estaban completos. Ruggero Esposito pareció encantado con esa circunstancia.

—Así tendré la oportunidad de mostrarle un poco la ciudad —exclamó emocionado—. ¡Y esta noche saldremos por ahí! ¿Qué le parece?

Angela titubeó. ¿Acaso no era esa una ocasión perfecta para ver a Vittorio? Él ni siquiera sabía que no les separaban más que unos setenta kilómetros. Podía alquilar un coche e ir a visitar Amalfi. Por eso le pidió a Ruggero si podía hacer una llamada primero, antes de hacer planes. Mientras el interiorista pagaba la cuenta del restaurante, Angela marcó el número de Vittorio.

Para su asombro, fue Tiziana quien contestó al móvil. Parecía nerviosa, casi irritada.

—No te enfades, pero ahora no puede ponerse —le dijo cuando Angela pidió hablar con Vittorio—. Le diré a Vitto que te llame esta noche, ¿de acuerdo?

Y antes de que Angela pudiera siquiera responder, Tiziana ya había colgado.

Angela tardó un poco en volver a percibir el ruido y la actividad que reinaba a su alrededor debido a lo impactada que se había quedado con la manera como Tiziana se la había quitado de encima. ¿Por qué no había respondido Vittorio al teléfono? ¿Qué era eso tan importante que le impedía hablar con ella?

Ruggero Esposito regresó a la mesa y se la quedó mirando con preocupación.

—¿Todo bien?

—Sí —contestó ella intentando recomponerse—. Todo genial.

Tragó saliva unas cuantas veces hasta que se sintió bien y luego le dijo a Esposito que tenía todo el tiempo del mundo y que se alegraba de poder pasar con él el resto del día.

—Lo que más me gustaría sería subir al Vesubio —confesó Angela—. Pero seguro que no es posible, ¿verdad?

—Por descontado que lo es —respondió Ruggero encantado—. Siempre que no te importe caminar un poco —comentó mientras le lanzaba una mirada crítica a sus elegantes zapatos.

—No te preocupes por eso —se apresuró a asegurarle Angela—. Tengo unas zapatillas en la maleta.

Su interlocutor había empezado a tutearla sin darle la más mínima importancia al tema, y a ella le pareció normal teniendo en cuenta lo bien que se entendían.

Regresaron juntos al hotel para que Angela pudiera ponerse las zapatillas de correr. Tenía ganas de salir de excursión, pues lo único que deseaba era no tener en todo momento la voz de Tiziana en los oídos y esa sensación desagradable en el estómago. ¿Cómo se le había ocurrido a Vittorio dejarle su móvil personal a esa mujer?

Se montaron de nuevo en el coche y, cuando por fin salieron del tráfico de la ciudad, no tardaron en encontrarse a los pies del volcán. Mientras Ruggero conducía siguiendo el flanco de la montaña hasta la entrada al parque nacional, le habló sobre la última gran erupción, ocurrida en el año 1944.

—La lava sepultó las poblaciones de Massa di Somma y San Sebastiano. Sucedió en el mes de marzo, cuando los aliados ya habían llegado a la ciudad. En el aeródromo militar de Terzigno quedaron destruidos ochenta bombarderos B-25 de la aviación estadounidense. Mi abuelo me contó que por aquel entonces tenía veintinueve años y estaba con los partisanos.

Angela guardó silencio mientras miraba por la ventanilla con fascinación. La vista sobre la bahía de Nápoles se volvía más y más impresionante con cada metro que ascendían. Las empinadas laderas de la montaña estaban recubiertas de vegetación en la parte inferior, aunque se iba volviendo cada vez más escasa para revelar la coloración rojiza y gris oscuro de la tierra volcánica. La carretera terminaba a unos mil metros de altura respecto a la superficie del mar. Dejaron el coche en el aparcamiento destinado a los visitantes.

—Parece que el Vesubio atrae a mucha gente —constató Angela al ver el camino bien delimitado, los quioscos y la *biglietteria* en la que se vendían las entradas que permitían el acceso.

—Así es —confirmó Ruggero con una sonrisa—, y desde hace siglos, además. Especialmente tras las erupciones, a la gente le encanta peregrinar hasta aquí. Y la verdad es que lo comprendo —añadió—. Creo que esperan poder echarle un vistazo al inframundo. Y ¿en qué otro lugar podrías tener la ocasión de hacerlo?

Compró las entradas y se pusieron en marcha. El camino era amplio y cómodo, y Angela disfrutó caminando a buen paso. Ruggero aguantó su ritmo sin problemas y le contó toda clase de historias sobre el pasado ígneo de la montaña, hasta el punto de que, al cabo de un rato, Angela empezó a tener miedo.

—No te preocupes —la tranquilizó él—. Si bien el Vesubio permanece activo, de momento sigue dormido. Al menos eso es lo que afirman los expertos. Aunque es posible que no lo siga estando durante mucho tiempo. De hecho, cada vez que ha entrado en erupción ha sido una sorpresa. No obstante, hoy en día disponemos de muchos más medios para notar la actividad sísmica a tiempo. Por ejemplo, se sabe que antes de cada erupción se produce un terremoto, y a veces pueden llegar a pasar años entre los dos acontecimientos.

—¿Y? ¿Cuándo sufristeis el último terremoto por aquí? —preguntó ella.

Se habían detenido y estaban mirando hacia el este, en dirección al paisaje de la Campania. A partir de ahí el camino viraba hacia el oeste.

—El año pasado en Francolise, a algo más de sesenta kilómetros al norte de aquí —respondió Ruggero—. Y en muchos otros lugares alrededor del golfo la tierra también tiembla de vez en cuando. Es completamente normal —agregó al ver la cara de preocupación de Angela—. Vivimos en un lugar expuesto, en el que colisionan la placa tectónica europea y la africana. Los temblores nos afectan desde tiempos inmemoriales, y el Vesubio no siempre escupe fuego.

Llegaron al borde del cráter y siguieron por el camino que permitía continuar en dirección sur.

—Ahí abajo está Pompeya —le explicó Ruggero cuando llegaron al final del camino—. La próxima vez que vengas, visitaremos los yacimientos arqueológicos.

—¿Qué montañas son esas? —preguntó Angela señalando más allá de Pompeya, hacia una cordillera.

—Los montes Lattari. Tras ellos está la bahía de Amalfi.

Durante el camino de vuelta, Angela no dijo nada. Se limitó a escuchar las explicaciones de su acompañante, aunque con la mente perdida detrás de los montes Lattari, donde estaba Vittorio, tan cerca y tan lejos al mismo tiempo. No, no pensaba llamarle de nuevo. Si él no le devolvía la llamada, lo mejor sería dejar las cosas como estaban.

Disfrutó de las atenciones que le brindó Ruggero Esposito esa noche y, sí, se dio cuenta de que los ojos le brillaban más de lo que sería de esperar en una comida de negocios. No obstante, a pesar de la sensación desagradable que se había apoderado de ella, no había parado de reír gracias a Ruggero. No paraba de flirtear con ella, aunque lo hacía de un modo que no le resultó en absoluto incómodo.

Cuando la acompañó al hotel, de repente se volvió más callado. Angela notó la tensión que había entre ellos, aquella calma tan poco habitual y tan cargada de expectativa. Cogió aire para explicarle su compromiso con Vittorio, pero en el último instante decidió no contarle nada. ¿Por qué tenía que hacerlo? Entre ella y Ruggero Esposito no ocurriría nada. Y él tampoco le había hablado acerca de su vida privada. No llevaba anillo, pero eso tampoco es que signifique gran cosa hoy en día.

—*Mille grazie* —dijo ella cuando llegaron frente al hotel—. Hacía mucho tiempo que no lo pasaba tan bien. Ha sido casi como estar de vacaciones. Y la verdad es que ha sido gracias a ti —concluyó, aunque, cuando detectó la decepción en los ojos de él, se apresuró a añadir algo que se le ocurrió en el momento—: ¿Por qué no vienes a visitarme algún día? Me gustaría mucho.

En Asenza, los operarios ya habían puesto la casita de los viñedos patas arriba, o al menos eso le pareció a Angela. Sin embargo, gracias a la experiencia que había adquirido trabajando en la empresa de construcción de su difunto marido, sabía que al final todo acabaría quedando bien.

A la Villa de la Seda habían continuado llegando cancelaciones de pedidos. Angela marcó con un rotulador amarillo todos los pedidos que procedían del entorno de Vittorio y dejó de contar con esos ingresos. A pesar de esas cancelaciones, no tendría que ceder. Por suerte, sus archivos contenían todavía una clientela reducida pero fiable que había conseguido por su cuenta. Esa misma tarde habló con Orsolina acerca de las muestras de color que había traído de Nápoles, calculó el presupuesto y se lo envió a Ruggero Esposito. En esa ocasión pidió un adelanto importante para cerrar el contrato, indicando además que, en caso de anulación del pedido, no estaría obligada a devolverlo. Dos días después, el pago del adelanto solicitado confirmó el pedido de manera oficial.

Era un día radiante de mediados de julio y en la tejeduría se respiraba un ambiente fantástico. Angela había conseguido vender en Suiza la tela de color dorado que Stefano había tejido para el cliente de Vittorio, y para celebrarlo había enviado a Fioretta a comprar helado para todos en el puesto de Salvatore. En esos momentos estaban todos sentados bajo la morera, charlando y riendo, apurando los restos de sus tarrinas de helado, cuando ni más ni menos que Costanza Fontarini se presentó en el patio. La animada conversación quedó acallada de repente. Fue como si con la *principessa* hubiera llegado también una racha de viento frío. Incluso Mimi pareció darse cuenta, porque se esfumó enseguida.

Angela se puso en pie para saludar a aquella visita sorpresa. Titubeó unos instantes y luego no le pidió a Costanza que subiera con ella a su despacho, sino que la invitó a entrar en su casa y la hizo pasar a la sala de la morera. Después de todo, era la madre de Vittorio, y no una clienta.

Mientras Angela llenaba unos vasos con agua, Costanza se plantó delante del fresco y lo contempló con ojo clínico. Pareció sorprendida ante lo bonita que era la vivienda de la tejeduría de seda que Angela había mandado reformar el año anterior después de que hubiera permanecido mucho tiempo vacía.

—¿Qué la trae hasta aquí? —quiso saber Angela después de intercambiar un par de cortesías, ya instaladas frente a frente en los sofás.

Costanza frunció los labios y miró a Angela fijamente a los ojos.

—En realidad quería invitarla al restaurante que un amigo tiene cerca de aquí —contestó.

—Muy amable por su parte, pero no es necesario —objetó Angela—. Ya he comido. Y, para serle sincera, tengo mucho trabajo que hacer.

Se reclinó en el sofá y tomó un sorbo de agua mineral. Fue entonces cuando se percató de que Costanza y ella se estaban evaluando con la mirada. ¿Qué quería de ella aquella mujer?

—En ese caso no me andaré con rodeos —empezó a decir Costanza después de dejar el vaso de agua sobre la mesita que había entre ellas dos—. Me gustaría que se apartara de mi hijo.

Angela creyó no haberlo oído bien.

—¿Cómo dice?

—Para expresarlo con más claridad: me gustaría que dejara usted a Vittorio.

Quizá se debió al hecho de haber estado tan relajada con sus empleados, pero Angela tuvo que reprimir el impulso de soltar una carcajada en voz alta.

—Tiene usted una forma muy curiosa de bromear —comentó Angela sonriendo.

—Créame —replicó Costanza impasible—. Yo no bromeo jamás.

Angela tuvo la sensación de que la sonrisa se le heló en el rostro.

—¿Quiere que lo deje? —preguntó con la voz ronca de repente—. ¿Y por qué tendría que hacerlo? Por no mencionar lo impertinente que resulta que se presente usted...

—Vamos, dejémonos de sentimentalismos —la interrumpió Costanza—. Quiero dejarle clara una cosa: no tengo absolutamente nada contra usted. Simplemente no es la mujer más adecuada para mi hijo.

—Vittorio tiene cuarenta y ocho años —respondió Angela—. Creo que ya es mayorcito para saber quién le conviene y quién no.

—En absoluto —la frenó Costanza una vez más—. Hoy en día los hombres son así. Y Vittorio peca precisamente de tener demasiado buen corazón. Se enamoró de usted cuando se conocieron y ahora le falta valor para dejarla.

Angela se estaba poniendo cada vez más furiosa.

—¿De verdad tiene el descaro de presentarse aquí para soltarme todas esas insolencias a la cara?

—Vittorio pronto se comprometerá —repuso Costanza sin perder la calma en ningún momento—, pero con Tiziana. Está acordado desde hace tiempo. Antes incluso de que usted apareciera y lo embarullara todo.

—¿Acordado? ¿Quién lo ha acordado?

—Angela, comprendo que esté furiosa conmigo. Es natural. Pero no le servirá de nada.

Angela no podía creer la facilidad con la que Costanza era capaz de mantener la compostura mientras le soltaba a la cara todos esos despropósitos.

—Desde el principio me ha parecido usted una mujer que afronta las cosas de cara. No se engaña a sí misma, y eso es algo que valoro especialmente. En general me cae usted bien, por lo que no me gustaría ver cómo se convierte en una desgraciada —aseguró, tras lo que tomó otro sorbo de agua, se reclinó en el sofá y barrió la estancia con la mirada hasta detenerse con aire reflexivo en el fresco de la morera. Angela quiso objetar algo, pero tenía un nudo en la garganta. La madre de Vittorio clavó sus fríos ojos de nuevo en los de ella—. ¿Acaso no se ha dado cuenta de lo mucho que se quieren mi hijo y Tiziana? Hace mucho tiempo que los une un gran amor. La diferencia de edad al principio fue un problema, sí. Y luego Vittorio conoció a Sofia.

Costanza parecía descontenta. Era evidente que Sofia tampoco había sido la nuera que había soñado tener.

—Cuando murió Sofia, Tiziana debería haber recuperado su lugar enseguida. Pero la muy tonta quiso terminar primero la carrera —explicó, tras lo cual cerró la boca con rabia, la máxima emoción que se permitía expresar—. Y luego se interpuso usted —añadió inclinándose hacia delante y mirando a Angela directamente a los ojos—. Créame, le agradezco de todo corazón que sacara a Vittorio del pozo en el que se había sumido. Es algo que no olvidaremos jamás. Es posible que Tiziana, con ese temperamento que tiene, no lo hubiera logrado nunca. Pero ahora Vittorio cada vez se está volcando más y más en ella. ¡Sin duda debe de haberlo notado! Nadie puede estar tan ciego como para no verlo.

Angela tenía la sensación de estar viviendo una pesadilla. Y de algún modo extraño, de repente cobraban sentido un montón de cosas que no había logrado comprender. Sí, fue como quitarse una venda de los ojos. Costanza había alertado a Ranelli sobre ella y su tejeduría, los había presentado y lo había acompañado cuando quiso visitar la Villa de la Seda. ¿Estaba utilizando al fabricante como una simple herramienta para hacerle daño? ¿Estaba también detrás de todas las cancelaciones de pedidos que llegaban sin parar? ¿Es que Costanza luchaba a varios niveles? Mientras le sugería sin rodeos que dejara a su hijo, ¿se había dedicado ya a intentar arruinarla económicamente?

Angela empezó a sentir un dolor muy distinto, que se estaba volviendo insoportable por momentos. ¿Y si era verdad lo que Costanza le acababa de contar acerca de Vittorio y Tiziana? De golpe aparecieron en su mente un montón de recuerdos, de imágenes que se había empeñado en descartar de su conciencia. La ternura descarada que había entre ellos dos, aquella confianza tan evidente. Las palabras de Tiziana durante la comida que habían compartido en Venecia. ¿Y por qué hacía unos días había respondido al móvil de Vittorio dejándole más que claro que la estaba importunando? El dolor que sentía en su interior se intensificó hasta alcanzarle el corazón. Notaba como si una mano despiadada se lo estuviera estrujando sin miramientos.

—Márchese —ordenó, no sin dificultad.

Sin embargo, Costanza no se movió.

—No —respondió la *principessa*—. Es usted quien debe marcharse. Sea razonable. Acepte el dinero que tan generosamente le ofrecemos por esos telares decrépitos y regrese a Alemania o a donde usted quiera. Con eso debería bastar para que pueda construirse un nuevo futuro en cualquier parte del mundo.

Angela se quedó sin aliento unos segundos. Y luego lo comprendió. Todo el tiempo se había estado preguntando por qué Ranelli le había hecho una oferta tan exorbitante. Ahora ya sabía cuál era la respuesta.

—¿Ha aumentado usted la oferta de Ranelli?

—Así es.

—Pero... ¡Si usted no tiene medios para eso! Vittorio tuvo que darle dinero, mucho dinero, supuestamente para que pudiera reformar su vivienda, para mantener ese nivel de vida exagerado o, como usted diría, conforme a su nivel social —repuso viendo cómo la *principessa* empalidecía al oírlo—. Y ¿ahora utilizará el dinero que tanto le ha costado ganar a Vittorio para intentar convencerme de que desaparezca de su vida? ¿Está usted mal de la cabeza o qué?

—Haría cualquier cosa para evitar que mi hijo caiga en desgracia.

—Y ¿qué cree usted que dirá Vittorio cuando le cuente que hemos tenido esta conversación tan inaudita?

Costanza le dedicó una sonrisa cargada de compasión.

—Le aconsejo que no haga eso —le replicó sin perder la

compostura mientras cogía su bolso—. Básicamente porque no creería ni una palabra de lo que le dice —agregó poniéndose ya en pie—. Espero que sea capaz de reconocer la buena voluntad que he demostrado con esta visita. Que le vaya bien.

Asintió en dirección a Angela una vez más y luego se marchó de la Villa de la Seda.

Lo peor de todo fue que Costanza había conseguido desconcertarla de verdad. Durante los días siguientes, no paraba de recordar pequeños gestos y comentarios que apuntaban hacia la sospecha de que Vittorio y Tiziana eran pareja. Y aun así, Vittorio no le había dado el más mínimo motivo para dudar de su amor. Ni siquiera cuando por fin regresó de la costa de Amalfi, puesto que lo primero que hizo fue acudir a Asenza y demostró la gran alegría que sintió al volver a verla. La amaba de forma apasionada y no quería perderla. Le contó las dificultades que había tenido que superar para satisfacer a ese cliente tan veleidoso.

—Creía haber visto ya muchas cosas —constató con un gemido mientras desayunaban juntos en la cama a la mañana siguiente. Como de costumbre, había preparado café y había acudido a la *pasticceria* Belmondo para comprar los brioches preferidos de Angela—. Pero ese ruso y su esposa han superado todo lo que te puedas imaginar. Teníamos una reunión de crisis tras otra. Te aseguro que admiro la paciencia de Tizi. Un día mandó arrancar todo el suelo de mármol y, al día siguiente, cuando los señores cambiaron de opinión, mandó ponerlo de nuevo —explicó negando con la cabeza antes de morder su brioche—.

Tan solo espero que les gusten las telas de Ranelli. Ah, y al final resulta que él tampoco podrá incorporar el blasón que pidieron, o sea que vete a saber.

La mera mención del fabricante le bajó el ánimo de repente a Angela. Dejó el brioche en el plato; de golpe había perdido el apetito. Por supuesto, no pudo evitar recordar la conversación que había mantenido con Costanza, y una vez más aquella mano fría le estrujó el corazón sin piedad. ¿Tenía que contarle a Vittorio lo que había hablado con su madre? ¿O tal vez Costanza tenía razón y él no la creería? Era evidente lo apegado que estaba a su madre. Siempre que era necesario encontraba una disculpa, o al menos una explicación, para justificar su comportamiento...

—¿Qué te ocurre? —preguntó Vittorio alarmado por ese cambio de humor tan brusco que no le había pasado desapercibido—. Siento haber tenido que encargarle las telas a él —añadió.

—Ah, no es eso —respondió ella, tras lo cual se mordió el labio inferior.

—Entonces ¿qué es? —insistió él mirándola con esos ojos tan bonitos y que tanto se parecían a los de su madre, si bien diferían en la manera de mirarla, puesto que en los de Vittorio Angela no detectó más que amor—. ¿Te arrepientes de no haber aceptado la oferta de Ranelli?

—No —contestó ella, e inmediatamente pensó en la suma astronómica que Costanza le había pedido a su hijo para librarse de ella.

—Cuéntame qué te preocupa tanto —le pidió Vittorio dejando la bandeja del desayuno a un lado.

Angela suspiró. ¿Acaso no tenía que contarle que Costanza había acudido a visitarla? No era capaz de decidirse. En lugar de eso, mencionó la oleada de cancelaciones de pedidos que extrañamente solo habían llegado por parte de los clientes que de alguna manera tenían relación con Ranelli. Y con Vittorio, aunque eso evitó comentarlo.

—¿Te acuerdas de ese gran encargo para el que Orsolina y yo anduvimos buscando un tono dorado muy específico? Pues el cliente lo canceló. ¿Fedo no te lo ha contado? Por suerte, al final conseguí vender la tela a otra persona de todos modos.

Vittorio arrugó la frente.

—¿Y crees que hay alguna relación entre eso y Ranelli? —quiso saber él.

Angela se encogió de hombros.

—Me parece evidente —aseguró ella—. Si quieres, te enseño la lista.

—Espera, ahora me acuerdo. Pero ¡si era un encargo enorme! —exclamó Vittorio pensando todavía en el pedido de la seda de color oro viejo—. Y era un cliente mío, lo conozco desde hace un montón de tiempo. ¿Fedo mencionó algún motivo para la cancelación del pedido?

—Solo que de pronto el cliente quiso que el pedido se encargara a Ranelli.

Vittorio se la quedó mirando sin comprender nada.

—Hablaré con él —prometió—. Me sabe mal no haber estado presente. Ay, no sabes lo contento que estoy de que haya terminado de una vez lo de Amalfi.

—Yo habría ido a verte con mucho gusto —se le escapó a Angela incapaz de contenerse—. Cuando estuve en Nápoles la semana pasada. Pero Tiziana me dijo...

—¿Que estuviste en Nápoles? —repuso Vittorio sorprendido.

—Sí —afirmó Angela—. Intenté llamarte al móvil, pero respondió Tiziana. ¿No te lo dijo? —preguntó, ante lo que Vittorio negó con la cabeza—. La verdad es que me sorprendió bastante que respondiera ella, tratándose de tu teléfono móvil.

—No entiendo nada —reconoció Vittorio—. Por favor, vuelve a empezar y cuéntamelo más despacio: ¿estabas en Nápoles y me llamaste? ¿Y Tizi respondió a mi teléfono móvil? —Angela asintió—. Y ¿qué te dijo?

—Se deshizo de mí. Me dijo que no teníais tiempo —expuso ella, y se mordió la lengua enseguida. El comentario le pareció demasiado malicioso.

—Pero si no me dijo nada de nada —constató Vittorio. Pareció como si estuviera intentando encontrar una explicación lógica a todo aquello. De repente se golpeó la frente con la mano plana—. ¡Claro! Debió de ser durante una de esas horribles reuniones de crisis —explicó—. ¡Qué lástima! Ay, con lo que me habría gustado que hubieras venido. Al menos durante una noche podríamos haber hablado sobre algo que no fuera estucado por aquí, estucado por allí, mármol artificial o verdadero, o cualquiera de esas tonterías. Lo siento, *amore mio* —añadió antes de abrazarla con tanta pasión que Angela estuvo a punto de derramar el café por encima de la cama—. ¿Qué debiste de pensar de mí? Normalmente Tizi respeta mi esfera privada. Pero ese día debía de estar completamente fuera de sí. Se quedará petrificada cuando se dé cuenta de que olvidó decírmelo. Pero pienso echarle una buena bronca.

—No lo hagas —le pidió Angela—. Ya pasó, no le des más vueltas. Una cosa sí que te pediría: a partir de ahora, no le dejes el móvil a nadie, ¿de acuerdo? Resulta muy extraño que responda otra mujer.

Por fin Vittorio pareció hacerse cargo de la situación.

—Mira que soy imbécil —exclamó—. ¡Tengo suerte de que seas tan razonable!

Y dicho esto la besó de un modo que consiguió que Angela olvidara todas sus preocupaciones. No, Costanza no era más que una vieja amargada. ¿Cómo había podido creer en las intrigas que le había contado? Vittorio la amaba, de eso no tenía la menor duda.

16
LOS RIVALES

La casita de los viñedos quedó por fin habitable y, cuando Angela fue a verla acompañada de Carmela, la anciana guardó un silencio respetuoso. Ella, que siempre tenía un comentario mordaz preparado, parecía haber perdido de golpe la capacidad de hablar.

—Bueno, ¿qué le parece?

Angela examinó con ojo crítico las paredes pintadas de color amarillo pálido del pequeño salón, con la moldura blanca bajo el techo también blanco. Los amigos de Nathalie habían hecho un buen trabajo.

—Es demasiado bonita para una bruja como tú.

Angela y Carmela se dieron la vuelta. Ante la puerta de la entrada estaba Lorenzo Rivalecca.

—Viejo lagarto —lo insultó Carmela con el bastón levantado para amenazarlo—. Para que lo sepas: ¡pienso mudarme aquí tanto si te gusta como si no!

Lorenzo respondió con una carcajada.

—O sea, que hemos conseguido lo que queríamos —constató con una amplia sonrisa, y acto seguido le guiñó un ojo a Angela—. ¡Que no me entere yo de que no pagas el alquiler puntualmente, porque vendré y te retorceré el cuello con una sola mano! —la amenazó. Dicho esto, dio media vuelta y se dispuso a marcharse.

—¡Vuelve aquí! —le gritó Carmela a la espalda con el rostro colorado por la rabia—. ¡Ya veremos quién le retuerce el pescuezo a quién!

Angela suspiró.

—En algún momento debería contarme por qué están peleados —le dijo Angela a Carmela en un tono apaciguador.

—¡Bah! —exclamó la anciana rechazando la petición con un gesto—. Eso es algo solo entre él y yo —dijo mientras se dirigía hacia el dormitorio para ver cómo había quedado.

Al día siguiente empezó ya la mudanza de Carmela desde el ático en el que había vivido hasta entonces. Angela concedió tres días libres a Maddalena y a Stefano para ayudarla. Aun así, la mayor parte del trabajo consistió en separar un montón de trastos viejos que se habían ido acumulando con los años, y la mudanza nunca habría terminado de no haber sido porque Carmela acabó decidiendo meter la mayoría de esas cosas en cajas de cartón que guardó en el sótano del bloque de Maddalena, a la espera de que llegara el día de revisar con más empeño todo aquello.

Una vez terminado todo, las compañeras de Maddalena se movilizaron para arreglar el ático que había quedado medio vacío y convertirlo de una vez por todas en el reino personal de la tejedora. Inspirada en los colores frescos de la casita de los viñedos, mandó pintar las paredes de un rosa pálido. De repente la vivienda abuhardillada parecía mucho más acogedora, y cuando Stefano instaló un par de estantes en una de las paredes del antiguo dormitorio de Carmela, reconvertido ya en sala de estar, por fin encontraron un lugar para todos los libros que tanto le gustaba leer a Maddalena: sobre la historia de Venecia, sobre los artistas de la ciudad de la laguna y las familias nobles de Italia.

Y puesto que las cosas salieron tan bien, el personal de Angela no se detuvo allí. Todos juntos ayudaron también a reformar un poco el piso de Anna y Giulia, un diminuto apartamento de dos habitaciones, de manera que resultara más agradable. Y cumplieron también con el deseo de Nola de cambiar las baldosas del baño y renovaron por completo la cocina de Orsolina.

—No sabía que fueras capaz de poner azulejos —constató Orsolina con asombro.

—Yo tampoco —respondió Stefano con orgullo mientras cubría el último metro cuadrado de la pared que quedaba sobre el fregadero.

Angela lo observó todo con gran alegría. Tenía claro que con esas medidas su plantilla había sellado la decisión de quedarse en Asenza. Antes habían dado por supuesto que tenían que seguir viviendo para siempre entre esas cuatro paredes. Sin embargo, después de haber considerado seriamente la posibilidad de marcharse, veían con nuevos ojos las circunstancias en las que habían vivido hasta la fecha.

Lo que no pudieron obviar, con todo, fue el hecho de haber perdido a Lidia. La echaban de menos continuamente. Angela se sorprendía pensando en cómo debían de irle las cosas con Ranelli. Cuando habían ido a visitar las instalaciones de Mestre no la habían visto en un momento propicio, pero de todos modos Angela no se quitaba de encima la sensación de que su antigua empleada había esperado encontrar con ese cambio algo distinto a lo que realmente tenía que afrontar en una gran empresa como esa. Lidia era una tejedora fantástica, pero no tenía el talento necesario para instruir a otras personas. Era demasiado impaciente y vanidosa para algo parecido.

No obstante, todas esas reflexiones no llevaban a ninguna parte. Lidia ya no trabajaba para ella, y Angela tenía que sentarse cada vez con más frecuencia ante el telar que había quedado huérfano, a pesar del poco tiempo que podía dedicarle. En ocasiones trabajaba hasta muy tarde por la noche para terminar algún encargo. Cuando Tess la reprendió por ello, tuvo que admitir que la anciana tenía toda la razón. No podría mantener ese ritmo mucho tiempo. Lo que necesitaba era una tejedora nueva. O un tejedor.

—¿Qué piensas sobre los compromisos matrimoniales?

La pregunta fue de lo más inesperada. Angela, que estaba sentada en ropa interior sobre la cama de Vittorio, a punto de ponerse las medias de seda, se sobresaltó. Era sábado, Vittorio quería llevarla a comer a un elegante restaurante veneciano, y el mero hecho de que también acudiera Tiziana mermó bastante su entusiasmo al respecto. Al oír a Vittorio pronunciar la palabra *compromiso* no pudo evitar mirarlo con inquietud. Él estaba de pie frente al espejo del ropero, abotonándose la camisa.

—¿Por qué me lo preguntas?

Su propia voz le sonó extraña. Le vinieron a la cabeza aquellas palabras de Costanza que ya casi había olvidado:

«Vittorio pronto se comprometerá —le había dicho—, pero con Tiziana».

—Bueno, simplemente para saber qué piensas al respecto —respondió Vittorio volviéndose hacia ella.

Parecía que algo le preocupaba, pues Angela notó una expresión tensa en su boca.

—Pero ¿a qué viene eso?

Vittorio se quedó callado mirando la chaqueta que acababa de encontrar en el armario de su vestidor.

—Tizi no para de sacar el tema —comentó al fin. Luego le lanzó una mirada a Angela para ver cómo lo encajaba—. ¿La gente se compromete todavía? ¿Qué te parece a ti eso?

De repente fue como si a Angela se le hubiera vaciado del todo la cabeza. ¿Qué significaba eso? El corazón empezó a latirle en el pecho con fuerza, como si quisiera decirle algo. «Asúmelo de una vez. Vittorio y Tiziana...» Pero se resistía a creerlo de todos modos.

Vittorio sacó un cepillo de pelusas de un cajón y lo pasó por la chaqueta antes de ponérsela.

—Por cierto, antes ha llamado mi madre —anunció él como si nada contemplando el resultado de sus esfuerzos—. Hoy también vendrá a comer con nosotros —declaró con una sonrisa de oreja a oreja mientras se ponía la chaqueta—. Qué bien, ¿no? Ya iba siendo hora de que podáis conoceros un poco mejor.

El corazón de Angela se detuvo unos momentos para luego empezar a latir con más fuerza que antes. Se miró las manos, que se le habían agarrotado alrededor de las medias de seda. La uña del pulgar había abierto un orificio en el suave tejido.

—Estás muy pálida —observó Vittorio agachándose frente a ella enseguida—. ¿No te encuentras bien?

Ella negó con la cabeza.

—Tranquilo, estoy bien —mintió y tragó saliva un par de veces—. Es solo que... Vittorio, yo no iré.

—¿Qué? ¿Por qué no?

—Es mejor así —contestó ella con determinación—. No querría... molestar.

Lo apartó con suavidad y se puso en pie. Desorientada, se quedó mirando el vestido veraniego de color amarillo. Llevaba tanto tiempo esperando poder pasar ese día con Vittorio... Sin embargo, primero se enteró de que había invitado a Tiziana, y ahora que Costanza también estaría presente. No, eso no sería capaz de soportarlo.

—¿Es por mi madre? —preguntó Vittorio aparentemente herido. Un surco profundo había aparecido entre sus cejas, como siempre que algo lo contrariaba—. Ya sé que la última vez no te trató precisamente con simpatía. Pero eso no significa nada en absoluto, tienes que creerme.

—Al contrario —objetó Angela contraviniendo el propósito que se había hecho de no hablar con Vittorio acerca de su madre—. Significa mucho.

Con movimientos inquietos, descolgó el vestido de la percha y empezó a doblarlo.

—¿Se puede saber qué haces? —dijo Vittorio plantándose frente a ella—. ¿No nos marchábamos?

Angela se dejó caer sobre la cama. Las lágrimas le ardían en los ojos. ¿Qué debía hacer? «Le aconsejo que no haga eso —resonaba la voz de Costanza dentro de su cabeza, cuando ella le planteó la posibilidad de contarle la conversación que habían mantenido a Vittorio—. Básicamente porque no creería ni una palabra de lo que le dice.» Y lo peor de todo era que tenía razón. Vittorio jamás soportaría saber la verdad acerca de su madre.

—Tenía muchas ganas de pasar este día contigo —confesó al fin, no sin dificultad, intentando sonreír a pesar de todo—. Sin Tiziana, y sin tu madre...

Él se volvió bruscamente.

—Pero es que resulta que son las dos personas que más aprecio. Aparte de ti, por supuesto —añadió al ver la mirada asustada de Angela. No obstante, sonó tan nervioso, tan forzado, que a Angela le llegó con la misma violencia que una bofetada.

—Entonces no será ningún problema que os juntéis sin mí —sentenció. De repente notó una calma insólita—. Ve a comer con ellas, yo prefiero volver a casa. Avísame cuando tengas tiempo para mí...

—¡Angela! —exclamó Vittorio acercándose mucho a ella y posando las manos sobre sus hombros en un gesto apaciguador—. No tienes que tenerle miedo a mi madre.

—Costanza no me da miedo —replicó con obstinación—. Simplemente no me apetece pasar mi tiempo libre con ella.

Dicho esto, pasó por su lado, se guardó el vestido de seda con cuidado en el bolso y se puso unos vaqueros y una blusa.

—Es mi madre —declaró Vittorio enojado—. ¿No podrías hacerlo por mí...?

Se quedó callado y se volvió hacia la ventana. Angela se sintió miserable. Por supuesto, a él le resultaba difícil comprender que se comportara de ese modo. Incluso imposible, tal vez. ¿Tenía que compartir con él la conversación que había mantenido con Costanza? ¿El hecho que la hubiera animado a separarse de él? ¿Todas las intrigas y el dinero que ella le había ofrecido y que encima se lo había sacado a él? No. Vittorio tenía que descubrir por sus propios medios qué clase de persona era su madre. Lo único que podía hacer mientras tanto era mantenerse al margen.

—Por favor —le dijo ella en un tono suave, acercándose a él por detrás y posando una mano sobre su hombro—. No te enfades conmigo...

—No estoy enfadado contigo —respondió él, aunque a ella le sorprendió la amargura que destilaba su voz—. Pero debes admitir que esto no es precisamente agradable por tu parte.

Hasta que tuvo las mejillas completamente mojadas y las lágrimas le empezaron a gotear sobre las manos, Angela no fue consciente de que estaba llorando. Una niña de unos diez años que estaba sentada frente a ella en el *vaporetto* se la quedó mirando con los ojos como platos y una expresión de lástima. Angela sacó un pañuelo del bolso y se secó la cara.

Lo había hecho todo mal. Por supuesto, debería haberse puesto especialmente guapa y sentarse segura de sí misma junto a Vittorio. Era lo que habría hecho Costanza. Pero Angela no era Costanza. Ni podía ni quería serlo. No estaba hecha para esa clase de juegos de poder.

Se puso en pie y se acercó a la barandilla. Se quedó mirando el paisaje urbano de ensueño que iba pasando frente a sus ojos con tristeza. Un gondolero maniobró su embarcación, en la que transportaba a una pareja de enamorados cogidos de la mano. Pasó peligrosamente cerca del barco de línea y le lanzó lo que a Angela le pareció una mirada sarcástica antes de virar la góndola con un solo movimiento hábil de remo.

Como todos los sábados, la ciudad entera parecía haberse puesto en movimiento, decidida a divertirse. Desde uno de los restaurantes con terraza frente al Gran Canal le llegaron olores de lo más tentadores. Olía a pescado frito, y Angela se dio cuenta de repente del hambre que tenía. Una vez más, tuvo la sensación de haberse comportado como una verdadera idiota. Al menos podría haberle dicho a Vittorio que no se encontraba bien. Pero no. Negó con la cabeza, convencida de que no sabía mentirle. Y de que tampoco quería aprender a hacerlo. No quería llegar a comportarse como la *principessa* Costanza Maria Grazia Antonella Fontarini. Jamás.

Ya debían de ser las cuatro cuando llegó a su casa. Ese día, el fresco de la morera le pareció aún más misterioso que de costumbre. Desde la calle y cerca de la plaza sonaban voces alegres, y la Villa de la Seda de pronto le pareció más grande y vacía de lo que era. Deseó que al menos Nathalie estuviera allí con ella, pero ese fin de semana estaba en un retiro de yoga para embarazadas en Padua. Por unos segundos, Angela sopesó la posibilidad de ir a ver a Tess para desahogarse llorando a moco tendido, pero luego recordó que esta se había marchado a Roma para reunirse con su amiga Donatella Colonari.

Con un suspiro, Angela entró en el dormitorio, deshizo la maleta y, después de titubear un poco, se puso el pijama a pesar de lo temprano que era.

Estaba tan abatida que se zampó los restos del día anterior fríos, tal como salieron del frigorífico. Emilia y Fania se echarían las manos a la cabeza de ver lo que estaba haciendo, pero en esos momentos le traía sin cuidado.

Se sirvió una grappa, una de las buenas, de las que le había regalado su padre. Tomó un sorbo y se sentó en el sofá que le permitía contemplar las pinturas de la pared, solo para no sentarse en el que había ocupado Costanza. Echó la cabeza hacia atrás y cerró los ojos un instante.

Al cabo de un rato se le ocurrió encender el móvil, aún temiendo descubrir un mensaje desagradable de Vittorio, incluso para informarla de que su relación había terminado. En lugar de eso, descubrió unas fotografías divertidas del curso de yoga de Nathalie, y también que alguien había intentado llamarla en dos ocasiones. Era un número desconocido, por lo que dudó unos instantes si tenía que devolver la llamada. Seguía titubeando cuando el móvil empezó a vibrar.

—Soy yo —oyó decir a una voz masculina que le resultó conocida—. Nicola Coppola. El tejedor de Nápoles.

—*Buongiorno*, Nicola —saludó Angela sorprendida—. ¿Cómo está?

El napolitano obvió la pregunta de cortesía.

—Quería preguntarle si lo dijo en serio. Me refiero a cuando me propuso lo de pagarme el viaje si iba a visitarla para ver la tejeduría —expuso claramente avergonzado.

—Sí, claro que lo dije en serio —se apresuró a responder Angela—. ¿Cuándo le gustaría venir? Le compraré un vuelo para cuando me diga.

—¿Qué le parecería... mañana?

Angela oyó un ruido de voces de fondo. Copas brindando, risas.

—¿Está usted en la *pesqueria* de su primo? —preguntó antes de poder reprimir la curiosidad.

—Sí, ¿por qué? —repuso Nicola aparentemente desconcertado.

—Ah, por nada —contestó Angela. Algo se relajó en ella. Cuando pensaba en aquella tarde junto al mar, tenía la sensación de poder respirar con más facilidad. Incluso sin estar allí presente, podía imaginarse a la perfección lo diferente que habría sido comer con Vittorio, Tiziana y Costanza a la velada que había pasado en la bahía de Nápoles.

No, no había cometido ningún error. Simplemente no quería tener nada que ver con Costanza y su entorno.

—Es que no he podido evitar pensar en los fantásticos platos que comimos allí. ¿Sabe una cosa? Ahora mismo buscaré en internet, a ver si consigo un vuelo para usted para mañana mismo. Ya le avisaré. Hasta pronto, Nicola.

Un cielo azul radiante se extendía por encima de Venecia cuando Angela acudió al día siguiente al aeropuerto Marco Polo para recoger a su invitado napolitano. Para su gran sorpresa, había dormido muy bien y se había despertado más renovada y descansada que en mucho tiempo. Cuando ya estaba esperando en la zona de llegadas a Nicola, cuyo vuelo se había retrasado un poco, cayó en la cuenta de que Vittorio todavía no le había dicho nada de nada y de que no tenía la menor idea de cómo habían quedado las cosas entre ellos dos.

Sin embargo, antes de tener tiempo de preocuparse siquiera, Nicola Coppola cruzó la barrera. A su lado reconoció a alguien más y el corazón le dio un brinco de alegría: era Ruggero Esposito.

—¡Vaya, a esto lo llamo yo una verdadera sorpresa! —exclamó mientras salía al encuentro de los dos.

—Nicola me ha pedido si podía llevarlo al aeropuerto —explicó el interiorista riendo—. Y luego me he enterado de que precisamente venía a visitarte a ti.

—O sea, que ha decidido no apartarse de mi lado —relató Nicola con un dramatismo impostado—. Simplemente se ha comprado un billete y...

—*Eccoci qua* —intervino Ruggero—. Aquí estamos. Por favor, explícale que me invitaste. Creo que me ha tomado por un acosador.

Los tres se rieron de corazón.

—¡No tenía ni idea de que os conocíais!

—¡Por supuesto que nos conocemos! —repuso Ruggero empujando a Nicola de lado con aire juguetón—. Conozco a todos los tejedores de nuestra región. Por desgracia, Nicola es el único que ha quedado. Y, por lo que parece, él también quiere largarse de Nápoles.

—Eso no está decidido ni mucho menos —replicó el joven. Entretanto, ya habían salido del aeropuerto y Nicola miró a su alrededor con curiosidad—. O sea, que esto es Venecia.

—No exactamente —aclaró Angela—. Para llegar a Venecia es necesario subir a un barco y navegar durante media hora.

—Yo pasé unos años estudiando aquí —contó Ruggero—. Pero la verdad es que cuando terminé no veía el momento de regresar a Nápoles. La gente de Venecia no es para mí. Por algún motivo se creen mejores que nadie.

Ruggero dejó que Nicola se sentara en el asiento del acompañante. Durante el trayecto, el tejedor parecía nervioso y retraído. No paraba de mirar a su alrededor, y no pareció que le gustaran precisamente los polígonos industriales que vio. Angela no se lo podía reprochar. En cuanto el paisaje prealpino apareció por el horizonte del norte, a Nicola se le iluminó el rostro. Y cuando se divisó el panorama que se escondía tras Montebelluna, más montañoso y variado, su estado de ánimo mejoró visiblemente.

—¿Ve la ciudad que hay ahí arriba, en esa montaña cónica? —preguntó Angela señalando hacia delante—. Pues eso es Asenza.

Incluso Ruggero guardó silencio, impresionado, mientras Angela tomaba con precaución las curvas cerradas con el coche para acceder a la *città vecchia* por la puerta sur. Les pidió que bajaran del coche antes de meterlo en el estrecho garaje. Nicola miró a su alrededor con los ojos como platos y Angela notó la tensión del napolitano.

—Es aquí —anunció ella abriendo la puerta y guiando a sus invitados hasta el patio.

Mimi estaba sentada sobre el banco que quedaba bajo la morera, ocupada lamiéndose el pelaje plateado. Atenta, levantó la cabeza con los ojos verdes muy abiertos. Se estiró, saltó del banco y salió al encuentro de los desconocidos. Olfateó los zapatos de Ruggero, luego se volvió hacia Nicola, lo miró y soltó un sonoro maullido. Ronroneando, se frotó contra sus piernas al pasar. Angela sonrió. Mimi era como un sismógrafo. A Costanza la rehuía, pero cuando Nicola se agachó se dejó acariciar encantada.

—De momento, dejad el equipaje aquí —propuso ella señalando hacia el banco—. Luego os llevaré al hotel, ¿de acuerdo?

Nicola asintió y dejó su bolsa junto a la de Ruggero, bajo el banco.

—Qué bonito es esto —exclamó este con las manos en los bolsillos de los vaqueros mientras daba una vuelta con la cabeza levantada.

—Estamos en el patio de la Villa de la Seda —les dijo Angela observando contenta la fascinación del interiorista. Nicola también miró a su alrededor—. En la primera planta de estas dos alas se encuentra la tejeduría. En las otras dos es donde vivo yo. Y aquí, en la planta baja, es donde tenemos la tintorería.

—¿Qué tintorería? —preguntó Nicola sorprendido.

—Aquí también coloreamos la seda que tejemos —le explicó Angela—. Pero supongo que lo que más os interesa ver es la tejeduría, ¿verdad?

Nicola asintió.

«Qué bien que sea domingo, así podrán verlo todo con calma y sin las miradas curiosas de las tejedoras», pensó Angela mientras guiaba a los visitantes por la escalera. Aliviada, constató que Ruggero tuvo la discreción de quedarse en segundo plano. Era el momento de Nicola. Angela tan solo esperaba que le gustara el lugar.

Los telares estaban como solían dejarlos siempre que tenían que pasar varias horas parados: cubiertos con grandes telas para evitar que el polvo estropeara la seda o la maquinaria. Angela los descubrió y se quedó mirando a Nicola, quien, al ver aquellos viejos aparatos, pareció olvidarse de todo lo demás a su alrededor. Con los ojos brillantes, se dedicó a examinar las telas que estaban tejiendo. Poco a poco fue pasando de un telar a otro. Parecía como si acabara de regresar a su hogar.

—En la sala contigua tenemos otro —anunció Angela mientras abría la puerta de doble hoja—. Es mayor que los otros. Con este se pueden tejer telas de casi tres metros de ancho. Desde hace tiempo lo llaman el *omaccio grande*.

—Nosotros teníamos uno igual —comentó Nicola acercándose más—. Tiene que ser un buen tejedor quien trabaja con él —añadió mientras examinaba la bobina que recogía la tela ya tejida—. Pero ya veo que todos los que trabajan aquí conocen bien el oficio —prosiguió enderezando la espalda de nuevo.

—Aquí todavía quedaría espacio para otro telar —dijo Angela con cautela—. La altura de la sala lo permitiría, ¿verdad?

Se mordió la lengua al ver que Nicola se cerraba en banda. De hecho, desvió la mirada y salió de la habitación. Angela lo siguió. En la puerta de doble hoja se detuvo al ver que Nicola se había parado entre los telares. Ruggero se había apartado hacia una ventana y se había quedado allí quieto. El joven no pareció percatarse siquiera de su presencia. «Necesita tiempo —pensó Angela—. Unos minutos para sí mismo.» Lo comprendía perfectamente, por lo que decidió regresar a la sala del *omaccio*.

Se sentó en el banco del «machote» y pensó en cómo casi un año antes había tejido ella sola veinte metros de una peculiar tela de un azul especialmente refinado que a Orsolina le había costado mucho tiempo y paciencia conseguir. Esa tela azul tenía que ser para Vittorio, para tapizar los muebles de Villa Castro, como prueba previa a futuras colaboraciones. Pensó en lo enamorada que había estado mientras lo tejía, y en lo agotador que había resultado accionar ese telar tan enorme. Pero las demás tejedoras se habían negado a trabajar con el *omaccio*, convencidas de que pesaba una maldición sobre el telar, que todo aquel que trabajaba con él acababa muriendo de forma misteriosa. La verdad es que pareció que ella también había caído víctima de aquella maldición, puesto que Vittorio se había apartado de ella súbitamente, le había devuelto la tela azul sin darle explicaciones y la había rehuido cuando ella había intentado ponerse en contacto con él. Luego Angela había enfermado tan gravemente que había pasado seis semanas debatiéndose entre la vida y la muerte.

Sin embargo, acabó recuperando la salud. Meses después se aclaró el malentendido, y Vittorio y ella volvieron a ser pareja. De hecho, su amor se había vuelto todavía más profundo a partir de ese momento.

Y entonces Angela fue consciente de que tenía que luchar, de que Costanza no podía salirse con la suya tan fácilmente. Sí, hablaría con Vittorio. Ese mismo día...

—Creo que sí cabría —aseguró Nicola Coppola. Angela se dio la vuelta cuando se dio cuenta de que se había olvidado por completo del joven tejedor—. La tejeduría me gusta. Ha conseguido un lugar verdaderamente especial —constató mirando a su alrededor antes de señalar hacia el *omaccio*—. Aunque los telares son simples, la verdad es que la mecánica es de calidad. Entiendo que quiera añadir el mío a los que ya tiene, pero no se lo venderé. Es que no puedo.

—No tiene por qué hacerlo —contestó Angela aliviada—. El telar puede seguir siendo de su propiedad. Y si en algún momento deja de sentirse bien con nosotros... —prosiguió mostrándole las palmas de las manos— será libre de volver a marcharse —prometió poniéndose en pie. No, el *omaccio* no traía mala suerte. Cada persona era responsable de la buena o mala suerte que pudiera tener—. Mañana conocerá a mi plantilla —añadió Angela—. Estoy segura de que se entenderán bien.

—Veremos —dijo Nicola—. Todo dependerá de eso. Si no les caigo bien, no tendría sentido venir hasta aquí.

Angela asintió. Sin embargo, no podía imaginar que las demás pudieran tener algo en contra de Nicola. Aunque si ese fuera el caso, tenía toda la razón. Por mucho que echaran en falta a Lidia, desde que la pelirroja se había marchado el ambiente en la tejeduría era más relajado, y no querría estropearlo por nada del mundo.

—Tal vez será mejor que os acompañe hasta el hotel para que podáis dejar vuestras cosas. Y luego os invito a comer.

Salieron de la tejeduría y bajaron al patio de nuevo.

—He reservado una habitación en el hotel que hay a la vuelta de la esquina para Nicola —le explicó a Ruggero—. Seguro que también tendrán alguna libre para ti.

Abrió la puerta y la luz del mediodía lo inundó todo.

—Y si no tienen ninguna, simplemente puedo acampar en este patio de ensueño —decidió el napolitano, que estaba de muy buen humor. Aun así, nada más soltar el comentario, se le heló el rostro de repente.

Entonces fue cuando Angela se percató de que había alguien sentado en el banco que quedaba bajo la morera. Era Vittorio, y estaba mirando a Ruggero con una expresión lúgubre.

—El principito —exclamó Ruggero—. Vaya, pero ¿qué haces tú aquí?

Vittorio se sobresaltó y se levantó. Parecía dispuesto a pegarle un puñetazo en la barbilla al interiorista.

—Eso mismo podría preguntarte yo a ti, Esposito —gruñó Vittorio lanzándole una mirada de reproche a Angela.

—¡Eh, pero si incluso te acuerdas de mi apellido!

—No es difícil —replicó Vittorio—. Medio Nápoles se llama igual que tú.

Ruggero soltó una risita cargada de desprecio.

—Cierto —convino—. No todo el mundo disfruta de un apellido tan exclusivo como el tuyo, principito.

Hasta el momento, Angela había seguido el intercambio de palabras en silencio. Pero en ese instante le pareció que ya iba siendo hora de intervenir.

—¿Os conocéis?

—Estudiamos juntos —contestó Ruggero. Había hundido las manos en los bolsillos de sus vaqueros y tenía los labios apretados—. ¿Como está Sofia? Hace mucho tiempo que no sé nada de ella.

Vittorio tragó saliva y Angela se sobresaltó.

¿De qué conocía Ruggero a la difunta esposa de Vittorio?

—Murió —respondió Vittorio—. Hace dos años. En un accidente de coche.

Un silencio extraño siguió a esas palabras. Fue como si Ruggero en verdad acabara de encajar un puñetazo en el estómago. Vittorio mantuvo los ojos cerrados como si estuviera debatiendo consigo mismo. Angela observó con preocupación a Nicola, que actuaba como si no hubiera en el mundo nada más interesante que la fachada de la Villa de la Seda.

—Parad ya —les ordenó Angela a Vittorio y Ruggero—. No tengo ni idea de lo que vosotros dos...

—No pasa nada, Angela —le dijo Ruggero con suavidad—. Es solo que este hombre me quitó a mi gran amor hace años.

—Fue decisión suya —objetó Vittorio.

—Sí —lo interrumpió Ruggero, pálido de repente—. Por supuesto que sí —aseveró desviando la mirada con un titubeo—. Qué situación más incómoda —comentó lanzándole una mirada interrogante a Angela—. ¿Trabajáis juntos?

—Sí, eso también —contestó ella—. Pero por encima de todo, Vittorio es mi pareja.

Ruggero abrió los ojos de repente, se golpeó la frente con la mano y esbozó una sonrisa torturada.

—¡Claro, cómo no! —exclamó—. Por supuesto. ¡Mira que llego a ser idiota! —gritó—. Bueno, entonces... —añadió, aunque tuvo que tragar saliva— no quiero molestar más —concluyó mientras recogía su bolsa—. ¿Cómo has dicho que se llega al hotel?

—Os acompaño, por descontado —se apresuró a decir Angela antes de lanzarle una mirada de absoluto desconcierto a Vittorio—. Disculpa. No sabía que vendrías. Vuelvo dentro de dos horas, ¿estarás aquí? —Él se la quedó mirando con una expresión extraña. Al final hizo un gesto indeterminado con la cabeza y los hombros que podría haber significado cualquier cosa y dejaba la respuesta en el aire—. Por favor, quédate —le pidió ella en voz baja.

Y acto seguido deseó haberse mordido la lengua. Qué situación tan embrollada.

—Colaboro con Ruggero Esposito en una reforma, en Nápoles —le explicó ella. La comida se había prolongado, aunque el siempre tan locuaz Ruggero no había dicho ni una palabra. Luego los dos napolitanos se habían instalado en sus habitaciones a la espera de que Angela pasara a buscarlos más tarde para dar una vuelta por la ciudad antigua. No podía simplemente dejarlos solos, le interesaba tanto la colaboración con el interiorista como la posibilidad de convencer al tejedor para que se mudara a Asenza—. Ahí tiene su estudio, como seguramente sabes. Y Nicola Coppola es tejedor. Si todo va bien, podría reclutarlo para la Villa de la Seda. Espero que comprendas lo mucho que significa esto para mí.

Para su gran alivio, había encontrado a Vittorio en la sala de la morera, sentado en el mismo lugar que había ocupado su madre poco tiempo antes, mirando al vacío. Agotada, se dejó caer a su lado.

—Bueno, sí. Seguramente bastante —respondió Vittorio cansado—. ¡Y ahora también sé por qué ayer tenías tanta prisa! Podrías habérmelo contado tranquilamente, en lugar de fingir que mi madre era la culpable de todo.

Angela aspiró aire bruscamente entre los dientes.

—Nicola me llamó cuando regresé de Venecia para preguntarme si mi oferta iba en serio —objetó ella herida por el comentario—. Ha sido una visita bastante espontánea. Y el hecho de que se haya presentado con Ruggero...

—¡Está colado por ti!

Angela se quedó sin aliento por unos instantes.

—¿Estás loco?

—¡Fíjate en cómo te mira! —exclamó Vittorio en tono de queja—. Además, incluso veo que os tuteáis. Que trabajes justo para Ruggero Esposito... ¡Justo para él! ¿No sabes que es mi principal competencia? Estuvo a punto de quitarme el encargo de los rusos.

—No, no lo sabía —admitió Angela incomodada—. ¿Sois competencia? Lo siento, pero no puedo tenerlo en cuenta. Después de todo, debo velar por la supervivencia de la Villa de la Seda. Tus contactos me han ido dejando en la estacada —explicó en un tono más enardecido de lo que se había propuesto. Y todavía no había terminado—. Tú no tienes en cuenta que Ranelli sea mi enemigo mortal y que se haya propuesto acabar conmigo. Sigues colaborando con él como si nada. ¿Y sabes una cosa? Incluso me parece bien. Debemos separar nuestra vida privada de los negocios. De lo contrario, las pasaremos canutas.

—Y ¿por eso flirteas con ese napolitano?

—¡Yo no flirteo! —replicó Angela absolutamente furiosa—. En cualquier caso, no como tú flirteas con Tiziana.

—¡Tiziana! ¡Tiziana! —reaccionó Vittorio—. La culpa siempre es de Tiziana o de mi madre —dijo caminando arriba y abajo por la sala con grandes pasos—. Con lo que lamentaron que no vinieras ayer a cenar... Por cierto, mi madre te manda recuerdos...

—*Mille grazie* —soltó Angela en un tono cortante, aunque se mordió la lengua enseguida—. Ya basta, Vittorio, llamemos a las cosas por su nombre de una vez. A tu madre no le parece bien que estemos juntos...

—¡Angela, por favor! —repuso Vittorio. Se quedó quieto de repente, titubeó un poco y luego se sentó de nuevo frente a ella y le cogió la mano—. Sofia tampoco lo tuvo fácil con ella. Mi madre es una mujer difícil, ya lo sé. Desde la muerte prematura de mi padre se ha volcado totalmente en mí y cree que ninguna mujer me merece. Pero eso no tiene nada que ver contigo, no es personal. Al contrario. Le caes bien de verdad. Me lo ha asegurado.

Angela cogió aire, pero en lugar de decir nada, se lo quedó mirando fijamente a los ojos. ¿Cómo podía estar tan ciego? Jamás lo comprendería. Y probablemente ella tendría que vivir con ello, igual que su difunta esposa. Aunque Angela no estaba nada segura de si podría soportarlo.

—Pero, bueno... —suspiró Vittorio con resignación—. Si no te cae bien mi madre, a partir de ahora no pienso molestarte más con eso. Solo te pediré una cosa. Y estaría bien que estuvieras dispuesta a complacerme.

—¿De qué se trata? —preguntó Angela medio aliviada y medio preocupada.

—El mes que viene mi madre cumplirá setenta y cinco años. Significaría mucho para mí que me acompañases a su fiesta de cumpleaños. Lo celebraremos en Villa Castro y esperamos a un montón de invitados. Es muy muy importante para mí —recalcó Vittorio.

Angela soltó un suspiro.

—De acuerdo.

—¿Me lo prometes? —insistió Vittorio—. ¿Que nada se interpondrá en eso? ¿Ni nuestra vida privada ni los negocios? ¿Ni tus cambios de humor?

Por un instante, Angela estuvo a punto de protestar. Le pareció increíblemente injusto que la acusara de tener cambios de humor. No obstante, se contuvo.

—Sí, te lo prometo.

Una sonrisa apareció en el rostro de Vittorio y Angela respiró aliviada. Cuando él le posó la mano sobre la mejilla, ella apoyó la cabeza un instante y disfrutó de aquella calidez que tan bien conocía y de la sensación de protección que siempre le proporcionaba. Luego se incorporó un poco.

—Tengo que atender a mis invitados —dijo con suavidad mientras se ponía en pie—. Espero que no me hayas espantado a Esposito. Si no consigo este proyecto, veo un panorama muy negro para la tejeduría.

Sin embargo, cuando Angela llegó al hotel Duse, solo encontró a Nicola sentado en la barra, charlando animadamente con Fausto. Por lo que le dijeron, a Ruggero Esposito le habían surgido asuntos de negocios urgentes en Nápoles y había tenido que regresar a toda prisa. Había mandado llamar un taxi hacía un cuarto de hora para que lo llevara al aeropuerto.

17
PENDIENTE DE UN HILO

—Me gustaría presentarles a Nicola Coppola —dijo Angela. La mañana se había despertado lluviosa, pero para entonces el calor se había vuelto sofocante. En el guardarropa de la tejeduría las chaquetas de las tejedoras desprendían la humedad acumulada en forma de vapor—. Vendrá a trabajar con nosotros y traerá su propio telar.

Todos los ojos estaban posados sobre el forastero.

—¿Es tejedor? —preguntó Stefano sorprendido.

—Sí —respondió Angela—. Y muy bueno, además. Lo descubrí por casualidad en Nápoles.

—*Madonna* —siseó Nola en voz baja, aunque todos la oyeron—. ¡Un napolitano!

—*Mamma!* —la reprendió Fioretta. Angela se dio cuenta de que la joven prácticamente se comía a Nicola con esos ojos de color ámbar que tenía.

—Descubrí sus pañuelos en un escaparate —prosiguió Angela fingiendo no haber oído nada—, y enseguida me di cuenta de que estaban tejidos por unas manos maestras. Aquí los tenéis, juzgadlos vosotros mismos.

Dicho esto, abrió el envoltorio de papel de seda con el que le habían envuelto los pañuelos tejidos por Nicola. Stefano tomó una de las piezas, la examinó con detenimiento y luego soltó un silbido de reconocimiento entre dientes. Maddalena también se mostró encantada con la calidad de los pañuelos, mientras que Anna no podía apartar la mirada del tejedor. Las mejillas se le habían sonrojado ligeramente.

—Están tejidos con un telar de jacquard —apuntó Nola, tras lo que miró a Nicola con otros ojos.

—*Certo* —afirmó él mirando los rostros del personal alternativamente—. Soy la cuarta generación que trabaja con un telar de este tipo. Y que venga a trabajar aquí todavía no está decidido —dijo en dirección a Nola—. Todo dependerá de si me siento bien aquí.

—Eso esperamos, ¿verdad? —planteó Angela esperanzada.

—¡Sí! —exclamaron Fioretta y Anna al unísono.

Nicola le dedicó a Anna una sonrisa que terminó de sonrojarle las mejillas del todo, pero de inmediato le sonó el móvil y Angela suspiró por dentro. Tan solo esperaba que esa mujer que la llamaba con tanta insistencia no lo convenciera de lo contrario. La noche anterior había interrumpido su conversación en cinco ocasiones.

—Ahora no puedo —respondió Nicola con cariño—. Te llamo luego, *cara. Va bene?*

Nola y Orsolina intercambiaron una mirada de lo más elocuente.

—¿Dónde pondríamos el telar nuevo? —inquirió Stefano.

—En la sala del *omaccio* hay espacio suficiente.

Angela esperaba que Stefano no pusiera pegas y, en efecto, el tejedor asintió y le dedicó una mirada afable al joven.

—¿Tenemos de verdad suficientes encargos para un telar de tarjetas perforadas? —preguntó Nola mirando a Angela con preocupación. Tal vez porque era la mayor de todas, desde que Lidia ya no trabajaba con ellas había asumido el papel de escéptica dentro del grupo.

—Por supuesto, también podría tejer con uno de los vuestros —explicó Nicola señalando el asiento vacío en el telar de Lidia—. Si fuera necesario.

—Las turistas siempre preguntan por pañuelos con motivos decorativos —intervino Fioretta con diligencia—. ¿Qué anchura puedes tejer con tu telar?

—Hasta dos metros —contestó Nicola mirando a Fioretta directamente a los ojos de tal modo que a ella también se le pusieron las mejillas coloradas.

—Todos nos llevamos una decepción cuando no pudimos comprar el telar de Vidor —afirmó Angela—. El telar de Nicola sería una gran incorporación a la tejeduría. Y, además, con un tejedor que lleva años trabajando con él. Ha sido una verdadera suerte encontrarlo.

—Y ¿nos enseñaría a utilizar ese telar? —preguntó Maddalena limpiándose las gafas con esmero. Por primera vez, Angela pudo ver lo bonita que estaba sin esos cristales tan gruesos frente a la cara.

—*Senz'altro* —convino Nicola—. Podríamos intercambiar conocimientos, sin problemas. Ya lo he hecho en otras ocasiones.

—Y ¿por qué quiere usted dejar su ciudad natal? —quiso saber Orsolina.

—Todos los demás se han marchado y me resulta imposible subsistir solo. Créanme, no me resulta sencillo dar este paso —admitió Nicola, tras lo cual exhaló una bocanada de aire y miró por la ventana. La lluvia golpeaba los cristales con fuerza—. Me encanta Nápoles —confesó mirando a todos los presentes—. Y si alguien tiene algo en contra de mi origen, estaría bien que lo dijera abiertamente ahora mismo. Porque, entonces, tal vez sea mejor que ni me plantee quedarme.

—No —se apresuró a responder Anna—. Eso no nos importa lo más mínimo, ¿verdad?

—Toda persona que sepa trabajar y sea honrada será bienvenida aquí —aseguró Nola—. ¿Por qué se marcharon los demás?

—Los reclutó Ranelli —contestó Angela—. Los parientes de Nicola le vendieron los telares. Y algunos se mudaron a Venecia.

El silencio se impuso en la sala. Maddalena parecía asustada, mientras que Stefano apretó el puño sano y negó con la cabeza. Anna seguía claramente fascinada por Nicola.

—Y ¿tú fuiste el único que dijo que no? ¿A pesar de que los demás...?

—Sí —asintió Nicola sin dejarla terminar—. Ni siquiera me lo planteé —añadió; luego respiró un par de veces con vehemencia antes de proseguir—: Sin embargo, solo me sirvió para darme cuenta de que no conseguiré subsistir solo. Por eso estoy aquí.

—Nosotras también dijimos que no —le contó Anna, con lo que se ganó una mirada socarrona de Nola.

—A pesar de lo mucho que te emocionaste con la oferta al principio —no pudo evitar comentar la mayor de las tejedoras.

—Fuimos a verlo —intervino Orsolina, claramente

para evitar que empezaran a pelearse por eso—. Y todos estuvimos de acuerdo en quedarnos en la Villa de la Seda. La signora Angela es una buena *padrona*.

—Sí —confirmó Stefano—. Incluso nos ha abierto un fondo de pensiones para cada uno, y es algo que no suele hacer nadie por aquí. Se preocupa por nosotros. Yo, por ejemplo... no sé lo que habría sido de mí con esta mano —explicó levantando la diestra—. Fue un accidente laboral mientras trabajaba para el ayuntamiento, pero nadie se preocupó por mí. La signora Angela fue la única que creyó en mis posibilidades y me confió el *omaccio*.

—Y le ha encontrado una casa a mi madre —intervino Maddalena—. Porque ya no podía subir la escalera del piso...

—Nosotros también hemos perdido a una compañera por culpa de ese fabricante de seda —mencionó Anna—. Nos iría bien tener a otra persona tejiendo aquí.

—Así es —confirmó Angela—. Sobre todo alguien que pudiera aportar una técnica nueva.

—¿Realmente se pueden tejer diseños nuevos? Mi madre me ha explicado que Lela Sartori sabía cómo fabricar las tiras de papel con agujeros. ¿Usted también sabe hacerlo?

Nicola miró a Maddalena sorprendido.

—Tengo doce tarjetas perforadas distintas —informó entonces—. Nunca he necesitado una nueva. Pero, por supuesto, tiene que ser posible. Se lo preguntaré a mi bisabuelo.

A partir de ahí, la conversación se desarrolló con fluidez, sobre todo gracias a Maddalena, quien, a pesar de su timidez habitual, intervino con bastante soltura. «Le sienta bien vivir sola —pensó Angela—, sin tener a su madre diciéndole en todo momento lo que tiene que hacer y lo que no.»

Era evidente que Nicola se llevaría bien con los demás. Al final, solo quedaba por aclarar cuándo podría mudarse.

—La semana que viene, si le va bien —dijo él—. La pregunta es... ¿dónde viviría?

—De momento podrías mudarte a nuestra casa —propuso Nola, ante lo que Fioretta asintió con entusiasmo.

—¿Dónde? —quiso saber Anna—. ¡Si vuestra casa es muy pequeña!

—En la buhardilla —contestó Nola—. Está vacía desde que murió mi madre. Eso si Nicola está de acuerdo, claro, porque tendríamos que compartir el baño y la cocina.

—No necesito gran cosa —respondió Nicola aparentemente complacido con el hecho de que quisiera acogerlo una familia—. Si no es molestia... Al fin y al cabo, sería algo provisional.

—Pero ¡si tenéis la buhardilla llena de trastos! —objetó Anna. Era evidente que no le parecía nada bien que el nuevo compañero viviera realquilado en casa de Nola y Fioretta.

—Pues la vaciaremos —propuso Stefano—. Y si es necesario, podemos reformarla un poco. Ahora que ya tenemos algo de práctica no debería ser ningún problema.

Nicola estuvo conforme con todas las condiciones del contrato de trabajo. Realmente parecía aliviado cuando lo firmó. Era evidente que su situación económica debía de ser más crítica de lo que Angela había creído.

—Tengo que pasarle dinero a mi bisabuelo todos los meses —le confesó—. Con la jubilación que cobra no le alcanza ni mucho menos para sobrevivir.

—¿Y estará bien en Nápoles sin usted? —preguntó Angela.

Nicola asintió.

—Todavía tengo unas cuantas tías que se ocupan de él. Pero ninguna de ellas tiene dinero.

—Y ¿ya sabe que...?

—¡Naturalmente! —repuso Nicola lanzándole una mirada de asombro—. Jamás podría decidir algo semejante sin consultárselo.

—Seguramente estará triste por el hecho de que tenga usted que marcharse —dijo ella en voz baja.

—Mucha gracia no le hace, no —admitió Nicola—. Pero fue él quien me aconsejó que viniera.

Nola y Fioretta procedieron con verdadero celo a preparar la buhardilla para el nuevo compañero. Anna y Stefano las ayudaron, mientras que Orsolina se dedicó a hacer pruebas de color con Angela para la villa napolitana. Tras varios intentos, consiguieron cinco matices realmente buenos. Orsolina tiñó unos doscientos gramos de hilo de seda con cada color sin olvidarse de anotar con profusión de detalles el proceso de tintado, y Maddalena tejió con los hilos resultantes unos pañuelos de muestra.

Angela no había vuelto a saber nada de Ruggero Esposito desde que se había marchado precipitadamente de Asenza, así que estaba de lo más inquieta ante la posibilidad de que le cancelara el encargo. Después de todo, ni siquiera se había despedido de ella, de manera que no tenía ni idea de cuál sería su actitud tras el desafortunado encuentro con Vittorio. Los días fueron pasando, pero no llegaban noticias desde Nápoles. Mientras Maddalena trabajaba en la última muestra de color, Angela hizo de tripas corazón y se decidió a llamar al interiorista por teléfono.

—Me gustaría ir a Nápoles y enseñarte las pruebas que hemos hecho —propuso ella—. Mi tintorera ha vuelto a demostrar su magia. ¿Cuándo te iría bien? —preguntó Angela, y al ver que Ruggero titubeaba, el corazón empezó a latirle con fuerza—. Estaría bien poder comparar las muestras con los originales en la misma ubicación. Si no tienes tiempo para eso, tampoco es necesario que me acompañes...

—Claro que iré —le oyó decir a Ruggero, si bien su voz sonó tomada—. Y aprovecharé la ocasión para disculparme como es debido por mi impresentable conducta.

Angela se quitó un peso de encima. Fue entonces cuando se dio cuenta de que ya había dado el encargo por perdido.

—No será necesario —respondió ella aliviada—. Entonces ¿cuándo te iría bien?

Al día siguiente voló de nuevo hacia Nápoles. Igual que la primera vez, Ruggero la estaba esperando en el aeropuerto. Vestido con vaqueros y camisa blanca, con el cuello alzado y las gafas de sol prendidas en el cabello oscuro, tenía un aspecto informal y, a pesar de ello, su tensión era evidente.

—*Ascolta* —empezó a decir él cuando estuvieron ya sentados en el coche, sin prisa por arrancar—. Tengo que quitarme algo de encima —añadió, tras lo cual se pasó la mano izquierda por el pelo, al parecer olvidando que tenía las gafas allí prendidas, puesto que acabaron en el regazo de Angela—. *Madonna* —exclamó—. Mira que soy idiota.

—No pasa nada —intentó apaciguarlo Angela mientras le devolvía las gafas. Casi le pareció divertido lo nervioso que llegaba a estar Ruggero.

—Bueno, lo que quería decir... —dijo él intentando recuperar el hilo— es que lo siento. Me refiero a lo que sucedió en la Villa de la Seda. Nunca debería haberle faltado el respeto a Fontarini. Fue solo que... ¿Sabes? Me sorprendió mucho verlo allí. Vittorio y yo no nos veíamos desde hacía mucho tiempo. Y de repente me lo encuentro allí sentado, como si nada, en el banco de tu patio... —se justificó desviando la mirada.

—Los dos os llevasteis una buena sorpresa —comentó Angela.

Ella habría preferido no hablar más sobre el tema. Cada vez que recordaba la escena que había tenido lugar debajo de la morera se le ponía el vello de punta.

—Es que yo lo odiaba —confesó Ruggero—. Sofia y yo salíamos juntos, pero la perdí por culpa de Vittorio, de la noche a la mañana —agregó con los ojos clavados en el coche que estaba aparcado delante del suyo, aunque Angela estaba segura de que no debía de ser consciente siquiera de lo que tenía alrededor. Se volvió de nuevo hacia ella antes de continuar—. Y ella no fue feliz a su lado.

Angela se asustó al ver la tristeza en los ojos de Ruggero.

—No fue feliz en absoluto —prosiguió—. Su suegra le hizo la vida imposible. Esa *principessa* Fontarini... —empezó a decir mirándose con amargura las manos aferradas al volante—. Mantuvimos el contacto durante muchos años, ¿sabes? Sofia era una gran pintora, y siempre que surgía la ocasión les ofrecía sus cuadros a mis clientes. Vittorio no podía saberlo, me odiaba tanto como yo a él. En algún momento, ella dejó de llamarme. Y yo fui tan idiota de creer que era mejor así, que de ese modo me acabaría olvidando de ella de una vez por todas. La verdad es que llevaba tiempo sin pensar en ella. En ningún momento se me pasó por la cabeza la posibilidad de que le hubiera ocurrido algo —admitió pasándose la mano por la cara.

—Tuvo que ser muy impactante para ti —comentó Angela comprendiendo lo que debía de sentir. Sin embargo, Ruggero no dio muestras de haberla oído.

—Siempre le llamábamos «principito», solo para hacerle enfadar. Era bastante infantil, ya lo sé, pero es que realmente se cabreaba mucho —constató con una sonrisa melancólica, aunque enseguida recuperó la seriedad y miró a Angela con verdadera preocupación—. Lo que te quería decir es que te andes con mucho cuidado. Esa Costanza Fontarini no es solamente una mujer odiosa. Es conspiradora y dispone de una red de contactos importante que se extiende por toda Italia.

—Lo sé, Ruggero —respondió Angela en voz baja, si bien deseando que él dejara el tema y la llevara de una vez por todas al *palazzo* para poder seguir trabajando. Aquellas confesiones de Ruggero le resultaban embarazosas...

—Vino a verme —aseguró Ruggero interrumpiendo las cavilaciones de Angela.

—¿Quién? ¿Costanza? —preguntó ella con la sensación de haberse puesto pálida de golpe.

—Exacto, la madre de Vittorio. Habló con el cliente para el que te pedí que trabajaras. Le desaconsejó que te comprara las telas a ti y le sugirió que se las encargara a Ranelli o a uno de sus competidores de Florencia.

Angela tuvo la sensación de quedarse sin sangre en las venas. ¿Tan largos eran los tentáculos de Costanza? Unos puntos de luz blancos le empezaron a bailar de repente frente a los ojos. ¿O sea que la madre de Vittorio de verdad conseguiría arruinarla? Se le formó un nudo en el estómago.

—Por suerte, mi cliente confió en mí —prosiguió Ruggero—. No se deja intimidar tan fácilmente. Consiguió hacerle dudar, eso sí. Por tanto, si te parece bien, creo que podríamos enseñarle juntos las muestras, para que pueda comprobar por sí mismo la calidad de los productos que ofreces. Además —añadió lanzándole una mirada pícara—, a pesar de su avanzada edad, don Cosimo todavía es capaz de distinguir a una buena mujer de negocios de una conspiradora. Por eso te propongo que cenemos hoy con él, para que pueda conocerte un poco. Dependerá de ti que consigas el encargo o no.

Angela cerró los ojos un momento. Si perdía a ese cliente, todo habría sido en vano. Solo con las ventas de los maravillosos pañuelos que vendían en la tienda, a la larga no podría sobrevivir. Justo entonces, cuando había contratado a un nuevo tejedor, necesitaba urgentemente encargos importantes como ese. Tenía que convencer a don Cosimo como fuera.

—Vayamos al *palazzo* —sugirió ella intentando reprimir el temblor que amenazaba con quebrarle la voz—. Seguro que tu cliente quedará convencido de no estar cometiendo un error trabajando conmigo —afirmó con una determinación impostada—. Gracias, Ruggero —agregó cuando Esposito por fin arrancó el motor.

Durante la tarde, Angela consiguió concentrarse plenamente en el trabajo. El cliente no estaba cuando entraron en el *palazzo*. Las intrigas de Costanza se desvanecieron ante la alegría de ver las muestras de seda en el entorno para el que se habían concebido, y una vez más quedó claro lo fabulosa que era Orsolina como tintorera. Ruggero se mostró encantado con las muestras, aunque Angela fue mucho más crítica con el resultado. En su opinión, una muestra de tono petróleo todavía tenía que pulirse un poco. Le faltaba un matiz verdoso al azul, y sabía cómo podría conseguirlo Orsolina. En cambio, otro tono complicado que estaba entre el albaricoque y la terracota le pareció muy conseguido.

Mientras Angela rondaba por las suntuosas salas del *palazzo*, exponiendo las muestras a la luz y colocándolas sobre los muebles tapizados para ver cómo quedarían, se encontró con un anciano sentado en una silla, con las manos cruzadas sobre el puño del bastón, mirándola fijamente.

—Os presentaré: don Cosimo, el propietario del *palazzo* —dijo Ruggero.

—*Piacere* —respondió Angela sorprendida por ese encuentro tan inesperado.

Se fijó en la tez pálida del anciano, en la edad avanzada que revelaban sus arrugas. Sus ojos, no obstante, parecían juveniles y despiertos.

—El placer es mío —contestó el anciano esbozando una leve sonrisa—. No quisiera molestarla, *signora*. Siga trabajando tranquila —añadió señalando con un leve movimiento del bastón en dirección a un sillón de corte majestuoso con la tapicería de color verde jade raída y deshilachada por varios sitios. Angela ya había colocado la prueba sobre la tapicería original y le pidió a Ruggero que la ayudara a acercar el sillón a la ventana para poder verla mejor con luz natural. Por extraño que pudiera parecer, la presencia de don Cosimo no la desconcentró lo más mínimo. Más bien todo lo contrario, le pareció notar cierta benevolencia por su parte, y cuando ella le dejó las sedas de Asenza sobre el regazo para que pudiera examinar los colores y apreciar su preciosa textura, una sonrisa radiante apareció en el rostro del anciano.

—Esto me recuerda a mi infancia —dijo con aire melancólico—. Algunos vestidos de mi abuela tenían este mismo tacto —comentó, y de forma inconsciente se llevó la tela a la nariz y aspiró su aroma con deleite—. Huele como esos tiempos pasados que jamás volverán —afirmó con una mezcla de nostalgia y asombro.

—Es el aroma de la seda —le explicó Angela en voz baja—. No hay mucha gente capaz de apreciarlo, pero sí, la seda huele —agregó ella al ver la mirada sorprendida que le dedicó don Cosimo—. Está viva y huele, del mismo modo que puede ensancharse y encogerse según el clima de la estancia.

Angela levantó la cabeza para mirar a su alrededor. El techo estaba bordeado con estuco, entre ángeles y querubines que danzaban con guirnaldas de flores en las manos.

—Todavía no puedo saber cómo se comportará aquí. Sería mejor esperar una temporada completa para observar cómo el ambiente actúa sobre el tejido de seda. Por eso propongo medir primero las cortinas con algo de margen, para poder rematar el dobladillo cuando haya pasado un año, no vaya a ser que al final encojan —propuso Angela, y acto seguido procedió a sacar un aparato de tecnología láser de su bolsa para medir la estancia y comparar los números obtenidos con los que había anotado durante la primera visita—. Además, suministraremos más tejido del que sea necesario —prosiguió como si reflexionara en voz alta—. Por si fuera necesario reparar algo durante los próximos años. De lo contrario, resultaría imposible volver a reproducir el mismo tono con exactitud. Lo que no procede de un mismo proceso de tintado siempre presenta una cierta desviación de color. Eso no significa que trabajemos de forma imprecisa —puntualizó con una sonrisa—, pero tanto la seda como los colores naturales tienen vida propia.

—¿Puedo quedarme esto? —preguntó don Cosimo levantando la muestra de color verde jade que había tenido todo ese rato sobre el regazo.

Angela respiró aliviada y olvidó todas las preocupaciones que la habían estado acuciando. Don Casimo no le encargaría las telas a Ranelli, porque había sabido percibir aquel aroma tan especial que desprendía la seda tejida a mano y no se contentaría con menos que eso.

—Por supuesto —respondió Angela mirando con alegría el brillo que se había apoderado de los ojos del anciano.

18
EL REGALO

—¡Mirad quién está aquí!

—*Accidenti!* ¡Suerte que ya hemos terminado de poner el suelo nuevo en la buhardilla!

—¿Por qué no has llamado para avisar?

Angela estaba hablando con Orsolina acerca de la modificación de la receta para la tela de tono petróleo cuando oyó las voces de entusiasmo procedentes del patio.

—¿Qué está ocurriendo aquí? —quiso saber la tintorera abriendo la puerta. Bajo la morera estaba Nicola, rodeado de las tejedoras—. Vaya, el napolitano —exclamó Orsolina—. ¡No sabía que llegabas hoy!

—¿Alguien puede ayudarme a descargar? —preguntó Nicola—. El camión está bloqueando la calle.

La primera en salir por la puerta del patio fue Anna, y tras ella fueron todos los demás.

—Bienvenido —lo saludó Angela, y en silencio pensó lo mismo que había expresado Nola: ¿por qué no había avisado de su llegada?—. ¿Qué hay en el camión? ¿El telar?

—*Sì, certo* —respondió el joven—. Mi tío me ha traído en su camión, así solo he tenido que desmontarlo parcialmente. Pesa bastante. Necesitaremos unos cuantos hombres fuertes.

—*Non c'è problema* —aseguró Stefano, que también había bajado de la tejeduría y enseguida sacó su *telefonino*—. Llegas en el momento justo, ya tienes lista la buhardilla.

En un abrir y cerrar de ojos reunió a sus antiguos colegas del ayuntamiento, que no dudaron en dejar su trabajo para ayudar a su excompañero. Con la participación de todo el vecindario, transportaron cada pieza del telar a la sala, apartaron un poco el *omaccio* y dejaron sitio para *il francese*, que es como bautizaron al telar de jacquard. Incluso un par de clientas de la peluquería de Edda no tuvieron inconveniente en salir, con las tiras de papel de aluminio en el pelo, para no perderse detalle. La noticia de que había llegado un telar nuevo a Asenza corrió como la pólvora, y en menos de media hora, cuando la adquisición ya se encontraba en la tejeduría y todavía olía al pescado que solía transportar el tío de Nicola en el camión, apareció Giuggio para comprobar con sus propios ojos los rumores que circulaban por toda la población.

—*A bèmpo!* —exclamó en veneciano con una amplia sonrisa—. ¿De dónde ha salido este telar tan fabuloso?

El anciano y Nicola congeniaron de inmediato a pesar de comunicarse principalmente con gestos, puesto que sus dialectos eran tan distintos que no tuvieron otra opción. Los dos juntos se dedicaron a volver a montar el telar mientras Stefano se encargaba de convencer a las tejedoras para que regresaran al trabajo.

—¿Dónde se ha metido tu tío? —dijo Angela preocupada al ver que el camión ya no estaba bloqueando la calle—. ¿No le apetecía descansar un poco y pasar la noche aquí?

—No, no —contestó Nicola con gesto ausente mientras seguía montando los componentes del telar con Giuggio—.

Quería ir a ver a sus hijos. Están en Venecia, trabajando para Ranelli.

Su móvil sonó una vez más. Nicola soltó un suspiro antes de responder y Angela oyó la voz agitada que siempre le llamaba antes de que pudiera retirarse a hablar en la escalera.

—*La famiglia?* —preguntó Giuggio de buen humor cuando Nicola regresó con él. Entretanto ya había instalado el receptor rodante del tejido.

Nicola soltó otro suspiro, esta vez más teatral, y asintió.

—Ya te echan de menos —comentó Stefano con una sonrisa.

—*Ma va'!* —exclamó Nicola—. Tiene que aprender a apañárselas sola de una vez.

A la mañana siguiente, cuando Fioretta subió el correo como todos los días, un gran sobre de papel de tina de color crema destacaba entre el montón de cartas. Angela lo sacó de la pila y lo primero que le llamó la atención fue el blasón en forma de góndola dorada con una estilizada corona encima. Era el escudo de armas de la familia Fontarini. En la parte posterior encontró el remitente escrito con una caligrafía grandilocuente: «Principessa Costanza Maria Grazia Antonella Fontarini».

Angela respiró hondo y abrió el sobre con la ayuda del abrecartas. Contenía la tarjeta de invitación a la fiesta de su septuagésimo quinto cumpleaños. Debajo, la madre de Vittorio había añadido algo a mano: «¡Me alegraría mucho poder verla entre mis invitados!». Finalmente, el tercio inferior de la tarjeta estaba ocupado por un garabato indescifrable, la firma de Costanza.

Angela bajó la tarjeta con aire pensativo. ¿La madre de Vittorio se había dado cuenta al fin de que la campaña que había emprendido contra ella era en vano? Angela no se atrevía a creerlo. Fuera lo que fuese lo que había motivado a Costanza a enviarle esa invitación personal, le pareció que lo más sensato sería no bajar la guardia. Por suerte, Vittorio había cumplido su palabra y desde ese día fatal en el que se había negado a cenar con Costanza y Tiziana no había propuesto ningún encuentro más. Sin embargo, ella no podía evitar la impresión de que él seguía resentido por el tema. Parecía casi deprimido, por mucho que le asegurara que todo iba bien.

Desde el patio le llegó la inconfundible voz ronca de Carmela. Desde que la anciana vivía en la casita de los viñedos pasaba a visitar la Villa de la Seda a menudo.

—¿Por qué nadie me ha contado lo del telar nuevo? —se quejó, ante lo que Angela no pudo sino sonreír—. ¡No me parece serio que tenga que enterarme por terceras personas! ¡Stefano! —gritó y, al ver que nadie le respondía, alzó todavía más la voz—: ¡¡¡Stefano!!! Baja enseguida y ayúdame a subir. Tengo que verlo con mis propios ojos.

Se oyó cómo el tejedor bajaba al patio y hablaba con Carmela para apaciguarla. Luego las voces de los dos se alejaron poco a poco en dirección a la tejeduría. Angela se quedó mirando una vez más el sobre con el blasón dorado. Faltaban tres semanas para la fiesta de cumpleaños. Necesitaba un regalo para Costanza, y se sobreentendía que tenía que ser algo realmente excepcional.

De repente se le ocurrió una idea.

—¿Realmente trabajó usted con un telar de estos? —preguntó Nicola con escepticismo mientras miraba la figura menuda y delgada que había dejado caer el bastón para apoyarse en las vigas del *francese*.

—¡Por supuesto! ¿Qué te has creído?

Las manos de Carmela se deslizaron primero hacia la cruceta torneada que permitía ajustar la tensión del receptor rodante del tejido, y luego hacia la carga.

—*Attenzione* —exclamó Nicola. Era evidente que no se fiaba lo más mínimo de aquella anciana extraña.

—No armes tanto jaleo —gruñó Carmela—. Yo ya trabajaba con un telar como este cuando a ti todavía no te habían quitado los pañales.

Nicola no supo cómo reaccionar, de manera que buscó la ayuda de Angela con la mirada mientras Carmela intentaba abrirse paso hasta el asiento del telar.

—La signora Ponzino trabajó muchos años en la Villa de la Seda como tejedora de jacquard.

—Como maestra tejedora —la corrigió la anciana justo cuando consiguió trepar hasta el asiento—. Y no solo años, sino décadas —añadió. El banco quedaba demasiado alto para ella, por lo que no logró alcanzar los pedales con los pies por mucho que balanceó las piernas.

—Debería dejarlo —le aconsejó Angela—. Piense en sus caderas —agregó, y ayudó con cariño a Carmela a bajar de nuevo del asiento del telar—. Además, tengo una pregunta muy importante para usted, signora Ponzino. ¿Podría ayudarnos a crear un nuevo diseño?

—¿Uno nuevo? —preguntó la anciana de inmediato emocionada por la idea, tal como reveló el brillo de sus ojos tras las gruesas gafas—. ¿Se refiere a unas tarjetas perforadas nuevas?

—Sí, exacto —respondió Angela sacando de su bolsa el sobre en el que le había llegado la invitación de Costanza y señalándole el escudo de armas—. ¿Podríamos tejer este dibujo?

—¿Eso es todo? —quiso saber Carmela.

—Sí, pero debería repetirse a menudo. Como un patrón infinito.

—¿Y qué tamaño debería tener el dibujo?

—Cinco centímetros por cinco centímetros. He pensado en tejerlo en un chal —explicó Angela.

Ya podía verlo: dorado sobre blanco natural. Por lo que sabía, les había quedado algo de hilo de ese color oro viejo que tanto le había costado encontrar a Orsolina. Angela sintió una íntima satisfacción al pensar que podría regalarle a la madre de Vittorio una estola tejida precisamente con el hilo de ese encargo que ella misma había conseguido que le anularan. Y de algo estaba segura: si conseguía que le tejieran ese chal, seguramente sería el regalo más impresionante y personal que recibiría la *principessa* por su cumpleaños.

—*Non c'è problema* —aseguró Carmela—. Necesitaré papel milimetrado y cartón rígido. La antigua perforadora de Lela tiene que estar dentro de alguna de las cajas del trastero de Maddalena. Y otra cosa: llámeme Carmela de una vez —le ordenó, tras lo que llamó a voz en grito a su hija, que acudió corriendo desde la sala contigua. A Angela le pareció ver que a Maddalena se le ponía el vello de punta solo de pensar en que tendría que buscar aquel utensilio entre los trastos de su madre. Sin embargo, Carmela ya no se preocupaba de ello, sino que estaba concentrada explicándole a Fioretta el tipo de cartón que necesitaba—. No puede ser ni muy grueso ni muy delgado —le explicó mientras se enderezaba las gafas—. Mira, tienen que ser justo como esos —añadió señalando hacia las tarjetas perforadas de Nicola.

—¿Qué le parece, Nicola? —le preguntó Angela a su nuevo empleado—. Sería el primer encargo con un motivo nuevo. ¿Cree que podrá hacerlo?

Nicola examinó el escudo de armas que decoraba el sobre y luego escudriñó a Carmela.

—Si conseguimos fabricar la tarjeta perforada correspondiente, no veo por qué no —contestó el joven—. Es un motivo bonito, quizá podríamos utilizarlo a menudo.

—No lo creo —se apresuró a contestar Angela—. Es el blasón de una familia muy selecta. Pero, si he comprendido bien a Carmela, podríamos crear cualquier motivo que nos pidan.

—Yo te enseñaré a hacerlo, joven —prometió Carmela con generosidad—. Las primeras tarjetas las haremos juntos. Como ves, soy vieja y estoy bastante hecha polvo. Es mejor que aprenda a hacerlo alguien más joven —concluyó, tras lo cual le guiñó un ojo a Nicola. Este respondió con una sonrisa y Angela comprendió aliviada que por fin se había roto el hielo entre ellos dos.

—Me recuerdas a mi tía abuela —le dijo Nicola a Carmela—. Ella también sabía hacerlo. Y también tenía la voz ronca, como tú. Por desgracia ya murió, la echo mucho de menos.

—*Sì, sì* —graznó Carmela impostando una expresión lúgubre—. ¡Tranquilo! Ya verás, a mí también me echarás de menos. Lloraréis cuando la vieja Carmela ya no esté, pero así es la vida. Cuando te llega la hora, no hay nada que hacer.

Mientras Nicola y Giuggio se ocupaban de poner a punto la parte mecánica, hacían un par de pruebas y ajustaban las tensiones en un par de puntos, Carmela siguió con lo suyo. Le explicó a Fioretta el resto de los elementos que precisaba, y la joven lo anotó todo con esmero y salió enseguida a comprar todos los materiales necesarios.

Carmela pasó la tarde disfrutando del mejor tiempo estival sentada a la mesa que había bajo la morera, pintando con un pequeño rotulador de punta fina negro la cuadrícula del papel milimetrado. Fioretta le sirvió café y un plato de *dolci* de forma discreta, pero Carmela, para gran sorpresa de todos los presentes, lo rechazó.

—No puedo trabajar con los dedos pegajosos —exclamó indignada antes de volver a concentrarse en la transferencia del blasón sobre el papel milimetrado.

—¿Cómo funciona esto exactamente?

Nola, Anna y Maddalena estaban de pie junto al telar de Nicola, contemplando cómo tejía un pañuelo con un motivo floreado que a Angela le recordó a unos crisantemos entrelazados. Entretanto, Nicola ya había preparado la urdimbre para el pañuelo de la princesa, que era como lo llamaban. Mientras seguían trabajando en la nueva tarjeta perforada, Orsolina le dio un resto de hilo azul claro. Fascinadas, las tejedoras observaron cómo iban apareciendo las flores centímetro a centímetro.

—Queda increíblemente bien —susurró Maddalena.

Su mirada vagó hacia la estructura sobre la que Nicola movía la lanzadera de un lado a otro, mientras la tarjeta perforada iba avanzando con un ruido metálico.

—En realidad es muy sencillo —dijo Nicola dejando que el mecanismo del telar se detuviera—. Donde haya un agujero en la tarjeta, la urdimbre se levantará y la trama pasará por debajo. En los sitios en los que no haya agujero, la urdimbre quedará abajo y la trama pasará por encima. Por eso el resultado acaba siendo reversible: en el anverso el motivo queda representado en positivo y, en el reverso, en negativo.

—Eso significa que, en este caso —constató Anna con la frente arrugada por la concentración—, ¿en el lado bueno aparecen las flores azules sobre un fondo blanco y en el otro flores blancas sobre un fondo azul?

—*Esatto!* —exclamó Nicola con una amplia sonrisa—. Así es.

Anna clavó la mirada en el suelo, apocada.

—Una vez instalada la tarjeta en este mecanismo extraño —intervino Nola señalando una madera cuadrada sobre la que pasaba la tarjeta—, cualquiera de nosotras podría trabajar con este telar, ¿no?

Empezó a sonar el móvil de Nicola. El napolitano consultó el número que lo llamaba y una vez más reaccionó con un suspiro.

—En principio sí —respondió rechazando la llamada—. El embridado de la urdimbre es más complicado que en un telar normal, porque, según el motivo, hay que abastecer de un modo distinto la batidora. Eso significa más trabajo de preparación.

—Está bien que sepas hacerlo tú mismo —comentó Nola aliviada.

—La verdad es que espero que en el futuro puedas ayudarme —replicó Nicola con una sonrisa—. Ya ves que vale la pena —añadió señalando el motivo decorativo del tejido—. Lo que sí que es necesario es un poco de experiencia tejiendo y sensibilidad en los dedos para no romper el hilo de la trama. Pero eso es algo que vosotros ya tenéis. ¿Cómo va la nueva tarjeta?

—¿No faltaba encontrar todavía el aparato para hacer los agujeros? —quiso saber Angela.

—Anoche por fin lo encontré —anunció Maddalena—. Mi madre ya está terminando la tarjeta.

La fiesta de cumpleaños se acercaba inexorablemente y Angela empezaba a preguntarse si la idea que había tenido realmente era tan buena como había creído al principio. A Carmela se le había hinchado la muñeca de tanto trabajar en la tarjeta perforada, y es que, después de todo, tenía que hacer los agujeros uno a uno, estampando el cartón con aquella herramienta ajada por los años. Incluso Fioretta, que fue quien relevó a la anciana, se hizo daño también antes de que estuviera terminada. Angela pensó en comprar por internet una perforadora más nueva y efectiva, pero ninguna parecía adecuada para esa tarea concreta. Al final, Nicola llamó por teléfono a su bisabuelo y este movilizó a toda la familia que quedaba en Nápoles hasta que por fin encontraron un aparato bien conservado que pudieron enviar con urgencia a Asenza. Demostró ser la salvación, puesto que, gracias a ese mecanismo extremadamente simple, Fioretta fue capaz de terminar la tarjeta perforada en pocas horas.

Y luego llegó el gran momento: para tejer el motivo decorativo del blasón de los Fontarini en color dorado sobre blanco, Nicola cargó dos lanzaderas: una con hilo blanco natural y otra con el hilo dorado. Todo el personal se congregó alrededor del telar de jacquard para contemplar con fascinación cómo el motivo iba tomando forma. Al cabo de un día, el experimentado tejedor consiguió terminar el chal para Costanza.

—Esto es lo más bonito que hemos tejido aquí jamás —susurró Maddalena con aire piadoso cuando sacaron el tejido terminado del rodillo y ya solo quedaba rematar los bordes para evitar que la urdimbre se deshilachara.

—No tienes ni idea —la aleccionó Carmela—. Antes siempre hacíamos pañuelos como este.

Angela respiró aliviada. El escudo de armas de la familia Fontarini era claramente reconocible a pesar de la estilización a la que lo habían sometido. Más allá de cómo fuera la celebración del cumpleaños, Angela podía estar orgullosa de su regalo. Y, sin embargo, seguía preocupada. Costanza tenía alguna intención oculta, lo notaba claramente. Durante las últimas semanas, Vittorio había pasado muy poco tiempo con ella, y siempre le ponía la excusa del trabajo cuando hablaban durante sus breves encuentros en Asenza o en Venecia. Eso sí, Tiziana siempre acababa apareciendo en la conversación. Y Angela no sabía qué pensar al respecto.

—Últimamente pareces preocupada.

Tess se quedó mirando a Angela con esos astutos ojos azul cobalto. Incluso Nathalie, que había llegado de Padua para pasar unos días con Tess y Emilia en Villa Serena, miró a su madre con inquietud.

—Sí, Tess tiene razón —convino la hija estirándose en el sillón de mimbre. Las tres mujeres se habían acomodado en el invernadero de Tess tras una opípara cena. Nathalie ya había llegado al séptimo mes de embarazo y, para gran alivio de Angela, hacía semanas que se tomaba la situación con calma—. ¿Qué te ocurre, mamá? ¿Es que no van bien las cosas en la tejeduría?

—Sí, sí —respondió Angela avergonzada. No se había dado cuenta de que se le notara tanto lo consternada que llegaba a estar.

—Todo ha salido de maravilla —opinó Tess—. Tu personal se ha vuelto más leal que nunca, y parece ser que has acertado de lleno con el nuevo tejedor napolitano. No entiendo qué es lo que te aflige tanto. ¿Cómo va ese gran encargo de Nápoles?

—De maravilla —contestó Angela para intentar apaciguar a su amiga y su hija—. Es solo que... Bueno, al principio tuvimos un momento un poco difícil —reveló, y a continuación les contó la vieja rivalidad que había entre Vittorio y su antiguo compañero de estudios, Ruggero Esposito—. Se odian a muerte —explicó con un suspiro—. Y no solo por el hecho de competir profesionalmente, sino también en lo personal. Imagínate, Sofia estaba comprometida con Ruggero antes de decidirse por Vittorio.

Nathalie arqueó las cejas y soltó un silbido entre dientes.

—Vaya, eso es delicado —admitió Tess—. Espero que no afecte a vuestra colaboración.

—No, por suerte no —aclaró Angela—. Y luego Vittorio asegura que Ruggero se ha enamorado de mí. Está celoso. ¿Os lo podéis creer?

—Por descontado—aseveró Nathalie con una franqueza encantadora—. Eres una mujer atractiva, mamá. No me parece nada mal que Vittorio lo piense. No debería dar por supuesta vuestra relación.

—Sea como sea, sus celos demuestran que sabe apreciar tus virtudes —intervino Tess, a quien la situación tampoco le pareció tan trágica.

No obstante, cuando Angela empezó a contar las intrigas urdidas por Costanza, la oleada de cancelaciones que todavía no había cesado y el hecho de que hubiera intentado extender sus tentáculos hasta Nápoles para que nadie se mostrara dispuesto a trabajar con ella, a Tess se le borró la sonrisa de la cara de inmediato.

—¡Es inaudito! —comentó indignada.

—¿Por qué haría algo semejante? —planteó Nathalie incapaz de comprender ese comportamiento.

Entonces Angela se armó de valor y les contó también la conversación que había mantenido con Costanza en la Villa de la Seda. Era la primera vez que mencionaba el tema y, al reproducir las palabras que había intercambiado con la madre de Vittorio, el estómago se le revolvió otra vez.

—Quiere librarse de mí —concluyó—, para que Vittorio se case con Tiziana Pamfeli. Parece ser que ya está acordado desde hace mucho tiempo. Y yo me interpuse en el proceso.

—Pero esto es... ¡Ya no vivimos en el siglo XVIII! —exclamó Nathalie con indignación—. Y Vittorio es un hombre adulto, no un chiquillo. ¿Por qué no se lo contaste todo enseguida?

—Porque no me creería —replicó Angela abatida—. No os podéis imaginar lo ciego que está con respecto a su madre. No para de insistir en que esa forma de comportarse tan fría no tiene nada que ver conmigo.

—¡Estos italianos! —siseó Tess realmente furiosa—. Da igual la edad que tengan, sus madres siempre son lo más sagrado del mundo. Aunque esto también tiene algo encantador, ¿no os parece? —añadió en un tono más conciliador—. Ahora bien, cuando las madres se aprovechan de eso...

—Bueno, en lo que respecta a Tiziana —intervino Nathalie— no creo que suponga ningún peligro, mamá. Nos hemos visto unas cuantas veces y, créeme, no tienes que sufrir por eso. Me ha ofrecido la posibilidad de hacer prácticas con ella cuando haya nacido el bebé. Tizi es realmente buena persona. Y es demasiado joven para Vittorio. Si es que podría ser su padre...

—Pues mira, eso no —objetó Angela con una sonrisa. En el fondo se alegró de que Nathalie hubiera recuperado su optimismo habitual y estuviera haciendo planes para el futuro—. Pero su tío sí, podría serlo perfectamente —comentó mirando por la ventana con aire melancólico. Ese año, en el jardín de Tess las rosas florecían como nunca—. Pero el caso es que no es su tío, y tendrías que ver cómo se pega a él. No para de colgarse de su cuello, hace lo que quiere con Vittorio. O sea, que no me parece que esté tan controlado el tema.

—Las italianas son así —opinó Nathalie.

—No, Nathalie, aquí en el norte la gente suele guardar más las distancias con la gente que no es de la familia —la contradijo Tess con la frente fruncida mientras reflexionaba—. Tiziana Pamfeli —dijo para sí misma, como si quisiera despertar un recuerdo—. Conozco a su madre, pero solo de vista. Es pariente de Donatella. También estuvo en el baile de beneficencia del invierno pasado. ¿Os acordáis? —preguntó, ante lo que Angela asintió. ¡Cómo podía olvidar ese baile! Allí fue donde ella y Vittorio se reencontraron después de pasar un tiempo separados—. Su familia es de Roma —prosiguió Tess—, vino a Venecia después de casarse. Pertenece a la antigua nobleza, es tremendamente conservadora. Por lo que sé, Tiziana es hija única. ¿Todavía vive en el extranjero?

—Ya no —respondió Angela antes de tomar uno de los almendrados que había horneado Emilia—. Tiene que tomar las riendas del estudio de arquitectura de su padre y trabaja codo con codo con Vittorio.

Tess se quedó pensando en silencio.

—Conozco a Costanza Fontarini solo de habérmela encontrado un par de veces en fiestas de Donatella —dijo al cabo de un rato—. Es posible que no esté muy emocionada ante el hecho de que su hijo se haya enamorado de una alemana. La verdad es que creía que estabas por encima de esa clase de cosas. Deja que hable lo que le dé la gana. ¿Qué te importa a ti? ¿O acaso tienes la sensación de que Vittorio ya no te ama?

—No —repuso Angela—. Eso es lo más desconcertante. Es tan apasionado y entregado como siempre. Nos vemos mucho menos, eso sí. El trabajo siempre es más importante. Y Tiziana, por supuesto —agregó con un suspiro antes de cruzarse de brazos.

—Mamá, pero ¡si estás celosa! —constató Nathalie riendo.

—¡No! —negó Angela indignada—. Bueno, sí —se corrigió en voz baja—. Ay, qué sé yo. Todo esto resultaría más digerible si Costanza no me hubiera asegurado que se comprometerán.

—¿Comprometerse?

—Sí, y hace poco Vittorio me preguntó, como si nada, a ver qué pensaba yo sobre los compromisos matrimoniales. No puede ser una coincidencia.

Tess arqueó las cejas desconcertada.

—Tal vez quiera proponerte algo —aventuró Nathalie con un destello pícaro en los ojos.

—Bueno, pues en mi opinión no tendría ningún sentido —objetó Tess negando con la cabeza—. Mientras sigas teniendo la impresión de que te ama, tiene que traerte sin cuidado si esa joven lo adora o si su madre está fuera de quicio. Después de todo, lo único que cuenta es cómo estéis vosotros dos —sentenció—. Después de lo que hizo Dario Monti el año pasado, Vittorio no se dejará intimidar tan fácilmente, estoy segura. Te ama, eso lo vería hasta un ciego. ¿No te basta con eso?

Emilia apareció con una tetera llena de tila sobre una bandeja.

—Volviendo a ese napolitano —dijo Nathalie cuando el ama de llaves ya se hubo retirado—. ¿Es guapo, este tal Ruggero?

Angela comprobó si la tila todavía estaba demasiado caliente.

—Sí, no sé. ¿Por qué lo preguntas?

—¿Que por qué lo pregunto? —replicó Nathalie mirando a Tess y a su madre con una amplia sonrisa en los labios—. Entonces ¿te gusta? Porque, claro, Vittorio cree que está colado por ti.

—Estoy haciendo negocios con él, Nathalie, me trae sin cuidado su aspecto físico —respondió; pero, al ver que su hija seguía mirándola con una sonrisa expectante, lo acabó admitiendo—. Sí, la verdad es que Ruggero es muy guapo. Aunque de un modo muy distinto a Vittorio —matizó—. Ruggero tiene un sentido del humor muy especial y me hace reír mucho. Me cae bien —añadió, tras lo cual Tess le lanzó a Nathalie una elocuente mirada—. No, no como estáis pensando —se vio obligada a agregar.

—¿A qué te refieres, pues? —replicó Tess con aire granuja—. O mejor dicho, ¿qué crees que estábamos pensando? —insistió—. ¿Te he contado alguna vez cuándo me di cuenta de que me había enamorado locamente de John? —preguntó, y Angela negó con la cabeza—. Cuando fui consciente de lo mucho que me hacía reír. Así empezó todo.

—En el caso de Ruggero...

—... es muy distinto, ya lo sé —dijo Tess terminando la frase de Angela con una sonrisa antes de tomar un sorbo de tila—. Tú amas a Vittorio. Pero, si quieres saber mi opinión, nunca está de más que los hombres se den cuenta de que otros también demuestran interés. Porque entonces son conscientes de lo que podrían llegar a perder.

—Qué bien, mamá... —suspiró Nathalie al ver que Angela no respondía nada—. No te creerías lo mucho que te envidio. Tienes a dos hombres luchando por ti. Sí, sí —insistió en respuesta a los gestos de rechazo con los que Angela intentaba desestimar la idea—. Tengo olfato para estas cosas.

—Si queréis saber lo que pienso, la verdad es que lo único que me importa es vivir tranquila —repuso Angela—. Faltó poco para que se partieran la cara en el patio.

De repente le vino a la mente el horror que detectó en los ojos de Ruggero cuando comprendió que ella y Vittorio eran pareja. Quizá Nathalie no iba desencaminada. Sin embargo, decidió descartar la idea enseguida.

—Y ahora mismo, lo que más me preocupa es esa fiesta de cumpleaños.

—¿La de Costanza?

Angela asintió y tomó un sorbo de tila.

—Vittorio quiere que le acompañe.

—¿Y bien? Es de lo más normal —opinó Nathalie.

—Yo también lo pienso.

—Pues que sin duda alguna será una velada terrible para mí —concluyó, aunque de inmediato se le ocurrió una idea—. ¿No podrías acompañarme, Tess? —preguntó Angela lanzándole a su amiga una mirada suplicante—. Se me revuelve el estómago solo de pensar que tendré que ir.

Tess se la quedó mirando unos instantes y luego negó con la cabeza.

—Ay, niña —exclamó, y Angela se dio cuenta de que su amiga no la llamaba de ese modo desde hacía una eternidad. Como mínimo, desde que había terminado la escuela—. Con lo valiente que eres, que eres capaz de hacer avanzar la Villa de la Seda contra viento y marea, y sin temer nada de nada.

—Ya, eso sí —admitió Angela en voz baja—. Pero después de lo que me soltó Costanza ese día... No conseguiré librarme de la sensación de que se trae algo entre manos. No te imaginas lo humillante que...

—Ah, sí. Sí que me lo imagino —la interrumpió Tess con suavidad—. ¿Te crees que solo he escuchado lindezas en mi vida? Donatella es un verdadero tesoro, pero para el resto de esos idiotas soy una inculta medio alemana, medio americana —constató riendo en voz baja—. Y ¿sabes qué? Me importa un comino. Sería aconsejable que tú también te curtieras en ese sentido. Aunque, si realmente te preocupa tanto y la situación es tan horrorosa, le preguntaré a Donatella si puede mandarme una invitación urgente.

—¡Oh, Tess, eso sería fantástico! —exclamó Angela suspirando aliviada.

—La verdad es que me pica la curiosidad —confesó su amiga con una sonrisa—. Quiero conocer a esa mujer que tanto terror te provoca.

19
LA FIESTA

Sobre grandes pilares, las llamas de los braseros iluminaban el camino de acceso a Villa Castro. Bajo los cipreses se formó una hilera de berlinas. Angela y Tess tuvieron que esperar hasta que el vigilante de librea les señaló hacia unos árboles bajo los que encontraron aparcamiento. El sendero hasta la entrada de la villa estaba cubierto con una alfombra roja, de modo que nadie se manchara los zapatos y ningún tacón se rompiera por culpa de algún guijarro.

Angela estaba decepcionada. Por la tarde, Vittorio le había dicho que tenía que recoger a Tiziana y a su madre.

—Tú vendrás con Tessa a Villa Castro, ¿verdad? Nos vemos allí.

¿Es que no comprendía la impresión tan distinta que se llevarían los invitados si llegaba con otra compañía? Angela vio confirmadas sus peores sospechas.

—¡Eh! —exclamó Tess mirándola con cariño después de salir del coche—. No pongas esa cara. Tienes que entrar ahí como si fueras la reina de Asenza, ¿entendido? Si Costanza ve esa cara avinagrada pensará que ha ganado. Y no es cierto. Recuerda que eres una luchadora.

Angela soltó un leve gemido y se alisó el vestido que se había confeccionado para la ocasión. Era de una seda finísima de color crema que resaltaba su figura, con un generoso escote tipo Bardot. Nicola se había encargado de tejer la tela. Alrededor de los hombros tenía una franja de unos quince centímetros de anchura con un intrincado motivo decorativo sacado de la colección de tarjetas perforadas de Nicola. Lo había tejido en un tono berenjena y presentaba una serie de flores entrelazadas con alas de ángel que aludían a su nombre. Después de investigar un poco llegó a la conclusión de que se trataba de una ornamentación renacentista, lo que le pareció de lo más adecuado para la ocasión. Era precioso. Una estola con el mismo motivo decorativo, pero con los colores invertidos, completaba su atuendo de esa noche.

Sacó del portamaletas la caja revestida de seda que contenía el regalo de Costanza y le ofreció el brazo a Tess. Esa noche no llevaba joyas, más allá de una amplia pulsera de oro rojo que le había regalado su madre. Edda le había cortado un poco el pelo y se lo había secado para que mantuviera un cierto movimiento.

—Tienes que encontrar una buena modista como sea —le oyó decir a Tess mientras recorrían la alfombra roja—. Tus creaciones son absolutamente deslumbrantes. Créeme, no podrás salvarte de los encargos cuando tengas la capacidad de sacar una línea de moda propia. No puedes coserla toda tú sola.

—No, eso no sería posible —admitió Angela.

Desde que el año anterior Nathalie y ella habían aparecido vestidas con creaciones propias en el baile de beneficencia de Donatella Colonaris, siempre le pedían vestidos de gala. Había llegado a plantearse la creación de un taller de costura, pero los acontecimientos de los últimos meses la habían agobiado demasiado.

A los pies de la escalera que subía hasta el portal se había formado una pequeña cola. En cada escalón había braseros encendidos que arrojaban una luz rojiza y parpadeante más propia de la época original de Villa Castro. «Así debía de lucir cuando la construyeron», pensó Angela. En la parte superior de la escalera estaba Costanza, ataviada con un abrigo blanco y saludando personalmente a cada uno de los invitados, con Vittorio a su lado. Angela notó una punzada en el corazón al ver a madre e hijo juntos. Por si no se había dado cuenta todavía, allí tenía la prueba: Vittorio adoraba a Costanza, y Angela supuso que su amado jamás sería capaz de enfrentarse a su propia madre. Las palabras de Ruggero resonaron en su mente. La primera esposa de Vittorio tampoco se había salvado de ella...

—Tenemos que demostrar serenidad, ¿de acuerdo? —le ordenó la voz de Tess al oído.

Llegó su turno y aparecieron ante la luz. Cuando Vittorio la reconoció, salió a su encuentro con una amplia sonrisa y le dio un beso. Le susurró un cumplido y la llevó de la mano hasta su madre, que recibió la felicitación con una sonrisa cargada de condescendencia. Un joven de librea como el vigilante del aparcamiento surgió de entre las sombras y recogió el regalo que Angela le había traído a Costanza.

—Y usted debe de ser la amiga de Donatella —le dijo la *principessa* a Tess en un tono amable—. Ya era hora de que nos conociéramos. Espero que lo pase bien con nosotros —añadió antes de dirigirse a los siguientes invitados.

—Nos vemos enseguida —le comentó Vittorio a Angela antes de volver a ocupar su lugar junto a su madre.

—Es lo que se espera de él —le explicó Tess en voz baja dándole un apretón afectuoso en el brazo.

Por supuesto, Angela ya lo sabía. Simplemente no se sentía bien. ¿Estaba demasiado susceptible? ¿Se acostumbraría algún día a esas costumbres italianas?

El vestíbulo y el salón con las parras ya estaban a rebosar de gente. Angela reconoció unas cuantas caras de la presentación que habían celebrado en primavera. Saludó a algunas personas, pero la mayoría de ellas actuaron como si no la reconocieran. Sobre todo aquellas que le habían encargado telas tras haber quedado fascinadas durante la presentación y posteriormente habían anulado los pedidos. Era como si el evento no hubiera tenido lugar jamás. De repente Angela pensó que aquella presentación la había perjudicado más que ayudarla. ¿Qué había salido mal?

—Me alegro mucho de que hayas venido conmigo —le confesó Angela a Tess—. De lo contrario, me habría sentido terriblemente mal.

—Este tipo de veladas siempre son más divertidas cuando acudes con alguien —confirmó Tess—. ¿No conoces a ninguno de los presentes?

—Depende de lo que signifique *conocer* —puntualizó Angela esforzándose por tragarse el malestar que la acuciaba, si bien lo consiguió solo a medias—. Ese señor de ahí arriba, por ejemplo, el de la faja plateada: me encargó cincuenta metros de seda y luego, cuando ya casi habíamos terminado, canceló el pedido. La señora del vestido verde lima quería renovar las cortinas de toda la casa, pero al cabo de una semana cambió de parecer. Y esa pareja que está detrás...

—Creo que es suficiente —le interrumpió Tess dándole

un apretón compasivo en el brazo—. Ya veo que nos enfrentamos a una tropa de lo más veleidosa.

Cuando se acercaban a la sala circular central, la de la cúpula acristalada, empezaron a oír música de arpa. Por encima de la melodía, Angela reconoció la voz profunda y oscura de Tiziana y su risa inconfundible. Nada más cruzar el umbral con Tess, la arquitecta salió a su encuentro como un torbellino.

—¡Angela! —exclamó besándola en las mejillas—. Estoy muy contenta de que hayas venido. Y usted debe de ser la maravillosa Tessa sobre la que Nathalie me ha contado tantas cosas. Bienvenida.

Sorprendida, Angela se dio cuenta de que Tiziana estaba nerviosa. No paraba de lanzar miradas hacia la puerta, como si esperara a alguien.

—¿Estás bien? —le preguntó Angela.

—¿Yo? —replicó Tiziana con asombro mientras se apartaba un mechón de la cara con un movimiento inquieto. Llevaba un vestido ajustado de color rojo tomate con las mangas acampanadas—. Sí, por supuesto. ¡Es una bonita ocasión! Costanza es como una segunda madre para mí, ¿sabes? Ven, te presentaré a mi familia.

Antes de que Angela pudiera replicar, Tiziana la tomó de la mano y la arrastró pasando frente a tres músicos vestidos con disfraces renacentistas que tocaban instrumentos históricos en el centro de la sala. Bajo las notas del arpa, la viola de gamba y la flauta, Tiziana cruzó la estancia.

Junto a la duchessa Pamfeli, que ese día llevaba un vestido violeta que le quedaba demasiado estrecho y realzaba su figura de tonel, había un esbelto caballero que, a pesar de las canas, guardaba un parecido extraordinario con Tiziana. La pareja estaba conversando ni más ni menos que con Massimo Ranelli.

Angela se quedó sin aliento.

—*Mamma*, ¿puedo presentarte a Angela?

¿Tiziana era en verdad tan ingenua o la joven arquitecta sabía perfectamente que la estaba llevando hasta la guarida del lobo? Angela notó un suave empujón en la espalda.

—Ya nos conocemos —repuso la *duchessa*, estirada. Con sus ojos verdosos, examinó el vestido de Angela fijándose especialmente en los ribetes decorados.

Ranelli también parecía incapaz de apartar la mirada del vestido. «Sí —pensó Angela con gran satisfacción—. Ahora también podemos tejer motivos decorativos.»

—Pero yo todavía no la conozco, Tiziana —comentó el padre dedicándole una amable sonrisa a Angela mientras la madre saludaba a Tess—. ¿Serías tan amable de presentarnos? —le pidió. Tenía los mismos ojos que su hija: grandes y expresivos. A Angela le cayó simpático al instante.

—Angela es la pareja de Vittorio —explicó Tiziana mirando de nuevo hacia la puerta. Angela detectó cierta consternación en los afables ojos del *duche*, y también que su hija no pareció darse cuenta—. Es la propietaria de una tejeduría de seda en Asenza —prosiguió—, seguro que has oído hablar de ella —agregó lanzándole a Angela una mirada teatral antes de golpearse la frente con la mano—. *Dio mio!* No comprendo cómo es posible que todavía no haya ido a verla. Esto tenemos que solucionarlo cuanto antes —comentó lanzando otra mirada hacia la puerta.

El *duche* observó a Angela con una mezcla de compasión y asombro. Fue como si le hubieran plantado delante un problema inesperado...

—Creo que deberíamos ir a saludar a Donatella —propuso Tess para salvar aquella situación incómoda—. Acaba de llegar —añadió, tras lo que asintió en dirección al padre de Tiziana y a Ranelli, y se agarró al brazo de Angela como si necesitara apoyo para caminar.

—Gracias —le susurró Angela al oído mientras cruzaban de nuevo la estancia.

Fue un verdadero alivio que Donatella Colonari las saludara tan afectuosamente. Mientras intervenía con monosílabos en la conversación de las dos amigas, su mirada se desvió como por arte de magia hacia Tiziana, que iba revoloteando entre los invitados sin dejar de comprobar la puerta con inquietud. La gente se fue acumulando en la sala circular hasta que por fin llegó también la *principessa*, anunciada previamente con una fanfarria tocada con un instrumento de marfil tallado que recordaba al cuerno de un animal.

—Qué ridículo —le susurró Donatella a Tess.

—Es un *cornetto* histórico del siglo XVI —explicó alguien detrás de ellas impresionado—. Pertenece a la familia...

—Una entrada tan pomposa... —susurró Donatella de forma desaprobatoria—. ¡Y encima con un cuerno de marfil! A veces Costanza puede llegar a ser realmente exagerada.

La fanfarria acompañó a la homenajeada hasta un estrado que quedaba justo debajo de la sección del techo en la que estaba representado Helios con su carro solar. Costanza trepó los pocos escalones que le permitieron subir al podio y desde allí saludó a los invitados. Se había quitado ya el abrigo y, como de costumbre, llevaba un vestido blanco, en esa ocasión de un fino brocado veneciano sobre un tejido brillante. Los hombros y las mangas estaban desprovistos de forro, y su piel bronceada relucía a través de la blonda. Parecía joven a pesar de la edad, y Angela percibió la determinación que irradiaba su grácil figura. La música cesó y de repente Angela se vio acuciada por un mal presentimiento...

—Mis queridos amigos y compañeros de camino —empezó a decir la madre de Vittorio con voz potente y serena. La especial acústica de la sala circular hizo llegar la voz clara y fuerte hasta Angela, que junto con Tess y Donatella se habían colocado de espaldas a la pared opuesta. De improviso, notó un brazo sobre sus hombros. Vittorio se le había acercado con sigilo y la sorprendió con una amplia sonrisa—. También me gustaría dar una calurosa bienvenida a todas las personas que no tienen una relación estrecha conmigo o con mi familia, ustedes también están invitados a celebrar este día con nosotros.

¿Eran imaginaciones suyas o Costanza realmente la miró a los ojos cuando lo dijo?

—Por desgracia, no todo el mundo tiene la oportunidad de cumplir setenta y cinco años. Todos tenemos en mente en momentos como este a mi querido Alessandro, que nos dejó de forma tan prematura.

Hubo algo de movimiento alrededor de Angela. Algunos agacharon la cabeza y otros asintieron.

—Pero no nos hemos reunido para estar tristes, eso no complacería en absoluto al *principe*. Estamos aquí para celebrar. Y no solo mi cumpleaños —continuó, y una sonrisa transformó la expresión de la *principessa*—. Me gustaría pedirle a mi hijo que suba aquí conmigo. Vittorio, por favor.

Angela notó la sorpresa de Vittorio por la tensión que se apoderó de su cuerpo de pronto. Luego él le apartó el brazo de los hombros y se acercó al podio.

—*Eccomi* —dijo él.

Angela se dio cuenta de golpe de que había llegado la hora. No tenía ni idea de lo que ocurriría, pero estaba completamente segura de que sucedería en ese momento. Por fin sucedía lo que había estado temiendo toda la semana.

—A mi edad ya no existen los deseos materiales —enunció Costanza mirando a su hijo con ternura—. Solo los del corazón. Y hoy mi hijo cumplirá lo que más deseo en el mundo —prosiguió, tras lo cual se quitó un anillo del dedo y lo sostuvo ante la luz. Era el anillo con el gran rubí que tanto le había llamado la atención a Angela cuando se habían conocido—. Este es el anillo que, desde hace generaciones, ha ido pasando de mujer a mujer dentro de nuestra familia. Y hoy cambiará de propietaria.

Dicho esto, hizo una pausa y miró a los asistentes con aire triunfal.

—Es una gran alegría y un honor para mí anunciarlo: Tiziana y mi hijo Vittorio se comprometerán hoy mismo.

Fue como un puñetazo en la boca del estómago. Y eso que Angela ya sabía lo que se le venía encima. ¿Acaso no la había avisado Costanza? Sin embargo, primero se quedó aturdida, y luego solamente tuvo un impulso: salir cuanto antes de ese lugar. Marcharse lejos, como mínimo al otro extremo de la Tierra. Cuando por fin empezó a moverse, alguien la agarró por el dobladillo del escote de la espalda.

—Alto ahí —le susurró Tess—. ¡No huyas ahora!

—Acepta este anillo, hijo mío —siguió hablando Costanza—, y pónselo en el dedo a tu amada.

Angela deseó que el suelo de mármol con incrustaciones artísticas se abriera de repente y se la tragara entera, pero, naturalmente, no llegó a suceder. Se quedó mirando a Vittorio y este, a su vez, miró a su madre con sorpresa, pálido como una vela. Tras un leve titubeo, aceptó el anillo, lo observó unos segundos y se lo guardó en el bolsillo de la chaqueta. Se aclaró la garganta, se tomó un instante para recomponerse un poco y luego cogió aire antes de dirigirse a los congregados.

—Tus deseos son sagrados para mí, *carissima madre* —declaró Vittorio. Angela tuvo que reprimir el impulso de gritar de rabia, y al mismo tiempo se sorprendió de la fuerza que demostraba Tess, que seguía sujetándola por el vestido para evitar que huyera—. Tiziana, por favor, acércate.

Tardó un rato, y en el lado en el que Angela había saludado a su familia reinaba cierta agitación. Al final, la joven obedeció a la petición de Vittorio y también subió al podio.

—Para nosotros dos esto también es una sorpresa, ¿verdad Tizi? —comentó él, y Tiziana lo miró con cierto titubeo y luego asintió. Parecía aún más nerviosa que antes—. Puesto que mi madre así lo desea, esta noche dejaremos claro nuestro amor —prosiguió, y cuando Angela vio la sonrisa radiante de Costanza se le revolvió el estómago—. ¿Estás preparada? —le preguntó Vittorio a Tiziana, y esta asintió de nuevo—. Ha llegado el momento de revelar un secreto bien guardado —explicó Vittorio a los invitados—. Tiziana ya entregó su corazón hace tiempo. ¿Puedo pedir que mister Solomon Goldstein, de Nueva York, suba aquí con nosotros?

Vittorio levantó la voz para enunciar la última frase y

luego la repitió en inglés. A Costanza se le heló la sonrisa en los labios. Atónita, miró alternativamente a Vittorio y Tiziana, pero ninguno de los dos le prestaba ya atención.

A partir de ahí, todo sucedió muy deprisa. Un tipo alto y delgado, con el pelo ralo alrededor de una calva brillante, se abrió paso entre la multitud. Iba vestido con un inmaculado traje de gabardina gris oscuro y una corbata de muy buen gusto.

—*Eccomi* —dijo también él, aunque con un fuerte acento norteamericano. Se colocó muy cerca de Tiziana.

—*Benvenuto* a nuestra familia —lo saludó Vittorio abrazándolo como a un hermano—. Aunque no tengamos vínculo de sangre, la verdad es que siempre me he sentido como el tío de Tiziana. Y como tal he decidido anunciar que... —empezó a decir, pero hizo una pequeña pausa durante la cual reinó un silencio sepulcral en la sala— Tiziana y Sol ya hace medio año que están comprometidos. Y lo que el amor ha unido, que no lo separen jamás ni los idiomas, ni las culturas, ni los orígenes, ni la religión —sentenció. Entonces se volvió hacia su madre, que lo miraba con los ojos como platos. Parecía como si a Costanza le hubiera dado un ataque—. Como ves, tu deseo ya se ha cumplido a medias. ¡Brindemos por la feliz pareja!

Un rugido se alzó en la sala. La mayoría de las personas que desconocían el telón de fondo de la situación aplaudieron, mientras que los demás no paraban de murmurar. La madre de Tiziana se abrió paso entre la multitud con verdadera furia.

—Eso no es cierto —exclamó cuando hubo llegado al estrado—. ¡Se lo ha inventado Vittorio!

—Es verdad, *mamma* —repusoTiziana, y en su voz

profunda se percibió claramente el gran alivio que sentía—. Sol y yo nos queremos. Y nos casaremos.

—Un judío... —dijo la *duchessa* con estridencia—. ¿Un judío en nuestra familia?

—Lo superarás, *mamma* —replicó Tiziana—. Y ahora, que siga la celebración. No queremos arruinar la fiesta de nuestra querida Costanza —añadió con toda serenidad.

El padre de Tiziana se apresuró a seguir a su esposa y le pasó el brazo por la espalda con cariño. Le dijo algo en voz baja al oído y luego se la llevó del podio.

—¿Puedo pedirles un momento de calma? —solicitó Vittorio mientras buscaba con la mirada a Angela entre la multitud—. El deseo de mi madre solo se ha cumplido a medias —prosiguió. Se había sacado el anillo del bolsillo y se lo quedó mirando con seriedad. La luz se reflejaba en la gema roja como si la hubiera encendido—. *Mamma*, me has pedido que le ponga este anillo en el dedo a mi amada —recordó ignorando los gestos de rebelión que por unos momentos emprendió el cuerpo de Costanza, hasta que por fin se dio cuenta de que no podría hacer nada ante lo que vendría a continuación—. Angela, tú eres la mujer a la que amo. ¿Serías tan amable de venir aquí conmigo?

Angela tuvo la impresión de que el corazón se le detenía de repente y por un instante perdió el mundo de vista. Cuando hubo recuperado el aliento, la sensación de súbita debilidad que tanto la acongojaba desapareció. Ni siquiera comprendió lo que Tess le susurró al oído en ese instante, pero el pequeño empujón de ánimo que le dio consiguió hacerla reaccionar. De un modo mecánico, puso un pie frente al otro, y ante ella se abrió un pasillo de gente que la miraba directamente a los ojos con el mismo celo con el que poco antes habían evitado el contacto visual. Cuando por fin llegó hasta el podio, Vittorio le ofreció una mano para ayudarla a subir.

—No hemos hablado de esto —constató en voz alta para que todos pudieran oírlo—. Mi madre no me había puesto al corriente de sus planes, por lo que me arriesgo a que me des calabazas. Pero los Fontarini siempre hemos sido valientes, tal vez por eso he decidido atreverme —agregó antes de hacer una breve pausa para coger aire—. Angela Steeger, ¿quieres ser mi esposa?

En ese instante, Angela sintió que tenía los sentidos más aguzados que nunca. Vio a Tess apoyándose contra la pared con alivio, dedicando una oración al cielo; y al mismo tiempo, también fue testigo de la decepción que se llevó Costanza, hasta el punto de que la *principessa* perdió la compostura por unos instantes. Angela notó la atención concentrada de los congregados. Sí, se había hecho un silencio que habría permitido oír un alfiler caer al suelo. Miró a Vittorio a los ojos y en ellos vio claramente el amor que le profesaba, pero también el temor a ser rechazado. No, no se había propuesto casarse de nuevo. Ni siquiera había pensado en ello una sola vez. Cada uno vivía su vida, cada una apegada a un lugar distinto. De haber tenido tiempo para pensarlo, sin duda habrían surgido un montón de argumentos a favor y en contra del matrimonio, y no tenía ni idea del lado hacia el que se habría terminado inclinando la balanza. Y sí, de repente le pareció bien. No solo porque en ese instante centenares de ojos estaban puestos sobre ella y porque habría resultado de lo más embarazoso para los dos que le dijera que no, sino simplemente porque amaba con todo su corazón al hombre que en esos momentos tenía delante.

—Creo —se oyó decir a sí misma— que esta es la proposición de matrimonio más sorprendente que se le podría hacer a una mujer.

—¿Y cuál es la respuesta? —preguntó Vittorio en voz baja.

—Sí —se limitó a responder ella justo antes de dejarse caer en los brazos de Vittorio.

—*Dio mio* —le susurró él al oído—. Si llegas a dudar un segundo más, caigo de rodillas aquí mismo.

Ella se rio en voz baja antes de replicar:

—Qué lástima. Ya veo que me he precipitado.

Entre el aplauso atronador y los gritos de *auguri*, Vittorio le puso el anillo de Costanza en el dedo, le levantó la mano y se la mostró primero a su madre y luego a los invitados. El rubí resplandeció como el fuego. Era maravilloso, y aun así le parecía algo extraño, ajeno. Además, notó la gélida mirada que le dedicó Costanza.

Vittorio bajó del estrado tirando de Angela, y todos los congregados avanzaron hacia ellos para felicitarlos. No obstante... Mientras aceptaba abrazos de gente a la que no conocía en absoluto, no fue capaz de dejar de pensar que Costanza no se daría por vencida ni mucho menos.

En algún momento acabó entre los brazos de Tiziana, que se aferró a ella como si no estuviera dispuesta a soltarla jamás.

—Te estoy tan agradecida... —dijo entre sollozos—. ¿Puedo presentarte a Sol?

—Me temo —empezó a decir el simpático americano contemplando con cariño a Tizi— que usted y yo hemos sido la sorpresa de la noche —comentó riendo mientras le estrechaba la mano afectuosamente a Angela.

—Sin Vitto no me habría atrevido jamás —aseguró Tiziana con los ojos llenos de lágrimas—. Él lo sabía desde el primer momento, Angela, no podía confiar en nadie más. Amo a Sol, pero he sido demasiado cobarde para contárselo a mis padres. ¿No es horrible? —preguntó sorbiéndose la nariz. De repente apareció frente a su nariz el pañuelo de tela que Vittorio siempre llevaba encima—. ¿Crees que irá todo bien ahora, Vitto?

Se sonó la nariz y le dedicó una sonrisa radiante a Vittorio.

—Claro que sí, pequeña. Y si tu madre se lo toma mal...

—No se lo tomará mal —aseguró la voz profunda del duche Pamfeli detrás de su hija—. No es que nos hayamos alegrado precisamente en el primer momento, pero...

—¿Puedo presentarme? —lo interrumpió un encantador Solomon Goldstein extendiendo la mano hacia el *duche*—. Puedo comprender perfectamente su sorpresa —prosiguió cuando el padre de Tiziana le estrechó la mano tras un leve titubeo—. Me temo que yo en su lugar también estaría bastante desconcertado. Sin embargo, estoy seguro de que nos entenderemos perfectamente cuando hayamos tenido la ocasión de conocernos.

El *duche* miró a su futuro yerno a los ojos con intensidad.

—Eso espero —replicó—. Lo espero de verdad.

—¡Ay, *papà*, te quiero! —exclamó Tiziana lanzándose a los brazos de su padre.

—Bueno, eso ha sido una escena digna de Hollywood —le oyó decir Angela a Tess, tras lo cual se dio la vuelta de inmediato para abrazarla.

—Gracias —le susurró al oído—. Sin ti me habría marchado de aquí hace mucho rato.

—Habría sido una lástima —repuso Tess con una sonrisa pícara mientras deshacía el abrazo—. Con toda esta felicidad no te olvides de quién cumple años hoy —le advirtió.

—Tiene razón. Vamos —la instó Vittorio cogiéndole la mano y tirando de ella suavemente—. Vayamos a ver a mi madre. Es evidente que se había imaginado la situación de un modo muy distinto... —añadió negando incrédulo con la cabeza—. No sé cómo se le ha podido ocurrir una idea tan descabellada. Tizi y yo... Me parece impensable. Pero, al fin y al cabo, es su cumpleaños y estaría bien ponerle las cosas fáciles. ¿Vamos?

Angela asintió. Entonces fue cuando tomó conciencia de la dimensión de la decisión que acababa de tomar. Se convertiría en la esposa de Vittorio. Y también en la nuera de Costanza.

—Por supuesto —dijo Angela.

Y, aunque en esos momentos todavía no era capaz de creerlo de verdad, estaba dispuesta a hacer todo lo posible para que reinara la paz entre ella y la *principessa*.

20
LA GEMA DE LA SUERTE

—¡No me lo puedo creer! —exclamó Nathalie ladeando el anillo de compromiso hasta que resplandeció de nuevo con la luz del sol. Miró primero a su madre, luego a Vittorio y finalmente a Tess—. ¿Tú lo sabías? —inquirió.

Estaban sentados bajo la morera, donde Gianni y Stefano habían vuelto a instalar la mesa como en primavera, cuando habían celebrado el primer año de Angela en la tejeduría. Era una apacible tarde de sábado de principios de octubre y los rayos de sol teñían el patio con un matiz dorado. Por la noche se reuniría todo el personal de la Villa de la Seda, incluidos Carmela y el padre de Angela, para celebrar todos juntos su compromiso matrimonial. Emilia y Fania llevaban desde la mañana en la cocina de Tess preparando el festín que Gianni se encargaría de transportar hasta allí.

—No, ninguno de nosotros había sospechado siquiera que le pediría matrimonio justo el día del cumpleaños de mi madre —respondió Vittorio en lugar de Tess. Desde la fiesta de cumpleaños que había tenido lugar pocos días antes, parecía cambiado. Había tenido que viajar a Amalfi una última vez para entregar las llaves de la villa rusa, pero luego se había tomado unos días libres para pasarlos con Angela en Asenza, algo que no se había podido permitir desde hacía ya un tiempo—. Fue idea suya —añadió lanzándole una mirada entre sonriente y vergonzosa a Angela.

Junto con Tess, habían acordado mantener en secreto la conspiración de Costanza y limitarse a contar que su madre había propuesto que Vittorio y Angela se comprometieran.

—¿Que fue idea de Costanza? —preguntó Nathalie con incredulidad. Se reclinó en su silla y se puso las manos sobre la barriga de ocho meses—. No me lo imagino.

—Creo que a Nathalie deberíamos contarle la verdad —dijo Tess—. Forma parte de la familia, y además sería un error pensar que podemos engañarla.

Angela asintió y Vittorio también estuvo de acuerdo, si bien con reticencias.

—Costanza al final fingió que llevaba tiempo planeándolo, pero no es cierto. Habría preferido tener a Tiziana como nuera. Desgraciadamente, la joven Pamfeli ya le había entregado su corazón a otra persona —explicó Tess con una sonrisa de oreja a oreja.

—Bueno, y aunque no hubiera sido así, yo no me habría comprometido de ningún modo con ella... —intentó protestar Vittorio, pero Nathalie ya no le escuchaba.

—¿De verdad? —repuso dirigiéndose a Tess—. ¡Qué romántico! Entonces ¿no lo sabía nadie?

—Yo sí —explicó Vittorio—. Tizi solo se atrevió a contármelo a mí, aunque me hizo prometer que no se lo revelaría a nadie —aclaró pasándole un brazo por encima de los hombros a Angela—. Parece muy segura de sí misma, ¿verdad? Pues en el fondo es una miedica.

—Temía que se produjera un escándalo —matizó Tess para defender a Tiziana.

—¿Escándalo? —replicó Nathalie estirando el cuello con ánimo sensacionalista—. ¿Es que se ha enamorado de una mujer?

Vittorio se rio.

—No, eso no. Solomon es judío. Y encima, estadounidense. No podría haber sido peor, a ojos de la madre de Tizi.

Nathalie soltó un gemido y puso los ojos en blanco.

—¡No lo entiendo! —exclamó indignada—. ¿Cómo se puede ser tan racista? ¡Pobre Tizi!

—Y que lo digas —comentó Tess con una sonrisa pícara—. La *duchessa* y Costanza al parecer se lo habían imaginado muy idílico: Vittorio y Tiziana como la pareja noble del mes.

Vittorio negó con la cabeza muy serio.

—No entiendo qué le debía de pasar por la cabeza a mi madre —confesó Vittorio negando con seriedad mientras Angela sonreía con indulgencia—. Realmente tengo que pedirte disculpas. Ya sabía que era conservadora, pero que llegara a recurrir a esos medios... —empezó a decir, pero tuvo que aclararse la garganta visiblemente avergonzado—. Me parece increíble.

—Intentó arruinar a mamá —intervino Nathalie—. Y ahí es donde se equivocó. Mi madre no se deja engañar tan fácilmente, ¿a que no?

—Pues no faltó mucho, la verdad —admitió Angela—. Y verdad estuvo a punto de conseguirlo, para qué negarlo —añadió lanzándole una mirada a Vittorio—. Ni un solo cliente de los que llegaron a través de tu estudio ha cumplido con lo acordado. Todos han cancelado los pedidos.

—Llegó al extremo de viajar a Nápoles para intentar dejar mal a Angela —la interrumpió Tess, que al parecer había decidido que era el mejor momento para poner al día a Vittorio acerca de las conspiraciones de su madre.

—¿A Nápoles? —repitió este mirando a Angela horrorizado—. ¿Qué la llevó hasta allí?

Angela se encogió de hombros.

—Acudió a ver al cliente de Ruggero e intentó convencerlo de que cancelara nuestra colaboración. En lugar de eso, le propuso que le encargara las sedas a Ranelli.

—Y seguramente hizo lo mismo con tus clientes —concluyó Nathalie desplazando su peso en la silla.

Vittorio se puso pálido de repente.

—Y ¿cómo obtuvo los contactos de mis clientes? Quiero decir que... no todos proceden de nuestro círculo de amistades.

—No tengo ni idea —contestó Angela—. Quizá haya alguien en tu estudio a quien no le caigo bien.

—Y ¿quién podría ser? —preguntó Vittorio aparentemente afectado.

—Eso deberías descubrirlo tú —le aconsejó Tess sin acritud aunque con determinación—. Para que no vuelva a suceder.

—En Nápoles, Ruggero no me falló —explicó Angela—. Sin él, tarde o temprano tendría que haber cerrado la Villa de la Seda.

—No, no es cierto —la contradijo Tess con decisión—. Nos habríamos centrado en el mercado estadounidense. De haber sido necesario, yo habría volado personalmente hasta allí para asegurarme de que las cosas fueran bien —añadió mirando a Angela con el ceño fruncido—. Tal vez deberías haber confiado menos en los contactos de Vittorio —reflexionó—. No fue una buena idea. Una cosa es el amor y otra muy distinta, los negocios. John siempre lo decía.

—John era un hombre inteligente —declaró Angela sonriendo.

—Sí que lo era —confirmó Tess con seguridad—. Y un hombre de negocios excelente. De no haber sido por él, hoy en día no podría vivir de forma tan despreocupada.

—Entonces ¿de verdad queréis casaros?

Era como si Nathalie se lo hubiera estado pensando mucho antes de hacer esa pregunta. Parecía realmente conmovida cuando le devolvió el anillo de rubí a su madre.

Vittorio y Angela intercambiaron una mirada.

—Dijiste que sí, ¿verdad? —preguntó Vittorio apocado.

—Sí, en efecto —respondió ella todavía asombrada por cómo habían ido las cosas—. Y la verdad es que hasta entonces no me lo había planteado.

—Yo sí —admitió Vittorio en voz baja—. De hecho, una vez saqué el tema para ver cómo reaccionabas. ¿No te acuerdas?

Angela negó con la cabeza desconcertada.

—No, ¿cuándo?

—Bueno, te pregunté qué pensabas acerca de los compromisos matrimoniales. ¿No lo recuerdas? —contestó y, al ver que Angela seguía mirándolo sin comprender nada, prosiguió—: Fue hace unas semanas, cuando teníamos que salir a cenar con Tizi y mi madre por Venecia. Saliste corriendo como si te hubiera picado un bicho raro. Entonces pensé...

Se quedó callado y tragó saliva.

—¿Qué pensaste?

—Bueno, no me dio la impresión de que tuvieras muchas ganas de casarte conmigo —reconoció Vittorio en voz baja—. Más bien todo lo contrario. Y... para serte sincero... —empezó a decir mordiéndose el labio inferior y mirando a las demás con gesto apocado.

—Nathalie —dijo Tess mientras se ponía en pie—, ¿no querías enseñarme ese libro tan bonito en el que se describen los diferentes estados del desarrollo del embrión semana a semana?

Nathalie lo comprendió enseguida y también se levantó.

—Sí, es verdad, lo tengo en mi habitación.

Dicho esto, las dos se marcharon por la puerta que permitía acceder desde el patio al pequeño reino de Nathalie.

—¿Qué querías decirme? —le preguntó Angela a Vittorio cogiéndole la mano.

—Ay, Angela. Ha habido tantos malentendidos... Llegué a creer que no me amabas tanto como yo a ti. El mero hecho de que no pudieras imaginarte viviendo conmigo en Venecia me hizo mucho daño. Y que te marcharas tan de repente en cuanto mencioné la palabra *compromiso* me dejó de lo más inseguro.

—Costanza vino a verme y me aseguró que Tiziana y tú... que pronto os comprometeríais —explicó Angela en voz baja—. Y cuando me dijiste que Tiziana no paraba de hablar sobre ello...

—Cielo santo —la interrumpió Vittorio acercándose más a ella—. ¿Eso hizo mi madre? ¿Y qué más te dijo?

Primero Angela se lo explicó titubeando un poco, buscando las palabras más adecuadas, pero luego lo acabó soltando todo sin tapujos. Se dio cuenta de lo afectado que se quedaba Vittorio, pero ya iba siendo hora de que se enterara de todo lo ocurrido. Cuando hubo terminado, él guardó silencio durante un buen rato y Angela fue consciente de lo consternado que estaba.

—Jamás hubiera creído que mi madre... —dijo, aunque se calló sin terminar la frase y tragó saliva.

—Eso mismo me dijo ella a mí. Que jamás me creerías si se me ocurría contártelo.

Vittorio parecía horrorizado, pero enseguida se recompuso.

—Lo siento —se disculpó—. Solo me queda la esperanza de que me perdones por haber estado tan ciego.

—Es normal que quieras a tu madre —repuso Angela—. Es normal.

—Sí, tienes razón —convino Vittorio afligido—. Por favor, créeme que después de todo lo que ha ocurrido la veo con otros ojos. Quiero que de ahora en adelante me confíes lo que piensas y lo que te preocupe para no volver a pecar de ingenuo.

Angela asintió y le besó la punta de la nariz.

—Lo haré —aseguró ella—. Pero tú tendrás que tomarme en serio y no te dejarás manipular más por tu madre. Más que nada, porque temo que no ha tirado la toalla todavía.

—¿Qué te hace pensar eso?

—Que estemos comprometidos no significa ni mucho menos que nos hayamos casado —respondió Angela—. Y aunque al final fingió alegrarse muchísimo por nuestro compromiso... Por favor, no te enfades... pero no me fío de ella. Sus ojos cuentan algo muy distinto a las palabras que salen por su boca.

Una vez más, apareció aquel estrecho surco entre los

ojos de Vittorio e hizo ademán de protestar. Por unos momentos pareció casi como si estuviera lidiando una batalla interna consigo mismo, luego se mordió el labio inferior y suspiró.

—Seguramente tienes razón —admitió—. Pero en una cosa tienes que creerme: me da igual lo que pueda llegar a conspirar, no conseguirá separarnos —aseguró Vittorio; luego le cogió la mano a Angela y se quedó mirando su dedo anular como si buscara el anillo de rubí. Lo acabó descubriendo sobre la mesa—. ¿No lo llevas puesto? —preguntó con preocupación.

—Tengo la sensación de que no debería ponérmelo —le confesó Angela retirando la mano—. Costanza no te lo dio para mí, y estoy segura de que lamenta mucho que precisamente esta joya familiar esté en mis manos. Prefiero devolvérsela.

—De ninguna manera —protestó Vittorio desconcertado—. Se lo tomaría como una capitulación.

—¿Sofia no llevó el anillo?

—Sí que lo llevó. ¿Qué te hace pensar lo contrario?

—Entonces ¿por qué volvía a tenerlo Costanza? —preguntó Angela.

Vittorio aspiró una bocanada de aire entre los dientes y lo volvió a exhalar.

—Tras el accidente de Sofia, quiso recuperarlo —explicó con tristeza—. Siempre lo han llevado mujeres de nuestra familia. No quiso dejar que me lo quedara yo —añadió tragando saliva—. ¿Sabes? A mí me recuerda a tiempos felices, por eso me gustaría tanto que te lo pusieras, aunque solo fuera de vez en cuando. Pero solo si te apetece, faltaría más.

La calidez se apoderó del cuerpo de Angela. Sintió una repentina ternura por Vittorio, y estuvo segura de que conseguiría darle un nuevo significado a ese anillo.

—Te amo —le susurró ella apoyándose en él.

—Y yo a ti —murmuró Vittorio—. Eres la persona más importante del mundo para mí. Me gustaría de verdad que te convirtieras en mi esposa. ¿A ti también te gustaría? ¿O te cogí por sorpresa?

Angela se rio.

—Un poco sí —admitió dándole un empujoncito juguetón—. Pero me gusta esto de estar comprometida.

—Entonces esta noche te volveré a poner el anillo frente a todos los invitados. ¿Qué te parece?

Angela intentó escuchar su voz interior. ¿Conseguiría incorporar aquella reliquia en su vida? ¿O seguiría siempre recordándole a Costanza? Por otro lado, ¿acaso no significaba eso que la madre de Vittorio seguiría teniendo poder sobre ella? El anillo no serviría de nada ante las conspiraciones de la *principessa*.

—Me parece bien —respondió Angela.

Por la tarde llegaron los invitados. Como siempre, las primeras en llegar fueron Nola y Fioretta, Orsolina y Stefano, y luego Anna y Giulia, que una vez más estaba de mal humor y no se separaba de su móvil. Al final llegaron también Maddalena y su madre, y poco después Lorenzo Rivalecca, que nada más llegar empezó a pelearse con Carmela hasta que Angela intercedió con energía.

—Por favor, dígale a ese zopenco que no me vuelva a traer *minestrone* a casa —se quejó Carmela.

—*Mamma* —trató de frenarla Maddalena—. Solo intenta ser amable contigo.

—¿Amable? —replicó Lorenzo indignado—. ¡Yo no soy amable!

—¿Dónde se ha dejado las gafas? —le preguntó Angela mirando a Maddalena entre asustada y fascinada. Era la primera vez que veía a la tejedora sin las gruesas gafas que solía llevar siempre.

—Las he tirado —contestó Maddalena con orgullo.

—¿Tirado?

—Sí, ya no las necesito. Me han operado la miopía con láser —especificó con aire triunfal—. Hacía tiempo que quería hacerlo. Y con la bonificación que nos dio, por fin me lo pude permitir.

—Ah, por eso te has tomado vacaciones —constató Nola mientras miraba a Maddalena con los puños apoyados en las caderas y la cabeza muy ladeada—. Y ahora nos lo cuentas...

—Quería... que fuera una sorpresa —se defendió Maddalena—. Y, además, habríais intentado disuadirme. Igual que mi madre todos estos años.

—Está usted muy guapa así, signora Maddalena —dijo Vittorio para terminar con la disputa. La tejedora se sonrojó de alegría—. ¿Se ha hecho también algo en el pelo?

—Bueno, me lo estoy dejando largo, y Edda me ha cortado un poco las puntas para darle forma —comentó Maddalena algo avergonzada.

—Deberías comerte la sopa —le advirtió de mala manera Lorenzo Rivalecca a Carmela cuando la anciana se hubo sentado en el banco que estaba bajo la morera—. Y no tirarla en el jardín que hay tras la casita. Las personas decentes no tiran comida. Te mantiene joven, la *minestrone, capisci?*

—Pero ¡que no me gusta! —protestó Carmela—. ¡Déjame en paz!

—¡Vieja bruja!

—¿Que la sopa te mantiene joven? Bueno, pues viéndote a ti, nadie lo diría.

—*Strega!*

Luego Carmela estalló en una carcajada digna de una bruja de verdad. Maddalena hizo cuanto pudo por apaciguar los ánimos.

—¿Dónde está Nicola? —preguntó Anna mirando con impaciencia hacia la puerta.

—Típicamente napolitano —se quejó Orsolina con los ojos en blanco—. ¡Siempre llegan tarde!

—Siempre llega a trabajar puntual —lo defendió Fioretta.

—*Eccolo* —exclamó Stefano. En efecto, Nicola entró justo en ese momento por la puerta con el móvil pegado al oído—. ¡Deja de meterte con él!

—Todo el día colgado del *telefonino* —siseó Anna en voz baja para que Nicola no pudiera oírlo.

—Y siempre es esa mujer la que lo llama. Os puedo asegurar una cosa: día y noche —explicó Nola frunciendo los labios con desdén—. Como se trate de su esposa... ¡es que debe de ser un buen granuja!

Fioretta y Anna protestaron sin demasiado convencimiento.

—¡Es verdad! —insistió Nola, e incluso golpeó el suelo con un pie para demostrar lo indignada que estaba por esas llamadas constantes que recibía su realquilado. A continuación procedió a imitarlo en voz baja—. «*Pazienza, cara.* No, hoy no podré volver a casa, olvídalo. ¡Tienes que aprender a arreglártelas tú sola!» ¡Esa no es manera de hablar con su esposa!

—Es que quizá no sea su esposa... —comentó Anna sin apartar los ojos de Nicola.

—¿Quién podría ser, sino?

—Silencio —advirtió Orsolina—. Que viene hacia aquí.

Nicola llevaba puesta su mejor camisa, y Angela supuso que Nola debía de habérsela planchado para la ocasión, a juzgar por su aspecto impecable. Su rostro, sin embargo, era de clara preocupación.

—Tengo un problema —afirmó con sinceridad después de saludar a Angela y a todos los demás y sosteniendo el móvil en alto—. Y no tengo ni idea de lo que debería hacer.

—Adelante —lo instó Angela sorprendida—. Puede contarnos de qué se trata y quizá podamos ayudarle.

—Mariola no aguanta más en casa —explicó Nicola dejándose caer con desánimo sobre una de las sillas—. Y ahora quiere venir sea como sea.

Anna reaccionó como si le acabaran de echar un jarro de agua fría por encima, y Fioretta se puso pálida como la seda natural. Incluso Angela necesitó unos instantes para recomponerse. ¿Por qué había mantenido tanto secretismo el tejedor respecto a su situación familiar?

—Entonces... que venga, ¿no?

—No tengo sitio para ella —objetó Nicola titubeando—. Para mí la buhardilla es suficiente, pero...

—Entonces tendrás que encontrar un lugar donde vivir —comentó Nola fulminando con la mirada a su compañero y realquilado.

—Mariola es tejedora, y bastante buena —le dijo Nicola a Angela—. Quizá podría trabajar para usted. Quiero decir, si usted está de acuerdo, claro... —añadió mirando a Angela con preocupación mientras se frotaba la nuca.

—¿Por qué no? —replicó Angela—. El telar de Lidia pasa la mayor parte del tiempo parado y...

—No creo que sea buena idea —objetó Nola con hostilidad cruzándose de brazos.

Anna se había apartado del grupo. A Angela le pareció verla llorar.

—Seguro que se caerán bien —aseguró Nicola—. ¡Es buena chica! —agregó, tras lo que soltó un profundo suspiro y se pasó las manos por los rizos varias veces, de manera que le quedaron revueltos—. Ojalá no se hubiera quedado embarazada. Yo le aconsejé que fuera a la policía.

—¿A la policía? —repitió Stefano acercándose un par de pasos y escrutando a su compañero como si no fuera de fiar—. ¿Para que le traigan de vuelta a su marido infiel?

Nicola se lo quedó mirando sin comprender nada.

—¡No! —respondió—. No exactamente, vaya.

Aquello despertó la curiosidad de Lorenzo.

—¿Has sido tan tonto como para dejar atrás a una mujer embarazada? —preguntó airado—. ¿No te ha enseñado nadie que esas cosas no se hacen?

—¿Qué puedo hacer yo? —se defendió Nicola—. Intenté convencerla una y otra vez, pero no quiso dar su brazo a torcer. Y ahora que se está cumpliendo todo lo que yo le advertí, él no para de zurrarla...

—Un momento —lo interrumpió Angela con determinación—. ¿De quién estamos hablando exactamente?

Nicola abrió unos ojos como platos.

—Bueno, de mi hermana —replicó—. ¿De quién sino? Desde el principio le dije que se apartara de ese tío, pero no quiso escucharme. Y ahora que está con la mierda hasta el cuello... *Scusi*, signora Angela —se disculpó, tras lo que negó con la cabeza con resignación—. Ahora a su hermano le tocará arreglar las cosas. Pero no pienso hacerlo. Al fin y al cabo ya he tenido que pegarle dos palizas a ese miserable y no ha cambiado nada. No sabe controlarse, por mucho que ella esté embarazada. Tengo que sacarla de allí. De lo contrario, no me lo perdonaré jamás.

Dicho esto, se quedó callado. Entretanto, Nathalie también se había unido al grupo.

—¿Quién está embarazada? —preguntó con interés y rompiendo el silencio que reinaba en el patio.

—Que venga cuando quiera —determinó Angela—. Ya resolveremos lo de la vivienda. En caso necesario, su hermana puede pasar unos días en la habitación de Nathalie, ¿no te parece?

Esta no parecía precisamente encantada con la propuesta, pero Angela valoró el hecho de que su hija asintiera con determinación de todos modos.

—Puede mudarse con Carmela —propuso Lorenzo con insidia.

—¿Tú estás loco o...? —exclamó Carmela, pero Angela la hizo callar de un solo gesto.

—Se me acaba de ocurrir algo mejor —anunció Angela, y acto seguido miró a su padre de un modo que consiguió ponerlo en guardia de inmediato—. Todavía está esa casita de jardinero, al otro extremo del parque. Nicola seguro que nos ayudará a hacerla más habitable —añadió antes de que el anciano pudiera objetar nada.

Lorenzo Rivalecca hizo una mueca y luego soltó un gruñido.

—No te ha entendido nadie —se quejó Carmela—. ¡Habla más claro, viejales!

—Que ya mandé renovar la casita —explicó el anciano mirando a Angela con aire triunfal.

—¿Que mandaste...? Pero ¿por qué?

—Porque los huesos ya me decían que no tardarías mucho en venir a pedírmela —reveló con una sonrisa—. O sea, que sí... ¿por qué no? Si es buena persona, esa Mariola, puede ocuparla.

Se abrió la puerta y Gianni entró cargado con un recipiente enorme de acero inoxidable, tras el que apareció Fania con otro algo más pequeño. Stefano se apresuró a ayudarla. Mientras Nicola llamaba a su hermana para contarle las buenas noticias que acababan de darle, se notó claramente que Anna respiraba aliviada, mientras que Fioretta recuperaba el color del rostro. Emilia, que fue la última en entrar en el patio también cargada con un recipiente, reprendió a las tejedoras porque a ninguna se le había ocurrido siquiera poner la mesa como es debido. Cuando lo hubieron solucionado y todos hubieron tomado asiento, se impuso la calma. Solo Carmela y Lorenzo siguieron chinchándose, pero, cuando Angela hizo sonar su copa con la ayuda de un tenedor, ellos también se callaron.

—¿Sabéis qué estamos celebrando? —preguntó a los congregados, que la miraron sin saber adónde quería ir a parar. Todos negaron con la cabeza o se encogieron de hombros.

—Dínoslo tú —replicó Rivalecca.

—Vittorio y yo nos hemos comprometido —anunció.

Al oír la palabra clave, Gianni y Fania entraron cargados con bandejas repletas de copas llenas de prosecco dorado, tal como les había pedido Tess.

—¿Comprometido? —repitieron los comensales mientras les repartían las copas.

—¡Es fantástico! —exclamó Maddalena con los ojos brillantes—. Eso significa que pronto se convertirá en princesa.

—Bueno... —empezó a decir Angela con la intención de apaciguar el entusiasmo de la tejedora. No obstante, Vittorio decidió adelantársele.

—Sí, así es —confirmó con una sonrisa pícara—. La *principessa* Angela. ¿A que suena bien?

Aparte de Lorenzo, que se quedó mirando a Vittorio con hostilidad, todos soltaron gritos de alegría. Angela se preguntó si acaso su padre estaba celoso. Sin embargo, aparte de ella nadie más se dio cuenta del detalle, porque Vittorio se había puesto de pie y se había sacado un estuche precioso del bolsillo, con lo que acaparó la atención de todos los presentes.

Se hizo un silencio sepulcral.

—*Cara* Angela —le dijo mientras abría el estuche—, como muestra de nuestra unión, me gustaría regalarte este anillo —declaró antes de sacar la joya y levantarla para que la piedra refulgiera con la luz. Las mujeres soltaron exclamaciones de asombro al ver el anillo—. Me he informado un poco —prosiguió Vittorio con una sonrisa en los labios y mirando a los ojos a Angela, que también se había levantado—. El rubí se considera la piedra del amor. Al parecer simboliza la unión del amor físico y el espiritual, por lo que creo que no existe una gema mejor para un anillo de compromiso. Además, te protegerá de todas las malas influencias. Resumiendo —dijo tomando la mano de Angela—, representa la promesa de mi amor.

Y, dicho esto, le puso el anillo en el dedo.

—¡Un hurra por Vittorio y Angela! —propuso Tess poniéndose en pie. Los demás la imitaron.

—*Evviva* —gritaron todas las voces a coro—. ¡Por muchos años de vida!

—*Auguri*... ¡Que viva el amor!

Las copas tintinearon con el brindis y, al cabo de un momento, se hizo el silencio de nuevo mientras todos degustaban el selecto espumoso. Nathalie fue la única que brindó con zumo de manzana. A continuación, Angela y Vittorio recibieron un verdadero bombardeo de preguntas. Cuándo tendría lugar la boda y, sobre todo, dónde pensaban casarse, si en Venecia o en Asenza. Y antes de que Angela pudiera responder alguna de las preguntas, las tejedoras ya empezaron a pelearse para ver quién de ellas tejería la tela para el vestido de la novia.

—Tranquilas —les dijo Tess al cabo de un rato—. De momento, comamos, no se vaya a enfriar la deliciosa comida que nos ha preparado Emilia. Todo el mundo a la mesa.

Todos obedecieron y realmente el ambiente se calmó bastante mientras disfrutaban de la comida.

—¿En qué mes sale de cuentas tu hermana? —le preguntó Nathalie a Nicola aprovechando que se había sentado a su lado.

Este se encogió de hombros sin saber qué contestar y se quedó mirando, algo apocado, la barriga de su vecina de mesa.

—No sé muy bien cómo van estas cosas —afirmó sonrojándose al ver la mirada divertida de los ojos verdes de Nathalie—. Yo diría que... ¿más o menos como usted?

—Puedes tutearme sin problemas —le comentó Nathalie con desenfado.

Al parecer no se percató de las miradas de preocupación que le lanzaron Anna y Fioretta, cada una a su manera, desde el otro lado de la mesa.

—Ahora sí que lo siento de verdad —musitó Angela horas después, tendida en la cama con Vittorio.

—¿A qué te refieres?

—A lo de estar comprometida —contestó Angela—. A la manera como lo hemos celebrado hoy. Con mis amigos, parientes y la gente más cercana.

Vittorio se dio la vuelta sobre un costado y se apoyó sobre un codo para verla mejor.

—¿Te refieres a tus empleados? ¿Esa es la gente más cercana?

—Sí. Al fin y al cabo, nos vemos a diario. Confían en mí y yo en ellos —explicó riendo en voz baja—. ¿Te parece raro?

Vittorio le acarició el pelo, le tomó un mechón y se lo enrolló en un dedo con aire juguetón.

—En absoluto —respondió—. Es más de lo que se puede esperar de la mayoría de la gente. Incluso de la propia familia —añadió con aire melancólico.

Angela se acurrucó junto a él.

—A la hora de la verdad basta con una sola persona —susurró ella—. Y siempre podrás contar conmigo.

Vittorio soltó un profundo y sentido suspiro antes de hundir la cara en el pelo de Angela, y durante un buen rato se quedaron así, aspirando el aroma del otro, hasta que, abrazados, se quedaron dormidos.

Fin